D1672405

DROEMER✪

»Haben Sie sich verirrt?«, fragte sie. Sein Jackett aus Tweed war sichtlich neu und kaum getragen.

Diese Frage hatte er nicht erwartet. Er antwortete zögernd: »Nein, ich glaube nicht.«

»Manchmal verirren sich Menschen.« Der kaum hörbare kornische Singsang bettete ihre Vokale ein, kräuselte sich an den Rändern ihrer Konsonanten.

Kein Lüftchen regte sich zwischen ihnen, und er nahm einen Hauch ihres Geruches wahr, Sonnenlicht auf Haut und Haaren. Sie roch nach sich selbst, nicht nach Seife oder Parfüm. Nicht süß, nicht abgestanden. Sie wartete auf seine Antwort.

»Bitte entschuldigen Sie die Störung, Miss Carrick.«

»Sie haben mir etwas voraus, Sir. Sind wir uns schon einmal begegnet?«

»Edward Scales.« Er verbeugte sich leicht.

»Sollte ich mich an Sie erinnern, Edward Scales?«

»Das ist nicht von Belang.«

Zu Edwards Erleichterung nickte sie. Sie sagte: »Leben Sie hier in der Nähe oder ...« Sie wartete darauf, dass er ihren Satz vervollständigte.

»Ich habe Zimmer in Falmouth gemietet. Ich bin hierher gewandert.«

Sie hob die Augenbrauen. »Wirklich? Den ganzen Weg? Sie müssen erschöpft sein.«

Edward meinte so etwas wie Belustigung in ihrem Gesichtsausdruck zu entdecken. Flirtete sie? »So weit ist es nicht.«

Etwas in ihrem Haar reflektierte das Sonnenlicht. Sie bemerkte seinen Blick und zog einen dünnen Stab heraus. »Mein Pinsel.«

Edward wusste nicht, wie er darauf reagieren sollte. Sie schien ihn herausfordern zu wollen. Er sagte schließlich: »Ich halte Sie vom Malen ab.«

»Sie haben das Recht auf eine Rast nach Ihrer Wanderung«, erwiderte sie. »Aber ich würde gern mein Bild fertigstellen. Wenn Sie wieder zu Ihrem ursprünglichen Standort zwischen den Felsen zurückgehen, male ich Sie mit.«

Edward entspannte sich. »Wie lange soll ich dort stehen?«

Sie raffte bereits ihre Röcke mit einer Hand. »Eine Viertelstunde«, meinte sie. »Nein, besser zwanzig Minuten.«

Als sie zu ihrer Staffelei zurückging, wandte sie noch einmal lächelnd den Kopf und zupfte mit dem linken oberen Eckzahn an ihrer Unterlippe.

Eine kindliche Fröhlichkeit ging von ihr aus und eine gewisse Selbstbeherrschung. Er war gleichzeitig bewegt und verwirrt. Allerdings hatte sie es ihnen beiden leichter gemacht, indem sie vorgab, ihn nicht zu kennen. Ihre Haltung war tadellos gewesen, als sie erklärte, seinen Namen noch nie gehört zu haben. Und doch war da etwas an der Art, wie sie reagiert hatte. Diese Unverblümtheit. Beinahe als ob sie ein vollkommen anderer Mensch wäre. Edward ging zurück zu den Felsen, wo ein dicker Strang Seetang die Flutgrenze markierte. Er holte seine Taschenuhr hervor und lehnte sich an einen Stein, der unangenehm gegen seine Schulter drückte.

Gwen skizzierte Edward Scales' Gestalt in ihr Gemälde. Es war ihr ein unbedingtes Bedürfnis, ihn in ihre Aquarelllandschaft aufzunehmen. Nicht nur wegen der Komposition. Es verschaffte ihr etwas Raum zum Denken, ohne dass er sie mit den Augen zu durchbohren schien. Da das Bild eigentlich schon fertig war, wurde seine Gestalt auf dem Papier zu einer dunklen Figur ohne Gesichtszüge. Zu ihrer Befriedigung war er jedoch eindeutig an seiner seltsamen Haltung zu erkennen. Als sie voreinander gestanden hatten, hatte sie seinem Blick entkommen wollen, der irgendeine Art Bestätigung von ihr zu ersuchen schien. Die er nicht bekommen würde.

Manchmal verirren sich Menschen. Sie hatte es gesagt, um die Überraschung bei seinem Anblick zu überspielen. Doch es war eine ungeschickte Bemerkung gewesen, die ihr jetzt im Kopf herumging, während sie die dunkelste Schattierung von Paynesgrau zusammenmischte. Seit dem Streit waren zwei Jahre vergangen, doch in ihrer Erinnerung war er immer noch lebendig.

»Menschen verirren sich hier nicht«, hatte sie ihre Schwester Euphemia beinahe angeschrien. »Das Meer ist auf der einen Seite, das Land auf der anderen. Dazwischen verläuft ein Pfad, den geht man entlang.«

Euphemias Gesicht war ausdruckslos gewesen, ihre Stimme vollkommen ruhig. »Mutter hat sich verirrt und ist verschwunden.«

»Das ist unmöglich, Effie, unmöglich.«

Und dann hatte das mit Effies Stimmen angefangen. Mrs. Fernly, ihre Tante, hatte die Stimmen so lange wie möglich toleriert. Es wurde nie laut darüber gesprochen. Es wurde nie direkt erwähnt, doch Mrs. Fernly konnte, wie allgemein bekannt, junge Menschen, die sich offensichtlich zur Schau stellten, nicht ertragen. Viel wichtiger war jedoch, dass Mrs. Fernly unter keinen Umständen Zeit erübrigen konnte für klingende Glöckchen und bebende Tische oder was sonst zum Salon eines Spiritisten gehörte. Ganz besonders, wenn dieser Spiritist sich in Mrs. Fernlys eigenem Salon befand und dort ohne Vorwarnung mit fremden Stimmen zu sprechen begann.

Gwen und ihre Schwester waren nur drei Monate nach der Beerdigung ihrer Mutter in das leere Carrick House zurückgeschickt worden. Gwen fand es gerechtfertigt, dass man entschieden hatte, dass es Zeit für sie und Effie war, ihren Aufenthalt bei den Fernlys vorzeitig zu beenden und für sich selbst zu sorgen. Sie waren immerhin zu zweit und würden zudem eine Hausangestellte haben. Gwen war vor allem erleichtert gewesen. Sie würde endlich eine Tür zwischen sich und Effie haben, nicht nur nachts. Gwen verbrachte einen Großteil des Tages im Freien, um ihrer Schwester aus dem Weg zu gehen. Euphemia bewegte sich nicht aus dem Haus, aus Angst um ihren Teint. Wenn sie doch einmal nach draußen sehen wollte, dann nur durch ein nach Norden weisendes Fenster. Die Schwestern waren wie Tag und Nacht, trotzdem hegten sie ein sorgfältig bewahrtes Verständnis füreinander.

Edward in das Bild zu malen nahm sehr viel weniger Zeit in Anspruch, als sie sich erbeten hatte. Nachdem die zwanzig Minuten verstrichen waren, nahm Edward Stock und Rucksack auf. Als er sich ihr ein zweites Mal näherte, war er sehr viel sicherer zu Fuß. Langsam und zielsicher kam er auf sie zu. Als er vor ihr stehen blieb, klopfte sie neben sich auf eine Schindel, und er setzte sich.

»Es freut mich, dass wir uns hier kennengelernt haben«, sagte sie. »In der Natur ist man viel freier. Hier, ich habe Sie auf Papier verewigt.« Sie reichte ihm ihr Skizzenbuch und beobachtete ihn, als er ihre Arbeit betrachtete. »Möge irgendeine Macht uns die Gabe geben, uns so zu sehen, wie andere uns wahrnehmen.«

Er lächelte. »Sie kennen also Burns.«

»Burns? Nein, das ist nur so eine Redewendung. Ich wusste nicht, dass es eigentlich ein Zitat ist.«

»Es stammt vom Ende eines Gedichts: ›O wad some Power the giftie gie us, To see oursels as others see us! It was frae monie a blunder free us …‹«

Sie lachte. »Das gefällt mir. ›Von vielen Fehlern befreie uns‹. Wie heißt das Gedicht? Ich werde danach suchen.«

Edward hustete. »Es heißt ›An eine Laus‹, und der Untertitel lautet ›Wie ich eine in der Haube einer Lady in der Kirche sah‹.« Er warf ihr einen Blick zu. Sie lächelte. Er sagte: »Ich hoffe, ich bin Ihnen nicht zu nahe getreten.«

»Sind Sie nicht. Ich würde gern den Rest hören.«

»Leider kann ich es nicht auswendig. Ich möchte es nicht verderben, bevor Sie es nicht selbst gelesen haben. Sie müssen aber nicht danach suchen, ich kann es Ihnen schicken.«

»Bitte machen Sie sich nicht zu viel Mühe.«

»Es wäre mir eine Freude.« Robert Burns wäre nicht seine erste Wahl gewesen, wenn er einer jungen Dame einen Dichter empfohlen hätte, egal, ob er sie gerade erst kennengelernt hatte oder nicht. Er krümmte sich innerlich, als er daran dachte, wie sie Burns' obszönere Stücke lesen würde.

Sie unterbrach ihn in seinen Befürchtungen. »Ihr Akzent klang für mein ungeschultes Ohr sehr echt.«

»Ich habe als Kind viel Zeit in Schottland verbracht. Der Akzent ist nicht original, nur aufgeschnappt, ungeschickt geliehen von meinen Spielkameraden.« Edward fühlte sich plötzlich gefährlich nahe an dem dunklen Abgrund, den er bisher erfolgreich vermieden hatte. Er musterte das Profil der jungen Dame mit aller Konzentration, die er aufbringen konnte. »An welche Adresse soll ich den Burns schicken?«

»Ich schreibe es Ihnen auf.« Sie nahm das Skizzenbuch von seinem Knie und blätterte um. Er sah zu, wie sie Namen und Adresse mit einem weichen Bleistift aufschrieb. Sie riss die Seite heraus und gab sie ihm. Er betrachtete das Stück Papier. Sie bemerkte auch, dass er die Zeichnungen musterte, die in dem Buch plötzlich sichtbar geworden waren. Studien des Rotköpfigen Feuerkäfers bedeckten das blendende Weiß des Papiers, das Gwen instinktiv an ihre Brust hielt.

»Ich werde die Gedichte mit Freuden an Miss Gwen Carrick schicken. Kann ich diese Zeichnung behalten? Ich werde die Künstlerin natürlich dafür entlohnen.«

»Eine Bezahlung ist nicht notwendig, Mr. Scales. Nun, meine Farben sind trocken, und ich habe meine Arbeit für den Nachmittag beendet. Möchten Sie mit hoch zum Haus kommen?«

Edward wollte das ganz und gar nicht, aus verschiedenen Gründen. Stattdessen fragte er sie, ob sie mit ihm picknicken wolle. Er spürte, wie er immer nervöser wurde, und er fürchtete, dass sie es bemerken könnte. Wie beunruhigend. Je mehr er sich deshalb sorgte, desto mehr glaubte er, dass sie seine Gedanken lesen konnte. Doch als er schließlich das Essen auspackte, schien die Sonne so hell aufs Wasser, dass sie ihre Augen beschatten musste und sein gerötetes Gesicht wahrscheinlich gar nicht sah.

Edward förderte aus seinem Rucksack zwei Flaschen Ale zutage, ein großes, in ein Tuch gewickeltes Stück Käse und einen kleinen Laib Brot. Er holte ein kleines Messer aus seiner Tasche und begann, von Brot und Käse Stücke abzuschneiden. Er wog die Flaschen gegeneinander ab und reichte Gwen die schwerere von beiden, während er einen Schluck aus der anderen nahm. »Ich hoffe, Sie mögen Ale. Es ist recht stark.«

»Es scheint, als hätten Sie genug. Wenigstens muss ich mir keine Sorgen machen, Ihnen etwas wegzunehmen.«

»Ich nehme immer mehr mit, als ich wahrscheinlich benötigen werde. In Dorset traf ich einmal auf einen alten Landstreicher, der mich um etwas zu essen bat. Er sah so erbärmlich aus, dass ich ihm alles gab, was ich dabeihatte, doch er bestand darauf, das Bier mit mir zu teilen. Ich hatte nur eine Flasche. Einen Monat lang war ich überzeugt, mir eine Krankheit eingefangen zu haben.«

»Was Sie aber nicht haben.«

»Nein, zum Glück nicht.«

»Dorset ist weit weg von hier.«

Edward holte den kleinen Stein, den er in seinem Ruck-

MARTHA LEA

Die Entdeckungen der Gwen Carrick

Roman

Aus dem Englischen
von Sabine Thiele

Die englische Originalausgabe erschien 2013 unter dem Titel
»The Specimen« bei Canongate, Edinburgh.

Besuchen Sie uns im Internet:
www.droemer.de

Vollständige Taschenbuchausgabe Juni 2016
Droemer Taschenbuch
© 2013 Martha Lea
© 2015 der deutschsprachigen Ausgabe Droemer Verlag
Ein Imprint der Verlagsgruppe
Droemer Knaur GmbH & Co. KG, München
Redaktion: Antonia Zauner
Covergestaltung: ZERO Werbeagentur GmbH, München
Coverabbildung: © Zachary Scott/Gettyimages
Satz: Adobe InDesign im Verlag
Druck und Bindung: CPI books GmbH, Leck
ISBN 978-3-426-30521-8

2   4   5   3   1

TEIL I

AUFTAKT

Helford Passage, Cornwall, 8. September 1866

THE TIMES, Donnerstag, 6. September 1866

MORD IM HYDE PARK
Am Morgen des Dienstags, 7. August, wurde die Leiche von Edward Scales (38) aus Helford, Cornwall, in seinem Haus im Hyde Park in London gefunden. Die Untersuchung der Leiche durch Coroner Horatio Moreton, Esq. und Dr. Jacobs vom London Hospital ergab, dass der Körper des Verstorbenen Würgemale um den Hals aufwies und dass sein Mageninhalt hauptsächlich aus Brandy bestand. Nach ausführlichen Zeugenbefragungen wurde schließlich Mrs. G. Pemberton (26) aus Richmond, Surrey, wegen des Mordes an Mr. Scales festgenommen und an den Central Criminal Court übergeben.

Man liest eine Zeitung gerade dann besonders aufmerksam, wenn diese eigentlich einem anderen Zweck zugeführt werden soll. Die Namen verschwammen ihr vor den Augen. Einige gesegnete Augenblicke lang war ihr Geist vollkommen ruhig, und sie wartete, bis das Zittern nachließ, bevor sie den Zeitungsausschnitt beiseitelegte. Sie riss das nächste Quadrat von der Leine, und dann das nächste, so lange, bis sie fertig war. Vor dem Abtritt lehnte sie sich an die geschlossene Tür und atmete die feuchte Morgenluft ein. Der Herbst kündigte sich bereits leise mit einem leicht fauligen Geruch an.

Als sie zurück zum Haus ging, versuchte sie sich zu erinnern, was sie an dem Montag vor einem Monat getan hatte. Sie wollte ihren Gedanken nicht freien Lauf lassen, wollte sich nicht ausmalen, wie viele Menschen im Land in den letzten zwei Tagen die Nachricht gelesen hatten, die sich jetzt in ihrem linken Ärmel verbarg. Menschen in Zügen und an Zeitungskiosken. Beim Frühstück. Auf Parkbänken und wartend an Straßenecken.

Mittlerweile stand sie vor dem Schreibpult im Arbeitszimmer. Für so ein imposantes Möbelstück hatte es ein erbärmlich kleines Schloss. Da sich der dazugehörige Schlüssel erübrigt hatte, nahm sie den Schürhaken von seinem Platz neben der leeren Feuerstelle. Es war schlicht eine Frage von Präzision und Entschlusskraft. Der angeschrägte Kopf des Schürhakens glitt beim ersten Versuch ab und hinterließ eine Schramme in dem Walnussholz. Beim fünften Versuch gelang es ihr, den Haken in die Ritze zwischen der verschlossenen Klappe und dem restlichen Schreibpult zu schieben. Sie lehnte sich mit ihrem ganzen Gewicht darauf. Das Krachen des splitternden Holzes ließ Susan in den Raum eilen.

»Ma'am?«

»Alles in Ordnung«, erwiderte sie. »Ich komme allein zurecht. Allerdings fahre ich heute nach London und muss noch packen.« Dann widmete sie ihre Aufmerksamkeit wieder dem Schreibpult und machte sich auf die Suche nach dem Namen und der Adresse des Anwalts des verstorbenen Edward Osbert Scales.

SIEBEN JAHRE FRÜHER

KAPITEL I

Die Sonne schien schwer und heiß auf seine Kleider und machte ihn müde. Edward Scales musste eine Pause einlegen und sich an die Steine lehnen, die ihm wie am Strand aufgetürmte Schiffswracks erschienen. Schiffsrümpfe, die auf der Seite lagen, übersät von Seepocken. Weißer Kristall zwischen dunkelgrauen Schichten war alles, was von der Kalfaterung zwischen den Planken noch übrig war. Edward sah die sich krümmenden Schichten nicht, die, verzerrt unter dem enormen Druck, in alle Himmelsrichtungen strebten. Er sah nur Schiffe. Er wusste, dass sie das schon lange nicht mehr waren, nie gewesen sein konnten, doch sein Verstand weigerte sich, etwas anderes in ihnen zu sehen.

Die kleinen Strände entlang des Helford waren von hohen Klippen voll flacher Höhlen eingeschlossen. Der Boden dazwischen war mit scharfkantigen Steinen und grauen, weißen und ockerfarbenen Kieseln übersät, die bis zu faustgroß sein konnten. Bei Ebbe klebte der Blasentang an den Felsen wie glitschiges Haar. Kein leicht zu durchwanderndes Gelände. Er hätte mit dem Boot kommen können, war jedoch nicht auf den Gedanken gekommen. Er hätte auch einfach dort, im Schatten dieses zu Stein gewordenen havarierten Schiffes, bleiben und die schmerzenden Füße von den Stiefeln befreien können. Doch dann wäre er vielleicht nicht weitergegangen. Edward Scales kletterte zwischen den gebrochenen Rippen hindurch auf die andere Seite und trat in ihr Blickfeld.

Gwen Carrick wollte gerade zurück zum Haus gehen, als sie ihn sah. Sie erkannte sein Profil, seinen Gang. Diesen Mann hatte sie in diesem Monat bereits einige Male bemerkt, doch immer nur aus der Ferne, wo er zwischen den Felsen herumgeklettert war. Sie stand auf, um ihn besser sehen zu können. Seine Stiefel waren neu: fest, mit genagelten Sohlen und unbequem aussehend. Außerdem trug er Gamaschen.

Als Edward sich wieder umdrehte, sah er die junge Frau hoch aufgerichtet, die Augen mit der Hand gegen das intensive Sonnenlicht beschattend. Um ihn besser erkennen zu können, wie ihm klarwurde. Sein Hut war an seinen Rucksack gebunden, daher konnte er ihn nicht zum Gruß lüften. Stattdessen hob er die Hand zu einem halben Winken. Sie erwiderte die Geste, blieb jedoch ansonsten regungslos. Ein gutes Zeichen. Als Edward den steilen Kiesstreifen an dem kleinen Strand hinaufstieg, fragte er sich, was er wohl zu ihr sagen würde. Als er nahe der ebenen Fläche des Strandes stolperte, kam sie auf ihn zu, die Augen immer noch beschattend. Mit der freien Hand hielt sie ihre Röcke gerafft. Ihre Schritte waren ausgreifend und selbstbewusst. Ihre Hände zeichneten sich gebräunt gegen den hellen Stoff ihres Kleides ab. An ihrem Gang erkannte er, dass sie kein Korsett trug, dennoch hielt sie sich in ihrem Reitjackett kerzengerade. Ihre Taille war winzig über einem üppigen ... nein, er wollte nicht daran denken, was sich unter den Röcken befand. Mit etwa einem Meter Kieselstreifen zwischen sich blieben sie stehen. Sie war so groß, dass sie ihm in die Augen sehen konnte, ohne den Kopf in den Nacken zu legen. Sie trug keine Kopfbedeckung. Edward versuchte anhand des Umfangs ihres aufgesteckten Haares dessen Länge abzuschätzen.

sack transportiert hatte, heraus und legte ihn neben sich. Gwen Carrick bemerkte es nicht, sie war vollauf damit beschäftigt, mit ihrem Taschenmesser mehr Brot und Käse abzuschneiden. Eine Ecke des Steins bestand aus der geriffelten Oberfläche eines Ammoniten. Gwen hielt die Flasche mit den Füßen fest. Edward sah, dass sie nicht mehr die klobigen, abgeschabten Stiefel von vorher trug, sondern gute braune Lederschuhe mit einem kleinen Absatz und einem Riemen über dem Spann, der mit einem kleinen Knopf befestigt war. Er musste an etwas denken, das Charles ihm einmal erzählt hatte. Ihm war jedoch bewusst, dass die unterschwellige Erotik ihrer Haltung vollkommen unbeabsichtigt war.

»Miss Carrick, die roten Käfer in Ihrem Skizzenbuch konnten mir nicht verborgen bleiben. Ich finde sie ganz entzückend.«

»Noch mehr als die Studie, die ich Ihnen gerade gegeben habe?«

»Nein, das meine ich nicht. Sie sind mir aufgefallen, sie interessieren mich aber auf eine andere Weise, das ist alles.«

»Wenn eine junge Frau das Bild eines hübschen roten Käfers malt, Mr. Scales, wird es ›entzückend‹ genannt, gerahmt, und für die Künstlerin wird rasch ein Ehemann gefunden. Wenn ein junger Mann eine anatomische Studie eines Rotköpfigen Feuerkäfers anfertigt, wird von ihm erwartet, dass er weiß, dass es sich um den Pyrochroa serraticornis handelt, und er wird zur Universität geschickt, damit er eines Tages etwas zum wissenschaftlichen Kanon über Coleoptera beitragen kann.«

»Ich verstehe.«

»Tatsächlich, Mr. Scales? Ich möchte nicht, dass Sie mein Werk aus den falschen Gründen bewundern. Meine Arbeit ist kein Köder; ich suche nach der Wahrheit. In allen Dingen.«

»Es tut mir leid. Ich wollte Ihre Begabung nicht herabsetzen.«

»Begabung? Mein Talent ist nichts, was mir Gott gegeben hat, Mr. Scales, ich habe es mir hart erarbeitet.«

»Natürlich. Ich sehe, wie sehr Sie sich Ihrer Arbeit verschrieben haben. Ich habe meine Worte schlecht gewählt. Auf keinen Fall wollte ich Sie beleidigen.«

»Aber Sie beleidigen mich nicht, Mr. Scales. Wenn ich ein Mann wäre, würden Sie sich dann entschuldigen oder würden Sie darüber diskutieren, ob das Talent eines Künstlers gottgegeben oder durch regelmäßige Übung entstanden ist?«

»Wahrscheinlich weder noch. Ich hätte eine Unterhaltung über Käfer begonnen, ohne Ihre Darstellung auf Papier zu bewundern.«

»Dann würde ich Ihnen sagen, dass es mich überrascht hat, diesen speziellen Käfer so früh im Jahr zu finden, normalerweise sind sie im Mai, Juni und Juli zu sehen. Das fällt einem natürlich auf, nicht wahr?«

»Es tut mir leid, dass ich in Ihre Welt eingedrungen bin, Miss Carrick. Ich habe kein Recht, mich hier aufzuhalten. Wenn ich Ihnen zuhöre, wird mir bewusst, dass mein eigenes Dasein tatsächlich sehr glanzlos ist.«

»Das ist es sicher nicht.«

»Doch, ich versichere es Ihnen.«

»Auch wenn Sie sich selbst mit den Augen anderer sehen wollen, ist das unmöglich, weshalb Sie es gar nicht erst versuchen sollten.«

»Trotz Ihrer Worte scheinen Sie sehr zufrieden mit Ihrem Leben zu sein, Miss Carrick.«

»Ich bin zufrieden, am Leben zu sein, Mr. Scales, doch ich besitze nicht die Qualitäten, die Sie wohl in mir sehen. Ich bin mit mir sehr unzufrieden. Man hat es mir eingebleut.«

Er blickte ihr einen Moment fragend in die Augen, doch Gwen gab ihm keine weiteren Erklärungen. »Als ich Sie das letzte Mal sah, Miss Carrick, wollte ich Ihnen etwas sagen.«

»Wie bitte? Mr. Scales, haben Sie mir hinterherspioniert?«

»Ich … ich war schon einmal hier.«

»Ich muss gestehen, dass ich Sie auch schon einmal gesehen habe, Mr. Scales. Schauen Sie nicht so erschrocken. Ich habe Sie aus der Ferne gesehen, ein- oder zweimal, wie Sie von hier weggegangen sind. Seither habe ich mich gefragt, wer Sie sind und wo Sie leben. Ich muss zugeben, ich habe mich auch gefragt, wie Sie wohl aussehen. Mir kam es so vor, als hätte so etwas wie ein wichtiges Ziel in Ihren Schritten gelegen.« Sie wollte noch hinzufügen, dass er ihr zuerst wie ein Tourist erschienen war, der keine Ahnung hatte, wo er sich befand, bis er nach einer Weile zielstrebiger vorangeschritten war. Dass man einen Fremden, den man nur aus der Entfernung sah, manchmal nicht wieder aus dem Kopf verbannen konnte und er sich zu einer Art Obsession entwickelte. Das hatte sie Mr. Scales offenbaren wollen. Etwas an seinem Verhalten sagte ihr, dass er sie verstehen würde. Das Rätsel um diesen Mann hatte sie von Zeit zu Zeit beschäftigt, und sie hatte sich gefragt, ob es sich je ergeben würde, mit ihm zu reden.

Ihre Worte hatten Edward entwaffnet. Er erkannte, dass es keinen Sinn hatte, das Thema anzuschneiden, das offensichtlich in jeder Hinsicht unantastbar war. Was er begonnen hatte, war komplizierter, als er es sich vorgestellt hatte. Während er Gwen zuhörte, wie sie ihm elegant auswich, hatte er das Gefühl, sie besser und umfassender zu verstehen als alles ihm bisher Bekannte.

Er sah, dass Miss Carrick jung war, konnte allerdings ihr genaues Alter nicht schätzen. Er wusste, dass er sie in

Frieden lassen sollte. Wenn er schon vorher das Gefühl gehabt hatte, sich ihr unanständig genähert zu haben, dann jetzt erst recht. Ihr Takt und ihre offene Art ließen ihn innerlich zusammenzucken und machten ihm bewusst, wie ungeschickt seine Versuche waren, seine Indiskretionen zu überspielen. Doch er wusste auch, dass er wieder zurückkommen würde, trotz seines Versprechens, trotz seines Gewissens. Er würde wiederkommen, und er würde nicht zögern, alles mit diesem Menschen zu teilen, der seine Studien eines roten Käfers geheim halten wollte.

Gwen hielt an der südlichen Wand des Küchengartens inne. Jemand hatte ein Lagerfeuer entzündet, dessen Rauch über die Mauer stieg. Sie hatte es schon auf dem Weg vom Strand bemerkt. Es roch weder nach Erde noch nach Holz wie ein normales Gartenfeuer. Aus der Nähe konnte sie jetzt schwarze Ascheflocken in der Luft herumwirbeln sehen, die rasch zu Boden sanken. Gwen ging eilig die Wand entlang um die Ecke, bis sie zum Gartentor kam. Das Feuer brannte unbeaufsichtigt. Die Flammen schlugen hoch auf, und das Brenngut fiel in sich zusammen. Die Lage des Feuers war seltsam. Gwen konnte sich nicht vorstellen, warum Murray dem Burschen aufgetragen haben könnte, ein Feuer genau unter der Südmauer zu entzünden, wo man die Obstbäume in ihre getrimmte Form gezwungen hatte. Während sie darüber nachdachte, fiel etwas von dem Lagerfeuerhaufen, das ihre Aufmerksamkeit erregte. Sie erkannte, worum es sich bei dem Brennmaterial handelte, und stürzte darauf zu. Mitten zwischen die Gartenabfälle waren Bücher geschoben worden – die Bibliothek ihres Vaters. Sie sah ihre alten Freunde, Bells *Anatomy*, Duncans *Beetles*, Mrs. Mantells Stiche von geologischen Schichten und Fossilien, alle wurden in ihr Grundelement zurückverwandelt. Sie sah sich suchend um. Ein großer Spaten lehnte an der Nordwand. Gwen ignorierte die Wege und rannte quer über den Rasen. Ihre Brust wurde eng vor Angst und Hektik, während sie ihre Röcke mit den Händen raffte und noch ausgreifendere Schritte machte.

Sie stieß einen wütenden Schrei aus, während sie mit dem schweren Spaten auf den Haufen brennender Bücher einschlug. Schwerfällig und ungenau waren ihre Bewegungen. Einzelne Seiten und angesengte Bücher fielen heraus und qualmten auf dem Boden weiter, während Gwen so viel rettete wie möglich und dann Erde auf das Feuer häufte, wobei sie immer weiter schreiend mit der Schaufel darauf einschlug.

»Was zur Hölle?«

Gwen hielt nicht inne, als sie Murray hörte. Er nahm ihr den Spaten aus den Händen, als sie gerade ausholte, und vollendete ihre Arbeit. »Miss, Sie haben es gelöscht, Sie können sich jetzt ausruhen.«

»Murray …« Sie beugte sich vornüber und hustete.

»Ich muss ein ernstes Wort mit dem Burschen reden. Ich dachte, er sei eine gute Wahl, aber ich hatte unrecht.« Murray stieß die Überreste eines verbrannten Bucheinbandes mit dem Schuh an.

»Es war nicht seine Schuld.« Gwen schnappte nach Luft und griff würgend nach Murrays Ärmel. »Er hat es nicht gewusst.«

»Er ist ein verdammter schwachsinniger Trottel, Miss. Das können Sie mir glauben.«

»Es ist vorbei, Murray. Wenigstens habe ich es gefunden.«

»Das haben Sie. Was wollen Sie jetzt machen?«

Gwen nahm einen der weniger beschädigten Bände auf. Der Rücken war verbogen, die angesengten Seiten kräuselten sich am Rand, als hätten sie selbst schon jede Hoffnung auf Rettung aufgegeben. Das Leder am Buchrücken war brüchig und aufgeworfen; die Goldprägung war verbrannt, so dass der Titel unleserlich geworden war, doch Gwen kannte das Buch in- und auswendig. Die irreparablen Schäden taten ihr in der Seele weh. Sie hatte Stunden in der Gesellschaft der vierbändigen Lyell-Ausgabe verbracht, hatte über den Karten gesessen und sie sorgfältig wieder zusammengefaltet, während sie sich durch die *Principles of Geology* gearbeitet hatte.

»Ich weiß es nicht.«

Gwen begutachtete das Chaos auf dem Rasen und sah zwei der anderen drei Lyell-Bände. Sie nahm sie auf und versuchte, Schmutz, Ruß und noch glühende Teile von anderen Büchern und Grashalmen abzubürsten. Bemitleidenswert lagen sie in ihrer Armbeuge, als Gwen langsam zurück zum Haus ging. Der Gestank nach Rauch hatte sich in ihrer Nase festgesetzt und reizte ihre Kehle. Statt durch die Küchentür hineinzugehen, ging sie um das Gebäude herum und betrat das Haus durch den Vordereingang.

Die Tür zur Bibliothek war angelehnt. Gwen stieß sie mit der Schuhsohle auf und stand erregt im Türrahmen, die misshandelten Bücher eng an den Brustkorb gedrückt. Wahrscheinlich sah auch sie etwas mitgenommen aus. Sie betrachtete ihre Schwester, die makellos gekleidet war, eng ins Korsett geschnürt, wie sie mit zarten, weichen Händen Bücher aus den Regalen nahm und diese in einen Schubkarren legte.

Gwen wollte in das Zimmer stürmen, doch sie war wie gelähmt. Euphemia hielt in ihrer Tätigkeit inne. Beide schwiegen. Euphemia erblasste. Gwen hörte laut und deutlich die Stimme ihrer Mutter. Kein leises Flüstern ins Ohr, wie es oft über die gerade Verstorbenen gesagt wird, oder ein Gefühl, als stünde jemand neben einem. Es war eher, als befände sich ihre Mutter direkt in Gwens Kopf, und die Stimme, die sie hörte, sprach ihrer Mutter Gedanken aus.

»Natürlich, ich weiß, was er sagt, Gwen, Liebes. Aber warum sollte ich es ihn wissen lassen? Er würde sich nur selbst Schaden zufügen. Manche Sachen behalten wir besser für uns.«

Gwen straffte die Schultern und starrte weiter Euphemia an, die das Buch, das sie gerade in die Schubkarre legen wollte, mit einem leisen Seufzer zurück ins Regal stellte. Eins nach dem anderen sortierte sie auch die anderen Bände zurück, wobei sie dem Blick ihrer Schwester beharrlich auswich. Gwen sah zu, bis das letzte Buch wieder an seinem Platz stand. Erst dann betrat sie den Raum. Sie stellte die drei verwüsteten Exemplare von Lyells *Principles* auf das leere Regalbrett, auf dem sie bisher gestanden hatten. Sie schenkte sich ein Glas Wasser aus der Karaffe auf dem Schreibtisch ein, packte danach die Griffe der Schubkarre und rollte sie hinaus.

An der Tür fragte Gwen: »Hast du auch nur die geringste Vorstellung, was ich denke?«

»Nein, denn es ist unmöglich zu sagen, was ein Verräter denkt oder fühlt.«

»Du gibst also wenigstens zu, dass ich Gefühle habe?«

»Dann gibst du es also auch endlich zu. Du kannst nicht abstreiten, was du bist.«

Gwen verließ das Haus und ging zurück in den Küchengarten. Der Ärger auf sich selbst ließ sie ungeschickt mit der Schubkarre hantieren, die lautstark über Treppen und Wege rumpelte. Sie hätte nie zulassen dürfen, dass Euphemia sie in den alten Streit hineinzog, doch am gestrigen Abend beim Essen hatte sie ihre Verachtung für die unerschütterliche Überzeugung ihrer Schwester, dass die Fossilien in der Sammlung ihres Vaters Überreste der Sintflut waren, nicht länger verbergen können. Sie war aus dem Esszimmer gestürmt und mit *Strata Identified by Organized Fossils* von William Smith zurückgekehrt. Das Buch war mit einem übermächtigen Klatschen neben Euphemia auf dem Tisch gelandet und hatte dabei ein leeres Weinglas zu Boden befördert, wo es zerschellte. Gwen warf sich im Nachhinein vor, vom Wein beeinflusst gewesen zu sein. Durch ihn hatte sie sich im Recht gefühlt, Euphemia ihre Dummheit wortreich und eindringlich vor Augen zu führen. Sie öffnete das Buch an der mit einem Lesezeichen markierten Stelle und schob es Euphemia unter die Nase.

»Bist du wirklich zu dumm, die Worte zu verstehen? Ja? Ich lese sie dir noch einmal vor.« Gwen sprach einen Abschnitt nach, musste dabei kaum in das Buch sehen. Die Worte hatten einen Triumphtanz aufgeführt – doch wo waren sie jetzt? Euphemia hatte versucht, sie auszulöschen. Doch sie hingen an Gwen und Gwen an ihnen: »... organische Überreste, spezifisch für jede Gesteinsschicht ...« Sie verdrängte die Erinnerung an die Freude, die sie empfunden hatte, als sie die Worte um ihres Vaters willen auswendig gelernt hatte. Wie sie an seinem Schreibtisch gestanden und versucht hatte, mit ihm zu reden, wie er es ihr vermutlich zugestanden hätte, wäre sie ein Junge gewesen. Es spielte keine Rolle. Das Wissen gehörte nicht ihm allein.

Gwen bog um die letzte Ecke und stellte die Schubkarre neben Murray ab. »Wir haben den Burschen zu Unrecht beschuldigt. Er hat nichts damit zu tun.«

Murray drehte sich um und sah ihr eindringlich in die Augen. Sie erwiderte seinen Blick, der kurz flackerte, als er ihre unausgesprochene Erklärung verstand. Zusammen holten sie die Bücher aus den Überresten des Feuers. Manche waren nur oberflächlich angesengt und konnten gerettet werden. Doch der Band von Smith war von Euphemia besonders grob behandelt worden. Gwen sammelte einzelne Fetzen von Seiten auf, die sorgfältig aus dem Buch gerissen und zerkleinert worden waren. Auf einem Stück Papier waren die Überreste einer aufwendigen Illustration eines

Ammoniten zu sehen. Jedes dem Feuer übergebene Buch war Teil von Gwens Rüstzeug, wie sie selbst es nannte, gegen die engstirnige und verbissene Dummheit von Menschen wie dem Vikar, der zwar über die Intelligenz, die Wahrheit zu erkennen, verfügte, es jedoch vorzog, sich ihr zu verschließen; oder das Geschnatter von Euphemias schwarzgekleideten Besuchern, die der Wahrheit vollständig aus dem Weg gingen und sich lieber Geistern und Botschaften von der anderen Seite widmeten. Euphemia nannte sie eine Verräterin. Eine Verräterin an ihrer Mutter und deren Glauben. Gwen kniete nieder und ließ sich von der Trauer überwältigen, ließ sie in jeden Winkel ihres Körpers eindringen.

Nach einigen Minuten sagte sie sich, dass die verbrannten Bücher nicht wichtig seien. Theoretisch waren sie ersetzbar, und die in ihnen enthaltene Wahrheit, ihr Geist, lebte in ihrem Kopf und in den Köpfen anderer weiter. Wichtig war die bösartige Natur von Euphemias Groll. Gwen schalt sich selbst dafür, dass sie in Euphemia den Wunsch geweckt hatte, das Haus in Besitz zu nehmen, jede Erinnerung an ihren blasphemischen Vater auszulöschen, der Reverend Sparsholt auf den Stufen von Helford Church bei der Beerdigung ihrer Mutter lautstark in die Schranken gewiesen hatte. »Sie war bereits im Himmel, als sie noch lebte.« Gwen erinnerte sich an die abgrundtiefe Trauer in seinem Gesicht. »Jetzt wird ihr Leib in der Erde verrotten«, hatte er gesagt. »Mehr nicht, Sparsholt. *Mehr nicht.*« Daher musste jede Spur der sündenhaften Bibliothek aus dem Haus getilgt werden, damit Euphemia es zu einem Denkmal für ihre Mutter umwandeln konnte. Gwen erkannte jetzt, dass Euphemia auch ihr ganzes Selbstverständnis und ihr Recht auf dieses Haus auslöschen wollte. Euphemia wollte ihr das Haus und seinen Inhalt vollkommen verwehren.

Doch es gab eine Sache, die Gwen ganz für sich hatte und von der Euphemia nichts wusste: ihren neuen Freund, Mr. Scales. Gwen erinnerte sich an die Fossilie in seiner Hand, als sie sich am Nachmittag unterhalten hatten. Immer wieder ging sie ihr Gespräch in Gedanken durch. An manche Teile konnte sie sich nicht mehr erinnern, doch das meiste war ihr noch im Gedächtnis, vor allem die Eindringlichkeit. Die Intensität des Gesprächs hatte schon bald die üblichen Formalitäten und Konventionen bedeutungslos gemacht. Sie hatten einander keine höflichen Fragen über den persönlichen Hintergrund gestellt; sie hatten voll und ganz im Moment gelebt und keinen Blick für die Vergangenheit oder die Zukunft gehabt.

Gwen stand auf, bürstete sich Erde und Asche von den Röcken, während Murray den Schubkarren voller Bücher zu einem der Gartenschuppen schob. Gwen folgte ihm und begann, die Schäden an den Bänden genauer zu begutachten. Als sie die Teile von Euphemias Essay der Zerstörung untersuchte, wusste Gwen, dass sie Euphemias Existenz gegenüber Mr. Scales niemals erwähnen würde. Die Atmosphäre sollte nicht mit der Nennung ihres Namens vergiftet werden, mit ihren Taten und den Gefühlen, die sie in Gwen ausgelöst hatte.

KAPITEL II

Die spirituellen Sitzungen, die in Carrick House abgehalten wurden, zogen eine Fülle von seltsamen Gestalten an. Sie kamen Gwen vor wie ein Schwarm exotischer Insekten, die gegen das Glas in der Eingangstür drängten und um die abgedimmten Lampen herumflatterten. Sie ertrug es nicht; sie hasste ihre verschwitzten Hände und die Dankbarkeit und Bewunderung für ihre Schwester, die in ihren weit aufgerissenen, hoffnungsvollen Augen stand. Geister hatten sich allerdings bisher noch nicht im Salon eingefunden, um ihre Geheimnisse zu enthüllen, Nachrichten zu überbringen oder eigene Schuldgefühle oder die der Lebenden zu beschwichtigen. Es belastete ihr Gewissen, und ihr Magen zog sich vor Verachtung zusammen. Sie beobachtete ihre Ankunft. In Vierergruppen entstiegen sie Kutschen, die in der Einfahrt parkten. An diesem Montagabend waren es drei Gefährte, zwei Klienten waren zu Fuß gekommen, schwarze Silhouetten vor der untergehenden Sonne. »Ach du meine Güte«, sagte sie und zog die Vorhänge zu.

Gwens Abwesenheit bei den Treffen war Botschaft genug. Euphemia wusste, wie sehr ihre Schwester ihre Gabe verabscheute.

Euphemia war es auch egal, wie Gwen die Zeit während der spiritistischen Sitzungen verbrachte. Ihre Damen (und auch einige Gentlemen) waren empfänglich für ihre Gabe und würdigten sie. Manche, wie etwa Penelope Coyne, kamen zu Euphemia aus Angst vor einem Verlust, der noch nicht eingetreten war. Penelopes Lippen schienen immer leicht zu zittern, jederzeit die Nachricht vom Ertrinken ihres weitgereisten Sohnes zu erwarten oder anderes zukünftiges Unglück. Manche von ihnen waren Kenner und voller Geschichten über die Scharlatane unter den Spiritisten, die nur Taschenspielertricks vorführten. Euphemia hatte kein Trickrepertoire, nur eine schier unerschöpfliche Menge an Stimmen, die durch den Raum tanzen und ihren Klienten ins Ohr flüstern konnten. Nichts klopfte in Euphemias Salon, keine Glöckchen läuteten. Sie hatte keinen Tisch mit einem wackligen Bein, das passenderweise im Dunkeln hin und her zucken konnte. Alles, was in diesem Raum glänzte, waren die weit geöffneten und dankbaren Augen der versammelten Menschen und die Münzen, die sie bei ihrem Abschied auf einem diskret plazierten Teller zurückließen. Am befriedigendsten waren auch nicht die Geldstücke oder die Einträge in ihrem Gästebuch, sondern dass sie ihre Dienste noch nie angeboten hatte. Sie hatte noch nie etwas so Vulgäres wie eine Anzeige in der Zeitung geschaltet. Euphemia hielt sich auch nicht für eine gewöhnliche Hellseherin. Wenn es doch einmal vorkam, dass jemand Anstalten machte, sie mit einem anderen Medium bekannt zu machen, lehnte sie ab, entmutigte sie, ohne undankbar oder unhöflich zu erscheinen. Eine gewisse Herablassung konnte sie allerdings oft nicht verbergen. Ihre Zurückgezogenheit schien eine bestimmte Erwartung bei ihren Klienten hervorzurufen. Ihre Gabe war von den Scharlatanen unbefleckt. Wie diese jungen Mädchen in Europa, die von Visionen der Heiligen Jungfrau heimgesucht wurden, war sie rein, und so wollte sie auch bleiben.

Die Gruppe heute Abend war gemischt; zu viele für den Tisch im Salon. Viele neue Gesichter, was ihr Befriedigung verschaffte. Euphemia begann mit ihrer Einführungsrede. Sie mochte den Klang ihrer Stimme im Esszimmer nicht, doch daran war jetzt nichts zu ändern.

»Wir müssen immer daran denken, dass die Geister empfindsam sind«, sagte sie. »Daher werden wir uns nur mit unseren Vornamen ansprechen.« Sie hielt kurz inne. »Von der anderen Seite wird es keine Kontaktaufnahme mit ›Mr. Smith‹ geben, ein Geist möchte mit ›John‹ oder ›Harry‹ sprechen. Die Geister werden auch nur mit euch kommunizieren, wenn eure Herzen offen und frei von Zweifel sind.«

Euphemia war natürlich »Miss Carrick« – wie sollte sie sonst die Kontrolle über die Sitzung behalten? Sie ließ den Blick über den Tisch wandern und verharrte für einen Moment auf einem jungen Mann, dessen vor Aufregung gerötetes Gesicht kränklich wirkte. Er leckte sich die Lippen, und seine Hände zitterten während der Einführung, bei der sich alle Anwesenden mit zögernder Stimme vorstellten. Euphemia lächelte. Jeder von ihnen blickte sie an und nannte seinen Namen; die anderen sahen den Sprecher an. Alles ging seinen Lauf, doch sie behielt den jungen Mann im Auge. Als er an der Reihe war, erkannte sie, dass er gar nicht so jung war. Sie sah ihm in die Augen.

»Ch-Charles. Ich bin Charles. Guten Abend.« Er blickte zur Zimmerdecke empor, in die Luft über ihren Köpfen.

»Willkommen, Charles.« Sie schätzte ihn als schwierig ein, vielleicht ein Zweifler, ein Ungläubiger, und wandte sich an die Frau neben ihm.

»Guten Abend. Ich heiße Penelope.«

»Willkommen, Penelope. Wie schön, Sie wiederzusehen.«

KAPITEL III

Helford Passage, April 1859

Wege schlängelten sich zu beiden Seiten des Risses, der den Garten voller Rhododendren teilte. Palmen, die früher Schiffsballast gewesen waren, breiteten ihre ausgreifenden Wedel aus. Kamelien setzten rosafarbene Wölkchen in das feuchte Grün des Frühlings zusammen mit den wächsernen Blütenblättern der Magnolien. Bambusstauden, die einst winzig und schlank gewesen waren, wucherten wild und schoben ihre dornigen Sprossen durch den Boden. Mitten durch den Garten verlief ein Bach, der ungepflegte Karpfenteiche füllte, in denen nichts schwamm; gesäumt wurde er von riesigen Mammutblattstauden. Edward sah diese Bilder im Geiste, denn der Nachthimmel war mit dichten Wolken bedeckt. Der Tag hatte gut begonnen, mit einem klaren Horizont über dem Meer, doch die Wolken, die nun den Mond verdeckten und sein Vorankommen erschwerten, hatten sich den Tag über zusammengezogen, während sie über das Meer auf die Küste Südcornwalls zutrieben. Jetzt, da er Miss Carrick bei Tageslicht getroffen hatte, bezweifelte er, dass sie ein zweites Mal in der dunklen Kälte des Sommerhauses auf ihn warten würde. Sie hatte ihm ein Versprechen abgenommen, das er schon gebrochen hatte. Er war zurückgekehrt, in der Hoffnung, sich zu rehabilitieren, zu erklären, warum er sich bei Tage nicht hatte fernhalten können, dass er sich die Chance, ihr Gesicht zu sehen, nicht hatte entgehen lassen können. Ihr Verhalten am Strand hatte ihn bestärkt. Und doch war er nervös, so viel nervöser, als er es je in seinem Leben gewesen war. Und er war erschöpft. Die sieben Meilen hatten sich verdreifacht. Am frühen Morgen war er mit dem Ziel aufgebrochen, etwas ganz anderes zu tun. Er war bis zur Grenze des kleinen Carrick-Anwesens gelaufen, mit der Absicht, sich dort vorzustellen. Doch er war umgekehrt. Zurück in seinen Räumen in Falmouth hatte er sich zufällig im Spiegel über dem Waschtisch erblickt. Er hatte sich bis zur Hüfte entkleidet und hektisch gewaschen, bevor er ein sauberes Hemd über seinen feuchten Oberkörper gezogen hatte und wieder hinausgegangen war.

Auf dem Weg zurück wandelte sich die Dämmerung zu undurchdringlicher Finsternis, und er befürchtete mehrmals, er werde über die Klippen stürzen. Und nur zu verdient, wie er sich sagte, nur zu verdient. Du hast dich Miss Carrick gegenüber irrational verhalten, und es wäre ganz deine eigene Schuld, wenn du in die Tiefe stürztest und ihre Gefühle nie erfahren würdest. Dein Pech, wenn du niemals die Gelegenheit hättest, deine Gefühle zu offenbaren. Einige Male war er stehen geblieben, um ein Streichholz anzuzünden, doch die jämmerliche Flamme, die er mit der Hand zu beschützen versuchte, wurde jedesmal sofort von den Windböen ausgeblasen.

Wie leicht es doch war, sich vom Lauf der Ereignisse von seinen ursprünglichen Absichten ablenken zu lassen. Es war eine Erleichterung, die Umrisse des roten Ziegelhauses im Nebel auftauchen zu sehen, die nassen, dunklen Dachschindeln waren fast schon ein Trost für Edward, als er den steilen Pfad entlang um die Ecke ging. Im hintersten Winkel setzte er sich in einen alten Sessel und zog sich die staubige Decke darauf um die Schultern. Sie roch stark nach Tabakrauch und modrigen Kellern.

Um halb sechs Uhr morgens weckte ihn kurz das Crescendo der Vögel, dann sank er zurück in die Überreste eines Traums. Bald darauf wurde ihm jedoch kalt, so dass er erneut aufwachte, und nun war die Erinnerung an Miss Carrick stärker als die undeutlichen Fetzen seines Traumes. Er sah auf seine Uhr, es war fast sechs. Er nahm noch einen Schluck Whisky und beschloss, ein wenig länger zu bleiben. Er öffnete seine Kniehosen, machte sich frei und erlaubte der Wärme des Whiskys und der Erinnerung an Miss Carrick in der Morgensonne seinen Körper zu durchströmen.

Als Gwen vom Strand zurückkehrte, lag der Garten immer noch unter feuchten Nebelschleiern verborgen. Ihre Fingerspitzen in den Handschuhen fühlten sich etwas taub an. Sie könnte ein kleines Feuer im Sommerhaus entzünden. Es läge schon bereit und wartete nur noch auf ein Streichholz. Gwen bog vom Hauptweg ab und ging unter den Bäumen weiter. Die Tür stand weit offen. Ein Mann, den sie zuerst nicht erkannte, saß neben der Feuerstelle in dem Sessel, in dem Murray normalerweise Schnüre entwirrte, wenn es regnete. Eine Sekunde lang fragte sie sich, ob Murray vielleicht einen jungen Burschen als Vertretung geschickt hatte, doch dieser Mann war kein Gärtner. Gwens Herz hämmerte. Zuerst sah es so aus, als ob Mr. Scales schliefe. Den Kopf zurückgelehnt, die Augen geschlossen, der Mund halb geöffnet. An dem leichten Zucken seines Arms erkannte sie, dass er träumte. Seine Atmung war allerdings nicht entspannt wie die eines Schlafenden: Sie war schnell und angestrengt. Gwen blieb in der Tür stehen und war sich nicht sicher, ob sie ein Geräusch machen und ihn damit wecken sollte oder nicht.

Zu seinen Füßen stand sein alter Rucksack aus schwerem Segeltuch mit Lederriemen, der einen ähnlich mitgenommenen Eindruck machte wie Mr. Scales selbst. Gwen fragte sich kurz, ob er die ganze Nacht hier gewesen war. Ein scharfer Geruch nach abgestandenem Schweiß lag in der Luft, obwohl die Tür offen stand. Mr. Scales bewegte sich – er öffnete jedoch nicht seine Augen oder schloss seinen Mund. Nur sein linker Arm begann wieder zu zucken. Vielleicht erlitt er einen Anfall, einen von der Sorte, die schließlich ihre Mutter umgebracht hatten. In diesem Fall sollte sie allerdings etwas tun. Er wirkte aber auch nicht bewusstlos. Leise betrat sie den Raum, ihre Sicht etwas eingeschränkt durch die Decke, die über eine Lehne des Stuhls drapiert war. Als sie seine ganze Gestalt erblickte, sah sie, dass seine Hose – dieselbe, die er getragen hatte, als sie sein Bier getrunken hatte – offen und über seine Hüften nach unten gezogen war.

Ihre schweren Röcke wehten wie eine starke Gezeitenwelle um ihre Beine. Als sie das Haus erreichte, war ihr Rücken schweißnass, ihre behandschuhten Hände glühend heiß und feucht. Sie stand in der Eingangshalle, horchte auf das Ticken und Schnarren der Uhr, die die Viertelstunde schlug. Es war immer noch erst Viertel nach sechs. Ihr Blick kam auf dem Kleiderständer zum Ruhen. Dort hing ein großer, alter Mantel, und auf den Fliesen daneben stand ein Paar alter Stiefel, das sie schon lange nicht mehr getragen hatte. Als sie gerade noch nachdachte, wie lange es tatsächlich her war, kam Euphemia die Treppen heruntergesprungen.

»Oh, bist du schon so früh zurück von deiner Wanderung? Ich habe dich gar nicht hereinkommen gehört.«

Gwen spannte die Finger an und lockerte sie wieder. »Der Nebel hat sich noch nicht verzogen. Ich gehe später wieder hinaus.«

»Wirst du frühstücken?«

»Nein, ich gehe ein bisschen nach oben.«

Hinter der geschlossenen Tür ihres Schlafzimmers entspannte Gwen sich wieder. Langsam begann sie sich zu entkleiden. Sie ging über den Teppich zum angrenzenden Badezimmer. Zitternd stand sie in ihrem Unterkleid neben der großen weißen Wanne und drehte den Hahn auf. Sie beobachtete, wie das kalte Wasser in die Wanne strömte, konzentrierte sich auf den steigenden Pegel, während sie sich vorzustellen versuchte, was Mr. Scales wohl mit sich angestellt hatte. Sie zog an der Klingel, um das Hausmädchen wissen zu lassen, dass sie einen Eimer heißes Wasser benötigte, drehte den Hahn zu und setzte sich auf den Wannenrand.

Susan musste nicht hinsehen, um zu wissen, welche kleine Glocke da läutete. Sie hatte gesehen, wie Gwen den Weg zum Haus entlanggegangen war. Sie glaubte gern zu wissen, was Gwen oder Euphemia als Nächstes wünschen könnte, und jetzt war das ein Bad für Miss Gwen. Sie war den Pfad um kurz nach sechs Uhr morgens entlanggeeilt, hatte in der Halle ihren Mantel ausgezogen und war ganz rot im Gesicht gewesen von der Anstrengung.

Susan legte ruhig ein feuchtes Tuch über ihren Brotteig, nahm dann den wattierten Handschuh und hob den Kessel. Sie goss das dampfende Wasser in einen Eimer, füllte den Kessel wieder auf und setzte ihn zurück auf den Herd, bevor sie das heiße Wasser über die Hintertreppe nach oben brachte.

Susan hatte ihrer Mutter noch nichts von dem Badezimmer in Carrick House erzählt. Sie wusste, dass die Vorstellung von hohen Spiegeln in einem Raum, der nur zur persönlichen Hygiene vorgesehen war, ihre Mutter ungerecht von den Damen Carrick und der verstorbenen Hausherrin denken lassen würde.

Kurz nach der Beerdigung, nachdem Mr. Carrick zurück

nach Amerika gegangen war und die Mädchen bei den Fernlys lebten, hatte Susan ein Bad in der langen weißen Wanne genommen, umgeben von den glitzernden Spiegeln. Sie hatte Wasser im Kupferkessel heiß gemacht und es rasch in Eimer umgefüllt, so dass sie ein schönes langes Bad nehmen konnte, wie die Herrin es immer getan hatte.

Die Leere des Hauses, in der nur das Ticken der großen Uhr zu hören war, verursachte ihr ein mulmiges Gefühl. Wenn Mistress Carrick hier gestorben wäre, wäre Susan nicht hierher zurückgekehrt. Sie dachte manchmal an ihre frühere Dienstherrin. Wie sie grau und kalt draußen am Rosemullion Head lag und niemand davon wusste; der leberfarbene Bluterguss, als man sie umdrehte. Man sagte, ein Fuchs hätte auf sie gepinkelt, doch Susan wollte das nicht glauben.

Gwen saß mit Gänsehaut und verkniffenem Gesicht auf dem Badewannenrand. Susan stellte den Eimer mit dem heißen Wasser ab und schloss das Fenster.

»Danke, Susan. Mir war sehr warm, aber jetzt ist es kalt genug hier drin.«

»Möchten Sie noch einen Eimer mit heißem Wasser, Ma'am – ich meine, Miss?«

»Nein, vielen Dank, Susan, du hast sicher Besseres zu tun.«

Susan hatte diese Antwort erwartet und wusste, dass sie nichts mit ihrer tatsächlichen Arbeit zu tun hatte. »Lassen Sie mich Ihnen mit dem Unterkleid helfen, Miss. Sie haben doch zwei linke Hände.«

Gwen ließ zu, dass Susan ihr aus der Wäsche half. Susan sagte: »Sie haben sich heute Morgen zu sehr auskühlen lassen.« Sie hob den Eimer und goss das dampfende Wasser in die Wanne. Gwen kletterte hinein, sich ihrer Nacktheit kaum bewusst. Ihre Brüste waren fest und rund und bewegten sich nicht. Susan wandte sich zum Gehen und packte den leeren Eimer.

»Bleib ein bisschen, Susan, bitte. Unterhalte dich mit mir. Ich habe das Gefühl, ich sollte mich mit jemandem unterhalten.«

Susan stellte den Eimer wieder ab und verschränkte die Hände vor dem Körper. Um ihr Spiegelbild zu vermeiden, blickte sie zu ihren Füßen.

»Mach den Stuhl frei und setz dich bitte.«

Wenn sie sich hinsetzte, würde Susan zusehen müssen, wie Gwen sich wusch. »Ich kann nur eine Minute bleiben, Miss. In der Küche geht ein Brot.«

»Ich werde dich nicht lange aufhalten, Susan. Ich wollte dich etwas fragen.« Gwen seifte ihr Bein ein, den Fuß auf den Wannenrand abgestützt. Susan wandte den Blick ab, als ein wenig Schamhaar hervorblitzte. »Ich wollte dich fragen, weil ich weiß, dass du Brüder hast und älter als Effie und ich bist. Was ich dich fragen möchte …« Sie hörte auf, sich zu waschen, und blickte Susan direkt an. »… weißt du wahrscheinlich auch nicht.«

Susan starrte auf den eingeseiften Fuß und dann auf ihre Hände. »Sie fragen mich besser, Miss, sonst kann ich keine Antwort darauf geben.«

»Als ich heute Morgen draußen war, bin ich zufällig auf etwas gestoßen. Auf jemanden. Ich bin mir sicher, dass das, was er tat, privat sein sollte. Doch nachdem ich es sah, würde ich gern wissen, ob es deiner Meinung nach absonderlich war.«

»Wollen Sie mir sagen, Sie hätten heute Morgen einen Verrückten gesehen, Miss?«

»Ich weiß es nicht. Nein, ich glaube nicht.«

»Was hat er getan?«

Gwen seifte ihr anderes Bein ein. »Ich bin mir nicht

sicher, ob ich es angemessen beschreiben kann. Er war im Sommerhaus. Ich dachte, Murray hätte vielleicht jemanden geschickt. Zuerst dachte ich, er schläft.«

»Ein Herumtreiber?«

»Nein, ich bin mir sicher, das war er nicht. Ganz bestimmt nicht. Susan, ist es üblich für einen Mann, Dinge … mit sich selbst … zu tun?«

»Hat dieser Mann Ihnen etwas getan, Miss?«

»Nein. Er hat mich nicht mal gesehen. Und als ich erkannte, welchen … Teil … seines Körpers er in der Hand hielt, kam ich sofort hierher zurück.«

Susan biss sich auf die Lippe. »Vielleicht sollten Sie das Sommerhaus abschließen.«

»Was hat er getan, Susan? Was habe ich gesehen?«

Susan holte tief Luft und atmete langsam aus. »Manche würden sagen, dass Sie etwas Schlimmes gesehen haben, Miss. Aber es ist sicher keine Sünde, wenn ich Ihnen erzähle, dass es meiner Meinung nach etwas Normales für einen Mann ist, wenn er keine Frau hat.« Sie warf Gwen einen Blick zu.

»Aber was genau hat er getan?«

Susan sah auf ihre Hände hinab und erklärte es Gwen.

»Und wofür ist das gut?« Gwen wusch den Rest ihres Körpers.

»Wegen der Erleichterung, denke ich.« Plötzlich beneidete Susan Gwen um ihr Unwissen. Es erschien ihr seltsam, dass jemand Latein konnte, aber *davon* nichts wusste.

»Es sah recht grob aus«, sagte Gwen. »Er wirkte, als ob er sich nicht wohl fühlte oder sogar Schmerzen hätte. Tut es weh, was meinst du?« Sie legte sich in der Wanne zurück und schob sich Wasser über ihren flachen Bauch.

Sie ist immer noch wie ein Kind, dachte Susan. Jeder andere würde ihre Frage für einen Scherz halten, für eine Fangfrage. Aber sie fragt mich wie ein Kind. Mit wem sollte sie auch sonst über so etwas reden? Darüber spricht man ja sonst nicht.

Gwen sagte: »Ich bin froh, dass ich kein Mann bin, Susan. Du nicht auch?«

»Nun, daran könnte man auch nichts ändern, Miss, selbst wenn man es wollte.«

Danach vermied es Gwen, so früh in den Garten zu gehen. Sie wartete, bis sie sicher sein konnte, dass sie ihn nicht mehr überraschen würde. Sie fühlte sich unwohl mit ihrem intimen Wissen über Mr. Scales' persönliche Gewohnheiten. Sie konnte seinen Anblick nicht vergessen, das tiefe Violett seines ... sie hatte nicht einmal einen Namen dafür, ein Wort, und auch das verstörte sie. Natürlich kannte sie die biologische Bezeichnung für dieses Anhängsel, dieses speziell männliche Organ, vom Käfer übers Pferd bis zu dem Mann in ihrem Sommerhaus. Doch das rein Biologische reichte nicht, konnte nicht erklären, was in ihr vorging. Sein Geruch hatte sich in ihren Träumen eingenistet, und heute Nacht war sie schweißgebadet aufgewacht, von einem Geräusch, das sich ihrer Kehle entrungen hatte. Und den Nachwirkungen dieses Gefühls. Ja, da war es, immer noch, doch es verklang langsam, während sie in ihren schweißgetränkten Laken lag und allmählich wach wurde. Sie legte die Hand ans Gesicht und horchte aufmerksam auf die Stille des Hauses, das entfernte Schlagen der Uhr in der Eingangshalle, die die volle Stunde anzeigte. Gwen zählte die zwölf Töne und warf die Decken zurück. Sie war kurz vor zehn Uhr abends ins Bett gegangen, und es beunruhigte sie, um Mitternacht hellwach zu sein. Sie wusste, dass sie nur schwer würde wieder einschlafen können und ihre Laune am Morgen sehr schlecht sein würde. Es ärgerte sie, wenn sie unter Tags müde war und sich ihrer Meinung nach ungeschickt bei den täglichen Arbeiten anstellte.

Gwen stand auf und ging in ihr Badezimmer, um sich Hände und Nacken mit einem kalten Schwamm abzuwaschen. Sie tastete sich im Dunkeln mit Händen und Füßen voran. Zurück im Schlafzimmer ging sie zum Fenster und zog die Vorhänge zurück. Sie hob leise den unteren Teil des Fensters, indem sie die Gewichtschnur zog, und fühlte, wie die Kälte gegen Bauch und Schenkel drängte. Sie kauerte sich auf den Boden, reckte das Gesicht in die frische Luft und horchte in die Nacht. Der vertraute Garten erschien ihr fremd. Mit den Händen hinter den Ohrmuscheln lauschte sie auf das ferne Geräusch der Wellen, die sich am Strand brachen, und das Rauschen der Blätter im Wind. Unter sich hörte sie Schritte auf dem Kies, entweder Susan oder Euphemia auf dem Weg zum Abtritt. Gwen ließ das Fenster offen, zog jedoch die Vorhänge wieder zu.

KAPITEL IV

Edward Scales hatte Gwen einen Brief geschickt, den sie jetzt in der Tasche mit sich herumtrug, immer noch ungeöffnet. Seine Handschrift zum ersten Mal zu sehen und die damit verbundene Erregung hatten ihr nervöse Übelkeit bereitet. Euphemia hatte wieder lange geschlafen und ihre übliche Gewohnheit, als Erste die morgendliche Post durchzusehen, vernachlässigt.

Als Gwen den Brief von dem Tisch in der Eingangshalle nahm, ging ein Ruck durch ihren ganzen Körper. Ihre Schultern spannten sich an, ihr Rücken, ihre Schenkel, ihr Nacken. Doch sie hatte seine Stimme nicht in der Eingangshalle hören wollen und widerstand deshalb dem Drang, seinen Brief aufzureißen. Sie hatte ihn das erste Mal am Strand unterhalb ihres Gartens getroffen, und das schien ihr auch der angemessene Ort zu sein, um seinen Brief zu lesen.

Am Strand legte sich Gwen auf den Bauch. Sie untersuchte nicht erst aufmerksam das Siegel, sondern brach es umstandslos entzwei und nahm das steife, gefaltete Papier heraus. Ihr Körper pulsierte gegen den steinigen Untergrund, sie hörte das Krachen der Wellen hinter sich, sah das helle Sonnenlicht auf dem Papier, bemerkte das leichte Zittern ihrer Hände, als sie das Blatt glatt strich. All das erfüllte ihre Sinne, als sie zu lesen begann. Seine Handschrift war ausnehmend schrecklich. Die Adresse auf dem Umschlag war noch sorgfältig geschrieben, der Rest des Briefes sah allerdings ganz anders aus.

»Meine liebe Miss Carrick …« Gwen studierte den Strich seiner Feder, die gedrängten Worte, die Eile, das Auslassen einiger Buchstaben, wo die Tinte nicht gereicht hatte, die feinen Spritzer der Schreibfeder. In einer Ecke war ein Fingerabdruck zu sehen.

Der Inhalt des Briefes war sehr formal; er versprach, so schnell wie möglich eine Kopie des Burns-Gedichtes zu schicken, und sagte, dass er ihr Aquarellbild sehr bewundere. Er erwähnte, dass er von seiner Adresse in London aus schrieb und in den nächsten Wochen zurück nach Cornwall reisen würde. Er hoffte, sie sei bei bester Gesundheit, und dass er sich die Hoffnung erlauben dürfe, sie wiederzusehen. Die häufige Erwähnung des Wortes »Hoffnung« war anrührend, ebenso wie die Tatsache, dass er vor lauter Eile, ihr zu schreiben, nicht seine Londoner Adresse beigefügt hatte. Seine fieberhaft gekritzelten Worte berührten sie mehr, als sie erwartet hätte. Das Wissen, dass er sich, während sie auf seine Rückkehr an den Strand gewartet hatte, in London aufhielt, ließ sie den Brief mit einem großen Stein auf dem Untergrund fixieren und zum Wasserrand gehen. Mehrere Male überspülten die Wellen ihre Füße, bis sie wieder zurücktrat. In den nächsten Wochen, hatte er geschrieben. Und ihr damit keine Wahl gelassen, als zu warten. So gern sie ihn wiedersehen würde, so sehr fühlte sie sich von ihren Gefühlen gefangen, ihrer persönlichen Geographie. Ihre Welt war dieser Ort, dieser brackige Fluss, von dem aus sie aufs Meer schauen konnte. Ihr Strand gehörte offiziell zum Fluss Helford, doch das Wasser hier war eher meeresähnlich. Es konnte kommen und gehen, wie es wollte. Es konnte seinen Platz frei wählen. Sie ging zu dem Brief zurück und steckte ihn zusammengefaltet in den Umschlag. Dann wanderte sie am Strand auf und ab, bis sie sich zu keinem weiteren Schritt überwinden konnte. Erschöpft setzte sie sich wieder auf die Steine und begann zu weinen. Doch nur trockene Schluchzer entrangen sich ihrem Körper. Ihre Lungen und Rippen schmerzten, und sie wiegte sich vor und zurück, als ob sie in tiefer Trauer wäre, und doch fühlte sie nur überwältigende Freude und Leichtigkeit.

* * *

Auf dem Weg zurück zum Haus sah Gwen einen vertrauten jungen Mann auf dem dunklen Pfad auf sie zuschlittern. Er trug maßgeschneiderte Kleidung und einen glänzenden Zylinder. Freddie Fernly schlug mit einem lackierten Gehstock gegen die überhängenden Farne. Sie hatte ihren Cousin den ganzen Winter und das ganze Frühjahr über nicht gesehen. Er war so adrett wie immer. Seine Stimme ertönte laut, als er sie erblickte.

»Weißt du, es ist wirklich ermüdend, dir bis hier unten nachzujagen, Gwen. Mutter wartet oben seit bestimmt einer Stunde auf dich, und deine liebe Schwester geruhte noch nicht zu erscheinen.«

»Freddie. Wie entzückend. Ich wusste nicht, dass du heute kommen würdest.«

»Hallo, alte Haut.« Er nahm seinen Hut ab und gab ihr einen Kuss auf jede Wange. »Du siehst wild aus«, sagte er, »wie ein stürmisches Wesen aus einem Roman.«

»Und du, Dummkopf, siehst viel zu überteuert gekleidet aus.«

»Unverblümt wie immer. Ich habe deinen beißenden Witz so vermisst.«

»Und ich deinen. Du hättest mir sagen sollen, dass du kommst.«

»Und wenn ich es getan hätte, hättest du uns vertröstet.«

»Wie geht es deiner Mutter, Freddie? Ich hoffe, gut.«

»Es muss doch einen anderen Weg zurück zum Haus geben, der nicht durch diesen grünen Dschungel führt.«

»Nein, es gibt keinen.«

»Oh. Nun, ich bin ihre größte Enttäuschung, und da sie im Moment die Hoffnung bei mir aufgegeben hat, wollte sie der begehrtesten jungen Dame in ganz Cornwall einen spontanen Besuch abstatten.«

»Ich werde versuchen, Effie zu überreden, nach unten zu kommen.«

»Nicht sie, du hinreißende Gans. Du weißt doch, was Mutter über Geister und Klopfzeichen und verhangene Lampen denkt. Du und ich stehen nun ganz oben auf ihrer Liste.«

»Aber sie hat dich doch aufgegeben.«

»Gewissermaßen.«

»Ich verstehe. Frag schnell, Freddie, damit wir es hinter uns haben.«

»Dieser Anzug ist brandneu. Ich werde ganz bestimmt keinen Kniefall vor dir machen.«

»Frag einfach.«

»Gwen Carrick, willst du mich heiraten?«

»Ganz bestimmt nicht. Niemals im Leben, Freddie Fernly.«

»Gott sei Dank. Nun, dann lass uns Mutter die guten Neuigkeiten überbringen.«

»Ich kann nicht glauben, dass sie wirklich dachte, sie könnte damit Erfolg haben.«

»Nein. Ich glaube, es ist eher ein Zeichen, wie verzweifelt sie mich ein für alle Mal loshaben will. Sie hat schon alle möglichen Kandidatinnen dieser Saison durch, und ich habe jede einzelne von ihnen abgelehnt. Wir sind so früh zurück, weil sie etwas verärgert ist.«

Gwen lachte. »Du solltest es ihr einfach sagen, Freddie, in so einfachen Worten, dass auch sie es versteht.«

»Was denn? Der hochverehrten Mutter? Es würde ihr den Rest geben. Wie auch immer, es freut mich, dich etwas fröhlicher zu sehen.«

»Ich bin nicht unglücklich.«

»Unsinn. Du bist zu einer Einsiedlerin geworden. Niemand kann bei so einem Leben glücklich sein. Was mich daran erinnert, dass wir einen kleinen Empfang geben. Dienstag in einer Woche. Bitte sag, dass du kommst.«

Gwen hatte kein Verlangen, einen Abend mit Mrs. Fernly zu verbringen, trotz ihrer Zuneigung zu Freddie. Etwa auf halber Höhe auf dem Weg zurück zum Haus blieben sie stehen, um wieder zu Atem zu kommen. Vor allem Freddie benötigte die kurze Pause.

»Euphemia wird ihre Verpflichtungen für diesen Abend nicht absagen können.«

»Ich weiß, deshalb habe ich es ja auf einen Dienstag gelegt. Ich habe herausgefunden, an welchem Abend deine Schwester ihre Damen unterhält.«

»Gerissen, lieber Freddie. Ab und zu hat sie auch männliche Klienten.«

»Pah! Also, sagst du jetzt zu?«

»Du wirst deiner Mutter sagen, dass ich nicht singe, und du wirst nicht zulassen, dass mich einer ihrer schrecklichen Freunde mit Beschlag belegt.«

»Ich verspreche, dass Mutter nicht einmal anwesend sein wird. Es wird unterhaltsam werden. Und vielleicht kannst du dieses hinreißende blaue Seidenkleid tragen, denn es wird hervorragend zu meiner neuen Weste passen, und alle werden uns in Ruhe lassen, da wir eine so blendende Erscheinung sind.«

»Ich habe es nicht mehr, Freddie. Die meisten meiner Kleider habe ich verkauft.«

»Du weißt, dass du damit eine Todsünde begangen hast? Das blaue Kleid war perfekt für dich. Doch es spielt keine

Rolle, was du tragen wirst. Du bist die begehrteste junge Dame im ganzen Land!«

»Wäre da nicht mein sogenanntes Einsiedlertum und die Tatsache, dass ich nicht singen kann.«

»Das, und deine Liebe zu Steinen. Wenn du nur die funkelnden mögen würdest.«

»Tue ich, aber auf andere Art. Und du hast etwas vergessen.«

»Natürlich. Ich bin mir sicher, dass es die perfekte Partie für dich da draußen gibt. Wenn dir ein Gentleman einen großen, glänzenden Käfer überreichen würde, würdest du dich sofort erweichen lassen.«

»Mach dich nicht lustig über mich. Ich kann mir nichts Abstoßenderes vorstellen, als meine Zukunft und meinen Besitz an irgendwen zu übergeben …«

»Friede! Ich werde dich nicht mehr aufziehen. Komm am nächsten Dienstag.«

Arm in Arm gingen sie weiter den steilen Pfad hinauf, und schließlich hatte Freddie Gwen die Zusage abgerungen, zu seiner Party zu kommen.

»Ha! Ich wusste, dass ich dich würde überreden können«, sagte er, als sie das Haus erreichten. »Ich werde dir ein entzückendes Geschenk schicken – aber du musst versprechen, es nicht zu verkaufen. Trag es wenigstens einmal.«

»Du sollst wegen mir aber nichts Extravagantes tun, Freddie.«

»Überhaupt nicht. Ich habe da genau das Richtige im Kopf.«

»Deine Mutter wird einen vollkommen falschen Eindruck bekommen, wenn du mir Geschenke schickst.«

»Und wenn schon. Ich möchte, dass du funkelst und glücklich bist. Ich habe dich vernachlässigt, alte Haut, das will ich wiedergutmachen.«

KAPITEL V

London, Mai 1859

Edwards Rückreise war lang und unbequem gewesen. Schmutzig, müde und hungrig hatte er niedergeschlagen erwogen, sich irgendwo ein Zimmer für seine erste Nacht in London zu nehmen. Er wünschte, er hätte seine Rückfahrkarte zerrissen und wäre in Cornwall geblieben.

Seit zehn Tagen etwa war er zurück in London, doch er konnte sich nicht an das genaue Datum entsinnen. In dieser Zeit hatte seine Frau ihr Kind verloren. Die Schwangerschaft war problematisch gewesen; Isobel hatte immer wieder unter Blutungen gelitten, und in Edwards Abwesenheit waren ihr von einem Quacksalber auch noch Blutegel angesetzt worden. Sie hatte sich an die Hoffnung geklammert, dass das Kind trotzdem normal auf die Welt kommen würde, und hatte abgelehnt, die Behandlung, die Edward für sie vorgesehen hatte, fortzuführen. Jetzt musste er einen winzigen Sarg und eine Beerdigung organisieren, während er nach der richtigen Mischung suchte, um die Milch auszutrocknen, die aus ihren geschwollenen Brüsten sickerte. Schon wieder wurde alles zu viel. Er wusste nicht, wie viele Tage er es noch aushalten würde.

Nach dem Abendessen nahm Edward eine Kutsche zum Leicester Square. Er wollte herumlaufen und nachdenken – oder sich besser gesagt in der Kakophonie aus Geräuschen und Gerüchen verlieren, sich umschauen und von alldem gründlich abgestoßen werden, damit er danach in sein trauriges Zuhause zurückkehren und dort etwas Lebendiges finden konnte. Ein kleines Überbleibsel der positiven Gefühle, die er seiner Frau einmal entgegengebracht hatte.

Er stand auf der linken Treppe, die zum Eingang des berüchtigten Saville House führte. Unter den drei Stockwerken verwahrloster Spätbarock-Grandezza erinnerte sich Edward an Bruchstücke seiner Zeit mit Natalia Jaspur. Ihre Person, ihre Stimme, ihre physische Präsenz, wie sie einen Raum dominierte. Edward hielt inne. Sollte er wirklich dieses Haus betreten? Was würde ihm dort begegnen? Ob sie noch da wäre oder weitergezogen, wie sie es versprochen hatte? Die Qualität ihrer Stimme war unbestreitbar. Sie war ein Mensch, der irgendwie immer das zu bekommen schien, was er wollte. Ein wohldosiert zweifelhafter Ruf würde ihr sicher nützlich sein. Und was war mit ihm? Es gab Zeiten, in denen er glaubte, dass Natalia Jaspurs Krankheit ihm endlich ermöglichen würde, sich einen Namen zu machen. Dass ihre Krankheit bereits in der medizinischen Fachliteratur belegt war, hatte ihn nicht von seiner Hoffnung abgebracht.

In seinen Mantel- und Hosentaschen klimperten einige Münzen. Er konnte sich nicht erinnern, dass er sie dort hineingesteckt hatte. Es war Wechselgeld von der Kutschfahrt, das er besser für die Rückfahrt nach Hause aufbewahrte. Edward erklomm einige weitere Stufen, doch dann wanderten seine Gedanken zu Gwen Carrick im Sommerhaus und am Strand. So eine außergewöhnliche Frau. So komplex, so intuitiv und so wütend auf die Welt. Warum hatte er ihr nicht mehr erzählen können? Musste sie wirklich seine tiefste Leidenschaft kennen und er ihre? Er kannte die Antwort darauf. Edward blickte auf und versuchte sich auf die Menge der Nachtschwärmer zu konzentrieren, deren Gesichter von den Schatten des Lampenlichts verzerrt wurden.

Edward kehrte um und drängte sich durch die Menge, die hinter ihm auf den Stufen zum Saville House stand und der billigen Unterhaltung entgegensah. Edward fand eine Kutsche und nannte dem Fahrer die Adresse seines Klubs. Dort traf er Alexander Jacobs, der mürrisch ins Feuer starrte und ein Whiskyglas in den Händen schwenkte. Auf seiner Halbglatze spiegelte sich der Flammenschein. Als er Edward erblickte, erhellte sich seine Miene. Er stand auf, schüttelte Edwards Hand und bot ihm einen Drink an.

»Verdammt, Scales, wo hattest du dich denn versteckt? Ich dachte schon, du bist entweder tot oder im West Country.«

Edward versuchte, nicht zurückzuzucken. »Wie du sehen kannst, bin ich sehr wohl am Leben. Warum dachtest du, ich könnte im West Country sein?«

»Habe ich eigentlich gar nicht. Es sind nur viele dorthin gereist auf Einladung dieses Fernly.«

»Wer?«

»Du kennst ihn nicht? Ich dachte, er wäre jedem bekannt.«

»Du bist aber nicht gefahren.«

»Himmel, nein. Ich muss mich um meine Patienten kümmern. Aber was hast du denn nun getrieben, Scales? Wann kommst du zurück?«

Edward war dankbar, dass Jacobs vorgab, nicht den wahren Grund für seine lange Abwesenheit von London zu kennen. Er konnte sich nicht erinnern, je mit Jacobs über sein Interesse am West Country gesprochen zu haben und dass er erwog, sich dort nach einem kleinen Anwesen umzusehen. Doch es spielte keine Rolle. Seine Jagd nach Fossilien war allseits bekannt.

»Ich glaube nicht, dass ich zurückkommen werde. Ich erwäge einen Ortswechsel.«

»Aber den hattest du doch. Du solltest zurückkehren

und die Ausbildung abschließen. Ich habe schon immer gesagt, dass du einen sehr guten Chirurgen abgeben würdest. Wir könnten dir im Handumdrehen eine Stelle beschaffen. Du hast mehr Talent als Jeffreye und ich zusammen.«

»Das kann ich nicht beurteilen. Es ist etwas spät dafür, ich glaube nicht, dass ich mich je über den Stand eines Allgemeinarztes erheben werde.«

»Unsinn! Das ist unangebrachte Bescheidenheit. Du bist immer noch jung und gesund. Jeffreye ist zu diesem Fernly gefahren und wollte, dass ich ihn begleite. Ich habe alles versucht, ihn zu überreden, nicht zu fahren.«

»Tatsächlich.«

»Deinem Gesichtsausdruck nach zu schließen habt ihr zwei euch immer noch nicht versöhnt. Ich kenne den Grund eures Streits nicht, aber wenn ich dir einen Rat geben darf, dann solltest du die Sache aus der Welt schaffen. Es ist schrecklich, einen wahren Freund wegen einer Plänkelei zu verlieren.«

»Es war kein simpler Streit.«

»Entschuldige, ich trete dir zu nahe, das ist eine Sache zwischen dir und ihm. Noch einen?«

Edward nahm einen zweiten Whisky entgegen und beschloss, Isobel nicht zu erwähnen. Da der Alkohol seine Zunge zu lockern begann, traute er sich nicht zu, nach der Erwähnung Jeffreyes neutral bleiben zu können.

Jacobs wechselte das Thema und bestritt das Gespräch mühelos, ohne dass Edward sich groß daran beteiligen musste. Er sprach über seine Pferde und Hunde und lud Edward für die nächste Woche zum Abendessen ein, damit er ihm seine Tiere vorführen konnte. Dann erzählte er von einem schwierigen Fall einer Hauterkrankung in seinem Hospital und hoffte Edward einen Rat dazu abzuringen. Es war ein Versuch, Edward zu zeigen, dass sein Platz an Jacobs' Seite war, im Krankenhaus, dass er sein medizinisches Talent vergeudete. Doch Edward ließ sich nicht erweichen und gab Jacobs keine festen Zusagen. Das Gespräch ging bis nach ein Uhr morgens, und Jacobs nahm Edward in seiner Kutsche mit durch den Hyde Park.

»Gute Nacht. Richte bitte deiner Frau meine besten Grüße aus. Wie geht es ihr?«

Edward sprang auf die Straße und hielt sich an der Kutschentür fest. »Isobel hat das Kind vor ein paar Tagen verloren.«

»Oh. Verdammt, was für ein Pech.«

»Ja.«

»Aber sie ist ja noch jung. Ihr könnt noch weitere Kinder haben. Gib nicht auf.«

»Nein.«

»Guter Junge.«

»Gute Nacht, Alex.« Edward schloss die Tür, und die Kutsche fuhr los. In der Eingangshalle zog er sich im Dunkeln die Schuhe aus und verfehlte beim Versuch, seinen Mantel aufzuhängen, zweimal den Haken. Er stolperte so leise wie möglich voran, doch sein Kopf war benebelt. Er fand eine Lampe und konnte sie schließlich entzünden, nachdem er eine Weile nach den Streichhölzern in seiner Hosentasche gesucht hatte. Das Rauchen hatte er schon lange aufgegeben, doch Zündhölzer hatte er immer noch dabei. Am Fuß der Wendeltreppe packte er das Geländer. Er wollte sie gerade hinaufgehen, als er seine Meinung änderte. Er wollte nicht hellwach im Bett liegen. Er wollte überhaupt nicht hinaufgehen. Edward ging in sein Arbeitszimmer und drehte die Lampe voll auf. Er goss sich noch einen Drink ein und zog die Schubladen auf, in denen er seine Fallstudien aufbewahrte. Vielleicht hatte Jacobs recht; er hatte sich zu lange der Trauer hingegeben. Früher einmal hatte er so viel Vertrauen in sich gehabt wie Jacobs. Er blätterte durch die Akten und suchte nach den Aufzeichnungen über Natalia Jaspur. Er konnte sie nicht finden; sein Geist war auf das Bild von Natalia Jaspurs nacktem Körper fixiert und die außergewöhnliche Wirkung, die dieser auf ihn gehabt hatte. Als ob er zum Leben erweckt worden wäre, ein Funken, ein Schlag, etwas Unerwartetes. Er hatte nicht den Ekel empfunden, den er erwartet hatte und den er vor ihr hatte verbergen wollen. Der Anblick ihres nackten Körpers, der vollkommen von Haaren bedeckt war, hatte ihn so gefesselt, dass er vor seinem eigenen Begehren Angst bekam. Die Aufzeichnungen waren verschwunden. Er konnte sich nicht erinnern, sie vernichtet zu haben, doch andererseits war er auch in keiner guten Verfassung gewesen. Er kam nicht zur Ruhe. Das Wiedersehen mit Alexander Jacobs hatte die Gefühle, die er tief in sich vergraben hatte, wieder an die Oberfläche geholt. Als er die Augen schloss, konnte er Miss Carricks Gesicht nicht vollständig heraufbeschwören. Die kräftigende Wirkung, die sie auf ihn gehabt hatte, wurde nun von den allzu vertrauten Schatten der Lampe im Zimmer und der Erinnerung an Natalia Jaspur überlagert, den endlosen Stunden, die er in ihrer Gesellschaft verbracht hatte, und dem Bemühen, sich aus ihren Fängen zu befreien. Die Begegnung mit Miss Carrick hatte etwas in ihm bewegt – etwas Besseres, das ihm mehr wert war als alles andere und von dem er nie gedacht hätte, es einmal spüren zu dürfen. Es gab kein Wort, keinen Ausdruck dafür, was er für sie fühlte, so dass er diese namenlose Empfindung einfach so existieren ließ. Die Qualen, die er vor wenigen Minuten noch bei der Erinnerung an Natalia Jaspur gespürt hatte, verklangen, und er schlief in seinem Schreibtischstuhl ein.

Als er am Morgen aufwachte, war er immer noch betrunken. Er stand auf und betrachtete das Papierchaos, das er in der Nacht um sich herum verbreitet hatte. Er wusste, dass er mehr leisten konnte, als in diesen Akten stand. Er musste nur seine eigene Wahrheit finden. Miss Carrick schien die ihre bereits gefunden zu haben und eine klare Vorstellung und einen festen Willen zu haben, trotz der ihr mitgegebenen Umstände. Er ging nach oben ins Bett, wo er bis in den Vormittag hinein schlief. Als er zum zweiten Mal erwachte, erhob er sich hastig. Einen Moment lang stand er still neben dem Bett und versuchte, seinen Kater in den Griff zu bekommen und sich nicht zu übergeben. Das drängende Vorhaben, das Burns-Gedicht zu finden, bevor er zurück nach Cornwall zu Miss Carrick fuhr, beherrschte seine Gedanken. Als er sich am Waschgestell Wasser ins Gesicht spritzte, wusste er plötzlich, was dieses unerklärliche Gefühl war. Was er nicht hatte benennen können, war etwas ganz Einfaches. Er war verliebt.

KAPITEL VI

Sie nützen deine Verletzlichkeit aus, Isobel. Diese Menschen sind Abschaum.«

»Dann solltest du doch froh sein, Edward, dass ich mich in gleichwertiger Gesellschaft befinde.«

»Deine Worte, nicht meine. Was getan ist, ist getan, doch das wird dein Unglück nur verschlimmern und es nicht kurieren.«

»Ich suche nicht nach Heilung, Edward, ich suche nach meinem Kind.«

»Wir haben es begraben. Vor zwei Tagen haben wir es der Erde übergeben. Du weißt, wo sein Körper ruht. Wohin sein kleiner Geist auch gegangen sein mag, du wirst ihn sicher nicht im Salon einer alten Jungfer finden, der mit Rosshaar, Samt und manipulierenden Schnüren an versteckten Porzellanglocken vollgestopft ist.«

»Man sagt, dass die Geister manchmal Geschenke von der anderen Seite bringen. Die Enderby-Schwestern meinen ...«

»Das ist alles Unsinn, Isobel, und wenn du nicht so geschwächt wärst, würdest du dasselbe sagen, ohne jeden Zweifel. Vollkommener Unsinn, billiger Betrug.«

»Und du bist natürlich eine Autorität in diesem speziellen Bereich. Warum lässt du mich nicht trauern?«

»Ich wünschte, du würdest trauern, aber das hier ist kein Weg, über den Verlust hinwegzukommen.«

»Du bestrafst mich wegen des Kindes.«

»Nichts liegt mir ferner.«

»Hätte es gelebt, hättest du mich noch mehr bestraft.«

»Isobel, du bist nicht du selbst. Lass mich dich heimbringen.«

»Nein.«

Isobels Bemerkung zu seiner Autorität in Sachen Betrug hatte zwar einen wunden Punkt getroffen, aber er fand ihn dennoch ungerecht. Man konnte Geister genauso wenig beschwören, wie man geronnenes Blut wieder flüssig und lebensspendend machen konnte. Die Körperfunktionen herrschten über das Leben. Wenn ihr Wirken eingestellt wurde, floss kein Blut mehr. Nach Edwards Auffassung lag der Geist eines Menschen im Blut, dieser gewöhnlichen Substanz in den Adern. Das Blut wurde von Krankheiten infiziert, und der noch lebende Körper konnte einige Zeit mit dem Verfallsprozess existieren. Edward warf seiner Frau einen Blick zu. Ihr Gesichtsausdruck war unlesbar. Nach dem letzten Atemzug geronn Blut und zerfiel. War der Körper einmal tot, war es auch der Geist. Er hatte Patienten beim Sterben beobachtet und auf einen Hinweis gewartet, dass der Geist den Körper verließ. Er konnte mit dem menschlichen Tod nicht das Gefühl verbinden, das diese pflichteifrigen Lieferanten idiotischer Lügen in Ekstase versetzte.

Ihre Kutsche hielt, und Edward öffnete seiner Frau die Tür. Dann sprang er hinaus und half ihr beim Aussteigen. Sie war beängstigend schwach.

»Wir haben meinen Sohn nicht begraben, Edward. Du hast ihn in eine bleiversiegelte Kiste gelegt und ihn an einem kalten, dunklen Ort eingesperrt. Er wird nicht glücklich sein, und ich muss ihn wissen lassen, dass nicht ich ihn dort zurückgelassen habe.«

»Dein Vater und ich haben getan, worum du selbst uns gebeten hast. Du wolltest nicht, dass er in die Erde kommt.«

»Ich wollte nicht, dass er tot ist. Ich wollte ihn nirgendwohin gehen lassen. Gesteh mir wenigstens das zu.«

»Ich bin in einer Stunde wieder hier.«

Er führte sie zum Haus und musterte dessen Fassade mit Abscheu. Die Nachmittagssonne ließ das Mauerwerk glänzen, und irgendwo über seinem Kopf sang eine Amsel in den Zweigen. Eine ganz normale Szenerie. Trotz allem wollte er sie nicht hier zurücklassen, doch er hielt sie nicht auf. Er klopfte an die Tür und sah zu, wie Isobel eingelassen wurde. Mein Gott, dachte er, das ist lächerlich. Und wo war Charles? In Cornwall, genau an dem Ort, an dem Edward jetzt gern wäre. Seinem Empfinden nach hatte er mehr das Recht, in diesem Moment in Cornwall zu sein, als jeder andere Mann. Er befahl dem Fahrer, ihn zum Park zu fahren.

»Zu welchem, Sir?«

»Oh, egal, zu irgendeinem.«

»Wie Sie wünschen, Sir, wird keine fünf Minuten dauern.«

Als er zurückkam, um Isobel abzuholen, konnte er sehen, dass sie geweint hatte. Sie fuhren schweigend nach Hause. Er wusste nicht, wie er ihr mitteilen sollte, dass er in der kommenden Woche zurück nach Cornwall reisen würde. In ihrem Haus angekommen, ging sie in ihr Zimmer, und er folgte ihr.

»Isobel, ich kann nicht mitansehen, wie du dir das antust.«

»Schieb nicht Mitleid mit mir oder meinem Kind als Entschuldigung vor, Edward.«

»Es tut mir leid. Ich muss gehen.«

»Wieder neue Kuriositäten? Oder eine weitere neue brillante *Idee* von dir?«

»Ich weiß, dass es wirkt …«

»Edward, sei ruhig, ich bin müde.«

KAPITEL VII

Falmouth, Mai 1859

Ein Maskenball. Wenn er versuchte, die Vernachlässigung seiner Lieblingscousine wiedergutzumachen, tat Freddie das auf die einzige ihm mögliche Weise. Sein Haus in Falmouth war voller Leute, als Gwen in der Kutsche, die Freddie ihr geschickt hatte, eintraf. Ihr Cousin sprang die Eingangsstufen des Hauses hinunter, um sie zu begrüßen. Er trug eine groteske Fratze aus Pappmaché auf dem Kopf und schwenkte eine opulente Federmaske in der Hand.

»Niemand außer mir soll wissen, wer du bist. Es wird keine Vorstellungen geben, keine schrecklichen Formalitäten. Wir werden so viel Spaß haben. Niemand muss singen, der nicht will. Keine höflichen Trivialitäten.«

»Das hier ist kein kleiner Empfang, Freddie.«

»Aber das solltest du glauben, meine liebe Gwen. Setz das auf.« Er verknotete die Bänder an ihrem Hinterkopf und bewunderte ihr Haar. »Der Käfer steht dir hervorragend.«

»Es ist zu extravagant, Freddie, ich kann es nicht behalten.« Die Spange, die er ihr geschickt hatte – ein strahlend grüner Käfer –, war hinreißend und eine kunstvolle Goldschmiedearbeit. Freddie kümmerte es nicht, wie viel Geld er ausgegeben hatte. Es war nur Geld, sagte er immer. Glück und Liebe waren viel wertvoller. Doch Gwen wusste, dass das Geld, das Freddie so leichtfertig ausgab, von dem

Schweiß und der Erniedrigung anderer Menschen stammte, die er nie sehen musste und über die er nie nachdachte. Es war das einzige Thema, über das sie nie sprechen konnten. Wenn sie es doch täten, würden sie einander unwiederbringlich verlieren.

»Ach was, natürlich sollst du sie behalten. Niemand sonst könnte sie mit so kühnem Charme tragen. Außerdem wurde sie für dich angefertigt. Komm jetzt mit mir. All diese Menschen glauben, dass sie London mitten in der Saison für ein skandalöses Ereignis verlassen haben, also geben wir es ihnen lieber.«

»Du hast das doch sicher wochenlang geplant.«

»Eher monatelang, um die Wahrheit zu sagen. Ich habe dich so vermisst, und ich weiß, wie sehr du es gehasst hast, wie diese kleinen Schwachköpfe bei Mutters Einladungen um dich herumgeschwirrt sind. Aber ich kenne dich auch gut genug, um zu wissen, dass es dir nicht gefallen kann, wie du dich vom Karussell des Lebens abgeschnitten hast.«

»Lass uns nicht wieder damit anfangen.«

»Aber das hier ist die Lösung! Du kannst sagen, was auch immer dir in den Sinn kommt, zu wem auch immer. Niemand kann sich aus deinen Ansichten eine Meinung bilden, wenn du verstehst, was ich meine.«

»Effie wäre geeigneter für so etwas als ich.«

»Deine Schwester hat ihre eigenen Vergnügungen gewählt. Sie zieht Mottenkugeln den Maskenbällen vor.«

Gwen lachte, und Freddie zog sich seine Maske übers Gesicht und legte einen Arm um ihre eingeschnürte Taille.

Einige der Gäste hatten sich bereits auf dem lampenbeschienenen Rasen verteilt und veranstalteten eine Schatzsuche zwischen den kunstvoll zurechtgestutzten Büschen. Aus dem Salon hatte man ein Glücksspielzimmer gemacht, das von Lärm erfüllt war – Musik, das Rattern der Roulette-Räder, das Klirren von Kristall und Geld, schrilles Gelächter. Jeder war Freddies Anweisungen nachgekommen und trug eine Maske, auch die Musiker.

Freddie sprach ihr ins Ohr, während sie an einem Roulette-Tisch vorbeigingen. »Liebe Cousine, wir alle müssen uns maskieren, um unser wahres Ich ausleben zu können. Schau sie dir an, welchen Spaß sie alle haben. In zwei Tagen werden sie zurück in London sein. Das letzte aufregende Erlebnis dieses kleinen Ausflugs zu den Abgründen der Dekadenz wird die Geschwindigkeit des Expresszugs sein, und wenn sie am Bahnhof aussteigen, werden sie so tun, als sei alles nur ein Traum gewesen. Los, tanz eine Gavotte mit mir.«

Drei Männer saßen an einem Klavier und spielten die Melodie, zu der Freddie und Gwen inmitten der Gäste zu tanzen begannen. Freddies Maske war die Verkörperung der Frustration, unter der er im realen Leben litt. Die Maske, die er tragen musste und niemals in Gesellschaft derer abnehmen konnte, die glaubten, ihn so gut zu kennen. Gwen wurde von Freddies überschwenglicher Interpretation der Musik herumgewirbelt und von den Füßen gehoben und ließ sich von seinem Enthusiasmus mitreißen. Sie musterte die anderen maskierten Gäste um sich herum und erkannte niemanden, auch wenn sie wusste, dass sie außer Freddie andere Leute kennen würde. Als die Gavotte endete, bat ein anderer Mann Gwen um den nächsten Tanz und wurde nach der Hälfte von einem weiteren Gast abgeklopft. In der nächsten Stunde trank Gwen Punsch und tanzte mit einigen Fremden; Freddie verlor sie aus den Augen. Die Federn der Maske klebten auf ihrem schweißnassen Gesicht. Schließlich zog sie sich nach draußen zurück, um ein wenig Luft zu schnappen und zur Ruhe zu kommen. Einige andere Damen spazierten zwischen den Zierbüschen umher und fächelten sich Luft zu. Gwen fand keinen Ort, an dem sie vollkommen allein hätte sein können, und behielt daher ihre Maske auf.

»Was für ein Geniestreich, nicht wahr?«

Gwen drehte sich zu dem Mann um, der leise an sie herangetreten war. »Sie beziehen sich auf das gute Gespür, das unser Gastgeber für Unterhaltung hat.«

»In der Tat. Seit meiner Ankunft versuche ich herauszufinden, hinter welcher Maske sich Fernly verbirgt. Undurchsichtiger Mann.«

»Sie meinen, dass er vollkommen im Geist dieses Abends aufgegangen ist.«

»Absolut. Ebenso wie Sie. Ich darf Sie nicht nach Ihrem Namen fragen, aber wie wäre es mit einer Erfrischung?«

»Ein Glas Wasser wäre nett, danke.«

Er ging davon, und Gwen nahm endlich die Maske ab und hob das Gesicht in den Nachthimmel. Einige der im Garten verteilten Laternen waren erloschen; neben Gwen hauchte gerade eine ihr Licht aus. Sie hörte, wie sich eine Stimme näherte, und legte rasch die Maske wieder an, auch wenn es zu dunkel war, um mehr als die Umrisse von Menschen zu erkennen, die sich vor den hell erleuchteten Fenstern des Hauses abzeichneten. Doch es war nicht der Mann, der ihr ein Getränk hatte bringen wollen. Sie hörte Freddies Stimme und wollte gerade aus den Schatten hervortreten, um ihn zu begrüßen, als sie erkannte, dass er mit einem anderen Mann sprach. Sie nahm die Maske wieder ab und zeigte sich nicht. Ihr war etwas schwindelig vom Punsch; ohne die lebhaft Feiernden um sich herum spürte sie es noch stärker. Sie versuchte zu verstehen, was Freddie und seine Begleitung auf der anderen Seite der Hecke sprachen. Es schien, als hätte Freddie letztendlich doch jemanden gefunden, bei dem er seine wahre Maske tragen konnte. Gwen lehnte sich gegen die dichte Hecke, leicht eifersüchtig auf seine Eroberung und seine vollkommene Missachtung von

Regeln. Freddie und der andere junge Mann bewegten sich tiefer in die Schatten hinein, wo sie von niemandem überrascht würden.

Gwen befestigte die Maske wieder, doch sie wollte nicht wie Freddie mit einer sorgfältigen Verkleidung durchs Leben gehen. Sie liebte Freddie für seine ernsthaften und aufwendigen Versuche, sie trotz seiner eigenen melancholischen Natur glücklich zu machen, doch er verstand nicht ihr Verlangen danach, mit Respekt behandelt zu werden, wenn sie offen über das sprach, was ihr am meisten bedeutete.

Der Mann kam mit einem Glas Wasser zurück, das er vor sich hielt. Sein Blick war durch die Maske etwas eingeschränkt, weshalb er die Füße auf drollige Art und Weise hob. Gwen fand, er sah wie ein Fischreiher aus.

»Ich bin Ihnen sehr zu Dank verpflichtet, Sir.« Sie nahm das Glas und trank es aus.

»Die Lampen verlöschen. Ich habe Sie länger allein im Dunkeln stehengelassen, als ich wollte.«

»Das ist mir gar nicht aufgefallen. Ich habe zu den Sternen gesehen.«

»Ah, eine romantische Natur. Ganz wie ich selbst.«

»Ich habe über die Tatsache nachgedacht, dass ich mir viel zu selten die Mühe mache, den Nachthimmel zu beobachten, und dass ich kaum den Unterschied zwischen Sternen und Planeten erkenne.«

»Ich kümmere mich auch nicht darum. Alle glitzern, und alle sind sehr weit weg, soweit ich es verstehe.«

»Ja, sehr weit weg. Vielleicht ist heute nicht der richtige Abend, um über Planeten nachzudenken.«

»Sie spielen einen Walzer, Madam. Würden Sie mir noch einmal die Ehre erweisen?«

Gwen war verwirrt, dass sie sich nicht erinnerte, mit dem Mann getanzt zu haben, und dass er sich dennoch die Mühe gemacht hatte, sie im Garten zu suchen, doch sie wies ihn nicht ab. Während sie tanzten, überlegte sie, wie lange Freddie wohl mit dem jungen Mann draußen im Dunkeln bleiben und ob einer von ihnen seine Pappmaché-Maske abnehmen würde. Sie dachte an Edward Scales und fragte sich, was er in diesem Moment tat. Der plötzliche Gedanke, dass er hier sein könnte, auf Freddies Ball, wollte sie auf einmal nicht mehr in Ruhe lassen, auch wenn sie davon überzeugt war, dass sie ihn ganz sicher nicht an einem Ort wie diesem hier treffen würde.

KAPITEL VIII

Es war bereits siebzehn Tage her, seit Gwen Edwards Brief erhalten hatte, und bis zum heutigen Morgen hatte sie nichts mehr von ihm gehört. Die kurze Notiz, die sie erhalten hatte, besagte, er würde einen Spaziergang am Strand unternehmen und sich über ihre Gesellschaft freuen. Gwen nahm Freddies Käferspange und befestigte sie in ihrem Haar; dann zog sie sie wieder heraus und legte sie zurück in die Samtschachtel. Sie zog sich erneut um, tauschte ihr gutes Kleid gegen die Sachen, die sie beim ersten Mal getragen hatte, und betrachtete sich in dem großen Spiegel, an dessen Rahmen die Federmaske von Freddies Ball hing. Gwen nahm sie vorsichtig ab und wickelte sie in ein Stück Stoff. Dann verstaute sie das Bündel zusammen mit einigen Nelken- und Rosmarinduftkissen in einer Hutschachtel. Als sie ihr Jackett nahm, zitterten ihre Hände.

»Ich weiß, ich habe versprochen, Ihnen die Gedichte mit der Post zu schicken, aber ich wollte sie Ihnen persönlich geben.« Er überreichte ihr ein in Papier eingeschlagenes Buch. Sie öffnete es.

»Danke.«

»Ich hoffe, das lange Warten hat Ihnen nicht allzu viel ausgemacht.«

»Das ist eine sehr schöne Ausgabe.« Tatsächlich war es ein sehr kleines Buch, das in einen leuchtend blaugrünen Tartanstoff eingeschlagen war; es glitt geschmeidig in ihre Tasche.

Edward atmete erleichtert durch die Nase aus, als er seinen Rucksack öffnete und das mitgebrachte Essen auspackte. Diesmal war er besser vorbereitet als bei ihrem ersten Picknick. Die Übergabe des Geschenks war geschafft, worüber beide froh waren. Der Stein mit dem Ammoniteneinschluss war immer noch tief in seiner Tasche vergraben; er nahm ihn heraus, warf ihn in die Luft und fing ihn wieder auf. Dann legte er ihn neben die Weinflasche und den Korkenzieher. Gwen nahm ihn und strich mit den Fingern über die Vertiefungen.

Edward öffnete die Weinflasche und wickelte Gläser aus Zeitungspapier. Gwen war gerührt wegen der Mühe, die er sich gemacht hatte. Er hatte Leckereien mitgebracht und Silberbesteck und gestärkte Leinenservietten.

»Sagen Sie mir, warum Sie Fossilien so gern mögen, Mr. Scales.«

»Sie faszinieren mich. Sie sind ein Rätsel. Und ich mag es, sie zu finden, eine noch nie zuvor gesehene Kreatur zu entdecken ... In Lyme in Dorset war es möglich, an nahezu jeder Stelle auf den Klippen oder am Strand ein wunderbares Exemplar aufzusammeln. Hier in Cornwall scheint es gar keine Fossilien zu geben.«

Eigentlich hatte er sagen wollen, dass er glaubte, etwas Neues finden zu können, und dass er darauf ständig hoffte, weil er seinen Fund selbst benennen wollte. Er war sogar schon so weit gegangen, Namen für halb ausgedachte Kuriositäten zu erfinden. Sie waren so unspezifisch wie die Umrisse, die er sich nur undeutlich vorstellen konnte, und endeten immer auf »scalesii«. Er verbrannte danach stets das Schreibpapier. Dabei ertappt zu werden wäre so peinlich wie – nein, nicht heute. Er konzentrierte sich stattdessen auf Miss Carricks Stimme, das angenehme Rauschen der Wellen, die Sonne auf ihrer Haut.

»Ja, so weit im Westen sind sie tatsächlich sehr selten«,

sagte sie, »aber sie kommen vor. Man kann zum Beispiel westlich von hier Trilobiten finden, doch nach mehr als sechs Monaten vergeblicher Suche wohl nicht mehr. Doch das ist nicht verwunderlich, Mr. Scales, da die Geologie von Dorset sich von der von Cornwall recht deutlich unterscheidet.«

»Jetzt haben Sie meine Neugier entfacht, Miss Carrick. Ich hatte den Eindruck, dass Sie sich hauptsächlich für die lebende Flora und Fauna dieser Region interessieren.«

»Eine Spezialisierung kann nicht ohne ihr Gegenstück existieren, Mr. Scales.«

»Auch wenn so etwas wie ein Ammonit, der schon längst von der Sintflut ausgelöscht wurde, sicher kaum eine Verbindung zu den lebendigen Wesen hat, die jetzt die Welt bevölkern.«

»Mr. Scales, ich hoffe, Sie provozieren mit Absicht.«

»Ich bin nicht unaufrichtig, Miss Carrick. Ich bin beeindruckt von Ihrem Interessenumfang.«

»Sie missverstehen mich. Ich hoffe, Sie glauben nicht tatsächlich, dass Noahs Sintflut für die Verteilung von Fossilien verantwortlich war?«

»Sie offensichtlich nicht.«

»Mr. Scales! Gute Güte. Die Menschen haben einmal geglaubt, die Erde sei eine Scheibe und dass sich die Sonne darum herumbewegt. Wissenschaftliches Denken, Experimente und Schlussfolgerungen bringen uns immer der Wahrheit näher. Haben Sie nicht Mr. Smiths *Strata* gelesen?«

»Habe ich nicht. Ich wünschte, ich hätte.«

»Ich würde Ihnen meine Ausgabe leihen, wenn meine Bibliothek nicht letztens einen Feuerschaden erlitten hätte.« Gwen hatte sich nicht zurückhalten können. Sie war bestürzt, dass Mr. Scales' Interesse auf der Annahme basierte, die sie bei ihrer Schwester so sehr verachtete.

»Es tut mir leid, das zu hören. Ich hoffe, dass niemand verletzt wurde.«

»Der Schaden beschränkte sich auf einen kleinen Bereich. Das Feuer wurde rechtzeitig entdeckt.«

»Es muss Sie jedoch trotzdem sehr betrüben.«

»Ja, das tut es. Die Bücher können aber vielleicht ersetzt werden. Und Sie können sicher recht leicht eine Ausgabe in London finden.«

»Und wenn ich dabei Erfolg hatte, werde ich sie Ihnen sofort schicken.«

»Das müssen Sie nicht, Mr. Scales, auch wenn das Angebot sehr freundlich ist. Lesen Sie das Buch besser selbst. Es ist bahnbrechend.«

»Ich werde das so schnell wie möglich angehen, Miss Carrick.«

»Das freut mich. Aber, Mr. Scales, Sie müssen einen Grund gehabt haben, die Geologie dieses Ortes mit der von Dorset zu vergleichen.«

»Ihr Wissen über Steine übertrifft meines. Ich muss gestehen, dass ich bis zu diesem Jahr nie Grund hatte, mich in der Art mit ihnen zu beschäftigen, wie Sie es offensichtlich tun.«

»Ich habe mein ganzes Leben mit diesen Steinen verbracht, Mr. Scales. Vielleicht habe ich einen unfairen Vorteil.«

»Doch ich denke, dass das Leben Ihnen einen unfairen Nachteil mitgegeben hat, Miss Carrick. Ich habe darüber nachgedacht, was Sie zu mir über die Käfer sagten, die Sie studieren und malen. Wenn Sie als Mann geboren wären, hätte man Sie zur Universität geschickt. Sie hätten einen noch größeren Vorteil gehabt. Andererseits wäre das ein großer Verlust für mich gewesen.«

»Ich möchte gar kein Mann sein, Mr. Scales. Ich möchte nur die Freiheit haben, mein Wissen über die Welt aus erster

Hand zu erweitern, ohne von allen Seiten Hohn und Spott zu ernten.«

»Nicht von allen, Miss Carrick. Ich bewundere Sie sehr.«

»Danke, Mr. Scales.«

»Man trifft sehr selten einen Menschen, der einem ähnlich ist. Ich schätze mich außerordentlich glücklich.«

Gwen wusste darauf nichts zu erwidern. Sie ärgerte sich über sich selbst, dass sie so ruppig zu Edward gewesen war. Sein Unwissen war vielleicht nicht seine Schuld. Warum sollte sich ein Mann auch tiefere Gedanken über Gesteinsschichten machen, wenn er sein Leben in der Stadt verbracht hatte, wie Gwen in Edwards Fall vermutete. Und jetzt, da sie ihm erklärt hatte, dass er wohl kaum weitere Fossilien in Cornwall finden würde, hatte er keinen Grund mehr für einen weiteren Besuch. Er hatte gesagt, er sei froh, sie kennengelernt zu haben, aber sie wusste, dass er ein Leben außerhalb ihrer Welt haben musste und dass er ein flüchtiges Interesse nicht auf Kosten seiner anderen Verpflichtungen würde aufrechterhalten können, wie auch immer diese aussahen.

Sie hatten das Essen verzehrt und den Wein fast ausgetrunken. Gwen spürte den Alkohol. Edward schenkte ihr ein letztes halbes Glas ein.

»Ich schätze mich auch glücklich, Mr. Scales. Ich hoffe, Sie werden mir schreiben, wenn Sie nach London zurückgekehrt sind.«

»Ich muss noch eine ganze Weile nicht nach London zurückkehren, Miss Carrick, auch wenn mich das nicht davon abhalten wird, nach dem von Ihnen empfohlenen Buch Ausschau zu halten.«

»Dann fahren Sie wahrscheinlich wieder nach Dorset und setzen dort Ihre Suche fort.«

»Auch das nicht. Ich denke, meine Suche nach Fossilien ist beendet, zumindest für den Moment. Der Platz in einem Schrank ist schließlich begrenzt.«

»Aber Ihre Sammlung von der Südküste Englands wird unvollständig sein. Vielleicht kann ich Ihnen helfen.«

»Miss Carrick, Sie haben mich bereits mehr inspiriert, als Sie sich vorstellen können.«

»Unsinn. Ich habe Ihnen gesagt, Sie sollen ein Buch lesen. Das hätte jeder tun können, und Sie wären auf Mr. Smiths *Strata* wahrscheinlich auch ohne meine Hilfe gestoßen.«

»Das ist keinesfalls sicher. Was ich zu sagen versuchte, Miss Carrick, ist, dass mein Interesse an Fossilien von einer viel größeren Leidenschaft ersetzt wurde.«

»Dann müssen Sie sie verfolgen, so engagiert wie möglich. Es gibt nichts Schlimmeres als den Wunsch nach Wissen, dem nicht nachgegeben wird. Es ist eine Sünde, meiner Meinung nach.«

»Mir würde im Traum nicht einfallen, es dazu kommen zu lassen.«

»Das ist gut zu wissen, Mr. Scales.«

»Bitte verstehen Sie mich richtig, die Leidenschaft für Sie hat alles andere verblassen lassen.«

Gwen stand auf; Edward rappelte sich ebenfalls auf.

»Bitte bleiben Sie noch«, sagte er. »Ich wollte Ihnen dies sagen – bitte weisen Sie mich nicht zurück. Ich möchte Ihnen so gern beweisen, dass ich mehr sein kann als der Mensch, für den Sie mich halten müssen.«

»Ich gehe noch nicht. Die Flut kommt, wir müssen weiter den Strand hinauf, sonst schneidet uns das Wasser den Rückweg ab, und wir müssen über die Felsen klettern, was ich nicht empfehlen würde, der Boden am Überhang ist …«

Das Drängen in seinem Kuss, der Geschmack seines weingetränkten Speichels auf ihrer Zunge und sein fester Griff, als Edward eine Hand in ihren Nacken legte, die andere um ihre Taille und sie so nah an sich zog, dass sie seinen Schweiß roch – war es nicht genau das, was sie nach der Begegnung im Sommerhaus vergeblich versucht hatte sich vorzustellen? Er schien die Luft aus ihr zu saugen. Seine Augen waren geschlossen, und das Bild wie er selbst Hand an sich legte, drohte sie zu überwältigen. Die leuchtende Farbe. Sie schnappte nach Luft, und Edward beendete den Kuss, gab sie jedoch nicht frei.

»Wirst du mich zurückweisen, Gwen? Wirst du mich bitten zu gehen?«

»Nein, das will ich nicht. Aber meine Füße werden nass und deine auch.«

Edward nahm seinen Rucksack auf, der auch bereits nass war, und schwang ihn sich über die Schulter. Die zwei Weingläser trug er in einer Hand. Gwen taumelte den Strand hinauf in ihren durchweichten Röcken und versuchte, sie alle mit einer Hand zu raffen, während Edward ihre andere Hand hielt. Die Weinflasche, der Korkenzieher, die leere Kaviarschale und die Servietten überließen sie der heranrollenden Flut.

Edward und Gwen ließen sich nebeneinander auf die Steine oberhalb der Flutgrenze fallen. Sie beobachteten das Vordringen und den Rückzug der zurückgelassenen Reste des Picknicks. Die Wellen pressten die Servietten ins Seegras, und schon bald waren sie nicht mehr zu sehen.

»Es tut mir leid wegen deines Kleides und der guten Schuhe. Das Salz wird sie ruiniert haben.«

»Deine auch.«

»Ja, doch das ist egal.«

Edwards zweiter Kuss brachte Gwen aus dem Gleichgewicht, und er drückte sich so fest gegen sie, dass sie sich nicht dagegen wehren konnte, als sie gemeinsam nach hinten sanken. Edwards Mund presste sich auf ihren wie die Muscheln in die Felsritzen. Es machte ihr keine Angst. Sie fühlte sich, als befände sie sich außerhalb ihres Körpers und blickte auf diese beiden Menschen herab. So plötzlich, wie er den Kuss begonnen hatte, beendete Edward ihn. Sein

Gesicht war so dicht an ihrem, dass sie nicht klar sehen konnte. Schließlich schob sie ihn lächelnd weg. Ihre Unterlippe war aufgerissen, und sie schmeckte Blut.

»Ich habe dich verletzt, bitte entschuldige.«

»Das spielt keine Rolle. Aber sprich bitte mit mir.«

»Was soll ich denn sagen?«

»Erzähl mir ein Geheimnis.«

»Ich habe nichts, was sich zu erzählen lohnte.«

»Jeder hat ein Geheimnis. Sei nicht traurig deswegen. Erzähl mir etwas aus deinem früheren Leben, wenn du magst. Dann wird es keine Rolle spielen.«

Edward sah sie sprachlos an. Er wollte sie nicht langweilen; was zum Teufel sollte er ihr nur erzählen? Er räusperte sich.

»Als ich neun war, vielleicht zehn, nahm mein Vater mich mit auf eine Expedition. Eine Reise von vielen Tagen. Ich war gegen Ende recht krank, ich vertrug die Kutschfahrt nicht, das Rütteln und Schaukeln. Es war ungefähr zur selben Zeit wie jetzt. Überall blühte der Weißdorn. Sein Geruch – so etwas Simples und doch so intensiv. Mein Vater war ein begeisterter Angler. Er hatte eine Schachtel mit ausgesuchten Fliegen, die er selbst aus Federn herstellte. Ich war ungeschickt als Kind. Nervös. Ich wollte ihn zufriedenstellen. Meine Füße waren nicht an den Kies am Flussufer gewöhnt, und ich rutschte aus. Dabei kippte ich die Schachtel um, zerdrückte sie beinahe, und die Fliegen lagen über den ganzen Kies verstreut. Ich rannte das Flussufer entlang, nachdem er mich gescholten hatte. Er hat mich nicht geschlagen. Ich rannte in den Schatten einiger Erlen und grübelte dort.

Da erblickte ich etwas Seltsames: ein ziemlich großes Insekt. Es war im Sonnenlicht fast vollständig durchsichtig und klammerte sich an den Überhang eines großen Felsens beim Wasser. Ich lehnte mich vor, um es genauer zu betrachten. Es bewegte sich nicht. Ich weiß nicht, wie lange ich es beobachtete. Schließlich berührte ich es mit dem Finger, und es löste sich teilweise von dem Felsen. Da erkannte ich, dass es nicht mehr am Leben war und ein großes Loch am Rücken hatte. Aus irgendeinem Grund machte mir das Insekt Angst.«

Gwen setzte sich aufrechter hin. »Du hast die leere Hülle einer Eintagsfliege gefunden.«

»Ja, das habe ich viel später auch herausgefunden.« Er hatte ihr noch den Rest erzählen wollen, wie er die Hülle zwischen die Finger genommen und zerdrückt hatte. Im Laufe der Jahre hatte Edward diese Erinnerung angepasst; so, nur mit ihm und seinem Vater im Mittelpunkt, konnte er leichter damit leben.

»Ich glaube nicht, dass ich dich erkennen würde, sollte ich dich so treffen, wie du damals warst«, sagte Gwen.

»Kinder können so seltsam sein, nicht wahr?«

KAPITEL IX

THE TIMES, Dienstag, 2. Oktober 1866

MORDPROZESS IM OLD BAILEY

Es ist zu erwarten, dass » Die Krone gegen Pemberton« ein überaus interessanter Fall werden wird. Mrs. Pemberton (26) wird des Mordes an Mr. Edward Scales (38) am oder um den 6. August herum angeklagt. Die Galerie im Gerichtssaal war bereits um acht Uhr morgens überfüllt mit Zuschauern, von denen einige im Hinblick auf öffentliche Sicherheit und Anstand entfernt werden mussten. Die Gefangene antwortete auf die Frage, worauf sie zu Beginn der Verhandlung plädieren würde: »Offensichtlich werde ich auf ›Nicht schuldig‹ plädieren, Mylord. Ich hatte gedacht, ich müsse gar nicht plädieren, da ich es als Affront auffasse, überhaupt in dieser Position zu sein, und möchte der Anklage nicht ein Jota entgegenkommen, indem ich darauf antworte. Dennoch muss ich mich von dieser furchtbaren Angelegenheit lossagen, indem ich die simple Tatsache betone, dass ich nicht schuldig bin. Ich weiß nicht, was ich noch zu meiner Verteidigung sagen könnte, außer jedem Einzelnen hier in die Augen zu blicken und zu erklären, dass ich nichts mit dieser furchtbaren Tat zu tun habe.«

Detective Sergeant Gray von der Metropolitan Police Force legte Zeugnis ab von seinen Ermittlungen im Haus am Hyde Park, wo man die Leiche von Mr. Edward Osbert Scales gefunden hatte.

»Ich habe das Grundstück von Mr. Scales am Morgen des

7. Augusts, einem Dienstag, auf Drängen von Mr. Pemberton, dem Ehemann der Angeklagten, in Begleitung von Constable Winters und Mr. Pemberton selbst betreten. Mr. Pemberton ging mir und meinem Constable voraus und öffnete die Türen zu den Räumen und rief nach Mr. Scales, den ich zu diesem Zeitpunkt noch am Leben vermutete. Nun, kurz darauf fanden wir den verstorbenen Mr. Scales im Frühstückszimmer auf dem Teppich liegend vor. Mr. Pemberton sagte laut, Mr. Scales solle besser aufwachen. Constable Winters ging zu Mr. Scales und drehte ihn um, worauf offensichtlich wurde, dass der Mann seit einiger Zeit tot war. Um den Körper herum lagen verschiedene Alkoholflaschen und Karaffen mit verschüttetem Rotwein. Das Zimmer befand sich in großer Unordnung. In diesem Moment hatte ich keinen Anlass, etwas anderes zu glauben, als dass Mr. Scales eines natürlichen Todes gestorben sei. Ich habe Constable Winters nach einem Arzt geschickt. Als ich dann in der Eingangshalle des Hauses stand, fiel mir eine Person auf, die auf halber Höhe der Haupttreppe stand. Sie stellte sich als Mr. Morrisson vor, der Butler von Mr. Scales, und fragte, wie er uns helfen könne. Ich informierte ihn vom Ableben seines Dienstherrn, wobei er nicht einmal mit der Wimper zuckte. Er kam ruhig hinunter in die Eingangshalle und ging, ohne zu zögern, in das Zimmer, in dem Mr. Scales lag. Auf die Frage, wie er denn wissen könne, wo sich die Leiche befand, antwortete Mr. Morrisson, dass Mr. Scales sich den ganzen vorherigen Tag und die ganze Nacht dort aufgehalten habe und nicht herausgekommen sei.«

Mr. Probart fragte, warum der Ehemann der Angeklagten auf der Begleitung durch die Polizei bestanden habe.

A.: »Es war eine häusliche Angelegenheit, die für mich keinen Sinn ergab, und um alles zu klären, stimmte ich dem Besuch zu.«

F.: »Könnten Sie diese häusliche Angelegenheit etwas genauer ausführen?«

A.: »Ich glaube, es ging um einen Streit. Mr. Pemberton beschuldigte den Mann hinsichtlich der Ehre seiner Frau – der Angeklagten, Sir.«

F.: »Welcher Teil des Streits ergab für Sie keinen Sinn?«

A.: »Mr. Pemberton schien zu glauben, dass sich ein Mord ereignet hatte.«

F.: »Was tatsächlich zutraf.«

A.: »Ja, Sir. Leider stellte es sich als zutreffend heraus.«

KAPITEL X

Helford Passage, Juni 1859

Keinen einzigen Moment hatte Gwen daran gedacht, nicht weiterzumachen. Sie wusste natürlich, dass diese Art der Begegnung unter gewissen Umständen gefährlich sein konnte, doch das war ihr egal. Er war besser, als sie je zu hoffen gewagt hätte. Noch mehr sogar, er gab ihr das Gefühl, lebendig zu sein – ohne in Klischees zu verfallen, dachte sie, als sie auf dem steilen Weg im Bambusdickicht ausrutschte und sich an den nachgebenden grünen Stangen festhielt. Sie musste bei dem Gedanken an all die lächerlichen Vorstellungen lachen, die sie unter den scharfen Augen der Fernlys durchgestanden hatte. Sinnlos, alle miteinander. Abgesehen von der Tatsache, dass sie ihre Kleider später verkauft und das Geld für ein Mikroskop ausgegeben hatte. Freddie hätte ihre Zuneigung zu Edward nicht verstanden, und sie war froh, ihm nichts davon erzählt zu haben, auch wenn sie mehrere Male kurz davor gewesen war, ihn einzuweihen.

Niemand beobachtete sie. Niemand wusste es. Kein Dritter erwartete etwas oder konnte etwas missbilligen. Er war kein romantischer Held. Zum einen hatte er das merkwürdig abstehendste blonde Haar, das sie je gesehen hatte, und seine Haut war sehr blass: sommersprossig unter dem Hemd und fleckig, wo seine Unterarme der Sonne ausgesetzt waren. Sie blieb zwischen den Bambusstauden stehen. Dieser Garten, dachte sie, wir können kaum mit ihm Schritt halten. Einige Bereiche waren nahezu undurchdringlich. Murray und sein Bursche hielten die Pfade hinunter zum Strand sauber und kümmerten sich um die oberen Rasenflächen. Mehr als drei Viertel waren jedoch verwildert. Sie hatte einen Versuch mit zwei Ziegen unternommen, die unter einem großen Magnolienbaum angebunden waren. Am Ende des Tages hatten es die dummen Tiere geschafft, sich vollkommen in den Stricken zu verknoten, doch sie hatten alles um sich herum gefressen und eine etwas unsaubere freie Fläche geschaffen. Darauf steuerte Gwen gerade zu, entlang einem gewundenen Pfad, der sie im Zickzack in die Talsenke führte, wo einmal Rasen gewesen war. Hier war es windgeschützt, doch etwas zu viel Ziegendung hatte den Boden verdorben, so dass sie sich nicht hinsetzen konnten.

Das letzte Mal hatten sie die Ziegen an einem besonders verwilderten Fleck angebunden, so dass sie versteckt waren. Nur das Rascheln und Meckern der Tiere hatte sie für eine Weile gestört. Sie hatten sich erschöpfend über die Dummheit von Ziegen unterhalten, bis sich die Tiere beruhigt hatten.

Er presste sie gegen den Baum, da der Boden voller dunkler Köttel war. Nein, er stützte sie eher. (Vielleicht, ja, vielleicht hatte er sie dagegengepresst, wo sie jetzt darüber nachdachte.) Und sein Kopf, sie hatte sich an seinem Kopf festgehalten, um nicht aus dem Gleichgewicht zu geraten. Nichts erschien ihr falsch. Das Stoßen und Keuchen und danach die Nässe zwischen ihren Schenkeln. Er erforschte sie mit seinen Fingern, strich damit vor und zurück, bis sie feucht und geschmeidig in seinen Händen war und sich nach allem sehnte, was er mit ihr anstellen würde. Dann schob er sich zwischen ihre Schenkel, die sie eng geschlossen halten sollte, sehr eng, und er vertiefte sich in sie und stöhnte Worte in ihre Ohren, die sie nie zuvor gehört hatte und auch jetzt nicht verstand.

Sie mochte den Geruch nicht. Die sämige und schließlich klebrige Flüssigkeit, die aus ihm austrat. Zu erdig. Er setzte sich in ihrer Kehle fest wie der Gestank von abgehangenem Geflügel und erinnerte sie an diverse Pflanzen, die Fliegen anzogen.

Als er sie fester an sich drückte und seinen Atem in sie hineinkeuchte, erinnerte sich Gwen an einen der jungen Männer, denen sie vorgestellt worden war. Sein Körpergeruch war sehr intensiv gewesen. Sie hatten getanzt, und selbst auf dem Balkon bei starkem Wind hatte sie seinen Schweiß gerochen. Der Druck von Edwards Körper erinnerte sie daran, wie sich der junge Mann auf dem Ball an sie gelehnt hatte; seine Atmung war beinahe wie Edwards gewesen. Was für eine nachträgliche Erkenntnis, dachte sie.

»Das Ableben Ihrer Mutter tut mir leid«, hatte er gesagt, und sie hatte vorgegeben, ihn nicht zu hören. Doch er war fortgefahren: »Ich hatte das Glück, ihr einmal vorgestellt worden zu sein.« Immer noch hatte sie so getan, als höre sie ihn nicht, da das Orchester sehr laut spielte. »Ich bin keiner dieser ...« Die weiteren Worte hatte sie nicht verstanden. »... wissen Sie, Miss Carrick.« Sie hatte ihm für seine Gesellschaft gedankt und nie wieder mit ihm gesprochen. Sie konnte sich nicht einmal an seinen Namen erinnern. Charles irgendwer. Ein niemand.

Edward presste seinen Mund auf eine empfindliche Stelle an ihrem Hals nahe ihrem Schlüsselbein und saugte daran. Gwen sah hinauf in die Zweige des Baumes und versuchte, ihren Hals unter seinem Mund wegzudrehen. Edwards Stöhnen war erstickt; er gab ihren Hals kurz frei, um sich gleich darauf wieder an ihrer Haut festzusaugen, während er immer stärker zwischen ihre Beine stieß. Gwen konzentrierte sich auf das Sonnenlicht, das durch die Blätter über ihr drang, die sich im Wind bewegten und so immer neue Muster bildeten.

Edward ließ sie los. Er sagte: »Ich habe ein Haus in der Stadt gefunden. Ich plane, eine Praxis zu eröffnen.«

»Eine Arztpraxis?«

»Ja.«

»Du bist ein *Arzt?*«

»Die Vorstellung enttäuscht dich.«

»Sie überrascht mich.«

»Oh. Ich hatte gehofft, dich so öfter sehen zu können. Ich hoffe, das werde ich auch.«

Gwen ging davon, strich ihre Röcke glatt und knöpfte ihre Bluse zu. Sie war verärgert, dass Edward sein Leben bis jetzt vor ihr geheim gehalten hatte. Wie hatte er das tun können? Erst ergoss er sich zwischen ihre zusammengepressten Schenkel, dann sprach er im nächsten Moment über geschäftliche Angelegenheiten. Sie hatte ihn nach einem Geheimnis gefragt, und er hatte ihr irgendetwas von einer Eintagsfliege erzählt. Er hatte sich als unwissend der Wissenschaft gegenüber dargestellt, und doch musste er eine mehrjährige medizinische Ausbildung hinter sich haben. Edward kam ihr nach, während er seine Kleidung richtete.

»Ich hätte mich dir angemessen vorstellen sollen. Dafür entschuldige ich mich. Ich möchte es gern wiedergutmachen.«

»Warum hast du es nicht getan?«

»Ich habe den Titel nie als vollkommen verdient betrachtet. Nenn es Selbstzweifel.«

»Und jetzt bist du selbstbewusst.«

»Mein Geist und meine Einstellung haben sich signifikant gewandelt, seit ich dich kennengelernt habe. Du sollst wissen, dass du großen Einfluss auf mich hattest.«

»Ich bin enttäuscht von deiner Verschwiegenheit, Edward.«

Er legte einen Arm um ihre Taille. »Es tut mir leid, dass

ich deine Gefühle verletzt habe.« Er küsste sie, während er mit der Hand ihre Röcke hochzog und sie daruntergleiten ließ. Seine Finger fanden ihr Ziel, und er wartete, bis er sicher war, dass sein Kuss seine Wirkung tat, bis er ihr behutsam und geschickt tastend ihre Vergebung entlockte, so unausweichlich wie das Eigelb durch die kleine Öffnung spritzen musste, die die Nadel in die Schale gestochen hatte.

* * *

»Wir können uns etwas so lächerlich Extravagantes einfach nicht leisten. Was ist nur in dich gefahren?« Die Ironie ihrer Worte entging Gwen nicht, die ihre Schwester über den Frühstückstisch kühl ansah.

»Er ist ein Geschenk.«

»Wie bitte? Oh, natürlich, das macht es doch gleich viel besser. Um Himmels willen! Als ob es nicht schon …«

»Ja? Wolltest du etwa sagen, ›schlimm genug‹ ist?«

Euphemias Lippen waren ausgedörrt und rissig, und als sie sie triumphierend zusammenpresste, sah Gwen, wie Blut über die papierne Haut sickerte.

»Du machst uns vollkommen lächerlich, wenn du – ausgerechnet! – einen Konditor in unserem Haus beschäftigst.«

»Es tut mir leid, Gwen, dass ich solche Leidenschaft in dir hervorrufe, aber ich kann dir versichern, dass Mr. Harris sein Bestes tun wird, unter diesem Dach nicht lächerlich zu erscheinen.«

»Welcher Mensch schickt einen zwergenwüchsigen Konditor in einen Haushalt wie unseren?«

»Eine dankbare Klientin. Ich wusste, dass dich seine Größe stören würde und nicht seine kulinarischen Fähigkeiten.«

»Eine dankbare … wer bitte, wer von ihnen würde …«

»Ich habe nicht die geringste Ahnung.«

»Er wird zurückkehren müssen; er würde uns bei der ersten sich bietenden Gelegenheit vergiften. Wir können das nicht riskieren.«

Euphemia warf den Kopf zurück und kreischte wie eine Silbermöwe. Gwen lehnte sich über den Tisch und verpasste ihrer Schwester eine Ohrfeige, die ihre Handfläche schmerzen ließ. Euphemia setzte sich aufrecht hin, plötzlich verstummt, und funkelte Gwen böse an.

»Er kommt mit den allerbesten Empfehlungen«, sagte sie. »Von der Haushälterin einer sehr guten Adresse in London.«

Gwen musterte ihre Schwester in stummer Niederlage und erwiderte schließlich: »Du widerst mich an.« Sie verließ den Tisch, packte die Tageszeitung und rollte sie zu einem Schlagstock zusammen, während sie aus dem Zimmer stürmte, hinunter in die Küche, um diesen neuen Bediensteten in Augenschein zu nehmen.

KAPITEL XI

Helford Passage, Juli 1859

Lassen Sie mich das von Anfang an klarstellen, Mr. Harris ...« Euphemia hatte ihn ins Frühstückszimmer gebeten, um ihm ein Kompliment für sein Gebäck zu machen, doch dann hatte sich ein Fieber in ihrem Gehirn eingenistet, als sie, während sie auf seine Ankunft wartete, den Brief las, den Fergus Harris an diesem Morgen Susan für den Briefkasten mitgegeben hatte. Er war an Mrs. Isobel Scales in London adressiert. »Während Sie unter meinem Dach leben, sind Sie Teil meines Haushalts. Sie werden zu niemandem aus Ihrem früheren Beschäftigungsverhältnis Kontakt aufnehmen. Habe ich mich klar ausgedrückt?«

»Ma'am.«

»Sie werden unter keinen Umständen Briefe an meine Klienten schreiben.«

»Nein, Ma'am.«

»Und Sie werden auch keine geheimen Berichte über das Privatleben der Menschen in diesem Haus an meine Klienten weitergeben und auch an sonst niemanden.«

Fergus Harris hob den Blick von der Stelle des Fußbodens, die er die ganze Zeit angestarrt hatte. Euphemia sah keine Veränderung in seinem Gesichtsausdruck, als er antwortete, dass er nichts dergleichen tun würde.

»Außerdem werden Sie keine Zuwendungen von meinen Klienten oder anderen Personen für solche Verpflichtungen entgegennehmen. Wie Sie bisher vermutet haben, führen wir hier ein normales Leben, und an uns ist nichts Bemerkenswertes außer der Tatsache, die bereits bekannt ist und von meinen Klienten geschätzt wird.«

Fergus Harris antwortete: »Nein, Ma'am. Aber wollen Sie mir sagen, ich solle meine Sachen packen und gehen?« Euphemia biss die Zähne zusammen und holte ein Dokument hervor, das sie vorbereitet hatte. »Das hier ist ein neuer Arbeitsvertrag, den Sie jetzt bitte lesen. Wenn Sie ihn unterzeichnen, werden Sie ohne Ausnahme allem Folge leisten, was in gut verständlichem Englisch vereinbart wurde.«

Fergus nahm den Vertrag von dem Beistelltisch, auf dem Euphemia ihn abgelegt hatte. Sie beobachtete, wie seine Augen über ihre ordentliche Schrift huschten. Ab und an hob er eine Augenbraue. Als er den Vertrag fertiggelesen hatte, erklärte er, er werde unterschreiben. Euphemia erhob sich und befahl ihm, ihr in die Bibliothek zu folgen, wo Tinte und Löscher bereitstanden. Fergus Harris unterzeichnete mit demselben Schnörkel, der auch den Brief an Isobel Scales zierte. Er rollte den Löscher über die feuchte Tinte und überreichte Euphemia den Bogen Papier.

»Danke, Mr. Harris. Sie sind eine sehr geschätzte Bereicherung dieses Haushalts. Behalten Sie in Erinnerung, wem Sie jetzt Loyalität schulden, und wir werden friedlich und harmonisch miteinander auskommen. Und, bevor ich es vergesse, Ihr Gebäck ist wirklich ausgezeichnet. Das wäre dann alles, Mr. Harris.«

Verheiratet. Natürlich, er war verheiratet. Seine Hand war geübt, sein Griff sicher. Bella. Die außergewöhnlich Ruhige. Sie konnte der Frau so eine extravagante Gewohnheit nicht zugutehalten. Doch da war es. Sie wandte ihre Aufmerksamkeit dem Briefestapel zu, den sie aus der Eingangshalle mitgebracht hatte. Die üblichen Dankeskarten und Dankbarkeitsbeteuerungen und darunter ein Brief an

Gwen, dessen Handschrift sie nicht erkannte. Sie legte ihn auf die Seite und widmete sich der Korrespondenz der Reihe nach. Zwischen dem Beantworten ihrer eigenen Briefe berührte sie hin und wieder den an Gwen adressierten Brief. Sie nahm ihn auf, drehte ihn um und legte ihn wieder zurück, als ihre Schwester den Raum betrat und die Tür mit einem Keil weit offen hielt. Sie brachte die Natur mit sich herein in den Raum.

»Effie, Susan sagte mir, dass ein Brief für mich gekommen ist.« Sie roch nach dem heißen Wetter, nach Staub und Pollen. Und Wein. Gwen kam zum Schreibtisch. »Hast du ihn? Ah, da ist er ja.«

»Ein Auftrag?«

»Vielleicht.«

»Du hast darauf gewartet.« Euphemia roch die sandige Erde an Gwens Rocksaum, als diese hinter ihrem Stuhl vorbeiging.

»Hoffe auf alles und erwarte nichts, Effie. Ist das nicht das Beste?«

»Du hast unseren Wein mit in den Garten genommen.«

Gwen hatte gerade den Raum verlassen wollen, drehte sich jedoch noch einmal um. »Wirklich, Effie, es ist so ein wunderbarer Tag, bitte verdirb ihn mir nicht.«

»Ich hoffe, du hast gute Nachrichten erhalten«, sagte Euphemia laut, dachte jedoch: Ich verachte deine Lebhaftigkeit. Bitte geh.

»Wenn es das wirklich ist, dann hoffe ich das auch. Es ist sehr stickig hier drin, Effie. Du solltest ab und zu nach draußen gehen. Öfter als nur dem Ruf der Natur zu folgen. Du hast den ganzen Sommer verpasst. Wir werden vielleicht nicht mehr viele schöne Tage bekommen.«

»Ich verpasse nichts, das mir wichtig ist. Sehr viel weniger, als du dir vorstellen kannst.«

Gwen ging ins Esszimmer, nahm dort eine Karaffe auf, stellte sie wieder hin und ging stattdessen in den Keller. Auf dem Weg hinunter am oberen Rasen entlang wischte sie die staubige Flasche an ihrem Rock sauber, während sie Edwards Brief zwischen den Zähnen hielt. Edward, nicht Susan, hatte ihr gesagt, dass an diesem Morgen ein Brief auf sie warten würde. Er hatte darum gebeten, dass sie ihn erst nach seinem Besuch lesen solle. Der Anblick von Euphemias langweiligen Briefen von Klienten und ihrem daneben hatte ihr plötzlich Übelkeit bereitet. Was, wenn Edward eines Tages in Eile vergessen sollte, ihren vollständigen Namen auf den Umschlag zu schreiben? Ein »G« konnte in Edwards undeutlicher Handschrift schnell zu einem »E« werden. Die Elf-Uhr-Sonne brannte unbarmherzig auf sie herunter, und Gwen eilte die Pfade entlang, unter der Mauer des Küchengartens und unter den Buchen auf einen der höhergelegenen Wege, an einem Wespennest vorbei bis zur Grenze des Carrick-Anwesens, wo sie über die Felder blicken konnte oder über das glitzernde Wasser, über das große Schiffe am Horizont kreuzten. Gwen öffnete die Flasche, die sie zwischen den Füßen festhielt. Das Geräusch des sich aus dem Flaschenhals lösenden Korkens war befriedigend in Gwens Einsamkeit. Sie drehte den Korken langsam vom Korkenzieher; der Brief lag in ihrem Schoß.

Meine liebe Gwen,
ich bin so glücklich mit dir. Das ist offensichtlich, nicht
wahr? Mit meinem Kopf in deinem Schoß zu liegen
und deinen ernsten Worten zu lauschen – das bedeutet
mir unendlich viel. Du hast keine Ahnung, was du mei-
ner Seele Gutes getan hast. Ich habe mich oft gefragt,
wie ein Mann es sich in Feldern aus oberflächlichem
Geschwätz bequem machen kann, Blumen zwischen
den Fingern drehend, wenn es da doch ein ganzes Uni-

versum an Dingen und Gefühlen gibt, über die kommuniziert werden kann – was du auf so schöne und großzügige Art tust, dass mein ganzes Selbst weich wird vor Bewunderung für dich. Erträgst du es, mein armseliges Geschwätz zu lesen? Vielleicht kommen dir meine Worte leer vor oder wie aus zweiter Hand, wenn ich dir sage, dass du mich inspiriert hast. Es könnte fast schon zu viel sein, und doch kann ich es nicht oft genug sagen – du musst mir glauben, wenn ich sage, dass auf der ganzen Welt keine Frau an deine Außergewöhnlichkeit herankommt.

Siehst du diesen Punkt? Ich musste meinen Federhalter niederlegen und in die Stadt gehen, um nicht noch mehr Klischees auf dem Papier zu verstreuen. Doch es gibt in keiner Sprache der Welt die passenden Worte, um die Tiefe meiner Gefühle angemessen auszudrücken – Gehirn und Feder in Einklang zu bringen, bereitet mir große Mühen. Du bist eine Inspiration, und doch lässt mich die Inspiration sprachlos zurück. Vielleicht ist es ein Zeichen für die Wahrhaftigkeit meiner Gefühle für dich, dass ich sie nicht in Worte fassen kann. Könnte ich es, würde ich deinen Geist küssen, das Licht auf deiner gerunzelten Stirn schmecken, deine Gedanken schlucken ...

Gwen trank etwas Wein und wischte sich mit dem Handrücken einen Tropfen vom Kinn. Sie blickte wieder auf den Brief und lachte. Edward, sagte sie sich, du bist einfach unverbesserlich. Er hatte ihr Treffen an diesem Morgen so gesteuert, dass, wenn Gwen den Brief las, beides exakt zusammenpassen würde. Er hatte das Gespräch bestimmt. Gwen hatte über alltägliche Dinge gesprochen: Murray und seine Arthritis und dass sie niemand anderen haben wollte, ihr aber auch bewusst war, dass ihm die Arbeit zu viel wurde. Edward hatte sie von dieser Sorge abgelenkt und über Eden gesprochen. Bei diesem Thema konnte sie nicht still bleiben, und das hatte er gewusst. Während sie also über ihre Meinung doziert hatte, wie eine Art sich unmöglich aus einer beschränkten Quelle entwickelt haben konnte, hatte er seinen Kopf in ihren Schoß gelegt und ihre leidenschaftliche Rede genossen. Doch er hatte nichts davon geschrieben, wie er nach einer Weile heißen Atem durch den Stoff ihrer Röcke geblasen hatte, wie sein Mund fest auf ihrem Schoß gelegen und seine Hände ihre Hüften umklammert hatten. Ja, dachte Gwen, manches konnte nicht niedergeschrieben werden.

KAPITEL XII

Herbst 1859

Seit dem Frühjahr war er nur zweimal im Sommerhaus gewesen. Zwischen diesen Besuchen hatte Euphemia dort jede Nacht auf ihn gewartet. Jedes Mal, wenn er gekommen war, hatte sie ihm ihre Erkenntnisse nicht mitteilen können. Frost unter den Füßen, Reif an den Rändern jedes Blattes auf dem Boden. Als sie ungeschickt über sie hinwegging in den alten Stiefeln, die sie an der Hintertür über ihre bloßen Füße gezogen hatte, dachte sie an die vergeudeten Stunden, die sie mit Warten auf ihn zugebracht hatte anstatt mit Schlafen. Alles wurde dadurch noch verschlimmert, dass Gwens Worte wahr waren. Wegen dieses Mannes hatte sie jeden Tag verschlafen. Um seiner willen würde sie sich nicht mehr demütigen. Seine Frau würde vielleicht wieder zu ihren Treffen kommen. Euphemia würde nicht mehr jeden Abend mit Furcht entgegensehen, in der Hoffnung, die Frau würde nicht erscheinen, um sie zu verspotten. Mit einem klaren Kopf konnte sie der Frau geben, was diese wollte. Mr. Scales konnte dorthin zurückkehren, von wo er gekommen war.

»Wenn er heute Nacht nicht hier ist«, sagte sie, »werde ich nie wieder nach Einbruch der Dunkelheit in dieses Sommerhaus zurückkehren. Ich werde früher ins Bett gehen, und niemand wird mehr Grund haben, mich zu verachten. Ich werde aufhören, meine Gesundheit um dieses Mannes willen zu ruinieren.« Und doch konnte sie ihre Gedanken nicht davon abhalten, zu den Ereignissen dieser Besuche zurückzuwandern.

Als sie ihn zum ersten Mal getroffen hatte, hatte sie gerade Gwens Stimme geübt. Euphemia hatte das Beste aus dieser unangenehmen Situation gemacht; es war zum Glück dunkel genug gewesen, um nicht erkannt zu werden. Zuerst hatte sie Murray erwartet, doch nach der überraschenden Entdeckung, wer der nächtliche Besucher war, hatte sie mit ihm so unbekümmert wie im hellen Tageslicht geredet. Sie wusste, dass an den Tagen, an denen der Gärtner kam, dieser viel Zeit im Sommerhaus verbrachte. Es erschien ihr daher logisch, dass der Mann auch um Mitternacht noch dort sein könnte, da er auch sonst viele Stunden Pfeife rauchend in dem alten Lehnsessel verbrachte. Murray mochte sie nicht, das wusste sie. Er hielt sie für eine Betrügerin. Doch er mochte Gwen, da sie so viel Zeit im Freien verbrachte, ihre Skizzenbücher füllte und trübes Wasser aus den Teichen sammelte.

»Es tut mir leid, dass ich Sie gestört habe, Murray«, hatte Euphemia gesagt. »Aber haben Sie gemerkt, dass es schon Mitternacht ist?« Wunderbar hatte sie Gwens Stimme nachgeahmt, und sie hatte triumphierend im Dunkeln gelächelt.

»Ich muss mich entschuldigen; ich kenne Ihren Mr. Murray nicht. Ich bin hier eingeschlafen, hoffentlich macht es Ihnen nichts aus – vorhin war hier niemand. Mein Name ist Edward Scales. Sie werden mich nicht kennen, denke ich.«

Damit war die Verwechslung aufgelöst worden. Doch Euphemia hatte es gefallen, sich als Gwen auszugeben, und so seine Anwesenheit in die Länge gezogen. Dass sie Mr. Scales in dem Glauben ließ, sie sei jemand anderes, berührte ihren Sinn für Anstand nicht. Es war wie mit ihren Damen und den Geistern im Dunkeln. Sie konnte alles tun und sagen, was ihr in den Sinn kam. Mr. Scales war auf sie zugekommen, als er sich vorgestellt hatte. Er hatte höflich ihre Hand ergreifen wollen, doch jetzt standen sie näher beisammen, als er geplant hatte. Seine Hand berührte ihre Brust durch den dünnen Stoff ihres Nachthemdes, wo der Mantel aufklaffte. Euphemia hatte sich einen Moment nicht gerührt, denn Mr. Scales hatte seine Hand auf ihrer Brust liegen gelassen. Im Dunkeln, in diesen wenigen Sekunden, hatte Euphemia seinen Herzschlag durch seinen Arm in ihren Körper pulsieren gefühlt.

Euphemia hatte gedacht, dass sie ihre Talente über die Grenzen des Salons hinaus ausweiten, dass sie ihre Kunstfertigkeit in eine ganz andere Erfahrungswelt übertragen könnte. Einige der Worte, die er ihr ins Ohr geflüstert hatte, als er sie bei seinen nächsten Besuchen berührte, standen in keinem Wörterbuch. Er hatte ihr die Augen für die wahre Bedeutung von Delirium geöffnet. Doch in ihrem Verlangen hatte sie gemerkt, dass sie über nichts die Kontrolle hatte. Jetzt – endlich wieder mit ihm zusammen – wollte sie alles begradigen, was sich verbogen hatte. Zuerst war ihr kalt gewesen, doch jetzt fühlte sie sich gut.

»Wer ist da?« Edwards Stimme war unsicher, doch sein Ton war besitzergreifend, unwillig.

»Was für eine Dreistigkeit, Sir. Das ist mein Besitz, und Sie sind der Eindringling.«

»Miss Carrick? Bitte entschuldigen Sie, Sie und Ihre Begleitung. Ich wollte niemanden erschrecken.«

»Außer mir ist niemand hier.«

»Dann, ich … Gwen, geht es dir gut?«

Euphemia hielt bei dem Klang des Namens ihrer Schwester aus seinem Mund inne. Bilder des Sommers zogen wie eine Wundertrommel an ihr vorbei. Die Erinnerung an das, was er mit ihr getan hatte, bereitete ihr plötzlich Übelkeit. Die geschlitzte Trommel mit ihren Bildern drehte sich in ihrem Kopf. Sie hörte ihren eigenen schweren Atem, als gehörte er nicht zu ihr. Und das tat er auch nicht. Was hatte sie sich eigentlich vorgestellt? Wenn sie diesem Mann bei Tageslicht begegnete, würde sie ihn nicht einmal erkennen, bis er den Mund aufmachte.

»Diese Scharade muss aufhören, Mr. Scales. Was würde Ihre Frau zu Ihrem Verhalten sagen, wenn sie davon wüsste?«

»Ich habe erwartet, dass sich dieses Gespräch so entwickeln würde.«

»Es gibt kein Gespräch.« Euphemia begann, sich von ihm zu entfernen, und hörte, wie er ihr aus dem Sommerhaus folgte.

»Gwen, bitte bleib und hör mir zu. Ich muss das erklären.«

»Es gibt nichts zu erklären und nichts, was ich von Ihnen hören möchte. Ich bin froh, dass ich Ihnen niemals in die Augen blicken und die Arroganz dort sehen muss. Schämen Sie sich.«

Sie ließ ihn im Dunkeln stehen und ging schnell zurück, die Kälte in ihren Lungen eine Erleichterung. Körperliche Anstrengung und Schmerz waren eine Befreiung. Von ihm wegzukommen, ihn dort zurückzulassen. Sie würde direkt ins Bett gehen, und am nächsten Morgen würde sie vor ihrer Schwester aufstehen, und das alles hätte ein Ende.

KAPITEL XIII

Carrick House, Weihnachten 1859

Während Euphemia fast jeden Abend ihre Sitzungen im Empfangszimmer abhielt, zog sich Gwen in Bereiche des Hauses zurück, wo sie nicht hören konnte, wie ihre Schwester in verschiedenen seltsamen Stimmen mit den Verstorbenen »auf der anderen Seite« kommunizierte. Sie holte sich einen Teller süßes Mandelgebäck und studierte Darwins Text, wobei sie Zucker zwischen die Seiten bröselte und Fingerabdrücke auf dem grünen Stoffeinband hinterließ. Manches verstand sie nicht, und sie las die Stellen so oft, bis sie glaubte, sie korrekt erfasst zu haben. Nicht dass sie irgendetwas davon anfangs geglaubt hätte, sie versuchte nur, die Beweisführung zu begreifen. Sie glaubte, um etwas zu glauben, musste sie ihrer Pflicht zum Zweifeln treu bleiben. Versuchen, alles aus allen Blickwinkeln zu betrachten. Was sich als schwierig erwies, da die Nachweise von diesem Darwin gesammelt worden waren, nicht von ihr selbst. Und seine Beweisführung entsprang seinem Kopf. Sie sah sich immer wieder mit diesem Problem konfrontiert, die Vorstellungen von anderen annehmen zu müssen, immer anderer Männer, ohne die Gelegenheit, den Mann, dessen Worte sie gerade las, befragen zu können. Sie wollte nicht unterrichtet werden; sie wollte einen Austausch. Doch zwischen den Bemühungen, Darwins Ausführungen zu verstehen und sich vor den Klienten ihrer Schwester zu verstecken, ärgerte sie sich über Edward.

Er kam und ging, wie es ihm gefiel. Über den Sommer und während des Herbstes war ihr Leben vollkommen auf den Kopf gestellt worden, und doch hatte sich nach außen hin nichts geändert. Sie betrieb ihre Studien und lebte zurückgezogen. An einem Novembermorgen hatte er sie mit einem Ausbruch von Seelenqualen überrascht, und sie hatte mehrere Stunden gebraucht, um ihn davon zu überzeugen, dass Alpträume nur Alpträume waren und nichts bedeuteten, und was auch immer er geträumt hatte, nicht real sein konnte. Schau uns an, hatte sie gesagt. Waren sie nicht glücklich zusammen? Natürlich waren sie das. Dennoch hatte sie das Gefühl, dass sie ihn vielleicht wider bessere Einsicht getröstet hatte. Der Schmerz, von ihm getrennt zu sein, war echt. Er schien ihre Gedanken gelesen zu haben, doch dann wieder blieb er länger abwesend denn je. Ich werde etwas ganz Besonderes für dich finden, hatte er ihr gesagt. Er brachte ihr Bücher, darunter den Darwin, als ob das genug wäre. Als ob ihr das durch die Unsicherheit seiner langen Abwesenheiten helfen würde. Sie schalt sich selbst, wenn sie sich darüber freute, wenn er kam, und doch, ja, sie freute sich. Die Freude, ihn endlich unter dem großen Magnolienbaum stehen zu sehen, nach langen Wochen, raubte ihr fast den Atem. Das Wissen, dass es kindisch wäre zu sagen, dass es nicht fair war, machte es nicht besser. Freddie hatte fast schon aufgegeben, zu versuchen, sie zu überreden, ihr ruhiges Leben aufzugeben und das umtriebige, soziale Wesen zu werden, als das er sie so gern sähe. Seine Einladungen waren weniger geworden. Manchmal hatte Gwen wegfahren wollen, um eine Woche mit ihrem Cousin in London zu verbringen, doch die Befürchtung, einen von Edwards Besuchen zu verpassen, während sie mit Freddie ausritt oder in der Oper war, hielt sie zurück.

Das, dachte sie, ist es, was Frauen tun. Wir warten,

scheinbar endlos, ohne Klagen und ohne angemessenen Trost, auf Männer, deren Leben zu beschäftigt, zu voll sind, darauf, dass sie innehalten und überdenken, was für eine Frustration sie uns gedankenlos aufladen.

KAPITEL XIV

Carrick House, März 1860

O h bitte, nicht das schon wieder.«
»Ich habe noch nicht gleich ›ja‹ gesagt, ich habe es nur
angedeutet.«

»Ich mache keine weiteren verflixten Porträts von diesem
überfütterten Schoßhündchen.«

»Ich denke, Miss Lotts dachte da an ihren Neffen.«

»Eben.«

»Es wird keinen guten Eindruck machen, wenn du nicht
wenigstens nach unten kommst und guten Tag sagst.«

Gwen verengte die Augen. »Fünf Minuten und keine
Sekunde länger. Aber bitte mach dir nicht die Mühe, mich
irgendeinem deiner Klienten vorzustellen. Es wird mich nur
in Versuchung führen, sie zu brüskieren, und das wird dir
weniger gefallen als mir.«

Gwen ärgerte sich zunehmend über Edwards Abwesenheiten, die sie leer und ohne Ziel zurückließen. Der Gedanke, sich unter die Klienten ihrer Schwester mischen zu müssen, während Euphemia sie dazu verpflichtete, Möpse zu
zeichnen oder Neffen auf Kissen, war zu widerwärtig, um
ihn mit Haltung zu ertragen. Sie war sich sicher, dass sie
jemandem in den nächsten dreißig Minuten zu nahe treten
würde.

An diesem Abend waren hauptsächlich Damen mittleren
Alters zu Gast, und Euphemia versuchte ausnahmsweise
nicht, ihrer Schwester alle vorzustellen. Einige von ihnen

scharten sich um eine der neuen Hoffnungsvollen, frisch aus London, noch dazu mitten in der Saison; und die kleinen Bouchées, eine Spezialität von Fergus, wurden genießerisch verschlungen, bevor man sich dem eigentlichen Anlass des Treffens zuwandte. Die Dame mit dem verkniffenen Gesicht, die vielleicht Ende zwanzig war, schien sich besonders für die kleinen Gebäckstücke zu interessieren, war jedoch die Einzige, die nicht davon probierte.

Gwen machte höfliche Konversation mit der gefürchteten Miss Lotts und versuchte sich aus dem Versprechen, das Euphemia in ihrem Namen gegeben hatte, herauszuwinden.

»Es tut mir wirklich leid, Miss Lotts«, sagte sie. Die Frau nahm ihren Arm und ging einige Schritte in Richtung des großen ovalen Tisches, um den sich langsam alles versammelte.

»Oh, nennen Sie mich Fanny. Heute Abend bin ich Fanny, meine Liebe.«

»Mein Kalender ist schon sehr voll, Miss Lotts. Die nächsten Monate bin ich sehr beschäftigt. Wenn Sie mich bitte entschuldigen würden, ich ...«

Die Lampe war bereits auf kleinste Flamme heruntergedreht worden, flackerte schwach auf und erlosch. Gwen schälte in der plötzlichen Dunkelheit Miss Lotts Finger von ihrem Arm und dachte: Es ist mir egal, ob ich die alte Schachtel beleidige.

Jemand sagte: »Oh, wie schade.«

Euphemia räusperte sich. Als das Rascheln teurer Kleidung verklungen war, sank Euphemia langsam in ihre Trance. Das Verlöschen der Lampe war eine große Enttäuschung, denn ihre Klienten sahen gern, wie sie die Augen verdrehte, wenn die Geister Besitz von ihrem Körper ergriffen.

Gwen wand sich unruhig im Dunkeln und schloss die

Augen, als ihre Schwester in verschiedenen hohen Baby-
stimmen sprach, bevor sie sich für eine entschied, die eine
der Damen erkannte.

»Ich bin hier, mein kleiner Liebling«, rief die Frau.

Gwens Herz hämmerte; sie wollte das nicht. Es war nicht
richtig. Doch sie würde sich heute Abend auf keinen Fall
schwach zeigen.

Es dauerte seine Zeit, da ihr einige Hindernisse den Weg
versperrten. Als sie endlich an der Seite ihrer Schwester am
Kopfende des Tisches stand, streckte sie die Hände aus und
tastete nach ihr. Sie packte eine Handvoll Haar und zog
daran. Gwen hatte sich gefragt, womit sie wohl Euphemias
Vorführung stoppen konnte. Als das keine Wirkung zeigte,
wurde sie wütend. Sie zog noch stärker, und Euphemia
quietschte, sprach jedoch in der Babystimme weiter. Gwen
zwickte ihre Schwester durch den Seidenschal in den Arm.
Euphemia schrie auf und murmelte übertrieben: »Hör auf,
du tust mir weh.«

Ein leises Wimmern erklang aus der Richtung der Frau,
das von Schluchzern und unverständlichen Sätzen gekrönt
wurde.

Gwen ließ Euphemia los.

Die Frau wurde ohnmächtig und rutschte von ihrem
Stuhl.

Gwen tastete nach Streichhölzern. Als der Docht wieder
brannte, sah man, dass jemand der schon wieder erwachen-
den Klientin eine Flasche Riechsalz unter die Nase hielt,
während diese sich zurück auf den Stuhl hievte. Erleichterte
und beruhigende Geräusche kamen aus allen Richtungen.
Der Abend war ein Erfolg. Die Frau, deren Name wie »Bella« geklungen hatte, wurde auf einen bequemeren Sessel
komplimentiert, wo man sich um sie scharte und sich um
sie kümmerte. Gwen schnappte sich die Karaffe und ging,
um frisches Wasser zu holen. Dabei sagte sie zu niemand

Bestimmtem: »Wenn sie sich nicht so eingeschnürt hätte, wäre all das hier nicht nötig.«

Euphemia saß immer noch an ihrem Platz am Kopfende des Tisches und erwachte offensichtlich gerade aus ihrer sogenannten Trance.

Tat diese Frau auch, was sie einmal getan hatte? Euphemia schauderte bei der Erinnerung an kalte Luft an ihren Fußsohlen und die Wärme zwischen ihnen, als der Ehemann dieser Frau seine Hände gegen ihre Wölbungen gepresst hatte, die glitschig von dieser speziellen Art von Intimität waren. War das etwas – ebenso wie die andere Sache –, das verheiratete Frauen ihren Männern erlaubten, an ihnen durchzuführen? Oder waren diese Dinge anderen Frauen vorbehalten? Sie erinnerte sich an den Geschmack. Die beißende Salzigkeit und der Schleim in ihrer Kehle. Wie dumm sie gewesen war, sich für anders als die Art Frauen zu halten, die sie nachgeahmt hatte. Euphemia stöhnte leise. Sie war überrascht gewesen, Isobel wiederzusehen, und rief sich sofort in Erinnerung, dass nichts mehr eine Überraschung sein sollte. Sie hatte bis zum Schluss recht behalten. Vertraue nichts und niemandem außer deiner Gabe, sagte sie sich. Euphemia öffnete die Augen.

KAPITEL XV

Juni 1860

Gwen hielt das Gesicht in den strömenden Regen, und ihr langes Haar, das sie offen trug, klebte in dicken Flechten an ihrem nackten Körper.

Sie stand auf und flocht ihr Haar zu einem unordentlichen Zopf, den sie schließlich unter einem schmutzig nassen Seidenschalturban verbarg. Beiden war plötzlich das kalte Sommerklima nur allzu bewusst. Der Regen strömte weiter durch die Baumwipfel und landete in schweren Tropfen auf ihrem Schlüsselbein und ihren festen Brüsten. Er schob die Frage nach ihrem Alter beiseite, während er die Blätter, die an seinen Schenkeln klebten, abstreifte. Eiche, Ulme, Esche. Er nahm sie in die Arme und küsste ihren Hals, saugte den Regen von ihrem Schlüsselbein, doch der Moment war vergangen, und vor Kälte zitternd griff sie nach den feuchten Decken. Er hasste diesen Aufbruch. Er verabscheute und liebte dieses Wetter.

Gwen lachte, als sie sich zähneklappernd abtrocknete. »Ich weiß nicht, wie du so dastehen kannst«, sagte sie und wickelte sich in die Decken, verbarg ihren Körper vor seinen Blicken. Sie legte den Kopf in den Nacken, hielt das Gewicht ihrer Haare mit einer Hand, und blickte ins Geäst empor. Dann schloss sie die Augen. Konzentrierte sich auf das Gefühl des prasselnden Regens auf ihrem Gesicht.

An Tagen wie diesen konnte er sich vorstellen, etwas Undenkbares zu tun, damit er sie ganz für sich haben könnte, für immer. Für den Bruchteil einer Sekunde hatte er das Bild von Isobel vor Augen, ertrunken durch seine Hände in ihrer mit Rosen verzierten Badewanne; und dieses Mädchen hier wäre für immer in seinen Armen. Ein Moment intensiver Ekstase, die ihn wieder hart werden ließ, was er nicht verbarg, als er sich nach seiner eigenen grauen Decke bückte.

Er sehnte sich danach, sie mit sich auf den Boden zu ziehen, und als sie den Kopf wieder senkte und die Augen öffnete, platzte er damit heraus. Er konnte die Worte nicht zurückhalten.

»Ich will dich. Ich will dich nehmen. Ich will … andere Sachen mit dir machen. Ich muss dich so dringend ganz für mich haben, und ich kann nicht … ich bin … es ist unmöglich und schrecklich und wundervoll zugleich.«

Ihr Gesicht verzog sich vor Verachtung.

»Verdirb es nicht, Edward. Warum musst du den Moment verderben? Du musst nicht darum herumreden. Ich kann es mir gut vorstellen.« Sie rieb sich energischer trocken und kämpfte mit der unbequemen Wirklichkeit, nackt und schmutzig nass in einer versteckten Ecke ihres Gartens zu stehen und sich ein wenig Wärme in die Gliedmaßen zurückreiben zu wollen. »Ich weiß schon lange genug und nur zu gut, dass sich unsere Wege im normalen Leben nicht kreuzen würden. Wir verkehren in verschiedenen Kreisen.« Sie gab den Versuch auf, gleichzeitig zu sprechen und sich würdevoll aufzuwärmen.

»Es tut mir leid.«

»Bitte nicht. Das könnte ich nicht aushalten.«

Beide rieben sich schweigend trocken und gingen einen steilen Pfad hinauf zum alten Schulhaus, wo sie ihre Kleidung vierzig Minuten zuvor zurückgelassen hatten.

Das winzige Gebäude war bis vor zwölf Jahren für den Sommerunterricht verwendet worden. Jetzt war es nicht mehr in Gebrauch und vollgestellt mit alten Gartenmöbeln, Vogelbädern, zerbrochenem Werkzeug, Mäusefallen und Gartengeräten. Eine Falle hing von der Wand, die scharfen Zähne mit Spinnweben verklebt. Es gab einen kleinen hölzernen Taubenschlag und einen stabilen Tisch, der von zerbrochenen Blumentöpfen und Erde gesäubert worden und mit einer gestreiften Decke geschmückt war. Dort hatten sie ihre Kleidung abgelegt. Gwen hatte einen brauchbaren Stuhl unter dem Gerümpel gefunden, von dem aus sie manchmal den Regen durch die offene Tür beobachtete.

Sie schlossen die Tür jetzt, verbarrikadierten sich in dieser besonderen Stickigkeit des Schulhauses. Etwas Kleines trippelte in den Dachsparren. Sie blickten einander an. Gwen konnte an nichts anderes denken, als dass sie sich waschen musste. Der Regen prasselte lautstark auf das alte Reetdach des Schulhauses. Es war gut, dass beide sich auf das Geräusch konzentrieren konnten, denn keiner von ihnen hatte bisher ein Wort gesagt. Edward zitterte. Sie wusste nicht, ob er überwältigt oder ob ihm nur kalt war. Sie fühlte sich auf jeden Fall klamm. Doch sie konnte ihn jetzt hier nicht allein lassen; sein Blick war abwesend und in sich gekehrt.

»Edward«, flüsterte sie fast, besorgt wegen dem, was gerade passierte.

»Ich habe dich im Stich gelassen.« Seine Stimme brach.

Sie trat zu ihm, bemüht, seine nackten Zehen nicht unter ihren Stiefeln zu zertreten, und nahm seine Hände. Sie ärgerte sich plötzlich, dass die Nachwehen des Ereignisses, das erst vor zehn Minuten seinen Höhepunkt gefunden hatte, eine Kluft zwischen ihnen aufgerissen hatten, die sie jetzt wieder schließen musste. Sie schüttelte ihn leicht. »Wir sehen uns in zwei Wochen.«

»Morgen«, erwiderte er. »Ich möchte dich morgen sehen.«

»Morgen bin ich beschäftigt. In zwei Wochen bin ich immer noch dieselbe.«

»Übermorgen – wirst du mich da sehen wollen?«

Sie ließ ihn los und drehte sich weg. Sie zog ihren knöchellangen Mantel an und wickelte den Schal von ihrem Haar. Dann setzte sie ihren Hut auf und nahm die Tasche mit ihren Zeichensachen und den alten Schirm. Sie ging hinaus in den strömenden Regen, ohne zurückzublicken, schloss die Tür hinter sich mit gegen das Unwetter gesenktem Kopf.

Gwen zwang sich zur Ruhe. Es war nichts. Es war alles. Seit mehr als einem Jahr lebte sie in fortwährendem Warten. Der Schmerz in ihrem Unterleib strahlte ihre Beine hinab, und sie zwang sie vorwärts über die überwucherten, verschlungenen Pfade, bis sie die gepflegten Bereiche in der Nähe des Hauses erreichte.

Morgen würde es losgehen. Bis dahin würde es nur den wachsenden Schmerz geben, wie die Faust eines Kobolds in ihren Muskeln, erst hier und dann da; sie wäre nichts mehr als ein zusammengekrümmter Haufen aus Schmerz, den nur Säcke mit heißem Weizen leicht lindern konnten. Sie hätte nie zustimmen können, Edward in so einem Zustand zu sehen. Schwitzend und alle halbe Stunde zum Abtritt rennend, um sich zu entleeren. Manchmal musste sie sich auch übergeben, über den Nachttopf gekrümmt. Es war immer abwechselnd stärker und weniger stark. Im letzten Monat war es weniger stark gewesen. Sie schlang die Arme um den Oberkörper. Was auch immer Edward zu seinem Verhalten bewegt hatte – es musste warten. Und sie würde sich deswegen auch sicher nicht in den Schlaf weinen.

Einen heißen Weizensack auf den Bauch gepresst, erinnerte sie sich an den Blitz aus absurder wissenschaftlicher Inspiration, der ihr durch den Kopf gezuckt war, während sie auf der Decke lag. Sie stellte eine Glasschale auf den

Tisch in ihrem Zimmer neben das Mikroskop. Sie kauerte sich hin, wühlte ein wenig mit den Fingern und wischte das Ergebnis in die Schale. Rasch schob sie diese in Position und blickte durch das Mikroskop auf ihre Probe. Ungläubig starrte sie auf die hektischen Wellenbewegungen der Schwänze, die wie unbeschreiblich kleine Aale wirkten.

KAPITEL XVI

8. Juli 1860

Sie sagte: »Du bist wahrscheinlich eingeschlafen und hast geträumt. Du wirst mir sagen müssen, was du mich fragen möchtest, du hast es nämlich noch nicht getan.« Ihr Herz hämmerte so stark, dass ihr beinahe übel wurde. Sie kam sich wie eine Idiotin vor. Er hatte sie niemals etwas gefragt. So fühlte sich das wohl an. Tatsächlich? Der Wind frischte auf; das Rauschen der Blätter dröhnte in ihren Ohren und verhinderte klares Denken. Sie wusste, dass sie annehmen würde, nachdem sie nie auch nur gewagt hatte, an diese Art Gespräch zwischen ihnen beiden zu denken. Sie beobachtete sein Gesicht; er sah so verwirrt aus.

»Ich bin mir ziemlich sicher, dass ich vor zwei Tagen hierherkam. Wir trafen uns in diesem besonders schweren Unwetter. Du bist weggelaufen, und ich habe dich eingeholt. Das kann ich nicht geträumt haben, Gwen. Ich war bis auf die Haut durchnässt. Und du hattest deinen Schirm vergessen und trugst den großen Hut. Der Regen strömte an dir herab, als seist du …«

»So früh war ich nicht draußen, Edward.« Gwen sprach langsam und versuchte, die Besorgnis in ihrer Stimme zu unterdrücken.

»Nun, wie auch immer, lass uns nicht darüber streiten. Es war rücksichtslos von mir, dich überhaupt auf diese Weise zu fragen. Aber du musst doch mittlerweile meinen Brief bekommen haben? Ich habe ihn am selben Tag abgeschickt.«

»Nein, ich habe keinen Brief von dir bekommen. Frag mich noch einmal, Edward. Es regnet noch nicht. Außerdem musst du doch mittlerweile wissen, dass ich annehmen werde.«

»Ich habe Vorbereitungen getroffen«, sagte er, »nach Brasilien zu reisen, und ich möchte, dass du überlegst, mit mir zu kommen, als Illustratorin der dortigen Flora und Fauna.«

Gwens Herzschlag veränderte sich. Lass es ihn nicht merken, dachte sie. Doch sie heftete ihren Blick auf sein Gesicht, und dabei wurde ihr klar, dass sie gar nicht wirklich wollte, was sie sich vorgestellt hatte. Es war nur Eitelkeit, und der Gedanke daran ließ sie innerlich zusammenzucken. »Du bittest mich, mit dir an einen sehr weit entfernten Ort zu reisen. Ich habe mein ganzes Leben hier verbracht. Ich würde meine Schwester allein lassen, in einem sehr großen Haus. Außerdem müssen noch andere Dinge berücksichtigt werden.« In ihrem Inneren machte sie einen Satz vor Freude. Vergiss die alberne Vorstellung, dass er eine ganz andere Frage stellen würde. Ihr Garten erschien ihr jetzt wie ein Tor, nicht wie das Gefängnis, in das sie sich selbst zurückgezogen hatte. Sie wäre jeden Tag mit ihm zusammen, und diese nie enden wollenden Wochen des Wartens auf ihn wären vorbei – wahrscheinlich jahrelang.

»Das sind keine unüberwindbaren Hürden.« Er zögerte. Eine Schwester? Sie hatte ihm doch gesagt, sie lebte allein – oder nicht?

»Das hier kommt sehr plötzlich. Warum ausgerechnet Brasilien?«

»Wegen dir. Denn als ich die Gewächshäuser in den Kew Gardens besucht habe, wurde ich ständig an dich und diesen Ort hier erinnert. Du *an* diesem Ort, wie du deine Käferstudien malst, was du über Schönheit und Wissenschaft gesagt hast.« Er sagte ihr nicht, dass ein weiterer Grund war, dass sie ihm einmal erklärt hatte, dass es mehr Insekten auf der Welt gab als andere Lebewesen. Edward hatte während einer Unterhaltung mit Jacobs eines Abends entdeckt, dass manche glaubten, ein Großteil der Insekten dieser Welt sei noch nicht entdeckt und benannt worden. Er dachte, wenn er eine Chance haben wollte, ein der Wissenschaft bisher unbekanntes Insekt zu finden, dann wäre der brasilianische Regenwald ein guter Ort dafür. Er hatte wieder begonnen, sich *scalesii*-Bezeichnungen auszudenken.

»Du willst, dass ich weglaufe.«

»Denk darüber nach«, sagte Edward ausdruckslos. Ihr Treffen war vorbei. Er begann sich zu entfernen. Fünf Schritte. Er blieb stehen, drehte sich halb um. »Ich habe bereits das beste Papier und etwas Pergament gekauft. Skizzenbücher. Mir wäre es lieber, dein Werk füllt diese Seiten und nicht das eines Fremden.« Er holte aus seinem Jackett Papiere hervor und hielt sie ihr hin. »Schau.«

Nun, das ist immer noch nicht gut genug, dachte sie. Kannst du mir nicht einfach sagen, dass du mich liebst? Doch sie hielt die Bögen lange in Händen und las die Liste der nötigen Ausrüstungsgegenstände. So viele Posten. Sie runzelte konzentriert die Stirn. »Was sind diese Zahlen hier, die Codes hinter jedem Eintrag?«

»Lass mich sehen. Ah, ja. Daran erkennt man, in welche Kiste der Gegenstand gepackt werden soll.«

»Das hier«, sagte sie und wies mit dem Finger auf eine Zeile. »Das hier kann aber nicht richtig sein.«

Er trat näher zu ihr, und sie konnte den Schweiß in seiner Plumpheit riechen.

»Oh doch, das ist korrekt.«

»So groß. Wird das notwendig sein? Was sollte man dort finden, das zur Aufbewahrung einen solchen Behälter braucht – oder soll es so ähnlich wie eine Obstkiste verwendet werden?«

»Nun, das weiß man nie im Voraus, aber das ist ja gerade das Wunderbare, verstehst du das nicht?«

»Das Gewicht wird nahezu unermesslich sein.«

»Ich musste es haben. Ich bin zur Glashütte gegangen, und da war es, und es ... nun, es hat mich inspiriert. Wenn auch nicht halb so sehr wie du.«

Eine halbe Stunde später machte er sich bereit zum Gehen. Er nahm die lackierten Bambusstäbchen, die ihre Haare zusammengehalten hatten, und reichte sie ihr. Er wandte sich ab, während sie ihre Haare zum Knoten wand.

»Hast du das gehört?« Gwen berührte Edwards Ärmel. »Ich dachte vorhin schon einmal, dass ich etwas gehört hätte. Jetzt irre ich mich sicher nicht.«

Edward sah sie an, und als sich ihre Blicke trafen, hörten sie beide den Lärm, lauter dieses Mal und nicht zu ignorieren. »Irgendein Tier? Vielleicht ein Wiesel oder ein Kaninchen«, sagte er.

»Nein.« Gwen schüttelte den Kopf und sah in die Ferne, die Augen zu Schlitzen verengt. »Nein«, wiederholte sie, plötzlich bleich geworden. »Das klingt nach einem Menschen.« Gwen war schon einige Meter entfernt, bis Edward realisierte, dass er ihr hinterherrannte.

Edward wollte Carrick House jetzt nicht betreten. Er hatte oft darüber nachgedacht, wie es darin wohl aussähe. Hatte ein Bild von etwas Außergewöhnlichem heraufbeschworen. Auch wenn er wusste, dass das Haus wahrscheinlich nur durch seine Bewohner interessant wurde. Jetzt hatte er entdeckt, dass seine Frau dort gewesen war. Spiritismus und Hokuspokus; Isobel täuschte ihn schon wieder. Er war sich so sicher gewesen, dass sie gelogen hatte, ihn auf die Probe stellte. Er wusste mit Sicherheit, dass Gwen keine Spiritistin war. Allein die Vorstellung, dass sie sich dieser Abscheulichkeit widmen könnte, war absurd. Er hatte Isobel ins Gesicht gelacht. Aber sie hatte das Haus detailliert beschrieben. Was sollte er tun? Er dachte an Gwen, wie sie mit gefurchter Stirn den Boden mit dem Fuß aufhackte, und überlegte, wie es an ihrer Stelle wäre. Darauf zu warten, dass er auftauchte. Unter den Baum zu sehen und sich nicht der Hoffnung hinzugeben, dass er dort stehen könnte. Und dann die Kälte des Bodens, die ihrer beider Körper durchdrang. Kein Wunder, dass sie auf der Hut war, wütend. Sie war von seinen langen Abwesenheiten zermürbt, und jetzt war da noch Isobel mit ihren dummen Spielchen. Er hatte sie eigentlich ganz anders bitten wollen, mit ihm wegzugehen. Er hatte andere Worte gebrauchen wollen, sie jedoch nicht aussprechen können. Seine Entschuldigung für seine Ungereimtheiten; es war wie etwas, das ihm im Hals feststeckte und das er einfach nicht herausbekam.

Das Haus tauchte hinter hohen Lorbeerbäumen auf; roter Ziegel zwischen all dem Grün. Edward blieb stehen, um es zu bewundern. Gwen packte seinen Arm und zog ihn in die Schatten. »Dieses Haus«, sagte er zu ihr, »ist gerade mal zwanzig Jahre alt, nicht wahr?«

»Wie bitte? Oh, ja. Das andere wurde abgerissen, um Platz zu schaffen. Man hat mir gesagt, dass das sehr skandalös war. Zumindest haben sie den Garten übrig gelassen ...«

Es begann zu regnen. Harte Tropfen hämmerten gegen die Fenster in seinem Rücken, während Edward den Drang unterdrückte, zu fliehen. Gwen wandte sich an das Häufchen Elend, das auf dem Stuhl kauerte. »Mr. Harris, Hilfe ist hier. Ich bin mir sicher, Mr. Scales wird Ihr Auge öffnen können.«

Edward zögerte und konzentrierte sich auf den Lichtfleck auf dem Tisch.

Gwen ging nach draußen und pumpte eine Karaffe mit Wasser voll, die sie zusammen mit einem Glas zum Tisch brachte. Edward beäugte den Zwerg kritisch. Sein Augenlid war geschwollen, und wo Euphemia die Haut zusammengenäht hatte, klebte getrocknetes Blut, vermischt mit gelbem Wundsekret. Edward warf Gwen einen Blick zu und wünschte, dass etwas von ihrer offensichtlichen Ruhe auf ihn übergehen würde.

»Ich kann die hier entfernen, aber für den Rest bin ich kein Fachmann. Ich werde so vorsichtig wie möglich sein.«

»Dafür wäre ich sehr dankbar, Sir«, sagte Fergus.

Edward meinte: »Wir müssen es zuerst einweichen. Etwas abgekochtes und dann abgekühltes Salzwasser wäre hierfür am besten, denke ich.«

Während Gwen das Gewünschte organisierte, die Wassertemperatur überprüfte und Salz hineinlöffelte, bewunderte Edward ihre Haltung. Bettlaken waren eng um den Mann herumgewickelt, fixierten seine Arme, seinen Kopf – er konnte sich das Entsetzen dabei kaum vorstellen. Er konnte sich nicht vorstellen, warum sich dieser Mann nicht hatte retten können. Hatte sie sich auf ihn gestürzt? Hatte sie ihn in eine Falle gelockt? Irgendwo in dem großen Haus war Euphemia in ihrem Zimmer eingesperrt. Edward erinnerte sich an Gwens Gesicht, als sie sie weggeführt hatte. Euphemia verwahrlost und verwirrt, wie sie sich in die Arme ihrer Schwester sinken und wegbringen ließ. Wahnsinn. Es gab viele Arten von Wahnsinn. Vielleicht hatte Gwen das mit ihrem Argument, es müssten noch andere Sachen berücksichtigt werden, gemeint. Nicht die Schande, die Geliebte zu sein.

Während er sich vorsichtig den Seidenfäden widmete, brannten Edwards eigene Augen vor Erschöpfung und wollten immer wieder zufallen. Gwen stand hinter Fergus, die Hände auf den Schultern des Angestellten, ihren Körper an den Stuhl gelehnt.

Niemand sagte etwas. Die grauenhafte Aufgabe schien eine ebenso grauenhafte Stille zu erfordern. Hier bin ich, dachte er, und zupfe Fäden aus Augenlidern. Es war ein riesengroßer Schlamassel, doch irgendwie musste er sie davon überzeugen, sein Angebot anzunehmen. Seine Hände waren ungeschickt. Er dachte an die vergeudeten Stunden, die junge Frauen wie Euphemia über Näharbeiten verbrachten. Allein das könnte einen wahrscheinlich schon in den Wahnsinn treiben. Er wischte sich das Gesicht an seinem Ärmel ab. Bei Tageslicht wäre er sehr viel schneller gewesen. Das Lampenlicht ließ alles unscharf erscheinen. War das hier Seidenfaden oder ein Stück Fleisch? Er musste sich entscheiden. Blut trat aus den geschwollenen Lidern aus, und Fergus saß angespannt da, die Arme in die Rücklehne des Stuhls gekrallt. Gwen beobachtete Edward. Er wollte wissen, was sie dachte. Traf sie eine Entscheidung, oder war ihr Geist an einem ganz anderen Ort? Edward räusperte sich diverse Male, nur um die Stille zu durchbrechen. Eine Stunde verging, und er brauchte dringend Ruhe, doch es war besser, das hier zu vollenden.

KAPITEL XVII

THE TIMES, Mittwoch, 2. Oktober 1866

MORDPROZESS IM OLD BAILEY

Am zweiten Tag der Verhandlung »Die Krone gegen Pemberton« ereigneten sich veritable Unruhen vor dem Central Criminal Court, als sich große Mengen der Öffentlichkeit vor dem Gebäude versammelten, um Einlass zur Galerie zu begehren.

Nach Eröffnung des Verhandlungstages wurden die Zeugen von der Anklage aufgerufen. Der erste, Mr. James Morrisson, sagte: »Ich war seit seiner ersten Ehe Butler von Mr. Scales bis zu seinem Weggang. Man hat mir nie gekündigt, weshalb ich meine Arbeit bis jetzt fortsetzte.«

F.: »Und wie haben Sie vom verfrühten Ableben von Mr. Scales erfahren?«

A.: »Ich habe an dem betreffenden Morgen Lärm im Erdgeschoss gehört. Als ich hinunterkam, traf ich auf diese drei Männer – zwei Police Constables und ihren Ehemann.«

F.: »Meinen Sie Mr. Pemberton, den Ehemann der Angeklagten, Mr. Morrisson?«

A.: »Genau den meine ich.«

F.: »Sie waren in der Nacht vor diesem Zusammentreffen im Haus des Verstorbenen?«

A.: »Ja, ebenso wie einen Großteil des Tages. Mr. Scales war in der Stadt, und ich wusste, dass er meine Dienste benötigen würde. Wie sich herausstellte, hatte er kaum Wünsche, und ich musste mich wenig um ihn kümmern, weshalb ich mich zurückzog. Mir war bewusst, dass er Besuch hatte – eine Dame. Ich sah sie das Haus um etwa drei Uhr nachmittags betreten. Aus einem Fenster im oberen Stock sah ich sie ankommen, und Mr. Scales ließ sie selbst herein. Er hatte schon gesagt, dass er nicht gestört werden wolle, sollte er Besuch bekommen, weshalb ich mich im hinteren Teil des Hauses aufhielt, bis ich die Tür um etwa sieben Uhr zuschlagen hörte. Er läutete den ganzen Abend nicht nach mir, weshalb ich mich seinem Zimmer auch nicht näherte.«

Mr. Shanks für die Verteidigung: »Ist es nicht der Fall, Mr. Morrisson, dass der verstorbene Mr. Scales Sie in den Tagen vor seinem Tod nicht sehen wollte, Sie sich aber Zutritt zu seinem Anwesen verschafft haben, um »›ihm das Leben zur Hölle zu machen‹«, um es mit Ihren eigenen Worten auszudrücken?«

A.: »Das habe ich nie gesagt.«

F.: »Wir werden sehen, Mr. Morrisson.«

Andere Zeugen umfassten Angestellte der Häuser in der Nachbarschaft des Opfers. Mrs. Peters schilderte ihre Beobachtungen wie folgt: »Ich bin seit einigen Jahren Haushälterin im Nachbarhaus der Scales und habe immer die Zahl der Besucher – oder die Abwesenheit derselben – bemerkt. Am Morgen des vorletzten Julitages dieses Jahres sah ich, wie sich ein Mann dem Haus näherte und klopfte. Ich erinnere mich deutlich daran, da er so hartnäckig war. Außerdem fragte ich mich, warum jemand so lange klopfen sollte, wenn das Haus doch leer war. Dann sah ich etwas genauer hin und erkannte überrascht Mr. Morrisson, der nach langer Abwesenheit zurückgekehrt war. Nun, sein Klopfen und Hämmern war eine Belästigung, weshalb ich Smythe, den Hausdiener, nach draußen schickte.«

Der Hausdiener Mr. Smythe gab später zu Protokoll: »Ich bin Smythe, Hausdiener bei den Picards, und am Morgen des 30. Juli trug man mir auf, nach draußen zu gehen und dem Herrn, der da am Nebenhaus so einen Aufruhr veranstaltete, zu sagen, dass dort niemand zu Hause sei. Ich ging hinaus und sagte zu dem Mann, von dem ich wusste, dass er dort lange Butler gewesen war, obwohl ich ihn nie persönlich kennengelernt hatte: ›Es ist niemand zu Hause, Sir.‹ Er antwortete, er wisse genau, Mr. Scales sei daheim und dass er verd-t sein solle, wenn er nicht hineinkäme und mit ihm reden könne. Er war sehr erregt und tiefrot im Gesicht und hämmerte immer weiter gegen die Tür. Ich habe einige Minuten lang versucht, ihn davon abzubringen, als sich die Tür plötzlich öffnete und Mr. Scales erschien. Mr. Scales schien überhaupt nicht erfreut, seinen Besucher zu sehen. ›Was zur H… – was tun Sie hier?‹, fragte er Morrisson, und Morrisson antwortete: ›Viel wichtiger – was tun Sie hier?‹, in etwas deutlicheren Worten, als ich sie gerade verwendet habe, Sir. ›Ich habe mehr Recht, mich in diesem Haus aufzuhalten, als Sie‹, sagte Morrisson zu Mr. Scales und drängte sich dann über die Türschwelle. Mr. Scales tat nichts, um ihn aufzuhalten. Ich habe Mr. Scales gefragt, ob er meine Hilfe benötige, und er sagte, er werde sich selbst um die Angelegenheit kümmern. Bevor er die Tür schloss, hörte ich, wie Morrisson sagte, er werde bleiben, egal, was Mr. Scales dazu sage, und dass er ihm das Leben zur Hölle machen werde.«

Doktor Alexander Jacobs gab zu Protokoll: »Ich untersuchte den Körper von Mr. Edward Scales am 7. August um etwa zehn Uhr morgens. Man hatte die Leiche umgedreht, sonst war sie nicht bewegt worden. Es war offensichtlich, dass sie eine ganze Zeit lang mit dem Gesicht nach unten auf dem Bauch gelegen hatte. Wegen der damit einhergehenden Auswirkungen war es nicht sofort erkennbar, dass dem Körper Schaden zugefügt worden war. Bei der genaueren Untersuchung im Laufe des Tages wurde deutlich, dass der Tod wohl durch Strangulation mit einer Binde um den Hals erfolgt war.«

Kreuzverhör durch Mr. Shanks:

F.: »Sie sagten gerade, dass ›der Tod wohl durch Strangulation erfolgt war‹. Sie waren allerdings nicht so zurückhaltend, als Sie beim Verhör sagten, Sie seien ›der festen Überzeugung, dass der Mann erdrosselt worden ist‹. Wollen Sie damit sagen, Sie hätten Ihre Meinung geändert? Oder waren Sie sich anfangs nicht sicher?«

A.: »In der Rückschau kann ich schlussfolgern, Sir, dass die Menge an Alkohol im Blut des Verstorbenen genauso gut den Tod herbeigeführt haben könnte. Außerdem glaube ich in der Rückschau nicht, dass die Spuren am Hals, die nur leicht waren, mit anderen, beweiskräftigeren Todesfällen durch Strangulation übereinstimmen, denen ich in meiner Laufbahn begegnet bin.«

KAPITEL XVIII

Carrick House, 9. Juli 1860

Edward wachte vom Zwitschern einer Misteldrossel auf, das sich in den Chor der Morgendämmerung einreihte. Er lag da, horchte auf die dahinplätschernde Melodie und dachte an eine Bemerkung Gwens: dass der Morgenchor wie eine Welle des Vogelgesangs wirkte, da er sich von Osten nach Westen bewegte, dem Tagesanbruch durch ganz Europa folgte, vielleicht sogar durch die ganze Welt, bis er an der Achse umkehrte. Bei Einbruch der Abenddämmerung kam der Chor zurück wie eine Art umgekehrtes Echo, von Westen nach Osten, die klopfenden und zwitschernden Klänge eine Ankündigung des Tagesendes. Kannst du dir vorstellen, hatte sie gesagt, wenn man es sehen könnte, wie Gott es sah. Eine Flutwelle aus Klang, die sich in endlosen Kräuseln eines Liedes über die Erde ergießt.

Sein Körper war klamm und kalt; er bewegte sich unter den Decken und versuchte sein Kopfkissen aufzuschütteln. Er hatte sie gefragt, wo sie diese Theorie gelesen habe. Verdammt. Dass eine Frau von allein auf einen so tiefgründigen Gedanken gekommen sein sollte. Er hatte sie kurz darauf etwas zu harsch behandelt. Und nachdem er sie verlassen hatte, hatte er alles, was sie gesagt hatte, in sein Notizbuch geschrieben, durchflutet von seiner Liebe zu ihr.

Es roch zum Gotterbarmen im Zimmer, nach Schimmel

und anderen Dingen. Die Decken waren schwer. Er tastete unter seiner Hüfte nach dem harten Gegenstand, der sich in seine Haut drückte und immer wieder in den Falten der Laken verschwand. Edward lauschte eine Weile der Drossel, drehte den Gegenstand zwischen den Fingern und fragte sich, was er am besten tun solle. Er drehte den Kopf nicht nach links, wo Gwens Bediensteter Harris schlafend neben ihm lag. Bei Gott, von allem, was ihm schon zugestoßen war, war neben einem Zwerg aufzuwachen sicher das Seltsamste. Der Gegenstand in seiner Hand hatte etwa die Größe eines Rotkehlcheneis, die Oberfläche war sowohl glatt als auch uneben. Er konnte sich nicht erklären, wie eine Murmel den Weg in sein Bett gefunden haben könnte. Doch dem Geruch des Raumes nach zu urteilen, war dieser seit langem unbenutzt. Er konnte hier nicht bleiben. Irgendwo hörte er gedämpft die Schläge einer Uhr – fünf Uhr morgens. Er zog sich hastig an und überlegte, an was er sich vom vorigen Abend erinnern konnte. Er verstaute die Murmel in seiner Westentasche. Im Dämmerlicht versuchte er, seine eigene Zeit mit den Schlägen der Uhr abzugleichen. Edward seufzte schwer. Nach diesen Geschehnissen würde Gwen sich nicht überreden lassen. Die Situation war nur unwesentlich besser, als sie es gewesen wäre, hätten sie ihren Bediensteten tot aufgefunden.

Als er auf Zehenspitzen mit seinen Schuhen in der Hand zur Tür schlich, ertönte Harris' Stimme aus dem Bett. »Ich danke Ihnen vielmals, Sir, für alles, was Sie für mich getan haben.«

Edward blieb stehen. »Ah, ja. Nicht der Rede wert. Seien Sie vorsichtig mit dem Auge.« Aus Neugier ging er zurück zum Bett und blickte Fergus prüfend an. »Äh, Harris, wegen dieser Angelegenheit.«

Fergus rappelte sich auf und sprach, als ob er die Sätze die ganze Nacht über geübt hätte: »Sie hatte drei oder vier Tage nicht geschlafen, und ich bin kein Mediziner, aber ich würde sagen, dass das das Hauptproblem war, Sir.«

Edward setzte sich ans Fußende des Bettes, das Gesicht abgewandt, damit er nicht die verfaulte Luft, die von Fergus ausging, atmen musste. Sein eigener Atem roch wahrscheinlich genauso schlecht. Er musste ausspucken und gurgeln.

»Hat sie vorher schon an Schlaflosigkeit gelitten – ich meine, war sie früher schon einmal so?«

»Nicht seit ich im Haus bin, Sir.«

»Und wissen Sie zufällig, was der zweite Teil des Problems sein könnte?«

»Eine romantische Beziehung.«

Edward runzelte die Stirn. »Wissen Sie das sicher?«

»Das tue ich.«

»Wie unglücklich, dass sie das an Ihnen auslassen musste.«

»Es war ein Unfall.«

Edward wollte gerade fragen, bei welcher Art Unfall ihm das Auge zugenäht werden konnte, als Fergus sagte: »Sie haben doch auch eine romantische Beziehung, Sir. Auch wenn ich denke, dass Sie die vernünftigere der beiden gewählt haben.«

»Wie bitte? Maßen Sie sich nicht an, über Dinge zu sprechen, von denen Sie keine Ahnung haben. Und die Sie vor allem nichts angehen.«

»Nun, ich bezweifle, dass Miss Gwen Ihnen jemals die Augen zunähen und Sie in einem Keller halb erfrieren lassen wird.«

»Seien Sie vorsichtig, Mr. Harris. Es steht Ihnen nicht zu, so über Miss Carrick zu sprechen. Und bitte tun Sie das auch nicht wieder.«

Fergus verlagerte sein Gewicht und atmete tief durch die Nase ein. »Südamerika ist weit weg.«

Edward runzelte die Stirn. »Hüten Sie Ihre Zunge, Harris.«

»Haben Sie denn Ihre besonderen Medizinstudien beendet? Das Letzte, was ich dazu gehört habe, war, dass Sie ein berühmter Arzt werden würden. Schrieben an einem wichtigen Aufsatz, sagte sie, nur über sie. Und dann puff – nichts mehr. Berichtigen Sie mich, wenn ich falschliege, aber ich glaube nicht, dass Sie Miss Jaspur aus Mangel an Interesse im Stich gelassen haben. Wie gesagt, Südamerika ist weit weg.«

Edward stand auf. »Wer zum Teufel sind Sie?« Ihm war schwindelig, und er schwankte.

Doch Fergus war noch nicht fertig. »Ich gebe Ihnen nicht die Schuld. Natalia hat alle ihre Männer in die Falle gelockt, mich auch. Ich weiß allerdings nicht, was Miss Carrick darüber denken würde.«

Edward packte den Hals des kleinen Mannes und drückte zu. »Sagen Sie mir, woher Sie das wissen.« Füllt seinen bösen kleinen Mund mit Federn und lasst ihn ersticken. Er trat einen Schritt zurück. »Wie können Sie es wagen.« Edward zwang sich, nicht zu schreien. »Wie können Sie es wagen, den Namen dieser Frau auszusprechen.« Er starrte Fergus an. Er lügt, dachte er, er lügt. Er musste etwas zu Euphemia gesagt haben, er musste irgendetwas getan, irgendetwas gewusst haben. Vielleicht hatte er Euphemia mit Informationen über den Ruf ihrer Schwester gereizt. Er hatte Euphemia in Rage versetzt, die sie an ihm ausgelassen hatte. Edward atmete schwer, wartete darauf, dass das Verlangen, Fergus zu Staub zu zermalmen, nachließe, als ihm das Ausmaß von Isobels Beteiligung klarwurde. Er musste ein Narr gewesen sein, das nicht früher zu erkennen. Er wartete auf eine Antwort, die nicht kommen würde. »Ich sollte Sie jetzt töten«, sagte er. »Aber ich werde nicht wegen ihr zum Mörder.« Er warf Fergus einen Blick zu. »Ja. Ich weiß. Ich kann es sehen.« Er senkte seine Stimme zu einem kaum hörbaren Flüstern. »Meine Frau hat Sie geschickt. Aber merken Sie sich meine Worte, was auch immer sie Ihnen versprochen hat, sie wird es nie einlösen. Sie sind dem nicht gewachsen, und Sie tun gut daran, den Mund zu halten. Bei Gott, und das werden Sie auch.«

Der Türknauf drehte sich, gefolgt von einem leisen Klopfen. Edward ging zur Tür und legte ein Ohr daran, bevor er sie einen Spaltbreit öffnete.

Gwen schob die Tür auf und zog Edward in den Korridor. »Wie geht es Mr. Harris? Ist die Schwellung schlimmer geworden?« Gwens Augen waren blutunterlaufen, und sie hatte tiefe Augenringe.

»Es sieht schlimmer aus, als es tatsächlich ist. Hauptsächlich Blutergüsse. Deine Umschläge haben viel geholfen.«

Weibliche Hysterie, dachte er. Weitverbreitet. Leicht in den Griff zu bekommen. Gebt dem Mädchen Beruhigungsmittel. Aber, bei Gott, wen wollte er damit täuschen? Er musste Gwen aus dem Haus bringen, weg von alldem hier. Isobels Handschrift war nur zu deutlich. Ihre giftigen Ranken hatten sich über die Grenze, die er gezogen hatte, erstreckt und drohten nun, alles zu ersticken. Er drehte den Gegenstand zwischen seinen Fingern, sich gar nicht bewusst, dass er ihn aus der Westentasche geholt hatte. Er konnte Gwen immer noch dazu überreden, mit ihm nach Brasilien zu gehen. Er spürte Fergus' Gegenwart in dem engen Raum hinter sich, und er ließ den Gegenstand wieder in seine Tasche fallen; dann bückte er sich zu seinen Schnürsenkeln. Als er sich aufrichtete, sah er, wie Euphemia auf ihn zulief. Sie trug ein verschmutztes Nachthemd und schwenkte kreischend eine Stricknadel in der Hand.

»Um Himmels willen, Euphemia«, brüllte Gwen in den Lärm hinein. »Nimm dich zusammen und verhalte dich nicht länger wie eine Wahnsinnige. Das ist wirklich zu viel. Besonders vor dem Frühstück ...«

Edward trat geschickt zur Seite, um Euphemia auszuweichen, und streckte seinen Fuß aus, über den sie wie geplant stolperte. Das Haar klebte ihr in wirren Strähnen auf Mund und Wangen, die vor frischem Schleim glänzten. Ihr Gesicht war geschwollen und rotgeädert vom Weinen. Die Knöpfe ihres Nachthemds standen bis zum Bauchnabel offen. Edward wandte den Blick ab, als Gwen sich über ihre Schwester beugte und sie bedeckte.

Edward half Gwen, Euphemia in ihr Schlafzimmer zu bringen, in dem ein scharfer Geruch nach Kot hing und sie in ein klebriges Gespinst aus Gestank hüllte, sobald sie die Tür öffneten. Lichtstrahlen beleuchteten das Chaos aus Kleidern und zerrissenem Papier. Gwen brachte ihre Schwester ins Bett, beobachtet von Edward, als ob es sich nur um eine Erkältung handelte. Sie wird nicht mit mir kommen, dachte er. Ich werde sie hiervon nicht weglocken können.

Gwen öffnete das Fenster und ließ frische Luft herein. Dann sah sie sich seufzend im Raum um.

»Du hast nicht zufällig meine Reisepläne diesem Harris gegenüber erwähnt, oder?«

Gwen balancierte durch das Chaos auf dem Boden auf Edward zu. (Sie bückte sich, um eine Visitenkarte aufzuheben. Die Fotografie zeigte einen wunderschönen, glattrasierten Mann. Sie drehte die Karte um. Der Aufdruck war zerkratzt.) Abwesend sagte sie: »Nein, ich spreche nie über private Angelegenheiten mit ... warum?«

»Oh, es ist sicher nichts. Er hat in der Nacht etwas gemurmelt, wahrscheinlich nur im Schlaf gesprochen. Ich habe es sicher nur falsch verstanden.«

»Susan wird sich um das hier kümmern.« Gwen deutete auf die Unordnung und ließ die Karte fallen. »Lass uns nach unten gehen.«

»Übrigens«, sagte Edward, »ich habe das hier in deinem Gästezimmer gefunden – etwas aus deiner Kindheit vielleicht?« Er nahm sanft ihr Handgelenk und legte ihr die Murmel in die Handfläche. Verwirrt blickte Gwen kurz darauf, bevor sie die Tür hinter ihnen schloss.

Fergus hörte den Lärm vor der Zimmertür, achtete jedoch kaum darauf. Er hatte die Vorhänge weit aufgerissen und die Decken zurückgeschlagen. Er musste in eine Falte gerutscht sein. Er riss die Kissen aus ihren Bezügen und schüttelte alles aus. Er tastete auf der Matratze herum wie ein Terrier, der nach seiner Ratte sucht. Dann kniete er sich auf den Boden und suchte unter dem Bett. Er hob den Teppich am Rand hoch. Er schüttelte alles aus und drehte alle Laken und Decken um. Was nicht leicht war. Seine Arme schmerzten. Er kämpfte gegen die Panik, die in seiner Kehle aufstieg, und setzte sich auf den Stapel gefalteter Bettwäsche, um wieder zu Atem zu kommen. Er begann an seiner Erinnerung zu zweifeln, ihn in den frühen Morgenstunden vor der Dämmerung unter seinem Kopfkissen versteckt zu haben. Mr. Scales hatte wie ein Betrunkener geschnarcht. Er hatte es sich nicht eingebildet; er war mit dem Balas-Diamanten in seiner Faust eingeschlafen. Er stand auf und begann, das Bettzeug erneut auszuschütteln, auch wenn es Zeitverschwendung war. Tränen standen ihm in den Augen und verschleierten seine bereits beeinträchtigte Sicht. Er goss das Salzwasser aus der Karaffe in die Schüssel, die Gwen gebracht hatte, und zog sich dann die Kleidung an, die man ihm am Abend zuvor hingelegt hatte.

Es war Zeit, seine Situation neu zu überdenken. Dieser Teil des Schauspiels war vorüber; er musste sich um andere Sachen Gedanken machen. Verdammt. Er musste ihn finden. Ohne ihn konnte er nicht verschwinden.

Edward sah sich in der Bibliothek um, während er auf Gwen wartete, die mit ihrem Hausmädchen sprach. Euphemia hatte sich genau den einen freien Abend des Mädchens im Monat ausgesucht, um das Haus zu verwüsten. Seine erste kurze Einschätzung von Susan an diesem Morgen hatte gezeigt, dass sie keine Frau war, die man im Haus haben wollte, wenn man sich so danebenbenahm. Ihre Hände waren groß und eckig, und sie hatte eine Art an sich, dass er sich ihr und ihren freien Tagen nicht entgegenstellen wollte.

Die Bibliothek lag im vorderen Teil des Hauses, und aus ihrem Fenster hatte man einen hervorragenden Blick auf die Auffahrt. Die Gersten- und Flachsfelder zu beiden Seiten standen in voller Blüte. Schwalben flogen tief über die Pflanzen auf der Jagd nach Insekten.

Gwen schloss die Tür hinter sich, und Edward drehte sich zu ihr um. Er war in Gedanken versunken gewesen, doch jetzt versuchte er zu erraten, was Gwen sagen würde. Er wartete einen Moment, und als sie beharrlich schwieg, fragte er, ob er etwas tun könne, um zu helfen. Sie schüttelte den Kopf. »Ich werde mit dir nach Brasilien gehen, Edward. Du brauchst dir keine Sorgen zu machen, dass die Hysterie meiner Schwester mich davon abhalten könnte.«

»Gott sei Dank. Danke, ich weiß gar nicht, was ich sagen soll.«

»Du bist sicher müde und möchtest nach Hause gehen und dich dort ausruhen.«

»Du bist erschöpft.«

»Ja.«

»Aber du bist dir sicher, dass du das tun willst?«

»Bin ich. Nicht wegen dem, was meine Schwester getan hat, oder zumindest nur zum Teil. Ich kann unmöglich weiter mit ihr zusammenleben, doch ich kann auch nicht so weiterleben wie seit dem Tag, an dem ich dich kennengelernt habe. Ich möchte jeden Tag mit dir zusammen sein, und ich will mein naturwissenschaftliches Wissen erweitern. Also ja, ich bin sicher, dass ich das will, weil ich dich will.«

Edward eilte auf sie zu und zog sie in eine feste Umarmung. »Du kannst dir nicht vorstellen, wie glücklich mich das macht.«

»Doch, kann ich.«

»Mir bleiben noch knapp sieben Wochen für die letzten Vorbereitungen. Ich muss für kurze Zeit nach London zurückkehren. Man hat mir den Namen eines Gentlemans gegeben, der die Präparate verifiziert und kauft, und ich muss mich mit ihm treffen, um die Geschäftsbedingungen zu diskutieren. Außerdem muss ich mich noch um andere Sachen kümmern, die jedoch Routine sind. In drei Wochen sollte ich wieder zurück sein. Unser Schiff fährt von hier ab.«

»Du meinst von Falmouth?«

»Ja. Ich dachte, wenn du dich für Brasilien entscheidest, würdest du nicht erst bis London oder Liverpool reisen wollen.«

Gwen nickte und schloss die Augen. Sie war sich sicher, dass es das war, was sie wollte. Es machte ihr mehr Angst als alles andere, und es versetzte sie in eine schwer zu verbergende Aufregung. Das war es wert, die nächsten Wochen zu überstehen, egal, welche Hysterien und Anfälle Euphemia entwickeln würde, wenn sie danach endlich sie selbst und mit Edward zusammen sein konnte.

»Das war schon immer unsere Bestimmung«, sagte er. »Dass wir auf diese Weise zusammenfinden, ist göttlicher als alles andere.«

Gwen öffnete wieder die Augen. Bevor sie etwas sagen konnte, hatte er seinen Mund schon auf ihre Lippen gepresst.

KAPITEL XIX

Helford Passage, Cornwall, September 1860

Susan lehnte mit der Hüfte am Küchentisch und rieb den Kupferschlüssel mit ihrer Schürze. Fergus beobachtete sie, wie sie den Schlüssel vors Gesicht hob und die letzten Reste Erde aus den Ritzen blies. Sie beruhigte sich selbst nach der ganzen Mühe mit der großen Kiste voller Glasutensilien, die an diesem Morgen aus der Stadt eingetroffen war. Nach einigem Hin und Her hatte Susan den Lieferanten und seinen Gehilfen überreden können, das Ding über die Außentreppe in den Keller zu bringen. Sie beäugte Fergus über das Durcheinander auf dem Küchentisch hinweg. Er hatte einen weiteren Schrank geleert und war halb damit fertig, den Inhalt durchzusehen. Der Steinkrug mit dem Mehl war halb in eine große Schüssel gesiebt, und eine weiße Staubschicht bedeckte alles. Susan räusperte sich und rieb stärker.

»Normalerweise mache ich das im Frühling, Mr. Harris.« Susan sah ihm in die Augen. »Und das Mehl wurde erst kürzlich angeschafft, wie Sie ganz genau wissen. Maden werden da keine zu finden sein.«

»Ich suche nicht nach Maden, Miss Wright.«

»Nach was dann? Sie richten so eine Unordnung an.«

Fergus legte das Sieb mit einem resignierten Seufzer zur Seite. »Es tut mir leid, Miss Wright. Ich dachte, nachdem das Haus derart kopfsteht, hätte ich vielleicht gefunden ...«

»Ja, Mr. Harris?«

»Sie sind ja schon eine ganze Weile hier, Miss Wright. Glauben Sie … ich meine, erscheint es Ihnen irgendwie ungewöhnlich?«

»So mache ich meinen Frühjahrsputz normalerweise nicht, falls es das ist, was Sie meinen, Mr. Harris.«

»Nein, ich meine die Sache mit dem Schlüssel. Dass sie ihn versteckt. Und auch die anderen Dinge.«

»Sie meinen, ob Miss Euphemia das schon einmal getan hat?«

»Sie ist es also? Nicht die andere?«

Susan zog einen Stuhl heran und setzte sich, den Messingschlüssel im Schoß haltend. Sie sah ihm direkt ins Gesicht. »Mr. Harris, Miss Gwen würde nie etwas tun, um mich zu verärgern, sie würde nie etwas tun, um mich aufzubringen, und sie würde mir nie Extraarbeit bereiten. Ich kenne das Mädchen. Sie ist so ehrlich und unverfälscht, wie der Tag lang ist.«

»Und was würden Sie sagen, wenn ich Ihnen erzähle, dass Miss Gwen plant wegzugehen?«

»Reden Sie keinen Unsinn, Mr. Harris. Wohin sollte sie denn gehen?«

»Ich rede keinen Unsinn, Miss Wright; sie plant«, er senkte seine Stimme, »nach Südamerika zu gehen, Miss Wright. Ja«, sagte er, als er sah, wie sich ihr Gesichtsausdruck änderte, »Brasilien.«

»Mr. Harris, Sie sollten keine Geschichten über Leute wie Miss Gwen erzählen. Das ist nicht nett.«

»Vielleicht, aber es ist wahr.«

»Woher wissen Sie das?«

»Wände und Türen haben Ohren, nicht wahr?«

»Warum? Warum sollte sie uns das antun, uns mit ihrer verrückten Schwester zurücklassen?« Susan legte die Hände, die immer noch den Schlüssel hielten, an den Mund. »Oh, das habe ich nicht gesagt.«

»Doch, haben Sie. Und Sie haben recht. Sie ist verrückt.«

»Wir werden sie allein in diesem Haus nie in Schach halten können, Mr. Harris. Ich werde mit Miss Gwen reden müssen.«

»Sie werden sie nicht von ihren Plänen abbringen können.« Fergus lachte.

»Vielleicht doch. Sie ist ein gutes Mädchen, nicht wie die meisten anderen Menschen.«

»Sie läuft weg, Miss Wright, mit einem Mann. Dem Mann, der sich um das hier«, er deutete auf sein immer noch geschwollenes und wundes Auge, »gekümmert hat.« Fergus schloss sein gutes Auge und seufzte. Er fühlte sich schrecklich an diesem Morgen. Sein Kopf hämmerte. Er wusste, dass er Fieber bekam. Er goss sich ein Glas Wasser ein und wischte sich das Gesicht mit dem Ärmel ab.

»Ich habe noch nie etwas so Seltsames gehört, Mr. Harris. Sind Sie sicher?« Susan legte den Messingschlüssel auf den mehligen Tisch und stand auf, so dass sie hoch über Fergus aufragte. »Sie reden heute wirklich Unsinn, Mr. Harris. Ich vermute, Sie haben das alles falsch verstanden. Sie haben wahrscheinlich etwas in dem Sinn gehört, dass Miss Gwen ihre Schwester für eine Weile irgendwohin schicken will. Auch wenn es eine Schande für die Familie wäre, wäre es keine Schande für dieses Haus. Ich käme gut ohne diese geisterhaften Besucher aus, all diese Damen in ihrer schwarzen Spitze und ihrem staubigen Taft. *Das* ist Extraarbeit, sie an vier oder fünf Abenden die Woche hier im Haus zu haben. Es erschöpft mich – ich schlafe nie, wenn sie hier waren.«

Fergus lächelte ironisch. »Das hätten Sie mir früher erzählen sollen, Miss Wright. Ich hätte Ihnen den Kopf schon zurechtgerückt.«

»Wie das?«

»Geisterhafte Besucher, Miss Wright? Das ist doch nur ein Trick. Nun, vielleicht in ihrem Fall auch eine Gabe, weil sie es so gut macht.«

»Was wissen Sie schon über Geister, Mr. Harris?«

»Nichts. Aber ich erkenne einen, verzeihen Sie, verdammt guten Bauchredner, wenn ich einen sehe. Und nicht nur das, die Stimmen macht sie auch nach.«

»Aber genau das ist es doch, Mr. Harris. Diese Geräusche, die da aus ihr herauskommen, die sind nicht von dieser Welt.«

»Da haben Sie recht, Miss Wright. Sie kommen direkt aus einer anderen Welt. Ich habe mich oft gefragt, wo sie das gelernt hat. Ich meine, ich habe es schon oft gesehen.«

»Bei Zusammenkünften in dem großen Haus in London, in dem Sie vorher waren?« Susan setzte sich wieder und schob einige Gläser und Schüsseln zur Seite, um sich über den Tisch zu beugen und Fergus eifrig anzustarren.

Der schüttelte den Kopf. »Nein, Miss Wright, an keinem so schönen Ort wie dem Haus. Nein, ich habe es im Saville House gesehen, am Leicester Square, vor vielen Jahren.«

»Bei einem spiritistischen Treffen«, sagte Susan.

Fergus lachte schnaubend und schüttelte den Kopf, der sich anfühlte, als würde er gleich platzen. »Saville House ist eine Art Kuriositätenkabinett, eine Lasterhöhle. Ich war oft dort, sehr oft.«

»Haben Sie dort Geister gesehen, Mr. Harris?«

»Oh, Gott helfe mir, nein. Was ich gesehen habe, war ...« Sein Ton wurde weicher, als er Susans Gesichtsausdruck sah. »Ich habe alle Arten von Betrug gesehen, Miss Wright. Wie das, was Miss Euphemia mit den Stimmen macht. Manches war so wahnsinnig, dass Sie es nicht glauben würden.«

»Verrückte Menschen?«

Er lächelte. »Es war Wahnsinn, wofür sie glaubten zu

bezahlen. Das Gelehrte Schwein war eins davon. Im Keller wurde ein Schwein gehalten, das angeblich lesen und schreiben konnte. Und dann gab es da noch die Dame, der jede Nacht der Kopf abgeschlagen wurde, alle halbe Stunde.«

»Ach herrje, wie furchtbar.«

»Aber Miss Wright, das war alles nur Täuschung. Es gab zwei von den Damen, die sich sehr ähnelten. Aber jetzt hätte ich Ihnen beinahe verraten, wie sie es machten, und das darf ich nicht.«

»Aber es würde doch nie jemand davon erfahren.«

»Ich wüsste es. Oder nehmen wir die Gehörnte Lady. Sie war eine Freundin von mir. Ihr würde es nichts ausmachen, wenn ich es Ihnen erzähle, sie hat mir ihre Narben oft genug gezeigt.«

»Ich bin mir nicht sicher, ob Sie mir überhaupt irgendetwas darüber erzählen sollten, Mr. Harris.«

»Sie war nicht meine Geliebte! Sie war wie ein Kamerad. Wie Sie und ich.«

»Sind wir das, Mr. Harris?«

»Nun, ich hoffe es zumindest, Miss Wright. Was ich aber damit sagen will, ist, dass Sie sich keine Sorgen um Geister und den anderen Zinnober machen müssen. Das ist alles nur Täuschung.«

»Ich möchte Ihnen gern glauben, Mr. Harris, aber auf der anderen Seite bin ich mir nicht so sicher. Irgendwie wäre es doch schön, auf eine seltsame Weise, Nachrichten von der anderen Seite empfangen zu können.«

»Aber die Toten können nicht sprechen. Wenn man einmal gestorben ist, war es das.«

»Was ein düsteres Thema.«

»Dann reden wir nicht mehr davon, Miss Wright. Ich werde Sie auf heiterere Weise ablenken, erfreuen oder bezaubern.«

»Mr. Harris! Was soll ich nur mit Ihnen machen?«

Die Glocke läutete und schlug gegen die Wand. Susan sprang auf, griff nach dem Frühstückstablett und eilte damit aus der Küche. Fergus stellte seine Suche ein. Es ging ihm sehr schlecht. Er musste sich hinlegen, was er auch tat, gleich hier auf den Boden. Die kalten Steinfliesen waren eine Wohltat gegen das Feuer, das ihn fest im Griff hatte. Ihm fehlte die Kraft, sein Hemd zu lockern; er presste nur seine Hand auf den kalten Boden und wartete auf Miss Wright. Fergus war sich nicht sicher, ob sie rechtzeitig zurückkommen würde. Er ließ die Gedanken schweifen, während seine Temperatur stieg. Da war eine Sache, an die er sich klammern konnte, etwas Reales, etwas Gutes in seinem Leben.

London, Mai 1858: Er war im Saville House am Leicester Square gewesen, diesem Kuriositätenkabinett, das sich wie das Wetter änderte. Er war dort wie üblich auf der Suche gewesen nach einem interessanten, neuen Trick, den er seinem eigenen altbekannten Repertoire – dem Hochwürgen von Dingen aus seinem Magen – hinzufügen konnte. Saville House: Es konnte einen schwindeln, wenn man nicht wusste, was einen erwartete. Wenn man wollte, konnte man für einen Sixpence einer Frau zuschauen, der der Kopf abgeschlagen wurde und die das unbeschadet überlebte. Man konnte in einem anderen Zimmer an den Nordpol reisen oder ein Diorama von Goldgräbern in Kalifornien anschauen. Aus schäbigen Ecken schickten Bauchredner ein Flüstern in das Ohr des Besuchers, der sich halb zu Tode erschreckte. Jongleure gab es fast geschenkt. Fergus sah lebende Schlangen, die sich um den nackten Körper einer Frau wanden. Die riesige Schlange einer anderen Frau hätte ihn am Stück verschlingen können. Der lange Körper glitt raschelnd über ihre Haut und zwischen ihre Schenkel. Er sah, wie ihre Muskeln von der Anstrengung zitterten, das

Tier so lange hochzuhalten, doch Angst hatte sie keine. Hier traf er viele Menschen, die wie er waren, auch wenn er mit keinem von ihnen sprach. Sie grüßten ihn auf der Treppe und in den Gängen. Ein Nicken, ein Klaps auf die Schulter, eine ruhig arbeitende Familie von Fremden. Niemand fragte Fergus nach seinem Geld. Seine Größe war die Eintrittskarte ins Saville House. Er bewegte sich unsichtbar durch die Eingangshalle und die Kellertreppe hinunter zu dem Gelehrten Schwein, das selbst den Willen zum Grunzen verloren zu haben schien. Einmal hatte er gesehen, wie Küken in einem Raum im Obergeschoss in einen dampfgefüllten Käfig schlüpften, während im Nachbarzimmer wieder der Lady der Kopf abgeschlagen wurde. Über den angewiderten Lauten und erstickten Schreien hörte er Gesang. Zerstreut hatte er das frisch geschlüpfte Küken betrachtet, dem noch die Schale am Hinterteil klebte und das vor Erschöpfung schwer atmete. Der Gesang war so leise und vage, dass er für ihn wie eine Nachtigall klang – oder zumindest wie er sich den Gesang einer Nachtigall vorstellte. Er sah zu, wie das Küken auf die Seite rollte und die winzigen Beinchen beugte. Er wartete nicht darauf, was als Nächstes passieren würde, das wusste er bereits. Die Federn würden in dem Dampf nicht trocknen. Er ging hinaus.

Die Gehörnte Lady hatte gerade Pause. Ein jadegrüner Seidenturban bedeckte die Beulen auf ihrer Stirn, wo das Elfenbein unter die Haut getrieben worden war.

»Hallo, Süßer«, sagte sie hinter ihrer dünnen Zigarre hervor.

»Madam, guten Abend.« Er verbeugte sich tief und brachte sie damit zum Lachen.

»Ihr Winzlinge seid wirklich eine Schau.« Sie zog gierig an der Zigarre und blinzelte durch den dichten Rauch. »Du bist immer auf der Suche. Hast du jemanden verloren?«

»Wer singt da?«

»Das ist die Geheimnisvolle Lady. Man sagt, sie ist so verdammt hässlich, dass ihr Anblick einen in Stein verwandelt, weshalb sie ihr Gesicht verbirgt – nun, so hässlich ist sie gar nicht, nur von Kopf bis Fuß behaart. Singt aber wie eine Lerche. Tatsächlich wollte ich mich mal mit ihr unterhalten, ob wir uns nicht zusammentun wollen. Aber du weißt ja, wie es ist.« Sie blies Rauch über seinen Kopf und grinste. Ihre perfekten falschen Zähne glänzten im Lampenlicht. »Geh nur. Nach oben und dann rechts. Ich muss das hier jetzt abnehmen und meine Miete verdienen.«

Es war spät, fast schon Zeit für den Rausschmiss. Fergus ging die Stufen hinauf. Enger und steiler als die der Treppe in der Eingangshalle wanden sie sich in die Höhe, als er dem Gesang folgte. So viele Menschen drängten sich in dem kleinen Zimmer, dass Fergus keinen Blick erhaschen konnte, doch ihre Stimme schlängelte sich über die Köpfe und zwischen den Beinen hindurch zu ihm.

»Schau auf ihre Schultern. Die kleine Lady ist behaarter als ich.«

»Zeig uns dein Gesicht, Süße.«

»Sei ruhig, ich will sie singen hören.«

»Zeig uns, was du hast, Schätzchen.«

»Vielleicht is sie ja auch gar keine Frau.«

Der Gesang brach nicht ab, standhaft durch alle Rufe und Pfiffe hindurch, bis sich der Raum etwas leerte und Fergus einen Platz fand. Er drängte sich bis nach vorne. Der Gesang war immer noch rein und leicht. Der schwarze Schleier über ihrem Gesicht fiel bis unter ihr Kinn. Er blähte sich, wenn sie Atem holte. Das Lied war zu Ende, und sie behielt ihre Position bei, ein Bein ausgestreckt, gespannt bis zu den Zehen.

Fergus trödelte auf dem Weg die Treppe hinunter. Saville House war jetzt für die Öffentlichkeit geschlossen, doch es trieben sich noch genügend Kunden in den größeren Räumen im Erdgeschoss und im Hauptkorridor herum. Ihre Stimmen drangen durch das ganze Gebäude. Fergus blickte durch die Balustrade auf dem Absatz zum ersten Stock und musterte die Szenerie unter ihm durch dichten Tabakqualm. Ein Mann stach heraus. Sein Mantel war lang, berührte beinahe seine glänzenden Schuhe. Er stand genau neben dem Haupteingang und wirkte, als ob er auf eine Kutsche wartete. Etwas weniger auffällige Leute drängten sich an ihm vorbei, und er musste ihnen den Weg frei machen. Ab und zu wischte er sich mit einem großen Taschentuch über die Oberlippe. Entweder war er zu warm angezogen, oder er hatte etwas Abstoßendes gerochen. Beides war wahrscheinlich. Hinter dem aufgestellten Kragen des langen Mantels konnte er das Gesicht des Mannes kaum erkennen. Nach einigen Minuten trat ein anderer Mann zu ihm, in dem Fergus Miss Jaspurs Assistenten erkannte. Nach einem kurzen Wortwechsel drehte sich der Fremde mit wehenden Mantelschößen auf dem Absatz um. Dabei sah Fergus, dass er eine große Ledertasche bei sich trug.

»Er ist heute Nacht gekommen und hat wieder nach mir gefragt, dieser Mann da an der Tür, Doktor Scales.« Miss Jaspur lispelte ein wenig; ihr Atem roch leicht nach Anis. »Mr. Scales möchte mich befragen. Ich kann mich nicht entscheiden, ob ich ihn noch ein paar Nächte länger warten lassen will oder ihn morgen von seinem Elend erlöse.«

»Möchten Sie meine Meinung hören, Miss Jaspur?« Er fragte sich, ob sie ein Bonbon gelutscht oder dieses französische Zeug getrunken hatte – wie hieß es noch gleich?

»Das könnte nicht schaden.«

»Lassen Sie ihn eine Woche warten, Miss Jaspur. Wenn er ein ehrlicher Kerl ist, wird er nicht aufgeben. Wenn er nur nach einem schnellen ... wenn seine Absichten eher unlauter sind, dann wird er schon bald aufgeben.«

»Nun, seine Absichten sind ehrlich, das ist nicht die Frage.«

Vielleicht hatte sie getrunken und war der Scharade plötzlich müde geworden. Nur wenige Menschen hielten sich jetzt noch im Gebäude auf.

»Wenn Sie es weit haben, kann ich Sie gern in meiner Kutsche mitnehmen, sie wartet auf mich.«

»Aber Sie kennen mich kaum, Miss Jaspur?«

Ihr heiseres Lachen war etwas zu laut. »Ich schätze nicht, dass Sie Ärger machen wollen, oder?«

»Ihnen würde ich keinen Ärger bereiten wollen. Ich habe es nicht weit. Nur ein paar Straßen.«

»Vergeben Sie mir, aber Sie sind kein besonders großer Mann, und zu dieser Uhrzeit treiben sich alle Arten von fürchterlichen Menschen da draußen herum. Kommen Sie.« Sie hakte sich bei ihm ein, und Fergus wurde in dem Flattern von Miss Jaspurs Umhang die breite Treppe hinuntergezerrt.

»Du wirst mir alles erzählen, was er sagt, Susan.«

»Ja, Ma'am.«

Euphemia setzte sich mit neu erwachter Kraft auf. »Alles. Ich werde kein Versagen deiner Erinnerung hinnehmen. Keines.«

»Nein, Ma'am.«

Susan erzählte Euphemia von Saville House, doch nicht den Teil mit dem Betrug. Euphemia lehnte sich zurück und wartete auf das Ende des Berichts. Schließlich seufzte sie ungeduldig.

»Ja, ich weiß alles über die niederen Anfänge von Mr. Harris, Susan. Hat er dir nichts anderes gesagt?«

Susan verneinte.

Als sie zurück in die Küche kam, bemerkte sie Fergus auf dem Boden nicht. Sie dachte, er würde irgendwo anders im

Haus neues Chaos anrichten, und sie verfluchte ihn im Stillen dafür, dass er die Unordnung auf dem Tisch nicht beseitigt hatte. Er hatte schließlich lang genug Zeit dafür gehabt. Miss Euphemia hatte sie eine Stunde aufgehalten. Alles war mehlbestäubt. Sie begann aufzuräumen. Auf dem Weg zum Ausguss stolperte sie, und das Geschirr, das sie getragen hatte, flog durch die Luft, als ob die Zeit stehengeblieben wäre. Später dachte Susan, dass sie sich gar nicht an das Geräusch des zerbrechenden Geschirrs um sie herum erinnern konnte. In dem Moment, bevor es auf dem Boden auftraf, drehte Susan Wright den Kopf um wenige Zentimeter und sah, dass sie über Mr. Harris gestolpert war. Er war tot.

KAPITEL XX

September 1860

In den letzten Minuten des Tageslichts schrieb Gwen hastig:

27. September 1860

Liebe Effi,
ich habe keine Gewissensbisse, dass ich weggehe, da
ich denke, dass es mir sehr guttun wird. Du musst
einsehen, dass Deine Bemühungen, meine Pläne zu
durchkreuzen, sinnlos sind – meine Korrespondenz
mit Mr. Scales zu stehlen und zu verstecken wird Dir,
bei was auch immer Du ersonnen hast, nicht helfen.
Aber ich werde Dich nicht weiter rügen.
Aus praktischen Erwägungen schlage ich vor, dass Du
einen weiteren Dienstboten einstellst. Ich kann nicht
mehr sagen, Effie, da ich dies hier in Eile schreibe, als
dass ich Dir als Deine Schwester vergeben muss, eben-
so wie ich hoffe, dass Du mir vergeben kannst. Ich
verbleibe für immer Deine Dich liebende Schwester

Gwen

Die Flut war schon lange hereingekommen, als Gwen Edwards Schritte auf dem Kies hörte. Sie hatte in der Dämmerung angestrengt auf die Stelle gestarrt, an der er auftauchen müsste, und bereut, ihn nicht gebeten zu haben, früher zu kommen. Das verschwindende Licht spielte ihren Augen Streiche, ein- oder zweimal wollte sie schon losgehen, weil sie einen Schatten zwischen den Felsen für einen Menschen gehalten hatte. Doch jetzt war er es.

Er begrüßte sie und wollte sie umarmen, doch sie bat ihn still zu stehen. Plötzlich war sie atemlos. Sie wollte nicht, dass er ihre Überraschung erriet, bevor er sie sehen konnte. Sie wollte nicht, dass er ahnte, was sie gleich tun würde. Die Wellen schlugen sanft ans Ufer. Gwen hätte sich keine besseren Bedingungen vorstellen können.

»Bist du bereit?«

»Ja, auch wenn ich nicht weiß, wofür ich bereit sein soll.«

»Schließ die Augen.«

»Aber es ist dunkel.«

»Schließ sie trotzdem. Tu es für mich.«

»Wirst du mir sagen, wann ich sie wieder aufmachen kann?«

»Zähl sehr langsam bis zehn, dreh dich zum Wasser, dann öffne die Augen.«

Edward zählte zu schnell. Sie warf ihren Mantel von sich und rannte ins Wasser. Als die Kälte ihre Schenkel erreichte, keuchte sie, doch sie ging weiter, bis zu den Schultern, in den Fluss hinein.

»Gwen! Oh mein Gott, was ist passiert?« Er war ans Ufer gerannt.

»Ganz ruhig, Edward. Schau aufs Wasser. Schau auf mich.« Sie tauchte unter und wieder auf, schwamm zurück zum Ufer. Die nadelstichgroßen Funken überirdischen Lichts, die im Fluss um ihren Körper herumtanzten wie Wasserglühwürmchen, hatten Edward in seiner Panik zum Schweigen gebracht. Gwen schlug mit den Armen aus und wühlte das Wasser auf, brachte es noch mehr zum Glitzern.

»Kannst du es sehen, Edward? Siehst du es?«

»Ja«, erwiderte er. »Ich bin sprachlos. So etwas habe ich noch nie im Leben gesehen. Du hast den Himmel nach unten ins Wasser geholt. Ganze Sternenbilder fallen von dir ab. Du bist erleuchtet, wie ein Wunder, wie die Venus.«

»Zieh dich aus, Edward.«

»Wie bitte? Oh, nein. Ich möchte nicht.«

»Doch, zieh dich aus und komm ins Wasser.«

»Aber dein Anblick ist so hinreißend. Ich möchte das nicht verderben.«

»Unsinn. Komm schon.«

Doch er wollte sich nicht überreden lassen. Gwen schwamm hinaus in die Dunkelheit, wo das Wasser kälter war und die Lichter nicht mehr so zahlreich um sie herumtanzten. Es war erregend, dem Wasser so vollkommen ausgeliefert zu sein, mit der dunklen Nacht über ihr. Sie drehte sich auf den Rücken und blickte hinauf zu den Sternen. Als ihr plötzlich kalt wurde, schwamm sie rasch zurück zum Ufer. Die unheimlichen blauen Lichter im Wasser schmiegten sich wieder enger an sie, als sie sich dem Land näherte, und als sie mit schwachen Beinen aufstand, während die Schwerkraft sie nach unten zog, lachte sie, als Edward sie auffing und in seinen Mantel wickelte, sie in seine Wärme zog.

»Ich habe ein Handtuch, Edward. Du musst deine Sachen nicht nass machen.«

»Schau, das Licht fällt immer noch von dir ab, aus deinem Haar, und ... mein Gott, das ist wirklich erstaunlich.«

Er kann nicht schwimmen, dachte sie. Darum wollte er nicht zu mir ins Wasser kommen.

TEIL II

KAPITEL XXI

Oktober 1860

Gwen lehnte sich an die Schiffsreling und hielt ihr Gesicht in die Gischt. Sie versuchte sich vorzustellen, sich noch ein Stückchen weiter vorzubeugen und noch eins und noch eins ... dann packte sie die Reling fester. Was hatte sie sich dabei gedacht? Sie war nicht auf die Langeweile vorbereitet gewesen, ebenso wie auf die enervierenden Auswirkungen der Aufregung. Und wo war ihr Reisegefährte? Ein- oder zweimal am Tag sah sie ihn, wie er die Reling mit verbissenem Gesicht umklammerte, und seine Verzweiflung ging ihr auf die Nerven. Dass er so seekrank war, war wirklich enttäuschend. Seine grünliche Gesichtsfarbe hatte sich nach einer Woche zu genereller Schwäche und Wächsernheit gewandelt. Die widerliche Übelkeit, die sie selbst nach dem Aufwachen verspürte, verschwand beim Aufstehen und etwas Herumlaufen an Deck. Wenn der Captain am Dinnertisch in seinem heruntergekommenen Quartier nach Edward fragte, war der Zwang, ihren Gefährten lächerlich zu machen, fast so groß wie ihre Loyalität ihm gegenüber. Sie blickte auf das fleckige Tischtuch und versuchte sich in Erinnerung zu rufen, wie viel sie für ihn empfunden hatte, was auf andere Art aufschlussreich gewesen war. Ihre Erinnerungen ließen sie bei Tisch erröten, weshalb der Captain dachte, diese Unterhaltung sei zu viel für sie, und sich besorgt zeigte, was ihre Qual noch vergrößerte. Sie wollte nach draußen flüchten. Doch draußen fürchtete sie, Edward zu sehen, wie er sich schwach über die Reling übergab und wie das Erbrochene wieder zurück in sein Gesicht flog. Das war nur einmal geschehen, doch so stellte sie sich ihn jetzt die ganze Zeit vor. Das war nicht fair.

Wenn sie seine Frau gewesen wäre, hätte sie den Captain um Rat gefragt; oder sie hätte sich vielleicht verpflichtet gefühlt, an seiner Seite zu bleiben. Sie tat weder das eine noch das andere.

Nachts unter den Decken beeinträchtigte die Vorstellung der großen Weite unter ihr ihren Schlaf. Das Stöhnen des Schiffs und die Betriebsamkeit der Männer, die sie sicher über die unvorstellbaren Tiefen brachten, vermischten sich mit ihren verwirrenden Erinnerungen. Sie wachte nahezu jede Stunde auf, und einmal dachte sie, dass Edward in die winzige Kabine gekommen wäre. Sie dachte, er hätte ihre gemurmelten Zweifel gehört, doch sie konnte ihn nicht ertragen, drehte ihm den Rücken zu und vergrub das Gesicht in der Hängematte. Als sie ihn das nächste Mal sah, schien es ihm etwas besserzugehen. Sie trafen sich im Sonnenschein, und er erzählte etwas, doch sie verstand ihn nicht richtig, weshalb sie versuchten, sich zu unterhalten, bis die Peinlichkeit, sich nichts Neues zu sagen zu haben, von Edwards Verlegenheit abgelöst wurde, sich entschuldigen zu müssen.

Als sie in New York eintrafen und dort einen Tag und eine Nacht zusammen verbrachten, war Gwens Laune durch Edwards kurzzeitige Genesung wiederhergestellt. Die restliche Reise über versuchte sie sich an der Erinnerung an diese Stunden festzuklammern. Doch jeden Abend allein mit dem Captain essen zu müssen war eine schwere Prüfung.

Swithin wusste, dass er hässlich war. Diese Frau war einsam, und er mochte es, wenn sie lächelte. Ihrem Ehemann ging es schlecht. Swithin wusste nicht recht, was er von ihm halten sollte. Man konnte die Persönlichkeit eines Mannes nicht daran ablesen, wie er einen Brief schrieb oder welche Frau er wählte. Manchmal wurde Swithin fast eifersüchtig auf die Tatsache, dass dieses Paar frisch verheiratet war. Doch das verflog, und seine Zuneigung zu Gwen kehrte zurück.

* * *

Gwen hatte so viel Zeit an Deck wie möglich verbracht. Eine Stunde nach Abfahrt hatte sie mit ihrem Tagebuch begonnen:

Diese Bark dient vor allem dem Gütertransport. Ich glaube, dass ich nur ein sehr kleines Ding zwischen den Kisten in dieser behelfsmäßigen Kabine bin. Auch wenn ich einen Großteil meines Lebens auf das Meer geblickt habe, war mir seine Weite doch irgendwie entgangen. Jetzt bin ich umgeben von dieser sich ständig bewegenden, sich verändernden & gleichzeitig nicht verändernden, unendlich tiefen Menge Wasser, ohne die Sicherheit eines Felsens in meinem Rücken. Der Wind, ein ganz anderes Wesen hier draußen, zerrt von allen Seiten – und ich hätte nie geahnt, wie schnell sich die Temperaturen ändern können. Ständig liegt eine salzige Kühle in der Lüft, selbst an einem warmen Tag – das Land & die Menschen wirkten schnell so klein & unbedeutend, als wir uns von allem Festen und Ruhigen fortbewegten. Die Elemente treiben uns vorwärts auf dieser Reise ins Ungewisse. Wir passierten die Manacles & ich verbrachte einen ruhigen Moment der Einkehr und des Gebets, seltsam sprachlos, doch mit mehr Gebeten, als ich je gesprochen habe, für die Seelen – verstorbene und zukünftige –, die ihr Leben an diesen Felsen verloren haben oder es noch verlieren werden. Als wir die rollenden Brecher, die über die hinterlistig verborgene Gefahr schlugen, hinter uns gelassen hatten, konnte ich mich nicht noch einmal umdrehen, um ein letztes Mal unseren kleinen Fluss zu sehen; stattdessen richtete ich meinen Blick auf den Horizont, wo ein Schwarm weißer Tölpel einer nach dem anderen pfeilschnell auf die Wellen herabstieß. Unser Kurs änderte sich leicht & als wir uns den Vögeln näherten, durchbrachen die glänzenden Körper von Delphinen die Oberfläche um uns herum, begleiteten uns, & ich bilde mir ein, in ihren Augen so viel Freude gesehen zu haben, wie in meinen gewesen sein muss ...

Edward las diese Passage zwei Tage, nachdem sie geschrieben worden war. Als er eines Morgens nach Gwen suchte und ihren kleinen Verschlag leer vorfand, hatte er seine Hand in die sauber gefalteten Decken in ihrer Hängematte gesteckt. Vielleicht um etwas von der Wärme ihres Körpers zu spüren, die sich noch darin befinden könnte. Seine Finger fanden ihr Tagebuch und schlossen sich um den neuen Ledereinband. Wie könnte er es nicht öffnen? Er wollte doch nur einen Teil von ihr sehen. Und so erfuhr er in dem Verschlag zum ersten Mal, dass Gwen wohl einen Ersatz für ihn fand.

Jetzt gegen Ende der Reise beobachtete er Gwen und den Captain, der ihr zeigte, wie man ein Fernrohr benutzte. Edward sah, wie Gwen ein Auge mit der Hand bedeckte und dem Captain ihre volle Aufmerksamkeit schenkte.

»Die Stadt Pará liegt siebzig Meilen den Fluss mit demselben Namen hinauf.« Der Captain sprach nahe an ihrem Ohr und berührte dabei ihren Ellbogen. »Auch wenn es noch immer genug Wind gibt, wie Sie sicher bemerkt haben, um uns voranzubringen.« Edward dachte an feuchten Atem an ihrem Ohrläppchen: den des Captains, dann seinen eigenen.

»Und wo ist dann der Amazonas, Captain?«

»Ganz einfach ausgedrückt, ist der Amazonas zweihundert Meilen oder sechzig spanische Meilen von hier entfernt.«

Sie nestelte an dem Lederbeutel um ihren Hals und wirkte aufgeregt. Vielleicht, dachte Edward, stellte sie sich vor, was sie nach Swithins Beschreibung an ihrem Ziel erwartete. Mit diesem großen Maßstab konfrontiert, wurde ihm schmerzlich die Beschränktheit des Lebens bewusst, das sie hinter sich lassen wollte.

»Der größte Fluss der Welt.« Edward zwang sich zu einem leichten Ton. Er packte die Brüstung, atmete tief ein und lehnte sich zurück. »Guten Morgen, Swithin.«

»Guten Morgen, Sir. Geht es Ihnen gut?«

Gwen murmelte einen Gruß und blickte Edward nicht an, als er neben ihr stand.

»Ausgezeichnet, danke.« Edward drückte kurz ihre Hand, und er bemerkte den verheerenden Zustand ihrer Glacéhandschuhe, die voller Salzflecken, Farbe und anderem Schmutz waren. Plötzlich wurde ihm bewusst, dass er an so etwas Einfaches wie Handschuhe hätte denken müssen. Er hatte nur daran gedacht, sie mit genügend gutem Papier zu versorgen. Und in New York mit Plunder; er konnte sich schon nicht mehr erinnern, was er ihr gegeben hatte. Er hatte nie an ihre Hände gedacht, nur an das, was sie ihm vielleicht geben könnten.

Jetzt, da sie nicht mehr auf offener See waren, fühlte sich Edward besser. Es war seltsam, wieder neben ihr an Deck zu sein. Als ob sie die Reise über den Atlantik auf verschiedenen Schiffen unternommen hätten.

»Bitte entschuldigen Sie mich, Madam. Ich werde Sie jetzt den fähigen Händen von Mr. Scales überlassen.«

»Ihr Fernrohr, Captain.« Gwen wollte es ihm geben, doch Swithin hob die Hand, wandte rasch den Blick ab und sah dann wieder zu ihr. Edward bemerkte, wie die Augen des Captains hin und her huschten, ihr Gesicht jedoch nicht streiften. Edward schwelgte einen Moment in Swithins Unbehagen.

»Ich habe noch eines. Wie auch immer, dieser Teil des Flusses hält keine Überraschungen bereit, für die man ein Fernrohr bräuchte, um sie zu entdecken. Abgesehen davon, dass die Künste unseres Steuermanns uns solche Ereignisse ersparen sollten.«

Edward sah ihren Gesichtsausdruck, sah die Erleichterung in Gwens Miene, als sie das Wissen in sich einsinken ließ, dass das Land in erreichbarer Entfernung war.

Der Wind ließ für einen Moment nach, und Gwen schob das Fernrohr zusammen. Sie öffnete die kleine Tasche zu ihren Füßen, legte das Fernrohr hinein und nahm ihren Malkasten, Pinsel und Skizzenbücher heraus. Sie setzte sich auf eine Taurolle und begann Edward im Profil zu skizzieren, wie er an der Reling lehnte. Er ließ sie in dem Glauben, dass er ihre Tätigkeit nicht bemerkte, doch er sah, wie angespannt sie dasaß.

Captain Swithin kehrte zurück, um ihnen zu sagen, dass die *Opal* noch warten musste, während der Zollbeamte sie zum Anlegen freigab. Gwen wollte Swithin das Fernrohr noch einmal zurückgeben, doch dieser lehnte wieder ab.

»Bitte, ich möchte, dass Sie es behalten.«

»Ich kann Ihnen doch keinen Teil Ihrer Ausrüstung stehlen, Captain.«

»Bitte«, beharrte Swithin. »Eine Erinnerung an Ihre erste Reise über den Atlantik.«

»Sehr anständig von Ihnen, Captain«, schaltete sich Edward ein. »Ein überaus wichtiger Ausrüstungsgegenstand. Ich bin mir sicher, es wird sich als sehr nützlich erweisen.«

Gwen errötete. »Danke, Captain. Ich hoffe, Ihnen ist klar, dass ich bei Ihrer Rückkehr schielen werde.«

»Das mag sein; aber ich bin der Meinung – der Sie vielleicht zustimmen –, dass es immer gut ist, auch einen anderen Blickwinkel zur Verfügung zu haben.«

KAPITEL XXII

Pará, Brasilien, Ende Oktober 1860

Schau ihn sich einer an. Edward zu sehen, wie er zwischen den Kisten, die ausgeladen wurden, herumstolzierte, war ein Schock. Es war ein wilder, barköpfiger, langbeiniger Tanz unter der gleißenden Sonne. Alle Spuren seiner lähmenden Abneigung gegen das offene Wasser waren auf wundersame Weise verschwunden. Nur seine spitzen Züge und seine knochigen Handgelenke, die so nervös wie eine Schnake zu allem und nichts gestikulierten, zeugten noch von seiner wochenlangen Quälerei auf dem Atlantik zwischen Cornwall und Brasilien.

Gwen dachte, große Männer, große Denker haben dasselbe durchgemacht. Und jetzt schaut ihn euch an, es geht ihm wieder gut.

Edward verzog das Gesicht im Sonnenlicht und stocherte mit einem langen Fingernagel zwischen seinen Zähnen herum. Gwen wandte sich ab. Das Fernrohr rutschte ihr beinahe aus den Händen, ihre Handflächen lagen glitschig an dem warmen Metall. Sie bekam es gerade noch am oberen Ende zu fassen und setzte sich auf eine der Kisten.

Es war eine gewaltige Ansammlung von Ausrüstungsgegenständen – Ausdruck von Edwards unerschöpflichem Enthusiasmus und Glauben an sich selbst und alles, was er in die Hand nahm. Sie erinnerte sich an die Liste, vier Spalten breit und zwei Seiten lang. In den Kisten befanden sich Ward-Behältnisse, elegante Insektenrahmen und -kästen sowie Schraubgläser in allen Größen. Gallonen Formalin. Neue Bücher.

Doch Edwards Optimismus war auch ansteckend. Als sie ihn wieder betrachtete, das helle Haar, das ihm flammend vom Kopf abstand, erinnerte sie sich an das Feuer in ihrem Bauch. Sie stand auf, ihre Unterröcke klebten an ihren verschwitzten Schenkeln. Ein Mann kam auf sie zu.

»Grindlock«, stellte er sich vor, »Warenempfänger der *Opal*.« Mr. Grindlock packte ihre Hand, als ob sie ein Mann wäre, und schüttelte sie energisch. Wie ein Wahnsinniger grinsend gab er sie schließlich frei. Oh Gott, hoffentlich ist er nicht wirklich ein Wahnsinniger, dachte sie.

»Mr. Scales!« Mr. Grindlock stürzte zu Edward und klopfte ihm auf den Rücken. Edward zuckte vor Schmerz zusammen.

Gwen sagte: »Mr. Grindlock, ich wollte gerade Orangen kaufen und habe mich gefragt ...«

»Verschwenden Sie nicht Ihr Geld, meine Liebe. Auf meinem bescheidenen Grundstück stehen genügend Obstbäume. Sie können so viele Orangen pflücken, wie Sie möchten.« Er scheuchte sie vom Kai hinauf zu seinem Stadthaus und sprach dabei die ganze Zeit davon, wie schön es doch sei, sie zu sehen. »Mein Haus steht Ihnen natürlich zur Verfügung. Fühlen Sie sich herzlich willkommen, während wir nach etwas Angemessenem in den Vorstädten suchen – ein besserer Ausgangspunkt für Ihre Exkursionen. Haben Sie ein besonderes Interessengebiet, Mr. Scales?«

Sie folgten Mr. Grindlock und versuchten, mit seinem Geplauder Schritt zu halten. Gwen spürte, wie erst ihre Unterkleidung und schließlich auch das Obergewand immer feuchter wurde. In der Eile, mit den beiden Männern Schritt zu halten, traf sie mit ihrem Sonnenschirm einige Menschen, darunter einen Priester.

»Bitte verzeihen Sie, Vater.« Schweißtropfen rannen ihre Stirn hinunter, zwischen den Augen hindurch und die Nase entlang.

»*Senhora.*« Der Priester drehte sich kaum um, berührte nur seinen breiten schwarzen Hut und verschwand.

Als sie endlich Mr. Grindlocks kühles Haus betrat, war Gwen von Kopf bis Fuß durchnässt. Sie hatte das Gefühl, zu ertrinken. Edward und Mr. Grindlock waren ebenfalls beide durchweicht. Ihr Gastgeber wischte sich sein flaches, breites Gesicht energisch mit einem großen Taschentuch ab, das er in der Hand behielt. Sie wurden von einigen Kindern empfangen, die laut »Pai! Pai!« riefen und auf Mr. Grindlock zuliefen.

»Hettie«, rief Mr. Grindlock über die Köpfe der Kinder hinweg in die Düsternis des Hauses hinein. »Ich habe zwei nette junge Menschen zu unserer Unterhaltung mitgebracht.«

Eines der kleineren Kinder zupfte an Gwens Ärmel und sprach auf Portugiesisch mit ihr.

»Pippi, sprich bitte Englisch mit unseren Gästen, das ist nur höflich. Ah, hier ist meine gute Frau Hettie. Ich habe Mr. Scales mitgebracht, einen Naturforscher, und seine entzückende Frau. Mr. Scales wollte das Ausladen seiner Ausrüstung überwachen, aber ich habe das zweien meiner Männer überlassen.«

»Noch ein Wissenschaftler!« Hettie verschränkte die Hände vor ihrer ausladenden Brust. »Mrs. Scales, Sie sind die erste mir bekannte Frau, die ihren Ehemann begleitet. Und ich kann es Ihnen nicht verdenken. Wenn Mr. Grindlock wieder reisen müsste, würden wir ihn alle begleiten.«

Hetties Haut war bläulich gefleckt und sehr trocken. Gwen bemerkte, dass ihre Neigung, sich kleiner zu machen, sich verstärkte. Sie war einen guten Kopf größer als Hettie.

»Aber Mrs. Scales ist eine Künstlerin, meine Liebe.«

Grindlocks Worte hallten von den kalten Wänden wider. »Sehr klug von Mr. Scales, sie mitzubringen. Alles in der Familie zu halten ist das Beste. Nun, wie wäre es mit etwas zu trinken? Wir haben Mrs. Scales fast wegen einer Orange auf dem Markt verloren, aber wie wäre es mit etwas Eistee?«

»Machen Sie sich keine Sorgen, Mrs. Scales«, sagte Hettie. »Es ist nicht so schlimm, wie es klingt. Wir machen ihn schwach, mit einer Zitronenscheibe. Ich habe mich nie an Kaffee gewöhnt. Mr. Grindlock trinkt gern eine Tasse am Morgen, aber ich finde, es verstärkt die Hitze nur noch.«

Hettie nahm Gwens Arm und führte sie durch die Eingangshalle in den Salon. Pippi hing immer noch an Gwens anderem Ärmel. Das Haus und seine Bewohner verschluckten sie; diese bedingungslose Akzeptanz und der feste Boden ließen sie schwindeln.

Gwen verstand nicht, was Pippi sagte; das Kind fragte sie etwas. Sie lächelte nach unten, und das Mädchen flitzte davon.

»Sie werden es sehr erfrischend finden, Mrs. Scales«, sagte Mr. Grindlock. »Kommen Sie, hier ist es am kühlsten.« Gwen sah zur Decke hoch und erblickte eine Vorrichtung. Sie folgte den Schnüren mit dem Blick in eine Ecke, wo ein Mann saß und die Pedale trat, an denen die Schnüre befestigt waren.

Die Kinder waren überall, sprangen auf die Stühle und wieder hinunter oder ihren Eltern auf den Schoß. Mrs. Grindlock versuchte, streng zu sein.

»Mrs. Scales wird es nicht gefallen, nimm ihn weg.«

»Aber Mama, ich habe ihn an der Leine.«

»Einen Affen?«, fragte Edward.

»Eine Spinne. Sie bringen sie jetzt weg – nicht wahr?«

»Ein Spinnenaffe, das würde ich gern einmal sehen«, erwiderte Edward.

»Nein, nein, Mr. Scales«, sagte Hettie. »Eine echte Spinne.«

»Nun, mich interessieren alle Lebewesen.« Er ging hinüber, um über die Kinderköpfe hinwegzusehen. »Ach du meine Güte, was für ein Monster.«

»Ich denke, um Mrs. Scales' willen sollten diese Enthüllungen Schritt für Schritt passieren. Kinder, ich werde gleich wirklich böse. So ist es besser.«

Doch Gwens Aufmerksamkeit war immer noch auf den Ventilator über ihnen gerichtet. Der Mann, halb hinter einem Schirm verborgen, trat schweigend, als ob sich niemand außer ihm in dem Raum befände. Gwen streckte das Gesicht nach oben und schloss die Augen, während die Luft kühlend über ihren Hals strich.

Später, als alle Bewohner des Hauses schliefen, war Gwen allein in dem Zimmer, das man ihr und Edward gegeben hatte. Edward war unten im Zitronengarten und schrieb. Sie trat vom Fenster zurück, von wo aus sie ihn beobachtet hatte, wie er über seine Papiere gebeugt auf den Knien saß. Die Tinte stand bedenklich unsicher auf dem Tablett neben ihm. Sie konnte sein Gesicht nicht sehen; er trug einen Strohhut mit breiter Krempe. Sie konnte das leise, hektische Kratzen der Feder hören, das sich mit dem durchdringenden Schaben und Rascheln der Insekten vermischte. Der Lärm erfüllte ihren ganzen Kopf. Im Vergleich dazu waren die Laute von Grashüpfern und Grillen nur ein Flüstern.

Auf dem Korbstuhl neben dem Waschgestell hatte ein Paket auf sie gewartet. Als Edward zuvor kurz mit im Zimmer gewesen war, hatte sie es nicht angesprochen.

»Besser als du dachtest. Das Arrangement ist perfekt für uns.«

Sie hatte ihm hinterhergestarrt, als er sich umdrehte und sie allein ließ. Dann entfernte sie Schnur und Papier.

Es war ein kleiner, halb gebundener Band aus braunem Kalbsleder und marmoriertem Papier mit einem verschlungenen Bernstein- und Bronzemuster und schwarzen Punkten. Gwen drehte das Buch und las die goldenen Buchstaben auf dem Rücken. Sie fuhr mit dem Finger über die Worte, die leicht in das Leder geprägt waren: *Eternal Blazon*. Sie runzelte die Stirn; das war doch wohl kein Liebesroman, den ihre Schwester ihr als eine Art erbärmlichen Scherz geschickt hatte? Es entspräche ganz ihrem Sinn für Humor; auch der sorgfältig in Blockbuchstaben geschriebene Name auf dem Paket, der nur zur Hälfte ihrer war, mit der simplen Adressangabe »Pará, Brasilien«. Gwen blätterte beiläufig durch die Seiten und merkte, dass sie noch nicht aufgeschnitten waren. Sie blickte auf die Vorderseite: *Eternal Blazon oder Bekenntnisse einer Unsichtbaren*. Gut, also keines der Bücher ihrer Schwester. Von wem war es dann? Sie erbleichte beim Gedanken an Edward, der ihr ein Buch mit so einem Titel gab. Bisher hatte er ihr Bücher immer direkt überreicht und ihr Gesicht genau beobachtet, in der Hoffnung, zu sehen, was auch immer er sich erhoffte.

Im unteren Drittel der Seite stand eine Zeile: Gedruckt und gebunden für den Autor, London 1859. Sehr seltsam, keine Angabe, von wem dies getan worden war.

Gwens Magen machte einen Sprung, und sie schlug das Buch zu. Sie machte sich über eine kleine wunde Stelle in ihrem Mund Sorgen und schmeckte Blut. Eternal Blazon – Ewige Wahrheit. Sie kannte es von irgendwoher, doch ihr erschöpftes Gehirn wollte ihr nicht weiterhelfen. Es wird schon kommen, dachte sie sich.

Das Sonnenlicht teilte den Raum in zwei Hälften, und eine kleine braune Eidechse sonnte sich an der Wand. Gwen beobachtete ihre kaum sichtbaren Atemzüge und legte das Buch leise aufs Bett, um ihre Zeichensachen zu holen. Sie fertigte einige Skizzen an, darunter Vergrößerungen der gesprenkelten, knotigen Haut, des Kopfes und der Füße. Die Echse bewegte sich von Zeit zu Zeit, so dass Gwen sie aus verschiedenen Blickwinkeln zeichnen konnte. Dann war sie plötzlich verschwunden, huschte aus ihrem Sichtfeld über die Wand und den Fensterrahmen so flink wie ein Vogel. Gwen stellte die Zeichnungen fertig, fügte Schatten hinzu und formte das Tier besser heraus. Sie legte die Sachen weg und streckte sich. Als sie vor der Tür Schritte hörte, schob Gwen *Eternal Blazon* zusammen mit der Verpackung in ihre Zeichentasche.

Das Mädchen mit der Spinne als Haustier – Pippi? – kam ins Zimmer, und Gwen suchte den Boden um die Füße der Kleinen ab, falls die Spinne sie begleiten sollte.

»Solltest du nicht schlafen?« Gwen fühlte sich allein mit dem Mädchen nicht wohl. Sie wusste nicht, wie oder was sie mit ihr reden sollte. Die Kleine zuckte mit den Schultern und sprang auf das Bett. Sie rollte sich herum, zerwühlte die Tagesdecke und ließ sich dann mit Kopf und Armen nach unten über die Bettkante hängen.

»Ich habe Hercules verloren. Er versteckt sich gern in dunklen Ecken.« Sie richtete sich mit einem ernsten Gesichtsausdruck auf, grinste dann jedoch. »Ihr Gesicht ist ein Bild für die Götter.« Sie lachte. »Sie haben Angst vor Spinnen. Die meisten Menschen von zu Hause haben das.«

»Aber du hast eine Affinität dafür.«

»Was ist das?«

»Du magst sie, wie Freunde.«

»Fast.«

Gwen entspannte sich ein wenig und setzte sich in den Korbstuhl. »Fast. Warum hast du dann die Spinne?«

»Um sie zu beobachten.«

»Und wie beobachtest du sie?«

Das Mädchen verengte die Augen und runzelte die Stirn.

»So.« Sie stützte sich mit den Ellbogen aufs Bett, legte das Kinn in die Hände und riss die Augen auf.

»Ich verstehe. Ich beobachte auch gern Dinge. Vor ein paar Minuten habe ich eine kleine braune Eidechse beobachtet. Hier.« Gwen holte das Skizzenbuch aus ihrer Tasche und blätterte bis zur betreffenden Seite, die sie dem Mädchen hinhielt.

»Gecko.«

»Heißen die so?«

»Ja. Sie sollten Ihre Sachen nicht einfach so in einer Tasche aufbewahren. Hercules könnte hineinkriechen. Es muss fest zugebunden oder mit vielen Knöpfen verschlossen werden können. Hercules kann das hier ...« Sie krümmte ihre Hand zu einer Art Spinne und lüpfte die Bettdecke, bevor sie ihre Hand darunterkrabbeln ließ.

Gwen zuckte angeekelt zusammen. »Und was würdest du mir raten, wenn ich auf Hercules oder einen seiner Art in meiner Tasche treffe?«

»Zerquetschen Sie ihn nicht.«

»Und nachdem ich ihn nicht zerquetscht habe?«

Das Mädchen rollte sich herum und starrte Gwen ernst an. »Dann holen Sie jemanden, der keine Angst vor Spinnen hat.«

KAPITEL XXIII

Edward schrieb in sein kleines Taschentagebuch beim Licht einer einzigen Kerze, um Gwens Schlaf nicht zu stören.

Die Erleichterung, endlich wieder festen Boden unter den Füßen zu haben, ist für uns beide groß. An diesem Abend habe ich es als greifbares Etwas empfunden. Das Ausladen all meiner Ausrüstung wird mindestens einige Tage in Anspruch nehmen, da das Schiff in einiger Entfernung zum Hafen ankert, wegen der starken Strömungen und des schlammigen Grundes des Flusses. Die Landestege scheinen kaum dem Zweck, für den sie angefertigt wurden, zu genügen, doch im Moment muss ich denen mit größerem Wissen und Erfahrung in diesen Dingen vertrauen. In der Zwischenzeit sind wir recht komfortabel bei Grindlock untergebracht, einem Kakaokaufmann. Seine Familie und sein Haus sind riesig und beinahe so laut wie die ständige akustische Belästigung durch eine Fülle uns unbekannter und fremder Fauna. Das Haus scheint seinen eigenen Charakter zu haben, wenn das möglich ist. Alles ist aufregend hier. Mein Gehirn ist überfüllt mit Sinneseindrücken, Fragen, Möglichkeiten, Sehnsüchten. Ich wünschte, ich könnte dasselbe für meine geliebte Gefährtin behaupten. Ich hätte nicht gedacht, dass es ihr so offensichtlich schlechtgehen könnte. Vielleicht ist es nur die Hitze und die Feuchtigkeit –

das kann ein Schock sein, wenn man es noch nie vorher erlebt hat. Dennoch nagen Zweifel an mir, und ich befürchte, dass es tiefer geht. Bei unserer Ankunft wurden wir dem ganzen Gefolge des Grindlockschen Haushalts vorgestellt, inklusive riesiger Waldspinnen und einem kleinen Affen, der Grindlock in die Hand gebissen hat (er meinte beiläufig, das Tier hätte ihn noch nie gemocht). Auch den Dienstboten. Ich habe mich gefragt, warum die Hausherrin meiner Gefährtin nicht diskret angeboten hat, sich frisch zu machen. Wir waren von Kopf bis Fuß schweißgebadet. Wir tranken etwas kalten Tee, der wohl als Ersatz für eine Schale mit Wasser und ein Handtuch angeboten wurde. Gwen rührte ihn kaum an. Sie starrte an die Decke zu dem Ventilator, mit leicht verwirrtem Gesichtsausdruck, und dann zu dem schwarzen Kerl, der die Pedale dafür trat, dass ich schon fürchtete, sie würde sich unmöglich machen. Ich habe für die Kinder den Clown gespielt, weshalb Gwen die meiste Zeit sich selbst überlassen blieb. Nach einem leichten Lunch aus kaltem Schinken gab es einen Wolkenbruch. Einige der Kinder rannten hinaus in den Hof in den Regen, wo diverse Arten von Zitrusfrüchten wachsen. Die Grindlocks verhätscheln ihren Nachwuchs. Gwen aß zwei Orangen und einige andere Früchte, die wir in England nicht kennen, die Oberfläche seltsam uneben, die Farbe recht unappetitlich. Ihre Stimmung besserte sich ein wenig, glaube ich, während sie den durchnässten Kindern zusah, und sie war wieder mehr der Mensch, mit dem ich England verließ. Doch auf unserem Streifzug durch die Stadt (bei dem uns die Grindlocks unbedingt begleiten wollten, was wir jedoch höflich abwehren konnten) verschlechterte sich ihre Stimmung wieder. Ich versuchte mein Bestes, sie aufzuheitern. Dabei *habe ich sie wohl eher ein wenig verärgert, fürchte ich, oder vielleicht auch mehr. Es ist so schwierig einzuschätzen, wie man sich ihr gegenüber verhalten soll. Manchmal denke ich, ich habe einen Fehler gemacht. Es gibt einige grundlegende Seiten ihrer Persönlichkeit, über die ich nichts weiß. Der Reiz dieser Konstellation ist keine ausreichende Basis mehr für unser Unternehmen hier. Sie durch die überfüllten Straßen zu locken war beinahe so, wie ein unwilliges und mürrisches Kind zu überreden. Am heutigen Nachmittag wurde mir klar, dass ich keine genaue Vorstellung davon habe, wie alt sie ist. Dieser Gedanke beschäftigte mich so ausgiebig, dass ich nicht merkte, als sie in einer nicht gerade sauberen Straße zu meinen Füßen ohnmächtig zu Boden sank. Einige der Einheimischen, die dort in den Hütten leben, brachten einen Karren, und unter großem Aufruhr erreichten wir das Anwesen der Grindlocks (zur offensichtlichen Erheiterung aller kleinen Grindlocks). Gott sei Dank war keiner der Bediensteten anwesend, um uns in Empfang zu nehmen. Wir konnten es als Abenteuer abtun und alles auf wunde Füße schieben, was sicher nicht ganz unrichtig war. Als Gwen ihre Stiefel auszog, waren ihre Füße in einem furchtbaren Zustand, und ich habe ihr Kissen untergelegt, während sie schläft, um die Flüssigkeit abzuleiten. Es scheint zu wirken.*

Ich mache mir Sorgen um sie. Gwen war bislang nicht anfällig für Ohnmachten, das sagte sie selbst auch. Sie versuchte es als Reaktion auf die Hitze abzutun, doch die Hitze war abgeklungen; nach dem Regen war die Luft sehr viel frischer.

Geschwollene Füße und eine Ohnmacht lassen nichts Gutes ahnen; werde ich mir eine andere Assistentin

suchen müssen, bevor wir auch nur begonnen haben?
Vielleicht wird es nicht dazu kommen.

Edward löschte die Kerze mit angefeuchteten Fingern und wartete mangels Löschpapier darauf, dass die Tinte trocknete. Er saß im Dunkeln und lauschte zum ersten Mal Gwens Atem, während sie schlief.

KAPITEL XXIV

Abgesehen von der beschränkten und einschränkenden Garderobe hatte Gwen ihre zwei Sets Aquarellfarben mitgenommen, diverse gute Pinsel in verschiedenen Größen, ledergebundene Bücher mit gutem Papier für die Bilder, die Edward in London gekauft hatte, sowie ihre kleineren Skizzenbücher und ihren wertvollsten Besitz, ihr Mikroskop. Edward war überzeugt, dass das endgültige Resultat honoriert werden würde. Es gab bereits einige Studien: Edward lesend auf dem Schiff – wenn ihm nicht gerade schlecht war – und einige Impressionen von Pará, entstanden in der Zeit bevor die Schute, die sie mitnehmen sollte, abfahrtbereit war.

Sie hatte jedoch keine Lust, sofort mit der Arbeit zu beginnen. Die Aussicht auf Ruhm oder Ehre ließ sie weitestgehend unberührt. Sie war überrascht von ihrer eigenen Reaktion auf die Ankunft, die sich so sehr von Edwards unterschied. Ihr war, als sähe sie alles wie durch einen Nebel. Ich leide an Apathie, dachte sie. Mysteriös.

Mr. Grindlock hatte eine *casinha* für sie gefunden, ein kleines Holzhaus am Stadtrand. Als sie endlich mit ihren ganzen Sachen eingezogen waren, wollte Gwen sich sofort hinlegen. Es war eine seltsame Erfahrung gewesen, diese erste Nacht im Gästezimmer der Grindlocks, auf festen Möbeln zu schlafen und nicht mehr in einer Hängematte. In dem großen Bett hatte sie schließlich schlafen können, ohne Edward berühren zu müssen. In der Dunkelheit, mit nur einem leichten Laken über ihren Körpern, hatte sie Edwards Herzschlag gespürt. Flach auf dem Rücken zu liegen hatte nicht das Gefühl verbannen können, noch auf See zu sein. Nachdem er eingeschlafen war, hatte Edward zu schnarchen begonnen. Gwen hatte laut geseufzt und energisch ihre Kissen aufgeschüttelt. Sie hatte alle Gedanken an unheimlich gelenkige und überdimensionale Spinnen, die frei herumliefen, verbannt. Dennoch hatte sie in dieser ersten Nacht nicht gut geschlafen. Schlechte Träume hatten sie geweckt; an die Einzelheiten konnte sie sich kaum erinnern, doch das verstörende Gefühl hielt an, schwärte in dem heißen, feuchten Raum zwischen ihren Körpern in dem fremden Bett. Sie schien die ganze Nacht ihrer Schwester Gesellschaft geleistet zu haben.

Das ganze Haus mit seinen vier Zimmern war von einer Veranda unter breiten Dachtraufen umgeben. Hier fand Gwen Maria, da das Kochhaus noch nicht fertig war. Sie kochte bereits Wasser auf einem kleinen Herd.

Gwen dachte, dass sie die Frau mögen würde. Sie war froh, dass Maria sich nicht so ehrerbietig verhielt wie Susan in Cornwall. Sie war erleichtert, das ewige »Ja, Ma'am« nicht mehr hören zu müssen und das Knicksen, auf dem Susan bestand, auch wenn sie es ihr immer wieder untersagt hatte.

Das Teetablett vor sich haltend sagte Maria: »In der Stadt gibt es Männer, die schnell ein Bett bauen können.«

»Ich weiß nicht, ob unser Budget große Möbelstücke vorsieht«, antwortete Gwen. Ein vernünftiges Bett war ein zu großer Luxus, und sie wusste nicht, ob sie die Vorstellung von großen Spinnen, die sich unter der Bettdecke versteckten, vorzog oder nicht.

Maria schenkte den Tee ein und schleuderte die Blätter aus dem Sieb über das Verandageländer. »Wäre nicht teuer.« Sie schenkte zwei weitere Tassen Tee ein und trank eine, bevor Edward seine Kisten zurückließ und sich zu Gwen gesellte.

»Mrs. Scales«, sagte sie, bevor Edward in Hörweite war, »ich weiß, wie ihr Europäer gern eure Babys bekommt.«

Gwen lachte. »Wir haben bestimmt nicht vor, hier eine Familie zu gründen, Maria, Wir müssen arbeiten. Ein Bett würde auf jeden Fall zu viel Platz einnehmen.«

Maria musterte sie von oben bis unten und sagte nichts.

Nein, Gwen wollte definitiv nicht ein Bett mit Edward teilen. Ein Bett war viel zu sehr ein Zeichen von Unterwerfung. Gwen fühlte sich immer noch unwohl, was ihre Stellung anging. Sie musste ihren eigenen Weg in dieser Konstellation finden. Es war schließlich ein Spiel, was sie hier taten. Einige Regeln hatte man ihr aufgezwungen, doch der Rest war ungeschrieben, unausgesprochen, unbekannt. Sie konnte so tun, als wäre sie seine Frau, doch es war sicher nicht nötig, dass er ihren Schlaf störte.

In der Nacht wachte Gwen auf, weil sie ein Rumpeln aus Edwards Arbeitszimmer hörte und gleich darauf ein leises Plätschern, als er sich über den Rand der Veranda erleichterte. Sie horchte auf die Geckos, die über die Wände flitzten, und steckte das Musselinnetz dichter um sich fest. Die seltsamen Echsen erfreuten sie; die großen haarigen Spinnen, deren Nester sie unter dem Dachvorsprung gesehen hatte, machten ihr Angst. Auch wenn sie wusste, dass die Exemplare von unter dem Dachvorsprung nun sicher in beschrifteten Schraubgläsern verwahrt waren, beruhigte sie das nicht. Edward, der immer noch vor Übermut sprudelte, hatte von der Nähe der Natur in all ihren Ausprägungen geschwärmt. Gwen dachte nur, wo sich eine Lücke auftat, würde diese sicher schnell geschlossen werden.

»So eine kleine Kreatur«, hatte er gesagt und gelacht.

»Ich würde sie alles andere als klein nennen.«

»Kleiner als du. Sie ist nicht giftig … Die besten Häuser in dieser Stadt haben welche. Denk an die Kinder der Grindlocks.«

»Ich möchte keine.«

»Nun, die hier ist jetzt tot. Du kannst unter dem Moskitonetz hervorkommen. Außerdem, wenn sie dich unbedingt beißen wollte, würden ihre Beißwerkzeuge auch durch den Stoff dringen. Entschuldige, das ist nicht lustig.«

»Wenn sie nicht giftig war, warum hast du sie dann mit einem Stift angestoßen und nicht mit dem Finger?«

Gwens Haut kribbelte; Edward war ihr peinlich, da er nicht recht wusste, wie er sich in ihrer Gegenwart verhalten sollte. Als sie neben ihm stand, die sich wehrende Spinne betrachtete und seiner höher werdenden Stimme zuhörte, fragte sie sich, ob er je gewusst hatte, wie er sich in ihrer Gegenwart verhalten sollte. Als sie sich wieder hinlegte, versicherte sie sich, dass der Musselin sie nirgends berührte; sie hatte die Hängematte bereits mit einer dicken Decke ausgelegt. Lieber Gott, dachte sie, doch der Rest ihres Flehens war stumm.

Nackt und allein im Dunkeln lauschte Edward den Geräuschen der Nacht. Er bewegte sich in seiner Hängematte und ärgerte sich über das Bild von Gwen mit diesem Ding um ihren Hals, das bereits sehr abgegriffen war. Wie ein kränklicher Fetisch. Sie berührte es, spielte damit, konnte es kaum einen Moment in Ruhe lassen. Auch wenn die Temperaturen gesunken waren, war es immer noch zu heiß für eine Decke.

Er erinnerte sich an eine ähnlich drückende Hitze. Diese unauslöschliche und ungewöhnlich heiße Woche im Mai 1858 in den stickigen kleinen Räumen von Natalia hatte in ihm einen Zustand träger und überraschender Zufriedenheit hervorgerufen.

Verflucht sei diese Frau. Doch im selben Moment nahm er den Gedanken zurück. Er konnte sie weder verdammen noch sie verurteilen, nur seine eigene Dummheit. Er stieg ungeschickt aus seiner Hängematte und ging hinaus, um sich zu erleichtern.

KAPITEL XXV

Carrick House, 17. Oktober 1860

Euphemia wachte um sechs Uhr morgens auf und erinnerte sich, wo sie einen von Gwens Briefen aus dem letzten Winter eilig verstaut hatte. Sein Platz in der Bibliothek war zu verlockend, um ihn zu ignorieren, weshalb sie im Dunkeln nach ihrem Morgenrock griff. Als Euphemia eine Lampe in der Eingangshalle entzündete, hörte sie das kaum wahrnehmbare Klappern von Susan, die den Feuerrost in der Küche abschüttelte. Euphemia hielt die Lampe vor das Bücherregal und ließ ihre Finger über die Buchrücken gleiten, bis sie ihr Ziel erreichten. Sie zog einen dicken Band heraus, der durch die Papierbögen, die sie darin versteckt hatte, noch etwas dicker war. Ihre Fingerspitzen ruhten einen Moment auf dem gebrochenen Siegel, bevor sie den Brief aus dem Umschlag nahm.

13. November 1859

Meine liebe Gwen,
ich habe bereits einige Entwürfe für diesen Brief aufgesetzt, die alle ihren Weg ins Feuer gefunden haben. Ich habe das Gefühl, es mir selbst zu schulden – und natürlich Dir –, diesen Brief an Dich zu schreiben und ihn abzusenden. Bitte, wenn Du ihn bekommst, behalte ihn nicht. Nachdem Du ihn so oft gelesen hast, wie Du möchtest, verbrenne ihn. Ich könnte es nicht

ertragen, wenn die Worte, die ich nun gleich aufs Papier bannen werde, als Zeugnis meiner Fehler in einer Schublade liegen sollten.

Ich weiß, dass ich mich Dir gegenüber nicht korrekt verhalten habe. Ich weiß, dass ich nicht der Gentleman war, der ich gern gewesen wäre. Du hattest jedes Recht, wütend auf mich zu sein. Aber kannst Du mir glauben, wenn ich sage, dass ich ärgerlicher auf mich selbst bin, als Du es je sein könntest? Ich hoffe, mit der Zeit so angemessen und galant Dir gegenüber sein zu können, wie Du es verdienst. Du bist der außergewöhnlichste Mensch, den ich je getroffen habe, und Du sollst wissen, dass Du als mein Freund und meine geheime Gefährtin mich von einer bestimmten Art Wahnsinn geheilt hast. Gwen, wenn ich bei Dir bin, bin ich ganz und von meiner Vergangenheit befreit.

Du bist so geduldig mit mir gewesen und auf jede nur erdenkliche Weise freundlich. Du hast mich ohne Klagen auf Deinem wunderschönen Anwesen beherbergt. Und in den wenigen Nächten, die ich mit Dir verbracht habe, wenn wir uns an diesem geheimen Ort getroffen haben, war ich außer mir vor Freude. Ich weiß, dass es Dir nicht möglich ist, diese speziellen Treffen zu genießen, aber Du sollst wissen, dass ich äußerst dankbar dafür bin und dass ich Dich, wie Du es verlangt hast, niemals bloßstellen werde, indem ich sie Dir gegenüber noch einmal erwähne. Diese Nächte sind etwas Besonderes und bleiben unser Geheimnis.

Doch jetzt muss ich über meine Vergangenheit und meine Gegenwart sprechen. Ich bin der Ehemann einer Frau namens Isobel – Ehemann jedoch nur auf dem Papier, da die Ehe nie vollzogen wurde. Aus diesem Grund habe ich mich wegen unserer Freundschaft gequält. Ich habe es versäumt, mich Dir als der zu offen-

baren, der ich wirklich bin, und dafür schäme ich mich zutiefst. Wenn Du die Lektüre ertragen kannst, dann erzähle ich Dir, dass ich vor unserem ersten Treffen mit jemand anderem involviert war. Einer Frau, deren körperliche Attribute ich hier nicht darlegen will, wegen derer ich aber nahe an der Selbstzerstörung war. Bitte sei versichert, dass sie bei weitem nicht an Dich heranreicht, ebenso wenig wie meine Frau.

Ich habe wirklich das Gefühl, von Dir gerettet worden zu sein und dass Du der Mensch bist, der einzige Mensch, den ich je mein Eigen nennen kann. Du, und nur Du, hast mir gezeigt, was es heißt, ein ganzer Mann zu sein, befreit von den lächerlichen Zwängen unserer Gesellschaft.

Wenn Du mich nach diesem Brief immer noch sehen willst, dann verhalte Dich bitte so, als hättest Du dieses Schreiben nie bekommen. Ich hoffe, dass Du mich immer noch annimmst, wie die ganze letzte Zeit, ohne über mich zu urteilen. Wenn Du es immer noch erlaubst, lass uns einander weiterhin im Dunkeln treffen, wie wir es taten, als keine Worte nötig waren außer denen, die mein überwältigendes Verlangen nach Dir stillen.

Ich versiegele dieses Schreiben eilig, bevor ich doch noch in meiner Überzeugung schwanke, dass ich für immer verbleibe

Dein Edward

Mit einem Schaudern exquisiter Befriedigung schob Euphemia den Brief zwischen die Seiten des Almanachs.

KAPITEL XXVI

Jedes Mal, wenn er mit seinem Insektennetz loszog, schien Edward mit lauter Insekten zurückzukommen, die er bereits gesammelt hatte. Er nahm nämlich nicht nur einen weiblichen und einen männlichen Vertreter jeder Spezies, sondern mehrere und arrangierte sie in Reihen, um minimale Variationen in Muster und Farbe aufzeigen zu können. Und dann waren da noch die, die es nicht in die Sammlung schafften, sondern wegen fehlenden Glanzes oder eines leicht beschädigten Flügels aussortiert wurden. Vor seinem Zimmer unter dem Haus befand sich eine Müllgrube, in der Schmetterlinge, Spinnen, Käfer und andere Insekten in verschiedenen Stadien der schnellen Verwesung zu einer undurchdringlichen Masse verschmolzen.

Gwens Malsachen blieben jedoch unangetastet. Sie fürchtete ein wenig, dass die Feuchtigkeit ihnen nicht guttun könnte, tat jedoch auch nichts dagegen. Die Düfte der Blumen im Garten mit der darunterliegenden Verwesung waren überwältigend, und zum Teil gab sie ihnen die Schuld an ihrer Antriebslosigkeit. Manchmal bemerkte sie, dass sie denselben Satz immer wieder las, ohne seinen Sinn zu erfassen, während ihr die Zeitschrift beinahe aus den Händen glitt. Sie schwitzte und wartete darauf, dass Edward zurückkehrte, mit seinem müden, aber frohen Schritt, voller Enthusiasmus über das Erlebte. Was ist los mit mir, dachte sie. Sie stand morgens später auf als gewohnt, schlechtgelaunt. Es ist absurd, dachte sie, dass ich hier bleibe und nicht die Wanderungen unternehme, von denen er mir erzählt. Den Rest des Tages verbrachte sie mit dem klebrigen Schatten der Gereiztheit und sprach kaum ein Wort mit Maria.

Als Edward zurückkam, sprang sie auf. »Endlich«, sagte sie.

Edward runzelte die Stirn und lächelte dann. Er stellte seine schweren Taschen ab, in denen Gläser klirrend gegeneinanderschlugen. Er schneuzte sich zwischen den Fingern auf den Boden, wischte sich die Hand an der Hose ab und hielt Gwen dann auf Armeslänge an den Schultern von sich. Sie fühlte sich unwohl unter seinem Blick, versetzte sich an seine Stelle, wusste, dass er den ganzen Tag nicht an sie gedacht hatte. Er dachte nie an sie während seiner Streifzüge. Seit sie von Bord gegangen waren, hatte er sich am Rand einer Art ekstatischen Verzückung befunden. Gwen war sich ihrer großen starrenden Augen bewusst, und sie biss sich auf die Lippe. Edward legte seine Hand an ihr Kinn, und er blickte auf ihren Mund, wo sich einige Mangofasern zwischen ihren Vorderzähnen verfangen hatten. »Ist etwas passiert?«

»Nein, gar nichts, überhaupt nichts.« Sie löste ihr Kinn von seinen Fingern. »Ich würde morgen wirklich gern mit dir kommen.«

»Wie geht es deinen Füßen? Hm? Ich dachte, wir wären uns einig, dass du die Knöchel hochlegst.«

Sie schüttelte seine Hände ab, besann sich dann aber und hakte sich bei ihm ein. »Ich sage ja nicht, dass ich den ganzen Tag mit dir draußen verbringen will. Vielleicht ein kurzer Ausflug.« Behandle mich nicht wie einen Schwachkopf, dachte sie.

»Nun, ich hatte mir eher vorgestellt, dass du vielleicht mit einigen der Präparate, die ich bisher gesammelt habe, anfangen möchtest. Aber ich sehe, dass du ruhelos bist. Verständlich, ganz klar. Dann aber nichts zu Anstrengendes.«

Gwen schluckte mit Mühe Wut und Frust hinunter, als sie ins Haus gingen.

Edward redete am nächsten Tag während des gesamten Ausflugs. Sie hatten vereinbart, früh aufzubrechen, vor dem Frühstück. Das hatte ich mir so nicht vorgestellt, dachte sie, als sie seinen unablässigen Kommentaren zuhörte. Über die Feuchtigkeit (an die sie sich in der Zwischenzeit etwas gewöhnt hatte), die Höhe der Bäume (die sie selbst sehen konnte), die Insekten in dem Laub unter ihren Füßen. Edward füllte die Luft mit seiner Stimme. Sie hielten ein- oder zweimal an, und Gwen legte gehorsam den Kopf in den Nacken, um die Höhe der Baumwipfel zu bewundern. Edward holte sein Taschenmesser hervor und bohrte es in die Seite eines umgestürzten Baumes, um ihr eine Käferlarve zu zeigen.

»Schau, wie sich ihr fetter Körper langsam in meiner Hand bewegt, Gwen. Sie wäre vielleicht jahrelang in diesem verrottenden Baumstamm geblieben, bevor sie sich schließlich verpuppt hätte. Das hier ist ein Langhornbock. Ich werde auch für dich einen suchen.« Mein Gott, wollte sie sagen, ich erkenne doch eine Käferlarve. Mit wem, glaubst du, redest du eigentlich?

Sie versuchte den Wald zu hören, der von seiner Stimme übertönt wurde. Es war einfach unglaublich, dass ein Mann, der in seinem eigenen Land den Feuerkäfer nicht erkannt hatte, ihr jetzt etwas über exotische Coleoptera erzählte. Der Morgenchor hatte sich schon vor einiger Zeit beruhigt, doch vereinzelte Vogelrufe und das allgegenwärtige Summen der Insekten waren noch zu hören. Gwen spielte ein Spiel mit sich selbst. Wie viele Dinge konnte sie sehen, bevor Edward sie darauf aufmerksam machte? Sie wusste, dass auch andere Menschen diese Wege benutzten. Tiefer im Wald gab es Dörfer, auch wenn es noch nicht der tiefe

Regenwald war. Es wäre nicht ungewöhnlich, jemandem zu begegnen, auch wenn das bisher noch nicht geschehen war. Ich bin albern, sagte sie sich. Doch das Gefühl, beobachtet zu werden wie die fette, sich windende Larve in Edwards Hand, wollte nicht weichen. Sie sah zu, etwas abgestoßen, als Edward die Larve in einen kleinen Behälter mit Aufbewahrungsflüssigkeit legte und diesen in seiner Sammeltasche verstaute; die letzten Lebensmomente in eine dunkle Tasche aus rotem Leder verbannt.

Sie konnte nicht glauben, dass er sie wie ein dummes kleines Mädchen behandelte, das im Park spazieren ging, und ihr zeigte, wie grün das Gras war, oder sie auf den Gesang einer Amsel aufmerksam machte. Wie konnte das derselbe Mann sein, mit dem sie all ihre Zeit hatte verbringen wollen? Sie fragte sich, was wohl nötig wäre, damit er begriff, dass sie alles um sich herum genauso ehrfürchtig sehen wollte wie er. Dass er einige Bestandteile der Fauna und Flora benennen konnte, machte vielleicht einen klugen Eindruck, doch sie sah nicht, dass es ihm beim Verstehen dieses Ortes half. Die Pflanzenproben, die sie sammelten, würden identifiziert und in Ward-Behältnissen nach England geschickt werden. Die Schmetterlinge, die nicht für seine eigene Sammlung bestimmt waren, würden in dreieckige Papierstücke eingeschlagen und an private Sammler verschickt werden. Nein, dachte sie, indem er diese Dinge benennt, ihre Namen ausspricht, nimmt er sie für sich in Anspruch. Als sie hinunter in eine sumpfige Kuhle starrten, die mit hohen Aronstäben bewachsen war, versuchte sie vergeblich, sich nicht über Edwards bebende Stimme zu ärgern, die ihr erklärte, dass sie unter einer Kassie standen. Eine Welle des Begehrens machte sich zwischen ihren Beinen bemerkbar, war jedoch unbestimmt und verwirrend. Außerdem begehrte sie nicht Edward. Die Hitze kribbelte in ihrem Nacken und Rücken, und ihr Kopf fühlte sich heiß an. Sie packte seinen Arm, und er tätschelte ihre Hand. »Sollen wir zurückgehen? Du solltest es nicht übertreiben.«

Sie biss die Zähne zusammen und blickte auf dem Rückweg zu Boden, bemerkte nur die Mangobäume, die den Weg säumten. Das Gefühl, beobachtet zu werden, verschwand langsam. Vielleicht war es nur ein Affe oder ein anderes Tier gewesen.

Nach einigen Tagen folgte Gwen erneut der Straße, die von der Stadt wegführte. Sie war allein und wanderte bis zum Waldrand. Edward sagte sie nichts von ihrem Vorhaben. Maria erklärte sie, sie wolle einen kleinen Spaziergang machen und bald wieder zurück sein. Am Waldrand folgte sie aufgeregt einem Pfad in das Dickicht hinein, und Schmetterlinge tanzten im Sonnenlicht um sie herum.

Jetzt änderte sich das Licht, ein diffuser Grünschleier lag über ihrer Umgebung. Sie wagte einen Blick hinauf in die Baumkronen. Sie hatte das Gefühl, sich am Grund eines Teichs zu befinden, und ihr wurde schwindelig. Ihr Magen reagierte unruhig. Sie beugte sich vornüber und atmete tief ein; dabei blinzelte sie in die Schatten, die plötzlich vor ihren Augen aufgetaucht waren. Weiße Flügelspitzen tanzten aus den Schatteninseln heraus und wieder hinein, die übrigen Insekten waren für ihre ungeübten Augen praktisch unsichtbar. Sie flogen nie besonders hoch. Gwen fühlte sich an Motten erinnert. Manche ruhten kopfüber zwischen großen wächsernen Blättern. Sie streckte den Finger aus, berührte fast ihre geschlossenen Flügel, bevor sie außer Reichweite flogen. Gwen ging zurück zu dem sonnigeren Hauptweg und war fasziniert von dem Anblick einiger blauer Morpho-Edelfalter. Ihr Flug war müßig und sinnlich; sie schienen zu wissen, wo die warme Luft ihr Verlangen am effektivsten erleichterte. Mitten im Flug drehten sie sich wie Möwen. Kein Wunder, dass Edward manchmal so frustriert zurückkehrte. Die verschiedenen blauen Farb-schattierungen blitzten im Sonnenlicht auf, als ob sie sie verspotteten. Es war entzückend, diese Dinge in ihrer na-türlichen Umgebung zu sehen, und sie schämte sich we-gen der wachsenden Sammlung von Schmetterlingen in den Holzkisten. Und dennoch wollte sie einen halten, ihn von nahem betrachten, so nahe wie der Schöpfer im Moment der Erschaffung. Dann erinnerte sie sich an Darwins Theo-rie. Ihre Gefühle und Gedanken waren vollkommen durch-einander angesichts der Herrlichkeit ihrer Umgebung. Wie war es möglich, gleichzeitig zu glauben und zu zweifeln, in jedem Objekt eine Verbindung und eine Unterbrechung zu sehen. Vor Überwältigung brach sie in Tränen aus.

Und da war er wieder, der Verdacht, beobachtet zu wer-den. Sie hatte versucht, ihn als Einbildung abzutun, doch sie fühlte es in ihrem Rücken. Nicht nur hier im Wald, son-dern auch manchmal im Haus. An manchen Tagen mehr als an anderen. Sie konnte nicht darüber sprechen. Jedes Mal, wenn sie es erwähnen wollte, fürchtete sie, Edward könne sie nicht ernst nehmen oder für schwach halten. Eine alber-ne Frau, die in dieser neuen Umgebung nicht zufrieden-stellend funktionieren konnte und nur an den Ufern des Helford in Cornwall überlebensfähig war. Manchmal er-laubte sie sich einen Moment, in dem sie diese Gedanken auch glaubte. So ehrfürchtig sie ihre neue Umgebung be-trachtete, so sehr wollte sie ihr auch entfliehen. Sie merkte, dass sie nicht mit Edward sprechen wollte, wenn er zurück-kehrte. Schon hörte sie seine Stimme in ihrem Kopf, die an ihren Nerven zerrte. Ich bin nur seine Vermittlerin, dachte sie. Ohne mich wäre er nicht hier; kein Mann mit Selbst-achtung hätte meinem ungleichen Anteil an diesem Un-ternehmen zugestimmt. Sie fragte sich, ob das der wahre Grund war, warum sie ihren Teil der Abmachung nur so zögerlich erfüllen wollte.

Sie schnürte ihre Stiefel auf und warf sie in eine Ecke, dann zog sie die Seidenstrümpfe aus und massierte ihre Knöchel. Barfuß ging sie in Edwards Zimmer und durchwühlte seinen Schrank. Marias Stimme ertönte in ihrem Rücken, und Gwen erstarrte, die Hand am Bund von Edwards Hosen. »Sie können keine Männerkleidung tragen, Mrs. Scales. Ich habe eine bessere Idee.«

KAPITEL XXVII

THE TIMES, *Mittwoch, 3. Oktober 1866*

MORDPROZESS IM OLD BAILEY

Mr. Probart für die Anklage an die Geschworenen: »Die Angeklagte ist eine Frau, deren Vorliebe für Sittenlosigkeit aus jüngeren Jahren bis in die Gegenwart anhält, wie wir gleich sehen werden. Ihre schlechten Gewohnheiten haben sie an diesen Punkt gebracht: zu Mord. Gentlemen, warum sind wir in dieser Stadt nie überrascht, wenn ein ruchloser Mord von einer Frau mit niedriger Moral und noch schlechterem Ruf verübt wird? Vielleicht weil diese beiden Dinge sich gegenseitig verstärken. Lassen Sie sich nicht vom Erscheinungsbild der Angeklagten in die Irre führen, ihrer bemerkenswerten Beherrschung der Sprache und auch nicht von ihrem Beharren auf Unschuld. Hier, Gentlemen, sehen Sie ein schlaues Frauenzimmer, das in die Ecke gedrängt wurde und das sich durch nichts aufhalten lässt, um sein Ziel zu erreichen.«

Bei diesen letzten Worten lehnte sich Mrs. Pemberton vor: »Sie nehmen jedes Ihrer beleidigenden Worte zurück, Sir«, forderte sie, bevor sie von Richter Linden erinnert wurde, dass sie »Ihre Ausbrüche zurückhalten müsse, wie wohlbegründet diese auch Ihrer Meinung nach sein mögen.« Der Schreiber wurde nicht beauftragt, den Einwurf der Gefangenen aus dem Protokoll zu streichen; die Geschworenen wurden nicht darauf hingewiesen, ihn zu ignorieren.

Als Antwort auf die Äußerung der Anklage sagte Mr. Shanks

für die Verteidigung: »Beobachtern dieses Falles sei verzie-
hen, wenn sie bis zu diesem Moment dachten, dass es sich
hierbei um den einfachen Fall eines schrecklichen, mörde-
rischen Ausgangs eines Stelldicheins zwischen zwei Lieben-
den handelt. Das Mordopfer, der verstorbene Mr. Scales, ist
der Angeklagten, Mrs. Pemberton, vom ersten Moment ihrer
Bekanntschaft an doppelzüngig und mit unlauteren Absich-
ten begegnet, wie Sie gleich sehen werden. Das ist die Wahr-
heit. Er hat sie unter Vorspiegelung falscher Tatsachen von
ihrem Familiensitz weggelockt, aus der Sicherheit und Ver-
trautheit ihrer Welt. Wir wissen, dass das wahr ist, da wir
wissen, dass Mr. Scales bereits verheiratet war und keinen
Drang verspürte, der jungen Mrs. Pemberton diese Tatsache
mitzuteilen. Daher glaubte sie, dass sie, wenn sie mit ihm
nach Brasilien reiste, schließlich seine Frau werden würde.
Eine bekannte Geschichte, doch unwissentlich in diese ge-
schmacklose Angelegenheit verstrickt, würde Mrs. Pember-
ton doch wohl Rache zum passendsten Zeitpunkt nehmen
und nicht, Gentlemen, viele Jahre warten, bis sie unter den
Augen ganz Londons einen Mord begeht, den sie leicht
schon Jahre zuvor hätte verüben können. Denken Sie bitte
darüber nach, Gentlemen. Um die entsetzlichen Wirrungen
eines Mordes aufzuklären, muss man sich in die Rolle des
Täters versetzen. Ein kalter und wohlgeplanter Akt, von
einem Menschen so vernünftig und intelligent wie die An-
geklagte, Mrs. Pemberton – wäre ein solches Chaos das Er-
gebnis gewesen? Hätte sie sich erlaubt, kein Alibi zu haben?
Die offensichtliche Antwort ist natürlich, dass eine so ver-
nünftige und intelligente Frau wie Mrs. Pemberton niemand
ist, der einen Mord begeht. Das Verbrechen, Gentlemen,
passt nicht zur Angeklagten, und das so offensichtlich, dass
ich mich, wie die Inhaftierte selbst und viele andere auch,
frage, warum man sie des Verbrechens überhaupt beschul-
digt – wenn es denn ein Verbrechen gab. Leben, das echte

Leben, ist nicht immer so einfach, wie wir es uns wünschen. Mrs. Pemberton war in ihrer Bekanntschaft mit Mr. Scales von Anfang bis Ende im Nachteil. Selbst im Tod schafft es Mr. Scales noch, seine Spuren auf ihr zu hinterlassen. Mrs. Pemberton hat Mr. Scales am Tag vor seiner – mutmaßlichen – Ermordung aufgesucht. Diese simple Tatsache hat solche Verleumdungen hervorgerufen – aber warum?«

Danach wurden Zeugen gehört, bis man beschloss, dass die Geschworenen das Haus sehen sollten, in dem die Leiche von Mr. Scales gefunden wurde.

KAPITEL XXVIII

Gwen konnte in dem einzigen Abendkleid, das sie mitgebracht hatte, kaum atmen. Beim Packen war es ihr lächerlich erschienen, so etwas mitzunehmen. Es schnitt in ihre Achselhöhlen, und ihre Brüste wurden schmerzhaft zusammengepresst.

»Mr. und Mrs. Scales! Hervorragend! Hettie wird sich sehr freuen, dass Sie zu unserem kleinen Empfang kommen konnten.«

»Mr. Grindlock, guten Abend. Wie hätten wir nicht kommen können – es war sehr freundlich von Ihnen, uns einzuladen.« Edwards Begrüßung war so steif wie sein Kragen.

»Ich freue mich, Sie wiederzusehen. Wie geht es Ihren Füßen? Haben Sie sich schon etwas eingelebt?«

»Absolut, ja, absolut.« Edward warf Gwen einen Seitenblick zu und legte seine freie Hand kurz unter ihren Ellbogen. »Die Arbeit war äußerst produktiv bisher.«

»Mrs. Scales!« Hetties Stimme flötete durch den Raum, gefolgt von der Frau selbst, durchsichtig und vibrierend, in einem Musselinkleid mit einer Seidenstola. Sie strahlte Gwen an und riss sie aus Edwards Händen. »Tristan, gib Mr. Scales einen Drink. Mrs. Scales, kommen Sie mit mir, ich möchte Ihnen die Damen aus unserer kleinen Operngesellschaft vorstellen«, sagte sie und führte Gwen weg. Sie lehnte sich näher zu ihr und meinte: »Sehr schade, dass mein Bruder nicht hier sein kann. Ich hoffe, er kann sich uns zu Weihnachten anschließen. Sie werden ihn sicher vergöttern. Tristan«, rief sie über ihre Schulter, »hast du nicht gesagt, dass Marcus Frome heute Abend kommen wird?«

»In der Tat, meine Liebe, in der Tat«, antwortete er, »diverse Male.« Er zwinkerte Gwen kurz zu, was seine Frau im letzten Augenblick sah, woraufhin er sich rasch mit dem Finger das Auge zu reiben versuchte, sich dabei jedoch fast selbst verletzte. Hettie ermahnte ihn mit leichtem Stirnrunzeln.

»Jemand, mit dem sich Ihr Mann unterhalten kann, mein liebes Mädchen. Marcus Frome ist ein Arzt, armer Mann. Er ist ins Landesinnere gereist, hin und zurück, hin und zurück. Wir konnten ihn nie festhalten – er ist seiner Arbeit so verbunden. Schreibt immer seine Aufsätze. Die sind jetzt natürlich verloren. Da wären wir. Meine Damen, bitte heißen Sie unser neuestes Mitglied herzlich willkommen.«

Sie waren am anderen Ende des Raumes angekommen, wo eine Horde fülliger Damen kurz auseinanderstob und Hettie und Gwen in ihre Mitte zog.

Die Namen wurden wie eine Art Mantra heruntergebetet, und Gwen bedachte jede Lady mit einem höflichen Lächeln.

»Was sind Sie, Mrs. Scales? Wie schön, eine ›Mrs. Scales‹ unter uns zu haben.«

»Ich male. Ich bin Künstlerin.«

»Oh ja, das wissen wir«, sagte eine Dame leicht verächtlich. »Aber was sind Sie? Contralto, Sopran?«

»Gerade vertretbar, das bin ich«, erwiderte Gwen. »Ich fürchte, ich wäre wenig von Nutzen, außerdem bin ich, sind wir sehr beschäftigt. Auch wenn es sehr freundlich von Ihnen ist, ich fühle mich geschmeichelt.«

»Oh, aber alle Damen aus der Heimat sind in unserer Gesellschaft, Mrs. Scales.«

»Ich bin mir sicher …«

»Marcus Frome ist endlich eingetroffen, der Gute!«, rief

Hettie und klatschte in die Hände. »Ladys, darf ich um einen musikalischen Willkommensgruß bitten.«

Gwen wusste nicht, wo sie hinsehen sollte. Ihr war die Lächerlichkeit der Situation bewusst, als die Damen wie synkopierte Hühner gackernd darüber beratschlagten, welches Stück sie anstimmen sollten. Sie entfernte sich ein wenig von der Gruppe und ging zurück zu Edward, der sich immer noch mit Tristan Grindlock unterhielt, und dem sehnsüchtig erwarteten Mr. Frome.

»Ist alles in Ordnung?«, fragte Edward.

»Natürlich.«

»Mrs. Scales«, sagte Tristan Grindlock, »darf ich Ihnen Marcus Frome vorstellen, der uns gerade mit seiner Leidensgeschichte erfreut.«

Beim Anblick von Marcus Frome dachte Gwen an eine Kröte. Sie lächelte ihm gespielt freundlich zu und ließ ihn ihre Hand ergreifen und seine Lippen auf ihre Finger pressen. Nun war sie doch froh um ihre Spitzenhandschuhe.

»Eine entzückende Frau haben Sie da, Scales«, bemerkte er mit einem feuchten Lächeln. »Entzückend.«

»Mr. Frome«, sagte Gwen steif, während der Speichel des Mannes ihren Handschuh tränkte und zwischen ihre Finger sickerte.

»Frome, der arme Kerl, hat uns gerade erzählt, wie er alles in einem Sturm verloren hat«, erklärte Tristan Grindlock.

»Ja, ich treffe gerade Vorbereitungen für eine Reise nach Liverpool. Hier bekomme ich die Sachen nicht. Muss also zurückfahren und da alles besorgen.«

»Wie schrecklich«, brachte Gwen diplomatisch heraus.

»Ja, es ist ein Schlag.« Er wandte sich an die beiden Männer. »Zwei Jahre Arbeit versunken. Gekentert, nicht genug Ballast. Scales, ich nehme an, dass Sie für eine ordentliche Ausrüstung gesorgt haben?«

»Ordentlich, in der Tat!«, sagte Tristan Grindlock. »Es hat eine Woche gedauert, alle Kisten auszuladen. Nun, beinahe jedenfalls, nicht wahr, Scales?«

»Entomologie? Fast mein Bereich.«

»Tatsächlich, Mr. Frome?«, bemerkte Gwen, immer noch verstimmt wegen des Speichels auf ihrem Handschuh.

»Ja, Mrs. Scales«, antwortete er. Als er sich zu ihr umdrehte, trafen sich ihre Blicke, weshalb er sofort nach unten auf ihre Brüste sah und zu diesen sprach. »Moskitos.« Er drehte sich wieder zu den Männern.

»Mr. Frome!« Hettie kam herbeigeeilt. »Bitte verzeihen Sie, aber wir sind jetzt bereit.« Unbefangen nahm Hettie Grindlock seine Hand und zog ihn zu einem Sofa, wo sie ihn zum Sitzen nötigte. Vor ihm bauten sich die Damen auf, von denen einige zu rasch atmeten, um vernünftig singen zu können. Gwen dachte, ich hoffe, das wird eine schreckliche Vorstellung; er verdient eine ordentliche Dusche aus schlechten Noten.

Hettie scheuchte die übrigen Gäste auf Stühle und andere Sitzgelegenheiten, und Gwen bemerkte, dass auch die Kinder der Grindlocks jetzt anwesend waren. Ihre Augen weiteten sich auf der Suche nach Tieren an Leinen. Zum Glück waren keine zu sehen.

»Wir haben uns für ein Stück aus ›Lucia‹ entschieden zu Ehren von Marcus Frome, der schon bald Richtung England abreisen und sehr vermisst werden wird. Wir werden Ihnen jetzt ›Spargi d'amaro pianto‹ vortragen«, verkündete Hettie.

Gwens Hoffnung wurde im Übermaß erfüllt. Sie ergötzte sich an Mr. Fromes Unbehagen und stand sogar nach Ende des Vortrags auf, um den Damen zu applaudieren und sie mit echter Zuneigung anzustrahlen.

Edward murmelte ihr ins Ohr: »Du weißt, dass das eine furchtbare Vorstellung war. Eine Katze, eine tote noch dazu, hätte das besser gemacht.«

»Natürlich«, antwortete sie, immer noch lächelnd. »Es war ganz außergewöhnlich, und ich hätte es um nichts in der Welt verpassen wollen.«

»Bist du sicher, dass es dir gutgeht?«

Gwen hatte keine Zeit für eine Antwort; das Abendessen wurde serviert, und man verteilte sich um den Tisch herum. Sie bemerkte erleichtert, dass Marcus Frome weit weg von ihr saß und sie nicht mit ihm würde sprechen müssen. Gwen saß bei den Ladys, die nach der Aufführung ihres Parade-stückes jetzt alles über das junge Paar wissen wollten und Gwen energisch auszufragen begannen. Sie antwortete aus-weichend und griff nach ihrem Weinglas.

»Französisch«, nickte eine Frau namens Mrs. Trisk, de-ren hohe Töne erfreulich nervtötend gewesen waren. »Zweimal im Jahr bekommen wir eine Lieferung. Wun-derbares Zeug, ganz wunderbar.« Mrs. Trisk trank in gro-ßen Schlucken. Gwen nippte nur und fühlte, wie ein Ener-giestoß ihr in Arme und Ellbogen fuhr. Mein Gott, dachte sie, ich bin schon nach einem Schluck betrunken. Ihr Teller mit Fleisch und Früchten tanzte auf dem Tisch, und sie packte den Rand ihres Stuhls mit der freien Hand. Sie nahm noch einen kleinen Schluck, und dieselbe Kraft durchfuhr sie, doch sie atmete tief durch und ließ den Stuhl los.

»Eloquent, nicht wahr?«, sagte Mrs. Trisk, die Gwen ge-nau beobachtet hatte.

»Sehr.«

»Also, Ihre Familie stammt aus Cornwall, sagten Sie?«

Gwen schnitt ein Stück Fleisch ab.

»Nun, das ist außergewöhnliches Glück!« Alle Augen am Tisch wandten sich Marcus Frome zu, der diese Worte gerufen hatte und aufgestanden war, um Edward über den Tisch hinweg die Hand zu schütteln, als ob er diese niemals wieder freigeben würde.

»Mrs. Scales, was haben Sie gesagt?«

Die wiederaufgenommenen Gespräche füllten den Raum, und Gwen konnte nicht verstehen, was Edward auf Mr. Fromes Ausbruch geantwortet hatte.

»Meine Familie? Meine Familie besteht aus meiner Schwester.« Gwen wollte sich nicht tiefer in das Gespräch hineinziehen lassen.

»Und ist sie auch verheiratet?«

»Nein, das ist sie nicht. Was wissen Sie über Mr. Frome?« Gwen sah an Mrs. Trisk vorbei zu Edward und versuchte, seine Unterhaltung zu verstehen. Seine Worte waren undeutlich, Mr. Fromes hingegen jedoch nicht.

»Absolut, Herr Kollege! Diese Dinge dürfen nicht gedeihen. Meiner Meinung nach ...«

»Nicht verheiratet?« Mrs. Trisk beanspruchte wieder ihre Aufmerksamkeit. »Wie kann sie so leben?«

»Recht gut, um ehrlich zu sein. Was halten Sie von Mr. Frome?«

»Oh? Ah. Ich bin sicher nicht so gut mit Mr. Frome bekannt wie unsere liebe Mrs. Grindlock.«

»Aber warum muss er Ihrer Meinung nach wirklich zurück nach England, wenn er sich doch sicherlich alles, was er benötigt, schicken lassen könnte?«

»Aber meine liebe Mrs. Scales, der Mann hat alles verloren, alles, verstehen Sie. Er hatte nicht mal eine komplette Ausstattung Kleidung, als er gerettet wurde.«

Gwen schob das Essen auf dem Teller hin und her, schnitt es in immer kleinere Stücke, bis es irgendetwas Schrecklichem glich. Sie spießte einen Fetzen Fleisch auf und steckte ihn in den Mund.

»Man kann sie nicht unter solch gefährlichen Subjekten allein lassen«, sagte Mr. Frome, und Gwen versuchte, seine weiteren Worte zu verstehen. »Schreckliche Konsequenzen, das kann ich Ihnen versichern.«

»Ist Mr. Frome verheiratet?«, fragte sie Mrs. Trisk.

»Kehrt er vielleicht zu seiner Familie zurück?« Auch wenn ihr das kaum vorstellbar erschien.

Mrs. Trisk drückte das Kinn an die Brust und versuchte, an ihrem Wein zu nippen. »Ich glaube, er ist ein überzeugter Junggeselle, Mrs. Scales.«

»Wirklich. Wie interessant.«

Später hörte Gwen, wie Edward die Stimme erhob und wegen des Weins zu laut wurde. Sie hörte ihn sagen: »Natürlich bietet das Land viele Möglichkeiten, wie Sie selbst ja wissen, Frome, sich ein eigenes Gebiet zu erobern, sich einen Platz in den Annalen der Geschichte und der wissenschaftlichen Bemühungen zu sichern. Und vor allem in der Entomologie.«

»Und was ist mit den Möglichkeiten des Landes selbst, hm, Scales? Was halten Sie von der Fruchtbarkeit hier?«

»Die grüne Natur des Regenwaldes deutet ganz offensichtlich auf vielerlei Möglichkeiten hin. Wenn man das Land auf zivilisierte Weise kultivieren würde ...«

Gwen hörte Edward mit wachsendem Unglauben zu. Alles, worüber sie vor der Reise hierher gesprochen hatten, kehrte er um. Wissen um des Wissens willen, nicht des Ruhmes wegen. Der Wert unberührter Natur und welche Bedeutung sie für die Suche nach der Wahrheit hatte, die immer noch unvollständig war. In ihrem müden, beschwipsten Zustand sah sie Edward einen Moment lang bestechend klar, und sie hasste es. Sie erbleichte und hatte das Gefühl, zu ersticken, als die beiden Männer sich weiter unterhielten. Edwards Stimme tönte hoch über die Gesprächsfetzen am Tisch.

»Soweit ich bisher gesehen habe«, sagte er, »ist die einheimische Art der Kultivierung sehr primitiv. Diese Leute kümmern sich wenig um ihre Küchengärten; Unkraut erstickt alles, nichts ist erkennbar angeordnet, ein einziges Durcheinander. Von meinem momentanen Wissensstand aus gesehen, ist diese Einstellung nur die Spitze des Eisbergs ...«

Zum Glück nahm der Abend schließlich ein Ende. Gwen konnte es kaum erwarten, in ihr Haus zurückzukehren, das Kleid auszuziehen, wieder zu atmen, etwas zu essen, ihre Blase zu entleeren. Nicht mehr reden zu müssen, nicht mehr gleichzeitig zu hören und auszublenden versuchen, was die Männer sagten. Einfach nur weg.

»Morgen wird sich mein Tagesablauf ein wenig ändern«, sagte Edward, als er ihr Kleid öffnete, sein Atem heiß an ihrem Nacken. »Ich habe Frome zum Frühstück eingeladen. Nun, eigentlich hat er sich selbst eingeladen. Da kann ich jetzt natürlich nichts mehr daran ändern. Also, morgen formelle Kleidung zum Frühstück. Tut mir leid.« Er zog seine Hände von ihr zurück.

Gwen stand einen Moment still da und ging dann ohne eine Antwort zu ihrer Hängematte. Ihr Kleid ließ sie einfach auf dem Boden liegen, sie war zu müde, um sich darum zu kümmern, was in die Falten kriechen könnte.

Am nächsten Morgen wählte sie aus den Schichten von Stoff und Mottenkugeln in ihrer Kiste einen guten dunklen Rock. Sie kämpfte mit den obersten Knöpfen und Haken. Ich darf mich nicht hinsetzen, dachte sie, löste die obersten vier Haken und band sich eine Schärpe um die Taille, um die klaffende Lücke im Stoff zu verbergen. Zum Ausgleich frisierte Gwen ihr Haar besonders sorgfältig, mit jeder Nadel und jedem Kamm, den sie finden konnte.

»Du hast sicher nichts dagegen, wenn ich nicht auf Mr. Frome warte«, sagte Gwen, als sie ihre Tasse mit blassem Tee aufnahm und die darin schwimmende Zitronenscheibe mit der Gabel aufspießte. »Ich habe gestern Abend nichts gegessen.«

Edward hustete, und Gwen blickte erstarrt zu ihm auf.

»Mach nur«, erwiderte er kurz angebunden.

Marcus Frome kam eine Stunde zu spät. Sie empfingen ihn auf der Veranda, als er unter lautem Gepolter eintraf. Gwen fragte sich, wie jemand so rundum abstoßend sein konnte.

»Wunderbaren guten Morgen, Scales, wunderbaren guten Morgen!«, rief er. »Mein Gott, ich habe kaum ein Auge zugemacht heute Nacht. Ich bin alles noch einmal durchgegangen. Bis hier stecke ich darin, bis hier.« Er hielt die Hand über seinen Kopf.

»Guten Morgen, Mr. Frome«, begrüßte ihn Gwen. »Kann ich Ihnen etwas bringen?«

»Entzückt, ganz entzückt.« Er wandte sich an Edward. »Hören Sie, mein Freund, ich kann Ihnen gar nicht sagen, wie sehr ich das zu schätzen weiß.«

Gwen ging mit einer Tasse in der Hand auf Marcus Frome zu. »Ihr Kaffee, Mr. Frome.« Sie schob sie ihm in die Hände, so dass er sie nehmen musste oder riskierte, sich zu verbrennen. Außerdem musste er Gwen so beachten. »Man passt sich dem Dschungel an«, bemerkte er und musterte sie von oben bis unten, »aber das ist zu erwarten. Sollen wir weitermachen?« Er stellte die Tasse unberührt ab und ging ins Haus. »Ah ja«, sagte er noch, »die Standardanordnung. Auch wenn bei mir keine Frauen alles verkompliziert haben. Hier hindurch, nicht wahr?« Er eilte in Edwards Arbeitszimmer und sah sich dort um, strich beiläufig mit der Hand über einzelne Gegenstände.

»Äh, nein, nicht direkt. Nein, es befindet sich im Moment hier«, sagte Edward leise, als er ihm folgte.

»Also, dann wollen wir uns das Ding mal ansehen, nicht wahr?« Marcus Fromes Augen weiteten sich vor ungeduldiger Erwartung.

Gwen stand im Türrahmen und lehnte sich mit verschränkten Armen gegen das Holz. Edward drehte sich bleich zu ihr um. »Gwen, würde es dir viel ausmachen, wenn Mr. Frome einen Blick auf das ... äh, dein Mikroskop werfen könnte?«

»Wie bitte?« Sie löste ihre Arme.

»Mikroskop, Mrs. Scales. Kein Spielzeug, sondern ein Instrument der Wissenschaft.«

»Ich kenne seine Funktion zur Genüge, Mr. Frome.«

»Dann her damit, Scales, alter Junge, ich sehe es mir an und schreibe Ihnen dann den Schein.«

»Edward, würdest du kurz mit mir nach draußen kommen? Bitte entschuldigen Sie uns, Mr. Frome.« Gwen trat mit schwerem Schritt auf die Veranda und drehte sich zu Edward. »Was geht hier vor? Was meint er mit ›dann her damit‹?«

»Gwen, ich wollte ... ich hätte gern mehr Gelegenheit gehabt, mit dir darüber zu sprechen.«

»Es gibt nichts zu besprechen, Mrs. Scales.« Marcus Frome tauchte hinter ihnen auf, nahm die Kaffeetasse und blies lautstark auf die Flüssigkeit, während er breit grinste. »Scales verkauft mir sein Mikroskop. Aber ich kann es ja schlecht kaufen, wenn ich es noch gar nicht gesehen habe.«

»Mr. Scales hat kein Mikroskop zu verkaufen«, erwiderte sie, ohne den Blick von Edward abzuwenden.

»Ha! Was habe ich Ihnen gestern Abend gesagt, Scales? Hat die Hosen an unter dem Rock, nicht wahr, Mrs. Scales?«

»Sie werden uns freundlicherweise sofort verlassen, Mr. Frome.« Gwens Stimme war ausdruckslos. »Guten Tag.«

»Tut mir leid, das geht nicht. Scales hat mir ein Versprechen gegeben.«

»Mr. Frome! Sie scheinen unter der fehlerhaften Annahme zu handeln, dass Mr. Scales sich die Freiheit erlauben kann, meinen Besitz zu veräußern, ohne mich darüber zu informieren und meine Einwilligung einzuholen. Bitte erlauben Sie, dass ich Sie von diesem falschen Eindruck befreie.«

»Die moderne Frau, ha? Nun, ich muss Ihnen sagen, Mrs. Scales, als Sie das Ehegelübde gesprochen haben, haben Sie alle Rechte an Ihrem Besitz verwirkt; Mr. Scales ist Ihr Beschützer und Hüter. Er hat mir ein Mikroskop versprochen, und bei Gott, ich werde es bekommen.«

»Sie werden mein Mikroskop nicht bekommen, Sie dreiste Kröte von Mann. Geht das in Ihren fetten Kopf hinein?«

»Gwen«, sagte Edward leise, »wenn wir vielleicht in Ruhe einen Moment über die Angelegenheit sprechen …«

»Ich werde nicht weiter darüber sprechen, Mr. Scales.«

»Um Himmels willen, Scales! Sorgen Sie dafür, dass dieses aufmüpfige Frauenzimmer seine Pflichten versteht.«

»Dieser Mann ist beleidigend, Mr. Scales; fordere ihn sofort auf zu gehen.«

»Versteh doch, Frome war mitten in sehr wichtigen …«
Edward verhielt sich enervierend ruhig und vernünftig und weckte damit eine überwältigende Wut in Gwen.

»Wirst du diesem Mann jetzt sagen, dass er gehen soll, oder nicht?«

»Er erzählte mir von seinen Forschungen zur Malaria, verstehst du, und …«

»Malaria? Er sagte, dass er sich für Moskitos interessiere.«

»Madam, so etwas habe ich ganz bestimmt nicht gesagt. Ich …«

»Mr. Frome, ich bin nicht dumm, und ich bin keine Lügnerin. Sie erzählten mir, dass Ihre Interessen bei Moskitos lägen.«

»Das habe ich nicht! So etwas habe ich nie gesagt. Ich versichere Ihnen beiden bei meinem Leben, dass ich mich nicht für Moskitos interessiere und auch keinen Grund dafür habe. Ich bin kein Entomologe. Ich bin Mediziner, ich bin Arzt. Keine Moskitos, niemals.«

Edward und Gwen musterten Mr. Frome beide interessiert, während er sich stotternd und verhaspelnd von Moskitos distanzierte. Gwen durchbrach als Erste die folgende Stille.

»Ich glaube, Mr. Frome, dass Sie im Gegenteil äußerst interessiert an Moskitos sind.« Sie hielt inne, erwartete weiteres Leugnen von ihm, doch er wischte sich nur schwer atmend mit einem Taschentuch über die Stirn. »Und ich kann Ihnen auch sagen, was ich noch glaube, soll ich? Ich glaube, dass Sie in dem Sturm Ihre letzte Chance verloren haben, Ihre Forschungen zu vollenden, wie auch immer diese ausgesehen haben. Ich glaube, Mr. Frome, dass Sie jetzt mittellos sind, und mit Ihrer Rückkehr nach England werden Sie Ihre geheime Beziehung zu den Moskitos endgültig beenden.«

»Absurd!« Speichel spritzte aus seinem Mund, doch der Protest war schwach, und Gwen fuhr unerbittlich fort.

»Als Sie dann hörten, dass Mr. Scales und ich kürzlich in dieses Land kamen, mit einer vollständigen entomologischen Ausrüstung, haben Sie sofort unsere Bekanntschaft gesucht mit dem einzigen Ziel, wissenschaftliche Instrumente von uns zu stehlen. Von *mir*.«

»Albernes Frauenzimmer, die Feuchtigkeit hat ganz klar Ihrem Verstand geschadet. Ich ...«

»Wissen Sie, Frome, ich glaube nicht, dass Gwens Verstand von irgendetwas außer gesundem Menschenverstand beeinflusst ist. Ich würde ihr nämlich zustimmen. Es erscheint mir einen Hauch seltsam, dass Sie sich nicht mit einem neuen Mikroskop auf die vernünftigere und bei weitem üblichere Weise ausstatten wollten, nämlich eines in England zu bestellen und es hierher liefern zu lassen.«

»Wollen Sie mir sagen, Sir, dass Sie sich einer bahnbrechenden medizinischen Entdeckung in den Weg stellen wollen? Der größten medizinischen Entdeckung des Jahrhunderts?«

»Nun, da ich nur Ihr Wort habe«, sagte Edward nachdenklich und kratzte sich am Hinterkopf, »scheine ich das zu tun.«

»Wie bitte?«

»Ich stimme Gwen zu. Sie bekommen das Mikroskop nicht. Sie müssen sich ein anderes suchen oder nach England zurückkehren.«

»Es gibt kein anderes hier draußen!«

»Oh, jetzt kommen Sie schon, Mr. Frome«, sagte Gwen müde und setzte sich hin, erschöpft von der ganzen Sache, jetzt, da Edward auf ihrer Seite war. »Ich bin mir sicher, dass es hier andere Menschen mit einem Mikroskop gibt, leichtgläubigere, die Sie hintergehen können.«

»Nein«, keifte er, »gibt es nicht.«

Gwen lachte und streifte die dünnen Hausschuhe ab, um ihre Füße auf einen Hocker zu legen. Sie wackelte mit den nackten Zehen.

»Dann müssen wir leider dieses Frühstück für beendet erklären, Mr. Scales. Ich hoffe, Mr. Frome, dass Ihre Reise nach England ereignislos verlaufen wird.«

»Sie hinterhältiges Luder.«

»Was erlauben Sie sich!«, brüllte Edward. »Entschuldigen Sie sich sofort, Sir, oder ich fordere Sie.«

Gwen setzte sich auf, erstaunt von Edwards Ausbruch und der Tatsache, dass er ... hatte er wirklich?

»Edward«, sagte sie, stand auf und legte ihm leicht eine Hand auf den Arm. »Ich halte das nicht für klug.«

»Nein, du hast recht«, erwiderte er und entspannte sich, als Frome ungeschickt zurückwich. »Er ist kein Gentleman. Ich werde einfach meine Peitsche holen.«

»Bedrohen Sie mich, Scales?«

»Ja, das tue ich, auch wenn ich Sie für einen Feigling halte und vielleicht nichts unternehmen muss.«

»Das werden Sie bereuen!«

»Ich bezweifle das aus vollem Herzen.«

Gwen und Edward sahen zu, wie Marcus Frome davonstapfte und ihnen von Zeit zu Zeit einen Blick über die Schulter zuwarf, der deutliche Verachtung ausdrücken sollte. Edward legte Gwen den Arm um die Taille und hob die Hand zum Abschied. Als Marcus Frome aus ihrem Blickfeld verschwunden war, warf sie ihm einen wütenden Blick zu.

»Heuchler«, sagte sie und löste sich von ihm. »Du bist genauso furchtbar wie dieser jämmerliche Mann.«

»Es war nicht so, wie es schien, Gwen. Ich hatte nichts versprochen.«

»Mach nicht alles noch schlimmer. Ich bin keine Idiotin.«

»Das weiß ich.«

»Dann tu mir bitte den Gefallen und verhalte dich auch so. Außerdem möchte ich ein für alle Mal klarstellen, dass meine wenigen Besitztümer allein mir gehören. Mir und sonst niemandem.«

»Natürlich. Gwen, bitte verzeih mir, ich hätte dich vorwarnen sollen.«

»Wofür du auch ausreichend Gelegenheit hattest. Doch egal, welches Versprechen Frome glaubte dir abgerungen zu haben, du warst ein zu großer Schwächling, um ihn zu berichtigen.«

»Der Bordeaux war sehr ...«

»Er war auf jeden Fall ›eloquenter‹ als du. So etwas darf nie wieder passieren, Edward, sonst werde ich dieser abscheulichen Kreatur zurück nach England folgen.«

»Das kannst du nicht ernst meinen.«

»Nicht?« Gwen setzte sich, löste die Schärpe und atmete erleichtert aus.

Einige Minuten vergingen in unbehaglichem Schweigen. Edward ging die Veranda auf und ab, während Gwen wieder ihre Schuhe anzog und mit ihnen spielte, sie von den Zehen baumeln ließ und wieder vollständig hineinschlüpfte.

Edward blieb stehen. »Ich habe dein Benehmen heute Morgen aus zwei Gründen entschuldigt. Zum einen, weil Marcus Frome wirklich eine abscheuliche Kreatur ist, wie du es so treffend formuliert hast. Zum anderen wegen deines Zustands.«

Gwens Schuhe fielen zu Boden. »Wie bitte?«

»Worauf beziehst du dich?«

»Auf alles! Ich kann nicht glauben, was ich gerade gehört habe! *Mein* Benehmen? Hast du vergessen, Mr. Scales, dass ich nicht deine Frau bin? Du hast kein Recht, mich zu entschuldigen oder nicht zu entschuldigen. Hast beinahe meinen Besitz verkauft. Du hast kein Recht, mich so zu behandeln …«

Er packte sie am Arm und zog sie zu sich. »Hast du denn gar nichts verstanden?« Seine Augen musterten ihr Gesicht. »Du bist an mich gebunden, ob wir das wollen oder nicht, durch deinen *Zustand*. Und ich bitte dich nicht, ich befehle es dir. Mach mich nie wieder lächerlich.«

»Wenn irgendwer dich lächerlich gemacht hat, Mr. Scales, dann ausschließlich du selbst.« Gwen nahm seine Hände von ihrem Körper und setzte sich, außer sich vor Wut.

Nach Fromes Attacke auf ihr Mikroskop konnte sie die Tapferkeit, die sie in seiner Gegenwart gezeigt hatte, nicht aufrechterhalten.

Ich habe ihm überhaupt nichts zu sagen, dachte sie. Sie stürzte hinab in tiefe Einsamkeit. Heimweh drohte sie zu überwältigen. Sie wollte einfach nur davonstürmen und ihrer Schwester sagen, was für ein durch und durch ärgerlicher und aufgeblasener Mann er doch war. Dass sie vielleicht sogar recht gehabt hatte, Gwen von der Abreise aus Cornwall abzuhalten. Sie konnte sich nicht vorstellen, wie Edward zu der Überzeugung gelangt sein konnte, dass er, nur weil sie diesem *Zustand,* wie er es nannte, als seine Geliebte zugestimmt hatte, das Recht hatte, so mit ihr zu sprechen.

Die Feuchtigkeit sammelte sich um Gwen und Edward; beide waren in tödliches Schweigen versunken, bis Edward mit seinen Netzen und anderer Ausrüstung steifbeinig davonging. Ich reise ab, dachte sie, während sie ihm nachblickte. Ich fahre nach Hause. Sie stellte sich vor, wie sie ihre wenigen Besitztümer packte, das Mikroskop in seiner Kiste zwischen ihren Kleidern verstaute. Teuflischer Mann, murmelte sie, doch sie schleuderte nur ihre Hausschuhe von sich und löste ihre Haare. Langsam begann sie, einen dicken Zopf zu flechten, und als sie damit fertig war, verbrachte sie lange Zeit damit, ihn um ihr Handgelenk und ihren Unterarm zu winden.

Nachdem sie am Abend ins Bett gegangen war, hörte sie das Geräusch von Edwards nackten Füßen auf dem Boden, als er sich im Dunkeln zu ihr vorantastete. Sie lag still in ihrer Hängematte.

»Es tut mir leid«, sagte er. »Alles, was ich in England gesagt habe, ist immer noch wahr. Bitte vergib mir mein unangemessenes Verhalten heute. Ich würde es nicht ertragen, wenn du abreisen würdest. Es hätte keinen Sinn mehr.« Einen Moment lang schien er ihr sagen zu wollen, was genau dann keinen Sinn mehr hätte. Doch er ließ die Gelegenheit verstreichen. Sie hörte, wie er im Dunkeln zu seiner Hängematte ging.

Gwen lag lange wach und fragte sich, auf welches Gespräch in England er sich bezog. Nach einer Weile hörte sie das tiefe Rasseln von Edwards Schnarchen. Sie drückte sich ein Kissen aufs Ohr und versuchte zu schlafen.

KAPITEL XXIX

Pará, Brasilien, Silvesterabend, 1860/1861

Natürlich hatte sie es gewusst. Oder nicht? Nein, hatte sie nicht. Die Erkenntnis bereitete ihr Übelkeit. Sie fühlte sich zerrissen und nackt unter Edwards Blick und Marias dringenden Bitten. Und fett. Und dumm. Und verzweifelt. Was konnte sie tun? Nichts. Ihre halbgaren Pläne, nach Cornwall zurückzukehren, waren so haltbar wie ein Tropfen Tinte in einem Fass voller Wasser. Weshalb sie zu arbeiten anfing.

Gwen arrangierte die ersten Insekten, die sie in ihr Buch malen wollte. Vorsichtig griff sie in die Mitte der Holzschachtel und zog einen aufgespießten Schmetterling von seinem Korkbett. Eine Nachmittagsbrise verfing sich in den Spitzen der steifen Flügel, und das Insekt wirbelte um seine Achse wie eine lebhafte Miniaturwindmühle. Gwen legte schützend die Hände über den Schmetterling und brachte ihn aus dem Wind, um ihn auf eine andere Korkplatte auf einem Holzkeil zu stecken.

Sie begann leicht die Umrisse zu skizzieren, fing bei den Facettenaugen und dem pelzigen Brustkorb an, hinunter bis zum Bauch, der so farbenfroh strahlte wie der Rest des Schmetterlings. Sie stellte ihn sich lebend vor, vor Kraft strotzend. Jetzt war er dünn und zusammengequetscht, Ergebnis seiner Behandlung. Edward sammelte nicht jedes einzelne Insekt selbst. Manchmal kamen Kinder mit ihrer Beute zum Haus. Eines von ihnen sagte, es hätte einige Jahre zuvor für einen anderen Engländer gesammelt. Der Junge brachte Edward einige Exemplare, die der andere Mann nicht hatte fangen können.

Gwen starrte den Schmetterling an. Ihn so naturgemäß zu zeichnen wie möglich war eine Herausforderung. Daheim hatte sie ihre kleinen Fehler immer als Tribut dafür akzeptiert, lange Zeit so angestrengt auf ein Wesen oder die Landschaft zu starren. Jetzt fühlte sie sich vollkommen nutzlos. Sie skizzierte eine Hälfte der linken Seite des Insekts und verlagerte ihr Gewicht auf dem Stuhl. Ihre Verdauung verhielt sich äußerst seltsam, und Gwen schien ständig Winde ablassen zu müssen. Außerdem war sie furchtbar verstopft. Diesen Dingen konnte sie leicht Abhilfe schaffen, wenn Edward nicht im Haus war. Sie legte den Stift nieder, stand auf und ließ lautstark einen Darmwind ab. Wenn Edward da war, verbrachte sie so viel Zeit wie möglich auf der Veranda. Versuchte sie, sich ständig zurückzuhalten, verursachte das schmerzhafte Bauchkrämpfe. Maria sagte ihr, sie solle viel Obst aus dem Garten essen. Die Mangos waren klebrig und saftig. Maria lachte über ihre Beschwerden und erwiderte, dass sie doch sehr viel Glück habe.

Edward hatte den Eindruck, Maria säße den Großteil des Tages bei Gwen. Wenn er morgens nach dem Frühstück und dem ersten Streifzug das Haus verließ, saßen die Frauen in Hängematten auf der Veranda. Wenn er zurückkam, saßen sie immer noch dort. Und doch mussten sie sich in der Zwischenzeit bewegt haben, denn jeden Abend waren neue Zeichnungen in ihrem Buch. Als er das erste Mal ihre Studien durchgesehen hatte, war er außer sich vor Erwartung gewesen. Er hatte es aufgeschoben, sie sich anzusehen, da Gwen ihm bisher nicht angeboten hatte, ihm etwas zu zeigen. Er wollte sie nicht fragen, solange Frome und der

Streit wegen des Mikroskops die Stimmung zwischen ihnen beherrschte. Doch eines Abends sagte sie beiläufig: »Hast du schon gesehen, was ich heute gemacht habe, Edward?«, und schaukelte weiter mit geschlossenen Augen in der Hängematte.

Nachdem er die Ausbeute des Tages sortiert hatte – er hantierte mit dem verstümmelten Vogel, den er vor einer Weile geschossen hatte –, ging er vorsichtig zu ihrem Arbeitsplatz am Fenster, als ob die Insekten zwischen den Buchseiten plötzlich seine Anwesenheit spüren und davonfliegen könnten.

Die Studien waren besser, als er erwartet hatte. Besser, als er es sich erhofft hatte. Er nahm ein kleines Vergrößerungsglas und hielt es über die Seite. Gwen hatte die einzelnen Haare auf dem Brustkorb eines Schmetterlings mit Gouachefarbe gemalt, so dass er stolz auf dem Papier zu stehen, sogar leicht darüber zu schweben schien. Die Flügelspitzen berührten das Papier. Mit dem Buch in den Händen ging er hinaus auf die Veranda.

»Gwen, die hier sind großartig.«

»Ich wünschte, es gäbe eine Möglichkeit, sie so zu zeichnen, wie sie lebendig aussahen. Wie sie sich am Nektar nähren oder herumflattern.«

»Die hier sind ausgezeichnet.«

Edward hatte befürchtet, dass sie der Aufgabe vielleicht nicht gewachsen sein könnte oder dass ihr Zustand Vorrang haben würde. Doch sie schien im Moment so auf ihre Arbeit konzentriert zu sein wie ein Mann, wie die vielen Zeichnungen bewiesen. Ihr Zustand schien keine Bedeutung für sie zu haben.

Gwen lernte Portugiesisch von Maria. Mit hochgelegten Füßen in der Hängematte zu liegen machte sie ruhelos. Doch wenn die Hitze zwischen elf und drei Uhr am schlimmsten war, wollte sie sowieso nichts tun. Wenn die Temperatur anstieg, lag tiefe Stille über dem Haus, die nur ab und an vom durchdringenden Zirpen eines Insekts durchbrochen wurde.

Jeden Tag wurde die drückende Hitze von einem plötzlichen Platzregen mit lautem Donner abgelöst, der ihre Lebensgeister wieder erwachen ließ. Und jeden Nachmittag zweifelte Gwen, ob die Erlösung auch wirklich kommen würde. In der unheimlichen Stille bezweifelte sie, dass die Vögel je wieder singen würden. Sie war über jeden Baum überrascht, der am Morgen blühend aus der grünen Decke aufragte, und freute sich wie an dem Morgen, als sie ihn das erste Mal gesehen hatte.

»Sie kämpfen die ganze Zeit.«

Gwen sah von dem Brief auf, den sie gerade zu schreiben versuchte. »Wie bitte?«

»Die Hitze, Mrs. Scales. Sie müssen sie annehmen, sich von ihr aufsaugen lassen.«

Maria beaufsichtigte die Weihnachtsfeierlichkeiten in der Stadt und überließ Edward und Gwen sich selbst. Sie tauschten keine Geschenke aus, und sie nahmen an keinem der Gottesdienste teil. Ohne Maria kamen sie so gut miteinander aus, wie sie konnten. In England hatte Edward einmal gesagt, er könne sich nicht vorstellen, Gwen auf vier Wände beschränkt zu sehen. Auch jetzt konnte er das noch nicht, da es nicht viele Gelegenheiten gab, die er mit ihr in einem Gebäude verbracht hatte. Doch das war ein anderes Leben gewesen. Er blickte zu Gwen und dem Regen, der vom Verandadach tropfte. Ihre Kleidung, eine seltsame Mischung verschiedener Stile, verbarg ihre Körperform. Maria hatte einiges davon mitgebracht, und zusammen hatten die Frauen daran gearbeitet, langsam Gwens Erscheinungsbild zu verändern. Wenn er sie jetzt genau anschaute, hätte er sie leicht für … ja, was, halten können. Nicht ganz für Einheimische. Ihre Haut hatte sich auch verändert. Er stellte sich den dunklen Melaninstreifen vor, der sich wahrscheinlich über ihren Bauch zog, und wollte sie fast an Ort und Stelle nehmen. Sie trug kurze Ärmel. Die Schuhe, die er für sie gekauft hatte, lagen die meiste Zeit unter der Hängematte. Der Anblick ihrer Zehen und ihrer neuen Farbe zogen ihn hinaus unter das Verandadach. Sie liebte es, den lauten Fröschen und Kröten zuzuhören. Es hatte keinen Sinn, ein Gespräch anzufangen, selbst im Haus mit geschlossenen Fensterläden. Die Frösche hatten sie von der Anstrengung, sich unterhalten zu müssen, ohne Anspielungen auf die Vergangenheit oder die Zukunft, erlöst. Dies war ein solcher Abend. Edward versuchte in seinem Zimmer zu schreiben, konnte sich jedoch nicht konzentrieren. Seine fiebrige Handschrift mäanderte über die Seite, überall waren Tintenspritzer und Flecken von seinen schmutzigen Daumen. Wenn er draußen in der Natur war und etwas aufschreiben wollte, war er gleich schon wieder zu abgelenkt, bevor er die Worte formulieren konnte. Manchmal hatte er sich schon dabei ertappt, dass er mit den Insektennetzen in der verkrampften Hand schreiben wollte.

Edward sah zu Gwen. Warum sollte er nicht zu ihr gehen? Keine Worte wären nötig. Er fühlte ein vertrautes Sehnen, als wäre er ein Schwärmer, der ihrem Geruch nicht widerstehen konnte. Er ging zu ihr, berührte die nackte Haut ihrer Arme mit den Fingerspitzen, und sie zuckte vor Überraschung zusammen.

»Würdest du für mich noch einmal dein Haar lösen?«, flüsterte er ihr ins Ohr und zog die dünnen Ebenholzstäbe aus dem Kranz, zu dem ihr Haar aufgesteckt war. Der Zopf fiel schwer auf ihren Rücken, doch sie bewegte sich nicht, zeigte kaum, dass sie ihn gehört oder dass er sie berührt hatte. Nach einigen Sekunden drehte sie den Kopf in seine

Richtung. Er sah, wie sich ihre Lippen bewegten, doch die Worte gingen im Chor der Amphibien unter.

»In London haben jetzt schon die Glocken geläutet.« Seine Lippen berührten ihr Gesicht. »Lös dein Haar für mich. Dieser Regen ist perfekt; erinnerst du dich, was du gesagt hast?« Er griff nach ihr und schob seine Hände unter ihre Kleidung.

»Denkst du so viel an England?« Sie entzog sich ihm und löste seine Finger, als ob sie klebrige Spinnweben wären. »Was ist das?« Sie mussten sich jetzt anschreien. Der Moment, wenn es ihn denn gegeben hatte, war vorbei. Beide horchten angestrengt. Edward legte die Hand hinters Ohr und konnte zwei verschiedene männliche Stimmen ausmachen, einen Schotten und einen Amerikaner.

Der Schotte sagte: »Ich erkläre dir immer wieder, dass es Silvester heißt, und doch bestehst du darauf, es Neujahrsabend zu nennen, was jedem vernünftigen Mann zufolge morgen Abend ist – nachdem morgen der erste Tag des neuen Jahres ist.«

»Natürlich, ganz wie es dir beliebt«, erwiderte die andere Stimme.

Gwen und Edward erstarrten beim Geräusch schwerer Schritte auf der Veranda. Wie sehen wir wohl aus?, dachte sie. »Gib sie mir«, sagte sie, holte sich die Stäbchen zurück und rollte ihren langen Zopf wieder auf. Sie versuchte, einen Gesichtsausdruck aufzusetzen, der ihre Gäste willkommen hieß. Wir müssen wie zwei verschreckte Kaninchen aussehen, dachte sie. Die Männer kamen um die Ecke.

»Ah, einen wunderbaren Neujahrsabend Ihnen beiden.«

»Ich muss mich für Mr. Coyne entschuldigen. Er will Ihnen einen guten Silvesterabend wünschen.«

Sie hatten einander die Arme um die Schultern gelegt, und es war unmöglich zu sagen, ob einer den anderen stützte oder sie sich gegenseitig.

Im Hausinneren konnte man sich mit geschlossenen Fensterläden gerade so unterhalten. Der jüngere Mann ergriff zuerst das Wort. Er trug eine Brille, die seine Augen vor der Sonne schützte, mit blaugetönten Gläsern und Silberrahmen. Sie verliehen seinen Augen ein ganz erstaunliches Aussehen. Gwen musste den Effekt anerkennen, auch wenn es ein wenig affektiert wirkte.

»Vincent Coyne, erfreut, Sie an diesem schönen Neujahrsabend kennenzulernen, Sir, Ma'am.«

»Gus Pemberton, ebenso erfreut, Sie kennenzulernen, Madam, Sir, am letzten Abend des alten Jahres.« Seine Stimme war scherzhaft, wie eine Welle aus kühler Luft.

»Scales. Übrigens haben Sie beide unrecht.«

»Unrecht? He, wir haben den falschen Tag erwischt. Ha! Bitte entschuldigen Sie, dass wir Sie belästigt haben. Wir werden einfach noch ein paar von diesen Kröten zerquetschen und morgen wiederkommen.«

»Nein«, sagte Gwen, »bitte bleiben Sie, wenn Sie schon mal hier sind. Wir haben damit gemeint, dass die Uhren daheim schon Mitternacht geschlagen haben.«

»Waren Sie bei jedem Haus hier in der Gegend?«, fragte Edward etwas misstrauisch.

»Oh nein, Sir, waren wir nicht. Ihre Freunde aus der Stadt schicken uns. Mrs. Grindlock ist eine sehr nette Lady, die ich überaus schätze.«

»Bitte entschuldigen Sie ihn, so ist er nicht immer.«

Gwen sagte: »Das ist kein Problem, Mr. Pemberton. Wahrscheinlich ist die halbe Stadt im selben Zustand.«

»Ich kann Ihnen versichern, dass es sich um mehr als die Hälfte handelt.«

Edward atmete scharf durch die Nase ein. »Möchten Sie vielleicht einen Kaffee?«

Gwen wandte den Blick ab und zog innerlich eine Grimasse. Mr. Coyne glitt in den lackierten Korbstuhl. Pemberton wandte sich an Gwen. »Es tut mir leid, dass wir Sie erschreckt haben. Wir haben gerufen, doch die Frösche …«

»… haben uns übertönt.« Vincent versuchte sich aufzusetzen. »*O da Casa.*«

»O des Hauses?«

»Das macht man so im Dschungel, wissen Sie.«

Gwen hatte den Eindruck, dass Vincent plötzlich nicht mehr so betrunken war wie im Freien. Sie lächelte. »Ich war noch nicht im Dschungel, weshalb ich mich damit noch nicht auskenne.«

Vincent musterte sie offen von oben bis unten und hielt an ihrer Körpermitte kurz inne, bevor er sich im Raum umsah. »Sie sprechen die Sprache, sind also nicht so unwissend.«

Mr. Coyne war außergewöhnlich gutaussehend. Er trug einen kurzgeschnittenen Kinnbart anstelle des sonst beliebten wild wuchernden Backenbartes, der die meisten Männer wie Meerschweinchen aussehen ließ. Nicht schön jedenfalls. Mr. Pemberton war ansehnlich, wie Gwen auffiel. Die zwei Männer waren wie ein Paar eleganter Schmetterlinge, Gegensätze, die perfekt zueinanderpassten. Edward dagegen war wie eine Bockkäferlarve. Sie beobachtete mit kühler Faszination, wie er sich sichtlich unwohl an die unerwarteten Gäste gewöhnte.

Pemberton räusperte sich. »Sie müssen sich wirklich keine Mühe mit dem Kaffee machen.«

»Bitte, das ist doch keine Mühe.«

»Wir wollen Ihnen nicht zur Last fallen«, sagte Pemberton.

»Das tun Sie nicht. Wirklich, wir sind solche Einsiedler geworden; natürlich müssen wir Ihnen etwas anbieten. Das macht man so im Dschungel, nicht wahr?«

Gus Pemberton lachte. »In der Tat, Mrs. Scales.« Der Chor von draußen verschluckte seine Worte fast zur Gänze.

»Mrs. Scales«, Vincent klang sehr ernst, »ich bekam einen Brief von einem guten Freund von mir, in dem steht, dass …«

»Später, Vincent, später«, sagte Gus Pemberton.

»Hier, Gentlemen, eine Kanne Kaffee für die Müden und von der Reise Erschöpften.«

»Das war sehr aufmerksam von dir, Edward«, konnte sich Gwen nicht verkneifen, doch er schien es nicht zu hören.

Gott sei für diese beiden Herren gedankt, dachte sie. Sie musterte Mr. Coynes Profil. Ich habe das Gefühl, ihn zu kennen; oder eher, dass ich ihn endlich kennenlerne. Mr. Coynes blaue Brille glänzte im Lampenlicht, als er sie die Nase hinaufschob. Ein wunderschöner junger Mann – doch vielleicht ein wenig nervös. Die Luft zwischen den vier Menschen hatte sich aufgeladen. Gwen fühlte, wie etwas Lebendiges sich unsichtbar zwischen ihnen bewegte, geschmeidig, sich verändernd, elementar. Das ist das Wesen, das mir gefolgt ist und mich beobachtet hat. Es kennt mein Herz, und es weiß auch, dass mein Herz Edward verlässt.

KAPITEL XXX

Edward war seiner Gäste müde geworden. Sie tranken immer noch Kaffee. Er hörte ihrem Gespräch zu, zu dem er nichts beitragen konnte.

Gus Pemberton holte eine dicke Zigarre hervor und fragte in die Runde, ob es jemandem etwas ausmache, wenn er draußen die Frösche ausräuchern würde.

Gwen sah zu, wie Gus Pemberton und Edward auf die Veranda gingen. Dann sagte sie: »Mr. Coyne, Sie haben vorhin einen Brief erwähnt.«

Vincent räusperte sich. »Ich denke, wir können uns gegenseitig von Nutzen sein, was die Person betrifft, die Sie finden möchten.« Er senkte seine Stimme und blickte zur Veranda, wo Gus Pemberton endlich seine feuchte Zigarre entzündet hatte. Vertraulich sagte er: »Ich habe Gus nur die Hälfte dessen erzählt, was es bedeuten könnte. Sie haben Darwin gelesen, kennen also sicher seine Spatzen.« Er hielt inne, und Gwen nickte. Im Geiste korrigierte sie ihn, auch wenn sie nicht wusste, inwiefern Finken von Bedeutung sein könnten. Er fuhr fort: »Isolation ist der zentrale Punkt. Ich bin durch den Dschungel gerudert, und um es kurz zu machen, Mrs. Scales, ich glaube, es ist absolut möglich, dass irgendwo noch ein isoliert lebender Stamm vormenschlicher Lebewesen im Landesinnern existiert.« Gwen hob schweigend die Augenbrauen. In ihr stieg der Verdacht auf, dass Mr. Pembertons Freund vielleicht wirklich wahnsinnig war, wie er scherzhaft behauptet hatte. Sie wollte fragen, von wem der Brief stammte. Sie blieb höflich und aufmerksam, wollte jedoch nicht zu interessiert wirken und vor allem nicht das Gespräch in die Länge ziehen.

Vincent fasste ihr Schweigen als Aufforderung auf und fuhr fort: »Bislang ohne jeglichen Kontakt zur Außenwelt. Kann es nicht sein, dass man hier am Amazonas ein fehlendes Verbindungsglied finden könnte?« Ganz offensichtlich erwartete er eine Antwort.

»Mr. Coyne, wollen Sie damit sagen, dass Sie an die Existenz eines lebenden Beispiels, eines *Nachweises*, glauben, dass Menschen von den Affen abstammen?«

»Ja, genau das!«, rief Vincent aufgeregt. »Wäre das nicht eine phantastische Entdeckung? Darwin stellt die Theorie auf, und Vincent Coyne liefert den Beweis.«

Gwen schluckte. »Mr. Darwin, wenn mich meine Erinnerung nicht trügt, hat die Theorie, von der Sie ausgehen, bisher nicht so deutlich formuliert. Abgesehen davon wissen Sie bestimmt, dass bereits andere das gesagt haben. Der Mann zum Beispiel, der die *Vestiges* vor beinahe zwanzig Jahren veröffentlicht hat.« Vincent starrte sie an. Er wirkte verblüfft. Gwen dachte, er kennt das Buch gar nicht. Sie hatte es tatsächlich auch nicht gelesen; sie wusste nur durch eine ähnliche, aber weniger persönliche Diskussion mit Captain Swithin davon. Sie sagte: »Vielleicht war es in Amerika nicht erhältlich.« Vincent schien sie nicht zu hören.

Er erwiderte: »Es ist nur eine Frage der Zeit. Jeder ist sich bewusst, worauf er hinarbeitet. Jeder redet darüber. Er sondiert das Terrain. Mit jeder neuen Ausgabe verbessert er hier und dort etwas. Irgendwann, wenn er glaubt, dass wir uns an das Konzept der natürlichen Selektion gewöhnt haben, wird er ein neues Kapitel über den Menschen hinzufügen.«

»Mr. Coyne, ich denke, falls und wenn das Kapitel geschrieben ist, wird es meinem Verständnis nach darauf hinauslaufen, dass man die Theorie nicht durch lebende Beweise untermauern kann. Ich denke, dass Mr. Darwin zur rechten Zeit vorschlagen wird, dass Affen und Menschen gemeinsame Vorfahren haben, die schon lange in den Steinen der Zeit verewigt sind. Soweit ich es verstehe, ändern sich die Verbindungen in jeder Generation während des Prozesses der natürlichen Selektion – wenn Sie diese Theorie ernsthaft aufgreifen wollen –, so dass wir eine lange Linie von Nachkommen und Vorfahren sind. Wir können nicht zur selben Zeit leben wie unsere Vorfahren, Mr. Coyne.« Gwen fühlte sich atemlos. »Ein isolierter Stamm, wie primitiv er auch erscheinen mag, kann nicht unsere Vorfahren sein; sie wären einfach ein isoliert lebender Stamm von Menschen mit bestimmten Eigenschaften, wahrscheinlich bedingt durch äußere Einflüsse.« Gwen hatte sich in Theorien verstrickt, über die sie zu wenig wusste, doch sie hoffte, dass Mr. Coyne verstand, dass sie an seinem Plan nicht teilhaben wollte. Er brachte sie aus der Fassung. Sie warf die Hände in gespielter Ergebenheit in die Luft und blickte zur Veranda, ob Mr. Pemberton bald zurückkam.

Vincent Coyne lachte, und Gus Pemberton betrat den Raum mit den Worten: »Er war immerhin so klug, das zu tun.«

KAPITEL XXXI

Cornwall, 16. Februar 1861

Euphemias Sitzungen fanden nur noch zwei- oder dreimal die Woche statt. Isobel Scales kam einmal im Monat. Die grenzenlose und ungeschmälerte Verwegenheit dieser Frau. Einmal im Monat verwandelten sich Euphemias spiritistische Treffen in ein betrügerisches Spiel; nur zwei der Teilnehmer wussten davon und dass es keine Regeln gab. Euphemias Kontakte zur anderen Seite zehrten sie ungewohnt aus.

Isobel Scales brachte diverse neue Klienten in verschiedenen Stadien der Trauer, aber auch solche, die eher sensationslüstern waren. Ihr eilte ein Ruf von Pünktlichkeit und Genauigkeit voraus. Etwas verwirrt fand sich Euphemia schließlich um halb elf Uhr vormittags mitten unter der Woche in Isobel Scales' Gesellschaft wieder. Schockiert bemerkte sie, wie herausgeputzt ihr Gast war. Isobel trug das Vorderteil ihres Rocks flach in verschiedenen Schichten aus violetter und gelber Seide, während ihre Kehrseite eine voluminöse Tournüre aus Satin und Taftrüschen in verschiedenen Rosétönen zierte. Das Monster beleidigte Euphemias Augen, und sie fragte sich, welcher Schwachkopf so etwas entworfen haben mochte.

»Ich störe Sie bei Ihrer Lektüre.« Isobel setzte sich mitsamt ihrer Tournüre auf einen Stuhl. Euphemia folgte ihrem Blick zu dem Buch, das aufgeschlagen auf dem kleinen Kartentisch lag. Rasch klappte sie es zu, ohne vorher die Seite zu kennzeichnen. Das polierte Kalbsleder fühlte sich kühl an.

»Es ist nichts Besonderes. Ich bin noch nicht weit gekommen. Briefromane! – Ich habe es mir von Mrs. Coyne geliehen. Sie wollte unbedingt meine Meinung dazu hören.«

»Mrs. Coyne, helfen Sie mir, habe ich ihre Bekanntschaft gemacht? Darf ich …?«

Euphemia ignorierte Isobels Bitte und hielt das Buch fest auf ihrem Schoß.

»Oh, aber Sie erinnern sich doch sicher an die arme Penelope Coyne.«

»Ja, vielleicht. Ich muss gestehen, dass es einen anderen Grund dafür gibt, dass ich Sie so überfalle.«

Euphemia entspannte sich, und ihre Finger betasteten nicht länger den bestickten Rand ihres Taschentuches. Vielleicht würde Isobel bald wieder gehen. Sie hatte ihre Handschuhe nicht ausgezogen.

»Ich muss nächste Woche einen kleinen Empfang in unserem Haus in London arrangieren, und ich habe mich gefragt, ob ich wohl Ihren Koch ausleihen könnte. Wir einigen uns sicher auf einen fairen Tausch, wenn Sie einwilligen. Keiner meiner Angestellten hat das spezielle Talent Ihres Kochs, diese kleinen Bouchées herzustellen, und ich wollte etwas nicht ganz Alltägliches bieten – auch wenn meine Küchenbediensteten auf ihre Weise auch ausgezeichnet sind.«

Euphemia wusste nicht, ob sie geschmeichelt oder verärgert sein sollte. Stattdessen lauschte sie aufgeregt auf das Innere der Uhr in der Eingangshalle, die die halbe Stunde schlug. Wenn sie innerhalb der nächsten zehn Minuten nicht das Tonikum in ihren Tee gießen konnte, würde sie sich entschuldigen müssen. Ihre Finger tippten gegen die Untertasse.

»Ich brauche Ihre Zusage natürlich nicht sofort. Wissen

Sie, Miss Carrick, ob Ihr Koch schon einmal mit dem Zug gefahren ist? Mich hat es in Angst und Schrecken versetzt, als ich zum ersten Mal in dieses Gefährt gestiegen bin. Der Himmel weiß, dass wir mittlerweile daran gewöhnt sein sollten.«

Der Himmel weiß viel, dachte Euphemia, während sie in ihrer Tasche den Stöpsel des Laudanumfläschchens befingerte.

»Meine Liebe, bitte eilen Sie sich nicht wegen mir. Wir haben immer noch viel Zeit.«

»Ich habe einen Krampf im Fuß; die Bewegung wird ihn vertreiben.«

»Oh, wie ärgerlich. Warum gehen Sie nicht ein wenig auf und ab.« Isobel stand auf und legte ihre Hand unter Euphemias Ellbogen. »Sie wirken ein wenig klamm, wenn ich das so sagen darf.« Sie blickte ihre Gastgeberin eindringlich an. »Es geht Ihnen nicht gut, Miss Carrick. Ich werde nach Ihrem Mädchen suchen … Susan, nicht wahr? Bewegen Sie Ihre Füße, während ich den Brandy hole, ich bin gleich wieder da.« Sie sah Euphemia in die Augen. »Sie sehen schrecklich aus. Ich bekam auch immer Krämpfe in den Beinen. Natürlich verschwinden diese Beschwerden, wenn man heiratet und …« Sie kicherte nervös. Vielleicht war es auch ein Schnauben.

Euphemia schloss die Augen und umfasste die Flasche. Isobel Scales war bereits bei der Tür. Euphemia beobachtete fasziniert, wie die Schleppe ihres violetten Rockes mit den gelben Rüschen verschwand.

Als Isobel fünfzehn Minuten später mit der Brandyflasche zurückkam (nicht der Karaffe, die sie sehr leicht im Esszimmer hätte auftreiben können) und zwei Gläsern (keine Brandygläser), hatte sich Euphemia fast wieder im Griff. Sie nahm das Glas Brandy entgegen und trank es recht heiter.

»Ich muss mich entschuldigen, Mrs. Scales. Wie unpassend von mir.«

»Vergessen wir es. Solche kleineren Missgeschicke machen mir nichts aus. Wir sind alle Menschen und den Launen der Natur untergeordnet. Und ich denke, wir kennen uns mittlerweile gut genug, damit uns so etwas nicht peinlich sein muss, nicht wahr?«

Und Sie sind ausgesprochen gut mit meiner Küche bekannt, dachte Euphemia, während Isobel Scales an dem Brandy nippte, den sie sich selbst eingeschenkt hatte, und voll und ganz ihren Stuhl ausfüllte.

»Schließlich bin ich selbst in diesem Haus ohnmächtig geworden. Wenn Sie mir die Bemerkung erlauben … Sie schnüren sich um einiges fester, als es die Mode diktiert, Miss Carrick. Ich habe immer nach der neunzehn gestrebt; Sie dagegen müssen wirklich nicht so streng sein. Mein Mann hat früher ständig die ›natürlichere‹ Figur verteidigt. Sein Kopf war voller wissenschaftlicher und medizinischer Fakten. Um ehrlich zu sein, habe ich mich nicht um seine Argumente gekümmert. Etwas lockerer um die Taille herum zu sein, sagt nichts über die eigene Moral aus, Miss Carrick.« Isobel Scales hatte es nicht eilig zu gehen. Sie schnaubte erneut nervös. »Das Wasser ist abgekühlt, sollen wir nach frischem klingeln? Dann können wir meinen kleinen Plan, Ihren Zwerg für ein paar Tage zu entführen, weiter besprechen. Ist das nicht unterhaltsam?«

Euphemia hatte keinen Zweifel, dass Isobel sich großartig unterhielt. Sie konnte sich nicht länger zurückhalten.

»Mrs. Scales«, sagte sie abrupt, »Harris ist verschieden. Vor fünf Monaten, es war sehr plötzlich und unerwartet.«

Euphemia beobachtete Isobels Gesicht, von dem der Puder zu rieseln begann; Speichel glänzte auf ihren Zähnen und zog sich zu silbernen Fäden, als sie den Mund leise öffnete und wieder schloss. Ihr Haar war so fest zurückgebunden, dass die straffe Haut an den Schläfen ihrem Gesicht unnatürliche Züge verlieh. Es war interessant, sie bei Tageslicht zu sehen und allein. Euphemia fragte sich, ob Mrs. Scales je die Haarnadeln herausnahm.

Mrs. Scales hatte ihren Appetit auf Brandy befriedigt. Sie legte das Biskuit, das sie in der Hand gehalten hatte, neben ihre Tasse. »Und wem darf ich dann dafür gratulieren?«

»Susan natürlich. Sie hat die Kunst sehr schnell gelernt.«

»Das hat sie.« Isobel Scales erhob sich unsicher auf die Füße.

Euphemia zwang sich aus dem Stuhl, um ihren Gast hinauszubegleiten. Sie wollte nicht, dass Mrs. Scales den falschen Weg einschlug.

Isobel Scales dankte Euphemia für das Gespräch, doch als sie sich zum Gehen wandte, wich auch der letzte Rest Farbe aus ihrem Gesicht. Euphemia verfolgte fasziniert, wie die graue Haut unter dem Puder noch grauer wurde, und ging etwas näher heran, um zu sehen, was als Nächstes passieren würde. Mrs. Scales sagte etwas Unverständliches; sie hob die Hände, als die Worte sie im Stich ließen. Euphemia runzelte die Stirn. Gerade stand sie noch aufrecht, dann war sie in einer Wolke aus Seide auf dem Teppich in sich zusammengesunken. Ihr Kopf machte ein leises Geräusch, als er auf dem Boden aufschlug.

Die frische Luft wehte Euphemia auf der Treppe entgegen, drang ihr in Ohren und Nase, bahnte sich ihren Weg in die Ärmel bis in die Achselhöhlen. Mrs. Scales' Fahrer sprang von der Kutsche, als er sie erblickte. Euphemia sagte: »Holen Sie den Arzt von dieser Adresse. Können Sie lesen, oder muss ich es Ihnen vorlesen? Sehr gut. Mrs. Scales ist ernsthaft krank – kommen Sie nicht ohne den Arzt zurück.«

Die Kutsche federte, als er auf den Sitz sprang und die Zügel schnalzen ließ. Die zwei Pferde stupsten sich mit den

Nasen an und warfen die Köpfe zurück. Der Kies knirschte unter Hufen und Kutschrädern.

»Vorhin schien es ihr gutzugehen, Ma'am«, sagte Susan, die ohne Euphemias Hilfe die wache, aber unbewegliche Mrs. Scales auf das Tagesbett bugsiert und in eine bequeme Position gebracht hatte, während sie auf den Arzt warteten. »Doch nur weil es jemandem dem äußerem Anschein nach gutgeht, muss das nicht heißen, dass dem auch wirklich so ist.« Susan tupfte Mrs. Scales' Stirn mit einem feuchten Tuch ab und fühlte ihren Puls. Beide dachten an Mr. Harris' plötzliches Ableben, doch keine wollte sich eingestehen, dass sie eine Wiederholung des Unglücks fürchtete.

»Was tust du da?«

»Ich fühle der Lady den Puls, Ma'am. Das habe ich vor einigen Jahren gelernt.«

»Und was bewirkt das?«

»Gar nichts, Ma'am, aber es zeigt mir, wie stark und schnell ihr Herz schlägt.«

»Und wie geht es ihr?«

»Schlecht, Ma'am. Es schlägt wie ein Vogel, den die Katze erwischt hat.«

»Oh, um Himmels willen, Susan.« Euphemia kniete sich hin und sagte geschäftsmäßig zu Isobel: »Der Arzt ist sicher gleich hier. Lassen Sie mich in der Zwischenzeit bitte wissen, ob Sie etwas brauchen. Hat man Ihnen in letzter Zeit ein bestimmtes Medikament verschrieben, Mrs. Scales?«

»Ich glaube nicht, dass sie Ihnen antworten kann, Ma'am.«

Isobel atmete flach und angestrengt; ihre Augen waren offen, die Lider flatterten, als sie versuchte, Euphemia anzusehen. Unter Zwang setzte Susan eine Schere an Isobels Korsett an, nachdem sie die Seidenjacke ihres Kleides aufgeknöpft hatte.

»Mach schon, Susan. Es wird schon keinen Schaden anrichten und vielleicht sogar etwas Gutes tun.«

Doch das Durchschneiden der Leinenbänder machte keinen Unterschied, und Isobels Lähmung blieb unverändert. Susan tupfte weiterhin Stirn und Brust der Kranken ab. Isobel atmete, jedoch sehr schwach. Euphemia erhob sich und ging zur Eingangstür. Isobel Scales' Hang zu Spielen hatte sich zum Schlechten gewendet.

Euphemia glättete die bereits glatten Laken auf dem Bett im Gästezimmer, das Susan hastig hergerichtet hatte, während der Arzt die Patientin auf dem Tagesbett im Erdgeschoss untersucht hatte. Ihr Fahrer hatte Mrs. Scales nach oben getragen. Schließlich hatte sie sich nach drei Stunden so weit erholt gehabt, dass sie sprechen konnte, auch wenn Euphemia sich wünschte, sie würde schlafen. Es war ein schwieriger Tag gewesen. Isobel redete verwaschen, als ob sie betrunken wäre.

»Wenn ich tot bin, möchte ich, dass Sie meinen Ehemann zu Ihrem spiritistischen Zirkel einladen. Ich konnte einige Gespräche nicht mit ihm führen. Ich möchte, dass Sie mir helfen.«

»Ihre Zeit ist noch nicht gekommen, noch nicht einmal annähernd. Das hat der Arzt gesagt.«

»Der Arzt hat unrecht.«

»Wie Sie meinen. Ich werde tun … was immer ich tun kann.«

Euphemia konnte sich nichts Schrecklicheres vorstellen, als dem Gespräch beizuwohnen, das Mrs. Scales mit ihrem abtrünnigen Ehemann führen wollte. Sie schauderte allein schon bei dem Gedanken. Die Vorstellung der dafür nötigen Intimität stieß sie ab.

»Es spielt keine Rolle, wie lange Sie dafür brauchen, meine Bitte zu erfüllen. Warten macht mir nichts aus. Auch wenn ich mir Sorgen um Ihre Schwester mache, Miss Carrick.«

Euphemia entzog ihre Hände Isobels, die sie mitfühlend oder zumindest in höflicher Sympathie umfasst gehalten hatte. »Meine Schwester kümmert sich in der ihr angemessen erscheinenden Weise um ihre Angelegenheiten. Ich habe keinen Einfluss auf sie.«

»Sie konnte nicht wissen, worauf sie sich einließ. Und jetzt wird sie vielleicht dafür büßen müssen.«

»Schonen Sie Ihre Kräfte, Mrs. Scales.«

»Ich kämpfe seit Jahren mit diesem … Leiden, Miss Carrick. Ich bin es tatsächlich müde, den Schein aufrechtzuerhalten. Sie wissen, wovon ich spreche. Meine Sorge um Ihre Schwester. Beunruhigt mich. Ich habe getan, wovon ich dachte, es tun zu müssen. Ich habe versucht zu helfen. Ich habe alles nur Erdenkliche getan.«

»Es ist kalt hier, bitte verzeihen Sie.«

Euphemia ging zum Kamin, wo die kleinen Flammen noch keine Wärme in den Raum bringen konnten. Sie legte ein Stück Kohle in die Mitte des Feuers, dann klingelte sie nach Susan. Als diese kam, bat Euphemia sie, einen weiteren Bettwärmer für Mrs. Scales zu bringen.

»Die Kälte macht mir nichts aus. Der Tod wird kalt sein, und ich werde mich bis in alle Ewigkeit daran gewöhnen können.«

»Sprechen Sie nicht so, Ma'am«, sagte Susan. »Ich werde nicht zulassen, dass Sie sich wegen eines fehlenden Bettwärmers den Tod holen.«

Euphemia blickte auf ihren schwerkranken Gast. Wenigstens ist es Winter, dachte sie. Solange sie bald stirbt, kann ich ihre Leiche immerhin zurück nach London schicken und muss sie nicht hier bestatten lassen.

Es dämmerte. Der Tag wurde immer trüber, das Grau des Himmels verdichtete sich, und als Euphemia aus dem Fenster blickte, sah sie dicke Schneeflocken. Das Herz wurde ihr schwer.

Am Abend suchte Euphemia nach dem Buch, das Monate zuvor ohne weitere Nachricht eingetroffen war. Penelope Coyne hatte es ihr nicht geliehen, doch Euphemia vermutete, dass sich hinter Penelopes zitternder Unterlippe eine gewisse Sensationsgier verbarg. Eine Frau wie Mrs. Coyne würde ein, zwei Zeilen beifügen, wenn sie ein Buch verschickte. Euphemia hatte unter allen Kissen gesucht. Susan musste es aufgeräumt haben. Sie setzte sich in den Stuhl, in dem Isobel am Vormittag gesessen hatte, und schloss die Augen. Ein lebhaftes Bild von Penelopes Sohn erschien. Es spielte keine Rolle, dass ihre Kommunikation mit ihm ein so abruptes Ende gefunden hatte. Sie vertraute darauf, dass er den Kontakt wiederaufnehmen würde, wenn es ihm möglich war, um ihr Neuigkeiten über die Fortschritte zu berichten, die er sicherlich bei ihrer Schwester machte.

Susan sah in dieser ersten Nacht so oft wie möglich nach Mrs. Scales. Sie schürte das Feuer, tauschte die Bettwärmer aus und holte eine extra Daunendecke. Sie bedeckte Mrs. Scales' Schultern mit einer Pelzstola und stellte die Lampen hell. Susan tat alles in ihrer Macht Stehende, um den Tod vom Haus fernzuhalten. Jeden Abend und jeden Morgen der letzten fünf Monate hatte Susan kniend an ihrem Bett um Vergebung für ihren Anteil an Mr. Harris' einsamem Sterben auf dem kalten Küchenboden gebetet. Sie verschloss ihren Geist allem anderen.

Mrs. Scales hatte nichts von dem Syllabub gegessen, jedoch den Honig vom Löffel geleckt. Sie hatte die Medizin, die der Arzt dagelassen hatte, verweigert, sie ein widerliches Gift genannt und Susan erklärt, der Doktor sei ein inkompetenter Idiot, alle Ärzte seien inkompetent, und dass sie ihnen nie vertrauen dürfe, besonders nicht den vertrauenswürdigsten von allen. Sie war ganz klar verwirrt. Während des Abends schlief Mrs. Scales immer wieder ein, in die Kissen des Bettes gestützt. Dann riss sie plötzlich die Augen auf und begann wieder zu sprechen. Zweimal war Susan mit einem heißen Bettwärmer ins Zimmer gekommen, als Mrs. Scales ein Gespräch mit dem leeren Raum führte. Susan gefiel das gar nicht. Sie glaubte fest daran, dass diejenigen, die dem Tod nahe waren, Geister sehen konnten. Daher machte sie das Zimmer zu hell und zu warm, als dass sich ein Geist lange darin wohl fühlen konnte.

»Wenn sie meinen Körper in dieses schreckliche Verließ sperren«, sagte sie zu Susan, »sorgen Sie bitte dafür, dass mein Mädchenname eingraviert wird. Holen Sie mir Tinte und Papier.«

Susan füllte die Schreibfeder, strich sie sorgfältig am Tintenfassrand ab und gab sie Mrs. Scales. Diese war einige Zeit beschäftigt. Die Feder musste nachgefüllt werden, und Mrs. Scales' Hand zitterte.

»Diese Anweisungen sollen an meinen Anwalt geschickt werden. Hier ist seine Adresse.« Sie bat Susan, am Ende des Briefes mit ihrem Namen als Zeugin zu unterschreiben. »Ich wollte das schon längst tun. Ich habe zu viel auf einmal vergessen und mich gleichzeitig an zu viel erinnert.«

»Ich sorge dafür, dass er zugestellt wird, Ma'am.«

»Ich danke Ihnen sehr.«

Susan legte den Bogen Papier zum Trocknen zur Seite, da sie kein Löschpapier hatten. Mrs. Scales ließ sich zurück in die Kissen sinken und schloss die Augen. Susan sah auf die Uhr, es war fast zehn Uhr nachts. Sie zögerte, den Raum zu verlassen. Sie blickte auf die undeutlichen Worte und versuchte Mrs. Scales' Gedankengänge auf dem Papier nachzuvollziehen. Sie füllte erneut die Feder und schrieb auf einem weiteren Blatt Papier ins Reine, was sie zu entziffern glaubte.

Um halb zwölf weckte Mrs. Scales Susan, die auf einem Stuhl neben dem Bett eingeschlafen war.

»Miss, es tut mir leid, ich weiß Ihren Namen nicht. Können Sie mir sagen, wo er hingegangen ist? Ich bin hierhergekommen, um ihn zu finden, aber er war nicht da. Ich kann mich nicht an Ihren Namen erinnern. Würden Sie Mr. Harris holen? Ich wollte ihn etwas fragen.« Sie versuchte kraftlos, die Decken zurückzuschlagen und aufzustehen. »Ich glaube, dass er irgendwo da draußen ist.«

»Niemand ist zu dieser späten Stunde da draußen, Mrs. Scales. Nicht bei diesem Wetter.«

»Unsinn, es ist doch mitten im Sommer.«

»Wir haben einen Schneesturm, Mrs. Scales.«

»So heiße ich nicht. Aber wie um alles in der Welt heißen Sie?«

»Ich bin Susan Wright, Ma'am.«

»Sehr erfreut, Sie kennenzulernen, Susan Wright. Ich heiße Isobel Armstrong. Wussten Sie das?«

»Ich habe gesehen, wie Sie es aufschrieben, Ma'am, und ich habe meine Unterschrift daruntergesetzt.«

»Das haben Sie. Sie werden mich nicht wie er nennen. Ich will seinen Namen nicht.«

»Ma'am, bitte lassen Sie mich Sie wieder zudecken.«

»Haben Sie gerade gesagt, dass es schneit?«

»Das habe ich, Ma'am.«

»Ist das nicht seltsam mitten im Sommer?«

»Wir haben Februar, Ma'am.«

»Ich verstehe. Erzählen Sie mir von Ihrer Schwester.«

»Ich habe nur Brüder, Ma'am.«

»Natürlich, jetzt erinnere ich mich. Und was ist mit Mr. Harris? Wer hat ihn jetzt?«

»Der Herr passt auf ihn auf, Ma'am.«

»Meine Güte, was der kleine Mann für Fortschritte gemacht hat. Welcher Herr? Oh, nicht wichtig. Als Nächstes werden wir hören, dass man ihn angestellt hat, um die Queen auszuspionieren.«

Isobel schloss die Augen wieder und sank in sich zusammen. Susan beschäftigte sich mit dem Kohleeimer; sie wollte nicht, dass Mrs. Scales hörte, wie sie weinte.

KAPITEL XXXII

THE TIMES, Donnerstag, 4. Oktober 1866

MORDPROZESS IM OLD BAILEY

Als Zeugin für die Anklage überraschte Mrs. Fernly das Gericht mit ihrer Aussage. Es war und ist immer noch unklar, ob die Anklage im Vorhinein Kenntnis von ihrem Inhalt hatte: »Ich kenne die Angeklagte seit dem Tag, an dem sie über eine Handvoll Hagedornblüten lachte und noch nicht einen Zahn hatte. Ich für meinen Teil kann über die Angeklagte sagen: Das liebe Kind [die Inhaftierte] war nie ein unmoralischer Mensch. Nie. Und nichts [sie deutet mit dem Finger gen Himmel] wird mich zu der Aussage verleiten können, sie sei jetzt unmoralisch. Ihr Benehmen war ihr Leben lang beispielhaft; ihr Verhalten ihrer Umgebung gegenüber ehrlich, und sie handelte nie unfreundlich oder aus einem Impuls heraus. Sie unterrichtete die Kinder der ärmsten Familien im Dorf, widmete zusammen mit diesen kleinen Seelen viele Stunden der Bibellektüre. Wegzulaufen ist nicht unmoralisch – in manchen Fällen vielleicht fehlgeleitet –, aber nicht die Tat eines schlechten Menschen, wie hier behauptet wurde. Indem sie mit diesem Mann [Mr. Scales] nach Brasilien ging, glaubte sie wegzulaufen – dass sie von ihm und anderen getäuscht wurde, ist nicht ihre Schuld. Ihre Familie und die Pembertons haben einen guten Ruf und werden diesen auch weiterhin haben, sobald diese lächerliche Angelegenheit vorbei ist. Mord! Um Himmels willen, ich habe noch nie etwas so

Unerhörtes in meinem Leben [sie bekreuzigt sich demonstrativ] gehört, und ich hoffe, dass die Herren Geschworenen vernünftig und zugunsten von Mrs. Pemberton entscheiden werden.«

KAPITEL XXXIII

Cornwall, 6. März 1861

Susan führte eine kleine, schwarz verschleierte Gestalt ins Empfangszimmer. Euphemia saß mit dem Rücken zur Sonne; das Zimmer wärmte sich bereits auf. Die kleine Frau blieb vor Euphemia stehen. Beide warteten; Euphemia darauf, dass die Frau ihren Schleier heben würde. Natalia Jaspur darauf, dass Miss Carrick etwas sagte.

Als die Kutsche draußen vorgefahren war, hatte Euphemia so getan, als sei sie nicht die ganze Nacht wach gewesen. Sie hatte gerade ein weichgekochtes Ei gegessen, als Susan aufgeregt ins Esszimmer gekommen war.

»Besuch, Ma'am.«

»Bist du dir sicher? Es ist gerade mal acht.«

»Eine große Kutsche, Ma'am, ein Vierpferder.«

»Vierspänner.«

»Soll ich sie bitten zu warten, Ma'am?«

»Nein, ich werde im Empfangszimmer mit ihnen sprechen, wer auch immer es sein mag.«

Euphemia hatte das Ei hinuntergeschlungen und musste jetzt ständig aufstoßen. Natalia Jaspur ergriff als Erste das Wort.

»Bitte verzeihen Sie die frühe Störung, Miss Carrick, aber ich habe lange gebraucht, um Sie zu finden, und ich habe nicht mehr viel Zeit.«

Euphemia bemühte sich, die Worte zu verstehen. Die

Frau schien eine Mischung aus verschiedenen sprachlichen Einflüssen zu sprechen. Leise räusperte sie sich. »Meine regulären Stunden zur Kontaktaufnahme werden üblicherweise abends abgehalten, aber wenn wir die Vorhänge zuziehen ...« Ihre Hände waren feucht geworden.

»Ich interessiere mich nicht für Spiritismus, Miss Carrick. Und wenn ich es täte, gäbe es niemanden, den ich kontaktieren wollte. Nein, der Grund für meinen Besuch ist dieser.« Sie zog ein Stück Durchschlagpapier aus einem perlenbestickten Beutel an ihrem Handgelenk. »Das hier hat einer meiner Angestellten entdeckt und mir gegeben. Sie wirken etwas verwirrt. Es ist eine Anzeige aus dem *Evening Standard*, in der mein Name steht sowie der Name eines Menschen, mit dem ich einmal bekannt war. Sie ist sehr alt.« Sie wedelte mit dem Ausschnitt. »Meine Haushälterin wirft nichts weg; es war zur Verpackung gedacht, aber das müssen Sie nicht wissen. Ich habe Nachforschungen bei der Zeitung angestellt, die mich schließlich zu Ihnen geführt haben.«

Euphemias Verstand war in Aufruhr, und ihr Magen wollte das Ei wieder von sich geben. »Sie glauben, ich könnte Ihnen in irgendeiner Weise behilflich sein?«

»Die Person, die zusammen mit mir auf diesem Stück Papier genannt wird – diese Person ist nicht diejenige, die die Anzeige aufgegeben hat. Es ist eine heikle Angelegenheit. Ich möchte denjenigen kontaktieren, der es getan hat.«

»Und der wäre?«

»Miss Carrick, ich habe keine Zeit für Versteckspiele. Ich würde es sehr begrüßen, wenn Sie mir den Aufenthaltsort von Mr. Edward Scales nennen könnten.«

»Ich hatte einmal das Vergnügen, Mr. Scales kennenzulernen, vor einigen Monaten – bevor er auf eine Reise nach Übersee aufgebrochen ist.«

»Sehr gut. Geben Sie mir seine Adresse.«

Euphemia schluckte. »Mr. Scales hat keine Nachsendeadresse hinterlassen. Vielleicht weiß seine Familie … sie lebt in London, glaube ich.«

»Da war ich bereits. Alles verrammelt. Dort ist jemand gestorben, die anderen sind weg.«

»Dann kann ich Ihnen nicht weiterhelfen.«

»Miss Carrick, bitte, ich weiß zum Beispiel, dass Mr. Scales nach Brasilien gereist ist, um Schmetterlinge zu fangen und Schlangen und anderes Getier in Gläser zu stecken, und ich weiß, dass Ihre Schwester, Miss Gwen Carrick, eine Künstlerin ist, die ihn begleitet. Ich weiß, dass Ihre Schwester Ihnen trotz persönlicher Differenzen einen Brief geschrieben hat mit genauen Angaben zu ihrem neuen Wohnort.« Natalia Jaspur atmete schwer, und ihr dicker schwarzer Schleier bewegte sich etwas. »Ich habe keine Zeit für Spielchen, Miss Carrick. Ich bin mir sicher, Ihre Schwester ist eine ehrbare Frau. Ich lasse Ihnen meine Karte da, falls Sie sich erinnern, wo Sie die Briefe Ihrer Schwester hingelegt haben.« Sie verstaute das gefaltete Stück Zeitungspapier in ihrer Tasche und holte eine kleine weiße Karte hervor, die sie mit einem Schnalzen auf einem Beistelltisch ablegte. »Wenn Sie mich jetzt entschuldigen wollen, ich muss gehen. Die Fahrt zurück nach Exeter ist ermüdend. Ich finde selbst hinaus.« Sie stand auf. »Guten Tag, Miss Carrick.«

In der Sonne war Euphemia der Schweiß ausgebrochen. Sie wischte sich Gesicht und Hals ab und wartete, bis sie das Knirschen von Rädern vor dem Haus hörte und die Frau abgefahren war. Sie musterte die Karte, die Natalia Jaspur zurückgelassen hatte, nahm sie dann auf und brachte sie ins Arbeitszimmer, wo sie willkürlich ein Buch aus dem Regal nahm und die Karte zwischen die Seiten steckte. Dass diese seltsame, dunkle kleine Frau dort im Empfangszimmer gewesen war, war noch gar nicht das Bemerkenswerteste. Wenn sie nur das fehlende Buch finden könnte; Euphemia hatte zum ersten Mal im Leben tatsächlich das Gefühl, mit einem Geist gesprochen zu haben. *Dort ist jemand gestorben.* Sie machte sich auf die Suche nach Susan. Die Küchentür stand weit offen, und Susan schrubbte auf Knien die Fliesen. Euphemia sprach zu Susans Kehrseite, die sich bei der Arbeit vor- und zurückbewegte.

»Der Frühling ist da, Susan.«

»Ja, Ma'am, es wurde auch Zeit.« Susan ließ sich nicht stören.

»Ich hätte gern eine Tasse Tee und mehr Toast. Du kannst es mir in mein Zimmer hochbringen.«

Susans Schultern sackten für einen Moment nach unten, doch sie hörte nicht auf zu schrubben.

KAPITEL XXXIV

Edward wachte an einem Morgen im April in seiner Hängematte auf und wusste nicht, ob er sich Sorgen um Mr. Coynes Aufmerksamkeit Gwen gegenüber machen sollte, auch wenn es dafür eigentlich wenig Grund gab. Gott weiß, dachte er, wie wenig verführerisch sie in ihrem gegenwärtigen Zustand ist.

Edward hatte gesehen, wie Mr. Coyne sich vom Haus entfernte und die Straße Richtung Stadt entlangging. Er hatte gewartet, dass sie den Besuch erwähnte; als er sie gefragt hatte, wie ihr Tag gewesen sei, hatte sie geantwortet, er sei ruhig gewesen. Gwen erzählte auch in den nächsten Tagen nichts von Coyne, und Edward beschloss, die Sache auf sich beruhen zu lassen.

Manchmal stellte er sich vor, wie er ihr sagte, er habe alles nur erfunden. Jedes Mal war es anders. Manchmal lachte sie und sagte, sie wisse das, und er solle nicht albern sein. Manchmal wurde seine Phantasie gewalttätiger. Gwen warf mit Dingen. Zerriss ihre Arbeit. Schrie. Oder packte stumm ihre Sachen und ging. Wenn seine Gedanken in diese Richtung gingen, beschloss er, es ihr sobald wie möglich zu sagen. Doch dann kam etwas dazwischen. Sie sprach mit Maria oder schlief.

Gwen sprach mit Edward nicht über Natalia Jaspur, wofür er dankbar war. Die Vorstellung, wie sie beide über die andere Frau diskutierten, war zu verstörend. Edward dachte, dass er sich dieser Last entledigen müsse sowie der quälenden Stille des gegenseitigen Meidens an den Abenden, wenn Maria zu ihrer Familie nach Hause gegangen war.

Pemberton hatte ihm von einem kleinen Ort erzählt, einem Dorf, einen Tagesmarsch entfernt, in dem er den Morpho rhetenor finden würde. Vielleicht, überlegte er, sollte er sich eine Weile dorthin zurückziehen. Der Gedanke an den blaumetallischen Glanz des Rhetenor versetzte ihn in Erregung.

Er hielt sich länger als üblich mit Kaffee und Gebäck auf. Als er sich zum Gehen bereitmachte, kam Maria mit den Vorräten des Tages und überreichte ihm einen Brief.

»Ich habe Ihnen etwas amerikanisches Schweinefleisch mitgebracht, Mr. Scales, es kam gestern herein. Wollen Sie nicht etwas essen, bevor Sie gehen?«

Edward zögerte an der Schwelle beim Gedanken an den Speck. »Danke, Maria, aber ich warte noch.«

»Ein Brief von daheim, Mr. Scales?«

Edward sah auf die Briefmarke und die Beschriftung. Er war an ihn adressiert und aus Cornwall. Die Schrift war nicht die seiner Frau, auch wenn sie den sorgfältigen Schnörkeln nach zu schließen sicher weiblich war. Er betrachtete das Siegel auf der Rückseite, das auffällig war und ein Schiff mit einem darumgewundenen C zeigte. Er legte den Brief in seinen Rucksack neben die Gläser, die auf den entomologischen Streifzug nach dem Frühstück warteten. Er schwang seine Sammeltasche über die Schulter, nahm das Gewehr auf und verabschiedete sich beiläufig von Maria. Gwen schlief noch.

Während Gwen darauf wartete, dass Maria den Speck zubereitete, bemerkte sie Edwards Rucksack auf der Veranda. Sie nahm ihn auf und stellte sich vor, wie er auf ihrer eigenen Schulter säße. Zwischen den Gläsern sah sie den

Brief und holte ihn hervor. Sie betrachtete die kunstvolle Schrift und erkannte sie sofort als Susans. Ihre Phantasie verpuffte.

Gwen hatte oft von Susan geschriebene Listen gefunden, manche persönlicher Natur, manche für den Haushalt. Sie drehte den Brief um und dachte, dass Susan für eine so feine Schrift lange geübt haben musste. Sie besah sich das Siegel. Susan musste das alte Ding im Sekretär in der Bibliothek gefunden haben. Gwen lächelte über Susans Versuch, durch die Adressierung an Edward den Anstand zu wahren. Sie wusste, dass der Brief darin für sie war.

Sie tippte nachdenklich mit dem Umschlag auf ihre Fingerknöchel und beschloss dann, ihn nicht zu öffnen. Sie würde warten, bis Edward zurückkam. Sie hängte den Rucksack an seinen Haken an der Wand und verstaute den Brief wieder darin. Während des gesamten Frühstücks wanderten ihre Gedanken zu Susans Nachricht, bis Maria fragte, was mit ihr los sei.

Curupira, der wilde Mann des Waldes, mysteriöses Wesen mit verschiedenen Eigenschaften: Edward erinnerte sich an Gus Pembertons Beschreibung, während er die Straße in Richtung Wald entlangging. Er unterdrückte das Verlangen, sich umzudrehen. Manchmal hörte er Geräusche, die man dem Curupira zuordnen könnte. Gus Pemberton und Edward hatten die Neigung primitiver Völker diskutiert, übernatürliche Ursachen für Begebenheiten zu finden, die sie sich nicht erklären konnten. Beziehungsweise, nach dem unangenehmen Beginn des Gesprächs hatte Edward Gus Pembertons Ausführungen zugehört, während er gleichzeitig mit halbem Ohr versucht hatte, zu belauschen, was Gwen im Hausinnern zu Vincent sagte, und sich über die extreme Unverfrorenheit des Mannes wunderte, einfach so aufzutauchen.

Jetzt jedoch beim Gehen hörte er nur Natalia: »Du bist für mich genauso seltsam wie ich für dich. Manchmal frage ich mich, warum ein Mann mit einer hübschen blonden Frau so viele Stunden hier verbringt. Dann gebe ich mir selbst die Antwort. Die zwei Hälften meines Kopfes führen ein Gespräch.« Sie atmete tief ein, als Edwards Hand zwischen ihre Schenkel glitt. »Weil ich dich daran erinnere, was du nicht bist und was deine Frau nicht ist. Es ist einfach, denke ich. Du bekräftigst deinen Platz in der Welt, indem du dich in mich hineinversetzt. Du sagst nichts. Weil ich recht habe. Es ist dasselbe wie bei den Leuten, die kommen, um mich singen zu hören und sich ihrer selbst zu versichern. Deine Neugier hat sich nie von der dieser gesichtslosen Menschen unterschieden, die mir Münzen zuwerfen und deren Münder offen stehen. Ich bin eine Missgeburt. Ja, ich kann das Wort sagen; aber bist du nicht auch eine Missgeburt?«

Eine Fliege war gegen das Fenster geflogen. Natalia war vom Bett aufgestanden und hatte den Raum durchquert, um sie zu töten. Edward beobachtete sie. Ihr von hinten angeleuchteter Rücken glühte in dem schmutzigen Raum um drei Uhr nachmittags. Es war ihm egal gewesen, dass sie seine Frau erwähnt hatte. Dass sie ihre Haarfarbe wusste, kümmerte ihn nicht. Vielleicht hatte er es ihr eines Nachts nach zu vielen Gläsern Stout selbst gesagt. Es spielte keine Rolle, Edward war versunken. Natalia stieg zurück auf das Bett, die Faust über der Fliege geschlossen. Das gedämpfte Brummen klang Edward im Ohr, als er ihre Beine mit seinem Knie auseinanderschob.

Jetzt holten ihn die Insekten des Urwalds in die Gegenwart zurück, das schrille Surren ein Spiegel des hinausgezögerten Todes der Schmeißfliege in Natalias Faust.

Im nächsten Moment füllte seine kurze Rückkehr von Lyme Regis nach London Edwards Gedanken. Der Briefstapel, der geöffnet und durchsucht worden war, der nichts enthüllte, was nicht bereits schon gesagt oder nicht gesagt worden war, und den er in seinem Hotel im Kamin verbrannte.

Die überraschte Verblüffung, die peinliche Berührtheit und später die Verachtung in Isobels Gesicht.

Edward war in seinem Haus in London um halb zehn Uhr abends angekommen. Sein Butler war immer noch beurlaubt, da Edward erst in einer Woche zurückerwartet wurde, und er wehrte die kläglichen Versuche eines Hausmädchens ab (dessen Namen er nicht wusste und auch sofort wieder vergaß), ihm aus dem Mantel zu helfen und ihm seine Reisetaschen mit allen Steinen und Fossilien abzunehmen. Er hatte Isobel nicht sofort sehen wollen, doch die seltsamen Laute und verstohlenen Blicke des Mädchens überzeugten ihn, schnurstracks in Isobels Zimmer zu gehen.

Edward hatte dann heimlich beobachtet, wie sie die Aufmerksamkeit seines besten Freundes Charles genoss.

Er nahm zumindest an, dass es sich um Charles handelte; das Gesicht des Mannes war zwischen den bleichen Schenkeln seiner Frau verborgen, die ihre plumpen Finger (seit wann waren Isobels Finger so plump?) in sein Haar gekrallt hatte. Edward dachte, er würde den Raum so unbemerkt verlassen, wie er ihn betreten hatte, doch das Spiel des Lampenlichts auf der Haut seiner Frau ließ ihn bleiben. Er sah, wie Charles' Kopf sich Richtung Bauch schob und er ihre Haut bis zu ihrem Kinn ableckte, wo ihre Münder sich trafen. In ruhiger Faszination beobachtete Edward, wie Charles von seiner Frau Besitz ergriff, und starrte auf dessen Hinterbacken, die ihn an die junge Frau mit den geröteten Wangen erinnerten, die im Hotel in Lyme Regis unter ihm gewohnt hatte.

Er wartete das Ende nicht ab. Als er hinausging, ließ er

die Tür geräuschvoll zufallen. Im Erdgeschoss schenkte er sich, immer noch schmutzig von der Reise, einen Gin ein und trank ihn pur. Er starrte auf das Porträt von Isobel, das über dem Kamin hing, während eine andere Hausangestellte, deren Namen er gar nicht erst erfahren wollte, sich um das Feuer kümmerte, das heruntergebrannt war. Eine halbe oder Dreiviertelstunde später hörte er, wie jemand das Haus verließ. Edward schenkte sich einen weiteren Gin ein und ging nach oben wie jemand, der gerade erst nach Hause gekommen war und nun seine Frau begrüßen wollte.

Sie saß an einem Kartentisch und trug einen grünen Morgenmantel aus Seide, der an der Vorderseite mit blassgelben Schmetterlingen bestickt war. Sie legte eine Patience und roch nach Kölnischwasser, das jedoch nicht ganz den markanten Geruch von Charles' Pomade überdeckte und auch nicht den scharfen Gestank seiner Zigarren in dem Seidenstoff. Als er sie betrachtete, sah er, wie füllig sie geworden war. Ein einzelner Satz aus dem Stapel brennender Briefe kam ihm in den Sinn: »Wir haben Zuwachs in der Küche bekommen; er nimmt nicht viel Platz weg und zieht daher nicht den Zorn der Köchin auf sich, doch das Beste ist, dass er köstliches Gebäck herstellt.« Die Begrüßung fiel alles andere als freundlich aus. Schreie, das Badewasser. Wie er seine Frau zwang, sich zu waschen, seine Hand fest in ihrem Nacken, das feine blonde Haar löste sich. Wie das Badewasser seine schmutzige Kleidung durchnässte, als er ihren Kopf nach unten drückte. Ihr weh tat, Isobel, seiner Frau. Wie ihr seelenruhiges Gesicht ihn die ganze Zeit verachtete; ihre Augen offen unter der Oberfläche, Blasen stiegen aus ihren Nasenlöchern auf, sie wartete darauf, dass er es zu Ende brachte.

Als er ihre Hände sah, ließ er sie los. Die Handflächen schossen nach oben, und er sah den braunen Ausschlag. Er trat zurück, als ob es einen Unterschied machte. Sehr langsam stieg Isobel aus der Wanne und zog den durchnässten Morgenmantel fester um sich, der an ihrem Körper klebte. Im Kerzenlicht wurde die Schwellung ihres Leibes sichtbar.

»Du bist am Ende«, kanzelte er sie ab und deutete auf ihren Bauch. »Wenn das hier dich nicht tötet, dann dieser Ausschlag.«

»Was ist das?«, flüsterte sie.

»Hat er dir das nicht gesagt? Ein Arzt. Wahrscheinlich dachte er, er könne sich mit etwas Wohlschmeckenderem als Quecksilber heilen, aber zu seinem Pech ist es leider vollkommen wirkungslos.«

»Was ist das, was bedeuten die Flecken? Bitte, sag mir ...« Ihre Stimme war kaum zu hören.

Er zog sich weiter von ihr zurück und wischte sich die Hände an seiner Kleidung ab. »Ich werde dir ...« Seine Stimme brach, und er kämpfte um seine Fassung. »Ich werde dafür sorgen, dass du die beste Behandlung bekommst, aber es ist wahrscheinlich zu spät. Verflucht noch mal!«

»Bitte, Edward?«

»Du hast Syphilis, freundlicherweise zur Verfügung gestellt von Mr. Charles Jeffreye.«

Er ließ sie im Bad zurück, taub für ihre Rufe, er möge zurückkommen. Er klingelte nach einem Hausmädchen und befahl ihr, ihm Karbol und heißes Wasser zu bringen.

Danach war er zu Natalia gegangen, hatte sie aber nicht finden können.

Und wie hatte er nur je daran denken können, Natalias Namen Gwen gegenüber zu erwähnen? Er verfluchte sich dafür; und dann verfluchte er Gwen, weil sie die Lüge weitergetragen hatte, andere mit in den Moment hineingezogen hatte, der nur für ihn und Gwen bestimmt gewesen war. Die ganze Sache verwirrte ihn, als er sie sich noch einmal durch den Kopf gehen ließ. Er erinnerte sich daran, dass Gwen so ein Spiel daraus gemacht hatte, sich nicht an den zweiten Regentag in ihrem Garten zu erinnern. Er verstand sie nicht.

Edward nahm den Brief aus Cornwall aus seiner Tasche und riss ihn auf.

Mr. Scales,

da meine Herrin nicht wohlauf ist, fällt es mir zu, Ihnen die traurige Mitteilung zu machen, dass Ihre Frau, Mrs. Isobel Scales, hier in Carrick House am 21. Februar im Jahre des Herrn 1861 verstorben ist. Mrs. Scales hat uns einen Besuch abgestattet & erkrankte. Sie erholte sich nicht ausreichend, um nach Hause zurückkehren oder das Bett verlassen zu können. Es ist sicher ein Trost für Sie, zu wissen, dass für Ihre verstorbene Frau gut gesorgt wurde & dass sie nichts mehr wollte, außer mit Ihnen in der Zukunft sprechen zu können, wenn Sie, wie sie meiner Herrin und mir anvertraute, hoffentlich eine der spiritistischen Sitzungen meiner Herrin besuchen würden, damit Sie mit Ihnen Kontakt aufnehmen könne. Das war ihr letzter Wunsch auf dem Sterbebett.

Wir hatten starken Schneefall und konnten daher keine Kutsche mit dem Sarg nach London fahren lassen. Ich muss Ihnen daher auch mitteilen, dass Ihre verstorbene Frau hier bei unserer Kirche bestattet ist.

Eine weitere Besucherin war hier, die wissen wollte, wohin Sie selbst als auch der verstorbene Mr. Harris gegangen sind. Sie stattete meiner Herrin vor kurzem einen Besuch ab, nicht lange nach dem Tod von

Mrs. Scales. Die Dame sagte, sie habe zuvor mit Ihrer
Frau gesprochen, & ich dachte, dass Sie auch das gern
wissen würden.
Hochachtungsvoll,

Susan Wright

KAPITEL XXXV

Wenn das hier mit jeder Frau passiert, die Mutter wird, dachte Gwen, dann ist es kein Wunder, dass Männer so viele Nachkommen wie möglich haben wollen. Eine Frau, die ständig schwanger ist, ist ständig verdummt, nimmt die Welt nicht mehr wahr, ihre eigenen Gedanken und ihr eigenes Selbst. Sie dachte an Edward, an sein dummes Ziel, wie er seine gesammelten Insekten verpackte, beschäftigt, sein Verstand unbeeinträchtigt von den emotionalen Forderungen, die ihr Körper an sie stellte. Sie konnte nachvollziehen, warum er sie schwängern wollte. Sie musste nicht *denken,* um seine Illustratorin zu sein; er wollte sie nicht als seine wahre Assistentin. Er hatte sie als geschulte Arbeitskraft hierhergebracht. Sie wurde langsam zu einer Art Tier, voller Mutterinstinkt und wenig mehr. Es war jeden Tag ein Kampf, sich selbst zu finden, auch nur die geringste Motivation aufzubringen. Es war ein Kampf zweier Willen – ihrem eigenen und dem der Natur. Wenn ich nicht von meinem »Zustand«, wie Edward es nennt, gefesselt wäre, dann würde ich gehen, dachte sie. Die Tatsache, dass sie ihn nicht einfach verlassen konnte, lastete schwer auf ihr. Sie riss sich zusammen, wusch ihren Pinsel aus und setzte die Arbeit fort. Ihr Kopf klärte sich. Sie verlor das Gefühl für die Zeit und sich selbst und tauchte in die Topographie der Insekten vor ihr ein.

Gwen blickte von ihrer halbfertigen Studie einer großen grünen Raupe auf, direkt in die amüsierten Augen von Vincent Coyne. Sie betrachtete ihn einen Moment lang, kräuselte die Mundwinkel zu einem leichten Lächeln und räumte dann das Objekt ihrer Studien beiseite. Hier war endlich die Chance, ihren Verstand aus der Spirale des Selbstmitleids zu befreien, in die sie sich am Morgen hatte sinken lassen. Der entlaubte Zitruszweig wanderte mit der Raupe zurück in den Käfig. Gwen wischte den Pinsel an einem Tuch ab und befeuchtete die Fingerspitzen mit Spucke, um ihn in Form zu streichen. Gwen hatte Vincent nicht erwartet. Er hatte ihr einige Tage zuvor eine Nachricht geschickt, dass er keine Zeit hatte, sie zu besuchen. Er hatte sich entschuldigt und erklärt, dass Mr. Pemberton an einem Fieber erkrankt war. Jetzt lehnte er sich über die Fensterbank.

»Wie können Sie das, wenn die Raupe keine Sekunde stillsitzt?«

»Oh, das ist ganz einfach. Und sehr viel angenehmer, als eine leere Hülle vor sich zu haben.«

»Die Menschen stopfen solche Dinge wirklich aus?«

»Manchmal. Zum Glück ist Edward dafür viel zu beschäftigt.«

»Sie haben die Raupe also da drin gefangen, Futterpflanzen an der Türschwelle. Wollen Sie sie freilassen, oder wollen Sie die ganze Verwandlung beobachten und dann eine Nadel durch das Tier hindurchstechen?«

»Nein, das könnte ich nicht.«

Vincent streckte ihr seine geballte Faust entgegen und ließ eine blassgrüne Puppe an einem Blatt auf Gwens Skizzenbuch fallen. »Ich habe keine Ahnung, wie alt die ist oder ob sie schlüpfen wird, aber wenn sie es tut, werden Sie sicher zufrieden sein. Ich glaube, dass das Ding da drin unmöglich mit einem Netz zu fangen ist.«

Gwen musterte das Geschenk, ohne es zu berühren. »Sind Sie Lepidoptera-Experte?«

»So nennen Sie das? Nun, man lernt jeden Tag etwas Neues.«

Gwen nahm das Blatt mit der Puppe und hielt es ins Licht. Du wirst mir etwas zu vertraut, dachte sie, aber ich mag dich. »Motten gehören auch dazu. Danke, Mr. Coyne. Ich werde sie hier auf meinem Tisch behalten.«

»Ich würde gern Mr. Scales' Gesicht sehen, wenn es schlüpft.«

»Das ist unwahrscheinlich, da er sich auf einer kleinen Exkursion befindet. Er sollte in zwei Wochen zurück sein.« Warum erzähle ich dir das? Gwen blinzelte und mied seinen Blick, indem sie die Puppe demonstrativ näher untersuchte.

»Fühlen Sie sich wohl, so allein hier?«

»Ich bin nicht allein«, antwortete sie rasch. »Ich habe Maria; sie bleibt über Nacht. Ich habe keinen Grund, mich unwohl zu fühlen.«

»Nein, natürlich nicht. Ich lasse Sie jetzt weitermachen.«

»Was ist mit Mr. Pemberton, wie geht es ihm?«

»Um die Wahrheit zu sagen, ich glaube, er simuliert.«

»Das Fieber ist gesunken?«

»An manchen Tagen scheint er ganz er selbst zu sein, an anderen ist er ein Bild des Jammers. Ich bin davon überzeugt, dass er Chili isst, wenn ich nicht da bin, um zu schwitzen.«

»Aber hat er genug Chinin?«

»Genug? Er verbraucht gerade meinen Vorrat. Wir werden keine weitere Exkursion machen können, bis das nächste Schiff eintrifft. Unsere Suche nach Ihrer mysteriösen Dame muss hintenanstehen.«

»Diese Dinge entziehen sich unserer Kontrolle.«

»Darf ich hereinkommen? Wo ist Ihre Haushälterin übrigens? Ich bin um das ganze Haus herumgegangen.«

»Ich habe sie gebeten, einen Brief von mir mitzunehmen. Wahrscheinlich ist sie noch zu Besuch bei ihrer Familie.« Gwen fühlte sich plötzlich unwohl; es lag eine unterdrückte Entschlossenheit in Vincents Stimme, bei der sie sich in sich selbst zurückziehen wollte, wie die Mimosenblätter am Rand des Dschungelpfades. Sie versuchte, sorglos zu klingen, doch sie war zu atemlos. »Wissen Sie etwas über die Altwasser? Edward möchte unbedingt eines finden.«

»Ist er dahin unterwegs?«

»Nein.«

»Auch gut. Sind leicht zu finden, wenn man weiß, wo man suchen muss. Sie entstehen, wenn der Fluss seinen Lauf ändert.«

»Haben Sie eines gesehen? Vielleicht könnten Sie es Edward auf der Karte zeigen, wenn er zurückkommt.« Bitte, bitte, dachte sie, fang jetzt nicht wieder mit Darwin an. Sie war nicht in der Stimmung für eine weitere verworrene Unterhaltung über die gigantischen wissenschaftlichen Entdeckungen, die Coyne glaubte machen oder beweisen zu können.

»Das wäre schon möglich, sicher, aber diese Arme trocknen aus. Vielleicht sind die, die ich kenne, schon zu Sumpf geworden, wenn Mr. Pemberton und ich wieder reisen können. Wenn Gus natürlich noch länger simuliert, muss ich meine Situation überdenken.«

»Das meinen Sie doch nicht ernst. Sie beide sind unzertrennlich.«

Vincent nahm das Fernrohr und sah es sich genauer an. »Ich war nie so klug, mir so etwas anzuschaffen. Vielleicht bin ich ein wenig selbstzufrieden geworden und sollte mich an die Stelle eines Novizen versetzen oder Seminovizen und etwas lernen.«

»Das Fernglas hat nichts mit Voraussicht zu tun. Es war ein Geschenk.«

»Dann wünschte ich, ich hätte solche Freunde wie Sie.«

»Es war ein Geschenk vom Captain der *Opal*. Wenn ich nicht so oft gefragt hätte, ob ich es benutzen dürfte, hätte er es mir wahrscheinlich nicht überlassen.«

»Ah.« Vincent legte das Fernglas zurück aufs Regal und ließ sich in einem der Korbstühle nieder. »Kümmern Sie sich nicht um mich. Machen Sie einfach weiter; ich wollte Sie nicht unterbrechen. Ich verspreche, Sie nicht zu stören.«

»Sie werden mich nicht stören. Ich muss mich sowieso ein wenig bewegen.«

»Sie sehen bemerkenswert gut aus. Und Ihr innovativer Stil ist sehr kleidsam.«

Gwen ärgerte sich plötzlich über seine Freimütigkeit. »Kann ich Ihnen etwas bringen? Wir sollten noch etwas *Cachaça* haben, oder ich könnte frischen Kaffee aufbrühen.«

»Nein danke, ich brauche nichts.«

»Sind Sie sicher? Vielleicht etwas Obst? Ich werde mir etwas holen. Möchten Sie eine Orange, Mr. Coyne?«

Gwen ging nach nebenan und kam mit zwei Orangen zurück. Sie setzte sich in den Stuhl gegenüber ihrem Besucher und begann eine Frucht zu schälen; die Schale ließ sie in ein Taschentuch fallen. Vincent spielte mit seiner Orange. Er betastete sie und roch an ihr. Dann bohrte er seinen Fingernagel in die Schale und kratzte ein kleines Stück ab.

Um Himmels willen, dachte sie, schäl einfach die Orange. Als Gwen die Hälfte ihrer Frucht gegessen hatte, hatte er weder begonnen, seine zu schälen, noch hatte er etwas gesagt. Gwen bemerkte den stumpfen Ausdruck, den sein Gesicht angenommen hatte. Sie ließ ihn einige Minuten in Ruhe und fragte dann, ob etwas nicht in Ordnung sei.

Vincent seufzte. »Rost.«

»Wie bitte?«

Er lehnte sich vor, die Hand fest um die Orange geschlossen. »Sagen Sie mir ehrlich, haben Sie Probleme mit Rost?«

»Ich verstehe nicht ganz. Fäulnis, Insektenschäden – ja, ein wenig. Wir halten das gerade so in Schach. Rost ist da weniger von Bedeutung.«

»Aber Sie bestätigen, dass Rost ein Problem ist. Sie müssen sich davor in Acht nehmen.«

Gwen lachte, unsicher wegen seines ernsten Gesichtes. Sie dachte, dass er noch viel seltsamer war, als sie geahnt hatte. »Wir sorgen dafür, dass alles gut geölt ist, Mr. Coyne.«

»Sie verstehen, was ich sagen will?«

»Ich denke doch.«

»Gut, dann wäre das geklärt.« Er schälte seine Orange. »Mrs. Scales, ich hätte Sie liebend gern in der englischen Gesellschaft gesehen, wie Sie einen dieser Empfänge geben, die die Menschen so zu mögen scheinen.«

»Ich bezweifle, dass Sie sich amüsiert hätten, Mr. Coyne, selbst wenn ich es hätte. Wahrscheinlich hätten Sie Ihre Gesellschaft recht langweilig gefunden.«

Es entstand eine unbehagliche Pause, dann sagte er: »Was hält Ihre Familie davon, dass Sie England für so eine noble Sache wie Kunst und Wissenschaft verlassen haben?«

»Ich habe nur eine Schwester. Sie hält davon sehr wenig.«

»Das tut mir leid. Ich wollte keine Wunden aufreißen.«

Gwen war seinem Blick ausgewichen; jetzt sah sie ihn direkt an. »Das haben Sie nicht.«

KAPITEL XXXVI

Der Morgen war frisch, als sie die Straße entlanggingen. Gwen hatte sich den ganzen Weg über bei Maria eingehakt.

Maria kaufte Brot, getrockneten Salzfisch, Speck, Öl, Tomaten und Paprika. Gwen versuchte, Ausdrücke und Worte von dem, was Maria sagte, aufzuschnappen, doch sie war zerstreut. Nach den ruhigen Monaten, die sie nur Edward und Maria um sich gehabt hatte, machte die Menschenmenge Gwen unruhig und versetzte sie in Alarmbereitschaft. Die vielen verschiedenen Gesichter, die alle in ihre eigenen Erledigungen oder Gespräche vertieft waren, beunruhigten sie. Ihr Blick schoss hin und her, war unfähig, auf einer Sache oder Person länger zu ruhen. Ihr Arm wurde müde von Marias Einkaufskorb, doch sie konnte ihn nirgendwo sicher abstellen. Das Läuten von Kirchenglocken erfüllte die Luft wie an ihrem ersten Morgen in Pará. In dieser Woche fand ein Fest statt, hatte Maria ihr erzählt. Ob sie zu einem der Gottesdienste gehen wolle? Gwen war sich nicht sicher gewesen, doch jetzt dachte sie, dass sie, falls Maria es noch einmal ansprach, vielleicht doch gehen würde.

»Mrs. Scales, darf ich?«

Sie erschrak beim Klang seiner Stimme und drehte sich um. Gwen sah in das lächelnde Gesicht von Gus Pemberton. Sein bleiches Leinenjackett, frisch gebügelt und das Licht reflektierend, blendete sie, so dass sie die Augen mit der Hand beschattete. Sie ließ zu, dass er ihr den Korb abnahm.

Er sagte: »Sind Sie allein hier?«

»Mr. Pemberton. Sie sehen gut aus. Ich bin mit Maria hier, ich wollte einen Spaziergang machen.« Sie war sich bewusst, dass sie zu plappern begann, und errötete. Sie taumelte in der Hitze und schalt sich selbst, weil sie so albern war.

»Ich hole die Vorräte für den Tag immer selbst. Ich kann morgens nicht herumsitzen und auf mein Frühstück warten. Lieber gehe ich hinaus und kaufe es mir selbst.«

Gus Pemberton sprach leichthin, und er lächelte wieder. Sie fühlte sich dumm unter seinem Blick. Gwen sah, dass er einige Pakete unter dem Arm trug. »Ich hatte den Eindruck …« Sie war verwirrt; er wirkte nicht wie jemand, der von einer Krankheit genesen war, ganz sicher nicht der Simulant, von dem Vincent berichtet hatte. Sie sagte: »Ich meine, es ist sehr belebt für diese frühe Stunde. Wir führen ein eher ruhiges Leben.«

»Ja. Ich ziehe es nach der Abgeschiedenheit einer Exkursion vor. Möchten Sie mit mir frühstücken? Sie können dann das alles hier von meinem Fenster aus genießen, ohne sich mittendrin zu befinden.«

Gus Pembertons Räumlichkeiten waren an der Ecke einer langen Reihe von eindrucksvollen, aber baufälligen Gebäuden in der Nähe des Hafens. Die Fenster im ersten Stock ermöglichten einen Ausblick über den Hafen und die Straßen. Gwen sah hinunter auf die Markthändler in der Sonne und die scharfen Schatten, die die Gebäude warfen. Sie konnte sehen, wie leicht Mr. Pemberton ihren Sonnenschirm in der Menge entdeckt haben mochte; wie schnell er nach unten gegangen sein konnte, um sich einen Laib Brot zu kaufen, bevor er sie ansprach. Der Geruch nach Toast, Speck und Kaffee vermischte sich mit Mr. Pembertons Zigarettenrauch und wehte um sie herum. Es war kein scharfer Gestank, sondern angenehm weich; nicht der Tabakgeruch, an den sie gewöhnt war. Gwens Magen knurrte geräuschvoll. Sie war froh, dass er keine Bediensteten hatte. Seine Wahl, keine Notwendigkeit. Seine Wahl hatte ihr die Möglichkeit gegeben, ihre Fassung wiederzuerlangen.

Seine unausgesprochene Erfahrung schüchterte sie noch mehr ein, jetzt da sie allein mit ihm war. Und sie wollte nicht zugeben, dass Vincent bei ihr gewesen war. Sie blickte über die Schulter zur offenen Tür. Nichts an dem Mann deutete darauf hin, dass er ein Simulant war. Er pfiff eine Melodie. Obwohl Simulanten vielleicht pfiffen, sie wusste es nicht. Etwas Kompliziertes und zu hoch für seinen Mund und seine Zunge. Vielleicht war es ein Stück aus einer Opernarie. Ein Kichern stieg in ihrer Kehle auf, als sie an die Vorführung der Amateur-Opernsängerinnen zurückdachte. Plötzlich erinnerte sie sich an die Überraschung, die sie vor langer Zeit empfunden hatte, als sie gelernt hatte, dass Frauenstimmen brechen konnten. Diese Überraschung war eng mit der Fassungslosigkeit auf dem Gesicht ihrer Mutter verbunden. Gwen schob das Gesicht ihrer Mutter beiseite. Sie hatte Vincent gestern nicht erzählt, dass ihre Mutter sich an dem Wunsch der Tochter zu reisen geweidet hätte. Sie hatte auch nicht gesagt, dass ihre Mutter es unmöglich gemacht hätte, Euphemia zurückzulassen. Euphemia hätte sich ihr auch nie angeschlossen, sagte sie sich, selbst wenn man sie gefragt hätte. Wenn sie anders gewesen wäre.

Sie hätte Gus Pemberton gern Dinge gefragt, an die sie bei Captain Swithin nicht gedacht hatte. Doch die Schüchternheit hatte sie fest im Griff, während sie an ihrem Kaffee nippte, der schwarz und gallenbitter war. Er lächelte ihr zu. Gwen verschlang hungrig ihr Frühstück. Es war schwierig, nicht allzu gierig zu erscheinen, als sie in den knusprigen Toast und den salzigen Speck biss. Er presste Orangen über einer grünlichen Glaskaraffe auf dem Tisch aus und schob sie ihr dann zu. »Passen Sie auf die Kerne auf, Sie können sie auf Ihren Teller spucken.« Gwen trank den Saft in großen Schlucken, mitsamt den Kernen.

Er sagte: »Ich bewundere Ihre Zähigkeit.«

Sie lachte, endlich weniger schüchtern als zuvor. »Weil ich nicht gespuckt habe?«

»Weil Sie nicht in England geblieben sind; weil Sie Ihrem Mann und seiner Arbeit folgen. Und wegen Ihres Rufs. Er eilt Ihnen voraus, Mrs. Scales.« Gwen erbleichte ein wenig bei der Erwähnung von Edward in Verbindung mit Arbeit. Es war ihr nicht klar gewesen, dass seine Tätigkeit als Arbeit angesehen wurde. Ein Beruf. »Natürlich«, fuhr er fort, da er ihr Unbehagen offenbar falsch interpretierte, »ist es genauso sehr Ihre wie die seine. Ich habe Paare gekannt, deren gemeinsames Werk ohne den Anteil der Frau nichts gewesen wäre.«

»In unserem Fall bleibt das noch abzuwarten.«

»Vergeben Sie mir, ich wollte es anders formulieren. Ich wollte keinen Zweifel an der Zähigkeit Ihres Mannes wecken. Verstehen Sie es nicht falsch. Als Amateure starten Sie mit den gleichen Voraussetzungen. Sie verfügen über eine wissbegierige und wie ich glaube zielstrebige Natur, Mrs. Scales, so viel weiß ich bereits. Und trotz Ihres künstlerischen Talentes kann ich mir nicht vorstellen, dass Ihr Anteil an dem Unternehmen nur darauf reduziert werden wird.«

»Mr. Pemberton, darf ich Ihnen eine persönliche Frage stellen?«

Gus lehnte sich zurück und legte einen Fuß auf das andere Knie.

»Hatten Sie je Malaria?« Sie beobachtete sein Gesicht.

Er stellte den Fuß wieder ab und griff nach der Kaffeekanne. »Zum Glück nur sehr kurz. Sie müssen sich keine Sorgen machen, sich hier anzustecken, falls das der Hintergrund Ihrer Frage ist.«

Sie blickte auf seine Hände und dann in seine Augen. »Das war es nicht.«

»Ich habe mich gefragt, ob Sie den berühmten Kampf um Ihr Mikroskop erwähnen würden.«

»Berühmt?« Gwen schämte sich plötzlich und war verwirrt.

»Oh, vielleicht nicht direkt – machen Sie sich keine Sorgen. Sie werden hier sehr dafür geschätzt, wissen Sie, dass Sie sich nicht einschüchtern ließen. Marcus Frome war nie ein umgänglicher Mensch.«

»Sie kennen ihn?«

Er zögerte. »Nicht … direkt. Vermutlich hat niemand ihn je wirklich gekannt.«

»Nun, ich bin froh, dass er zurück nach England gegangen ist.«

»Mrs. Scales, hat Ihr Mann es Ihnen nicht erzählt? Es tut mir leid, das Thema angeschnitten zu haben. Ich dachte, Sie wüssten es.«

»Was wüsste ich?«

»Marcus Frome ist vom Schiff verschwunden. Man weiß nicht, zu welchem Zeitpunkt der Reise, doch zwei Wochen nach der Abfahrt benötigte ein Passagier einen Arzt – und Frome war nicht auffindbar.«

Gwen starrte Gus Pemberton in stummem Unglauben an. Es schien einfach zu lächerlich. Sie hatte manchmal an ihn gedacht und sich gefragt, ob er wirklich so verzweifelt war, wie er sich gegeben hatte. »Mr. Pemberton, ich … danke Ihnen, dass Sie es mir erzählt haben.« Gwen war wie betäubt.

»Ich habe am Silvesterabend Ihrem Mann davon erzählt, und ich hätte gedacht, dass er Sie so bald wie möglich darüber informieren würde.«

Gwen erinnerte sich, dass Mr. Pemberton Edward mit einer Entschuldigung nach draußen gelockt hatte. Um die Frösche auszuräuchern.

»Viele Neuigkeiten erreichen mich nicht, Mr. Pemberton. Die *Times* ist nie vollständig, wenn ich sie zu lesen bekomme.«

»Das ist … bedauerlich.«

»Ich kann nicht glauben, dass jemand so etwas tut wegen eines … so eine furchtbare Sache ausgerechnet wegen eines Mikroskops.«

»Bitte, denken Sie nicht, dass der Mann sich wegen eines Mikroskops über Bord gestürzt hat.«

»Nun, was soll ich sonst glauben? Er hat sehr deutlich gemacht, dass er glaubte …«

»Was Marcus Frome glaubte und was die Wahrheit war, musste nicht immer übereinstimmen. Denken Sie nicht weiter darüber nach.«

»Ich muss aber, Mr. Pemberton. Mr. Frome war davon überzeugt, kurz vor einer bahnbrechenden Entdeckung zu stehen.«

»Vielleicht tat er das. Doch Ihr Mikroskop hätte ihm nicht geholfen. Er hätte sich Ihre gesamte Ausrüstung ausleihen müssen und noch viel mehr.« Er lehnte sich vor, die Ellbogen auf die Knie gestützt. »Und ganz ehrlich, Mrs. Scales, er war kein glücklicher Mann. Denken Sie nicht mehr daran.«

Gwen wollte das Thema wechseln. »Ich …«, sagte sie und erhob die Stimme, »man hat mir zu verstehen gegeben, dass Sie sehr krank waren.«

Gus setzte sich abrupt zurück. »Ah, es geht um Vincent. Ich weiß, dass er Sie gestern besucht hat. Sind Sie in die Stadt gekommen, um mich aufzusuchen?«

Gwen zuckte mit den Schultern. »Vielleicht.«

»Was auch immer er Ihnen erzählt hat, sie dürfen ihm seine Widersprüchlichkeit nicht übelnehmen. Er meint es gut, das kann ich Ihnen versichern.«

»Sie sind nicht verletzt, dass er Lügen über Sie erzählt hat?«

»Er hatte nichts Böses im Sinn. Aber ich denke, ich sollte ehrlich zu Ihnen sein. Er und ich sind uns uneinig, in welche Richtung wir unsere Reise fortsetzen wollen, und wir werden ab hier getrennte Wege gehen.«

»Warum hat er mir das nicht erzählt?«

»Vielleicht war es meine Schuld. Ich habe ihm gesagt, er könne über mich sagen, was er wolle. Dass er mich nur als ›krank‹ bezeichnet, ist beruhigend.«

»Ihr Streit war ernst.«

»Bei Tageslicht, an einem Morgen wie diesem, erschiene er belanglos.«

Gwen war überrascht, dass ein Mann wie Gus Pemberton einen Streit eingestand. Seine Offenheit zog sie an. »Ich fühle mich getäuscht. Offenbar habe ich mich stundenlang mit einem Schauspieler unterhalten.«

»Nun, wir sind alle Schauspieler, Mrs. Scales – ob wir es wollen oder nicht. Sogar, wenn wir ganz wir selbst sind, sogar wenn wir allein mit unseren Gedanken sind.« Gus Pemberton nahm ein Stück Schale auf und nagte ein bisschen Fruchtfleisch ab. Er kaute darauf herum. Gwen wartete. Schließlich sagte er: »Kurz zusammengefasst ging es um unsere Autorität als Außenstehende, Grenzen zu missachten. Mehr sollte ich dazu nicht sagen.« Er lächelte entschuldigend.

»Das tut mir leid.«

»Nicht nötig.« Gus Pemberton zögerte. »Er und ich haben nicht einfach nur geforscht. Wir waren auf der Suche. Diamanten, Gold. Das ist unser Beruf. Partnerschaften wie unsere brechen früher oder später immer auseinander.« Sein Ton war leicht. »Keine große Tragödie.«

»Was werden Sie jetzt tun?« Gwen fühlte sich klein angesichts seiner offenen Worte. Ein Mann kann mehr als nur eine Sache sein, wenn er will, dachte sie. Er muss sich nicht durch die Art definieren, wie er überlebt.

Gus sagte: »Ich bin noch unentschlossen. In Schottland habe ich Besitz, den ich abwickeln muss. Nach einer angemessenen Zeit breche ich vielleicht zu neuen Ufern auf. Neuseeland eventuell.«

»Und was wird Mr. Coyne wohl tun, ohne Ihre Führung?«

Gus Pemberton zögerte. »Ich denke, er sollte zurückkehren, in diesen unsicheren Zeiten. In zwölf oder achtzehn Monaten wird er bereit sein zurückzukommen, sollte er das wollen.«

»Mr. Pemberton«, sagte sie.

»Gus, bitte. Nennen Sie mich bitte Gus.«

»Gus. Mr. Coyne hat gesagt, dass er mir helfen will, jemanden zu finden.«

»Ja, das hat er.«

»Ich weiß nicht, wie ich es formulieren soll, aber ich möchte gar niemanden finden. Und ich verstehe es auch nicht ganz.«

»Wie meinen Sie das?«

»Ich habe nie etwas davon gesagt, dass ich jemanden finden möchte, niemals, zu niemandem. Und soweit ich weiß, hat Edward das auch nicht. Und so …«

»Er hat mit mir ausführlich darüber gesprochen. Ich hatte den Eindruck, dass es allgemein bekannt ist.«

Gwens Hände zuckten zu ihrem Hals und fielen dann ineinander verschlungen zurück in ihren Schoß. »Mr. Pemberton, Gus. Wenn ich Ihnen etwas erzähle, werden Sie es doch für sich behalten? Ich kenne Sie überhaupt nicht, aber ich muss Ihnen sagen, dass diese Person, diese Suche, nur eine Erfindung ist. Niemand muss sie finden. Ich glaube nicht einmal, dass sie existiert. Zumindest nicht in dieser Welt.«

»Ich verstehe, dass es Sie aufregt. Möchten Sie lieber nicht darüber sprechen?«

»Niemand sollte davon wissen.« Sie suchte sein Gesicht nach einer Spur der Erheiterung ab, doch sie fand keine. »Gus, wie konnte Mr. Coyne wohl etwas so Lächerliches und Spezielles glauben?«

»Darauf habe ich keine Antwort.«

»Er ist Ihr Partner. Sie müssen sich doch gut kennen.«

»Mrs. Scales, bitte verstehen Sie. Ich werde es für mich behalten, ich kann Ihre Angst voll und ganz nachvollziehen, aber Vincent, er … Wir haben uns zufällig vor einigen Jahren in Australien getroffen, und ich habe mich seiner angenommen. Er hatte ein Empfehlungsschreiben von einem früheren Bekannten. Wir reisten, wir schürften, und später trennten sich unsere Wege – ich dachte endgültig –, bis wir uns wiedertrafen, wieder zufällig im Frühjahr 59 und … ach, das ist nicht wichtig. Wichtig ist, dass Vincent schon sehr bald abreisen wird, weshalb Sie sich um nichts anderes Gedanken machen müssen als um Ihre Arbeit.«

Sein Gesicht war offen, wollte sie beruhigen. Er lehnte sich zu ihr und nahm ihre Hand. Er senkte die Stimme zu einem Flüstern. »Reisen Sie auf keinen Fall mit ihm zusammen. Sagen Sie nichts, er ist hier, ich habe seinen Schatten gesehen.« Bevor sie etwas erwidern konnte, hatte Gus sie geküsst und zu sich gezogen. Sie sträubte sich, als sie ihren geschwollenen Bauch an seinem Körper spürte, doch er zog sie in die Höhe, immer noch durch den Kuss verbunden, und drängte sie in sein kleines Schlafzimmer, wo er die Tür hinter ihnen schloss.

»Bitte vergeben Sie mir, Mrs. Scales. Ich hatte keine Zeit zu überlegen«, flüsterte er.

»Wird er wieder weggehen?«

»Ja, ich denke schon. Wir geben ihm ein paar Minuten.« Sie sahen einander an. Gwen versuchte nicht zu bemerken, dass Gus Pemberton ein festes Bett einer Hängematte vorzog oder dass das Kissen immer noch seinen Kopfabdruck zeigte.

Als Gwen Gus Pemberton verließ, fragte sie sich, wie viel Einfluss er auf Vincent Coyne hatte. Wie viel davon war nötig, dass ein Mann einem anderen die Heimreise befehlen konnte? Trotz allem mochte sie Vincent immer noch. Oder mochte sie es, dass er sich mit ihr unterhielt? Seine Aufmerksamkeit. Ihn anzusehen, er war so schön. Dass er verrückt war, spielte nicht immer eine Rolle. Die Unterhaltung mit Edward war nicht anregend, nur ärgerlich. In Gesprächen behandelten Mr. Coyne und Mr. Pemberton sie, als ob ihre Meinung wichtig wäre, so wie Edward es früher einmal getan hatte.

Der Regen prasselte an diesem Nachmittag so wütend hernieder, dass jeder Tropfen seinen ganz eigenen Bestimmungsort zu haben schien. Die ersten Tropfen fielen auf die Blätter, und ihr Trommeln steigerte sich rasch zu einer wahren Kakophonie.

Gwens Sinne wurden durch die Exaktheit des Wetters geschärft. Eine Weile wollte sie es glauben und gab sich dem völlig hin. Was kann mich aufhalten?, dachte sie. Wer kann mich beschuldigen, wenn ich nie darüber spreche? Das Haar klebte ihr nass am Kopf, die Tropfen wuschen alle Spuren von Gus Pemberton von ihrer Haut.

In der Nacht wachte sie auf und dachte, dass Gus Pemberton neben ihr in der Hängematte war. Sie streckte die Hand in das dunkle Zimmer; zwei Frösche riefen nacheinander. Sie hörte Marias leises Schnarchen im Raum nebenan und schloss die Augen wieder. Doch das Bild von Gus Pemberton war immer noch in ihrem Kopf. Seine Worte, seine Art zu sprechen, wie seine Hand ihren Ärmel berührte.

»Keine Angst, Mrs. Scales, ich würde Sie nie bitten, Ihre

Integrität zu kompromittieren, aber ich möchte Ihnen meine Adresse geben. Bitte, schreiben Sie mir, erzählen Sie mir, wie sich alles entwickelt.«

»Das werde ich.«

Sie bewegte sich in ihrer Hängematte und lächelte bei dem Gedanken, dass sie Gus Pemberton schreiben und ihn bitten konnte, ihr die Dinge, die er ihr über Marcus Frome und die Moskitos erzählt hatte, genauer zu erklären, ebenso wie seine eigenen Gedanken, wie das mit Fromes Forschung zusammenhängen könnte – der großen Entdeckung. Sie wollte gerade wieder einschlafen, als sie plötzlich hellwach war. Gus Pemberton hatte ihr seine Adresse überhaupt nicht gegeben, hatte sie nicht gebeten, ihm zu schreiben. Und sie hatten sich auch in keinster Weise über Marcus Fromes Moskitos unterhalten.

KAPITEL XXXVII

THE TIMES, *Donnerstag, 4. Oktober 1866*

MORDPROZESS IM OLD BAILEY

Der Ehemann der Angeklagten Mrs. Pemberton machte seine Aussage in Form einer Erklärung, die vor Gericht verlesen wurde. Die Erklärung wurde durch wiederholte Einsprüche der Anklage unterbrochen, denen allen stattgegeben wurde. Schließlich rief Mr. Shanks frustriert wegen der vielen Unterbrechungen Mr. Pemberton selbst in den Zeugenstand, zur großen Überraschung des Gerichts.

Mr. Pemberton sagte: »Die Geschworenen sollen wissen, dass wichtige Informationen bezüglich dieses Falles bisher noch keine Aufnahme in das dem Gericht zur Kenntnis gebrachte oder genehmigte Beweismaterial gefunden haben. Nachdem ich der Erste war, der den Raum mit Mr. Scales' Leiche betrat, kann ich Ihnen sagen, Gentlemen, dass es keine gewöhnliche Szenerie war, wenn man den Schauplatz eines Mordes überhaupt gewöhnlich nennen kann. Was Detective Sergeant Gray und Doctor Jacobs weder der gerichtlichen Untersuchung noch diesem Gericht mitgeteilt haben, werde ich jetzt enthüllen.«

Mr. Pemberton fuhr fort, dass alle drei Männer beim Umdrehen der Leiche bemerkt hätten, dass gewisse Verstümmelungen vorgenommen worden waren, es jedoch keinen Hinweis auf übermäßige Blutung gegeben habe, was, wie Mr. Pemberton mutmaßte, darauf hindeutete, dass diese Verstümmelungen entweder post mortem oder in einem an-

deren Teil des Hauses zum ungefähren Zeitpunkt des Todes durchgeführt wurden. Mr. Pemberton erklärte weiter, dass er das Haus nach Spuren dieser Verstümmelungen durchsucht habe, und dass er, auch wenn er keinen direkten Hinweis fand, doch bemerkte, dass der große Tisch in der Küche erst kürzlich sauber geschrubbt worden war und dass in einem Kupferkessel Kleidung auskochte. Mr. Probart für die Anklage erhob Einspruch gegen die Art von Mr. Pembertons Beweis, der jedoch abgewiesen wurde, und Mr. Pemberton durfte weitersprechen. Er sagte: »Die Kleidung meiner Frau vom Tag zuvor war noch nicht gewaschen, wie ich zu meiner Erleichterung feststellte, als ich nach Hause zurückkehrte. Ihre Kleidung wies keinen einzigen Blutstropfen auf; diese Tatsache können meine Bediensteten bestätigen, die ich diskret darauf aufmerksam machte. Daher muss ich die Frage stellen: War vielleicht jemand anderes verantwortlich für diese Verstümmelungen? Eine andere Person, deren Motive, so undurchsichtig sie für uns auch noch sein mögen, bald ersichtlich sein könnten. Ich stelle es dem Gericht anheim, dass wer auch immer diese furchtbaren Dinge am Körper des unglücklichen Mr. Scales verübt hat, auch sein Mörder war.

Ich möchte gerne weitere Einzelheiten zum Schauplatz hinzufügen, wenn ich darf. An der Rückseite der Tür war ein massiver Haken angebracht, dessen sehr lange Schraube einige Millimeter auf der anderen Türseite herausragte. Der Haken war grob und passte nicht zum Rest der Möbel. Bei näherer Untersuchung fand ich Spuren von frischem Sägemehl direkt darunter. Ich machte eingehende Notizen zu allem, was ich an diesem Tag in dem Haus bemerkte, die ich dem Gericht gerne zur Berücksichtigung überlasse. Diese Hinweise sind meiner Meinung nach sachdienlich und für eine gerechte Urteilsfindung unerlässlich.«

Richter Linden erlaubte, dass diese Unterlagen zur Gänze mit der überarbeiteten Erklärung an ihn, die Geschworenen und die Anklage gehen sollten.

KAPITEL XXXVIII

Gwen entzündete eine Lampe und ging unruhig im Raum auf und ab, um schließlich ihre Schuhe abzustreifen. Marcus Frome war von Bord gesprungen. Aber warum? Warum beschäftigt es mich so, es ist doch schon geschehen? Der Mann ist seit Monaten tot. Ich erfahre es als Letzte, wenn ich … Aber er war eine widerwärtige Kröte, rief sie sich in Erinnerung, und hat mein Mikroskop nicht verdient, um keinen Preis; selbst wenn er es hätte bezahlen können. Doch, fragte sie sich, hätte ich es ihm gegeben, wenn ich gewusst hätte, dass er etwas so Dummes tun würde? War es denn dumm? Wie viel Mut ist nötig, um von Bord zu springen?

Hör auf, befahl sie sich. Doch sie dachte weiter über die Dinge nach, die Gus Pemberton gesagt hatte, und erkannte, dass er versucht hatte, alle Zweifel zu beseitigen, sie könnte in irgendeiner Weise etwas mit Fromes letzter Tat zu tun haben.

Bei Anbruch der Dämmerung legte sie sich wieder in ihre Hängematte, verzweifelt vor Schlafmangel, und tatsächlich konnte sie für eine Weile einschlafen.

Als sie wieder aufwachte, war sie unruhig, versuchte zu arbeiten, doch ihre Hände wollten ihr nicht recht gehorchen. Sie machte Fehler, die ganze Zeichnungen ruinierten, und musste schließlich aufgeben. Ich darf ihn nicht noch einmal besuchen, sagte sie sich.

In der Stadt tat sie gar nicht erst so, als wolle sie sich auf dem Markt umsehen, sondern ging direkt zu Gus Pembertons Wohnung. In ihrer Tasche hatte sie ein gefaltetes Blatt Papier mit einer Nachricht, in der sie ihn bat, sie so bald wie möglich zu besuchen. Wenn er nicht daheim ist, lasse ich sie hier. Aber sie konnte sich nicht entscheiden. Mit der Hand am Klingelzug stand sie an seiner Tür. Sie handelte überstürzt. Er würde sie für verrückt halten. Sie lehnte sich mit dem Rücken an die Tür, blickte zum lebhaften Markttreiben. Das scharfe Licht blendete sie, und sie schloss fest die Augen. Ich werde Maria suchen, beschloss sie. Sie wollte sich gerade von der Tür abstoßen, als diese sich plötzlich öffnete. Sie drehte sich um und trat in den kühlen Flur, der sie zu Gus Pembertons Wohnräumen führte. Plötzlich nervös hielt sie inne, ob es wirklich angebracht wäre, unangekündigt hier einzudringen. Zu ihrer großen Erleichterung wirkte die Wohnung verlassen, so dass sie gerade gehen und ihre Nachricht auf der Türschwelle zurücklassen wollte, als ein Geräusch ertönte, das sie den Atem anhalten ließ. Der harte Schlag einer Hand auf Fleisch, unverkennbar. Dann etwas weicher, zusammen mit einer unwirschen Stimme. Gwen war wie gelähmt, konnte sich nicht losreißen von etwas, das äußerst privat war. Ihre Kehle pulsierte mit ihrem Herzschlag und den Geräuschen, die sie als lustvolles Stöhnen erkannte. Du Idiotin, schalt sie sich, du warst so in deinem eigenen Alptraum gefangen, dass du dich geradewegs in den nächsten manövriert hast.

»Du willst sie, nicht wahr?« Die Stimme gehörte unverkennbar Vincent.

»Sei ruhig.« Gus Pemberton, angespannt und heiser.

»Sag es. Du willst – sie – so sehr. Ihren – Bauch. Du – denkst – jetzt – gerade – daran, nicht – wahr?«

Gwen schlug die Hände vor den Mund und stieß bei

ihrer eiligen Flucht gegen den Türrahmen. Dabei hörte sie Gus Pemberton schreien: »Sei ruhig, sei ruhig, sei ruhig.«

Raus hier, sagte sie sich. Raus hier, bevor du entdeckt wirst.

* * *

Schweißüberströmt wachte sie auf, schnappte nach Luft, die Finger in die Handflächen gekrallt. Maria beugte sich über sie. Gwen kämpfte um ihre Fassung. »Was habe ich gesagt? Habe ich im Schlaf gesprochen, Maria?«

Maria schüttelte den Kopf. »Nein, Sie waren nur unruhig, Mrs. Scales. Ich dachte, ich wecke Sie besser.«

Gwen rieb sich das Gesicht mit den Händen, als ob sie gerade unter Wasser gewesen und aufgetaucht wäre. »Ich muss heute noch einmal in die Stadt gehen, Maria. Ich muss Mr. Pemberton aufsuchen.«

Das Baby drehte sich in ihrem Bauch; als sie die Hand auf das unbegreifliche, sich windende Wesen legte, erinnerte sie sich, dass sich in ihrem letzten Traum kein Kind in ihr befunden hatte.

Gwen war atemlos, verschwitzt und durstig, als sie in Gus Pembertons Wohnung stand und ihren riesigen Bauch umklammerte. Gus sah sie einen Moment an, tat aber dann nicht, was sie befürchtet hatte. Er behandelte sie nicht wie eine nervöse und verwirrte Frau.

»Wer ist Vincent Coyne genau?« Sie hatte darüber nachgedacht, wie sie die Frage formulieren sollte, während der Karren über die Straße gerumpelt war und die Stöße ihr so weh getan hatten, dass sie lieber gelaufen war.

»Wie meinst du das?«

»Ich meine, woher kommt er? Denn er ist eigentlich gar kein Amerikaner, oder?«

Gus hob die Augenbrauen und zog überrascht den Kopf zurück. »Ich bin mir nicht sicher, ob ich dich verstehe.«

»Wie kannst du dir so sicher sein, dass er der ist, der er behauptet zu sein?«

»Ich habe ihn über einen Bekannten kennengelernt.«

»Und dieser Mann hat dich persönlich bekannt gemacht?«

»Ja, in einem Brief.«

Gwen atmete ein, wobei sich ihr schwerer Bauch hob. »Aber er ist nicht aus Amerika, da bin ich sicher. Ich bin mir sicher, dass er etwas anderes ist.«

»Etwas anderes? Das klingt interessant.«

»Nein, das ist es nicht. Ist er weg?«

»Ja. Er wird heute noch abreisen. Er verabschiedet sich gerade von einigen Leuten. Ich warte nur auf seine Rückkehr, und dann werden wir seine Reisekiste nach unten ...«

»Ich muss sie sehen. Du hast mich gestern vor ihm gewarnt.«

»Nun, ja, aber aus rein egoistischen Gründen.«

»Gus, bitte, lass mich seine Kiste sehen.«

Sie stand offen; Gwen kniete sich hin, um sie zu durchsuchen. Ein Mann, der nicht erwartete, dass jemand seinen persönlichen Besitz durchwühlte, würde nichts verstecken, dachte sie, und ihre Augen wanderten über die Taschen an der Innenseite des Kistendeckels. Sie tastete den Satin ab und durchsuchte dann ihren Inhalt. Sie zog ein kleines Bündel Briefe heraus und löste das einfache Baumwollband, das es zusammenhielt. Sie fühlte Gus an ihrer Schulter, der sie beobachtete, doch sie ließ sich nicht stören, weder von Verlegenheit noch der aufkommenden Panik bei der Vorstellung von Vincents Rückkehr. Es war ihr egal, ob er von ihrem Verdacht wusste. Sie sackte ein wenig in sich zusammen, als sie keine bekannte Handschrift auf den Umschlägen fand. Fast hatte sie schon aufgegeben und wollte die

Briefe zurück in die Satintasche stecken, als der letzte Umschlag, unbeschriftet, sichtbar wurde. Heraus fiel eine Reihe von Visitenkarten. Einen Moment war sie verblüfft. Vincent Coynes backenbartloses Gesicht starrte sie von einer Studioaufnahme in ihrer Handfläche aus an. Auf der Rückseite stand sein Name, sonst nichts. Sie verstaute alles wieder in der Truhe und stand mühsam vom Boden auf.

»Ich wusste, dass ich Mr. Coyne vorher schon einmal gesehen hatte. Als ich euch beide das erste Mal traf, hatte ich ein äußerst seltsames Gefühl – das Gefühl, einen Moment schon einmal erlebt zu haben, als wäre alles, was man gerade sieht und hört, nur eine Erinnerung.«

»Ich kenne das Gefühl, es gibt einen Ausdruck dafür.«

»Aber es war anders. Ich hatte es nur, wenn ich Mr. Coyne ansah. Da war eine ganz bestimmte Verbindung zu ihm.«

»Du hast ihn attraktiv gefunden, was nachvollziehbar ist.«

»Nein, es war wegen dieser Karte«, sie deutete auf die Kiste.

»Ich habe sie noch nie vorher gesehen.«

»Aber ich. Auf dem Boden des Schlafzimmers meiner Schwester, kurz vor meiner Abreise. Verstehst du?«

»Vielleicht.«

»Ja, vielleicht? Ja, sicher. Er kennt meine Schwester. Er hat sich durch Kleinigkeiten verraten, die mir normalerweise nicht aufgefallen wären, wenn es nur einmal passiert wäre.«

»Kannst du … wessen bist du dir überhaupt sicher, Gwen?«

»Dass meine Schwester ihn geschickt hat, um Misstrauen und Feindschaft zwischen Edward und mir zu streuen. Sie hat Mr. Coyne mit falschen Informationen geschickt, von denen sie hofft, dass sie dieses Unternehmen zerstören.«

»Du sprichst von dieser Phantomfrau, die nicht existiert.«

»Ja, irgendetwas Widerliches – ich weiß es nicht, ich kann mir nicht einmal vorstellen, was sie da ausgeheckt hat. Sie ist nicht zurechnungsfähig. Ich meine, sie ist keine Irre, aber sie war schon immer eifersüchtig auf alles, was ich tat, wen ich traf, wer mit mir sprechen wollte – auch wenn das in letzter Zeit nur noch wenige waren, wenn überhaupt. Ich habe mein Heim verlassen, einen Ort, den ich liebte, um aus dieser erstickenden Atmosphäre zu entkommen, die meine Schwester geschaffen hatte. Und selbst wenn ich mich Tausende von Kilometern von ihr entferne, lässt sie mich nicht in Ruhe. Ich muss ausgesprochen lächerlich auf dich wirken, dass ich hier seine Sachen durchwühle. Wie ein Dieb.«

»Ich habe dich in diesen Raum gebracht. Aber Vincent reist ab, Gwen. Er hatte keinen Erfolg, wenn dein Verdacht richtig ist. Weder Vincent noch deine Schwester haben etwas angestoßen, um deine Ehe zu zerstören.«

Gwen drehte sich bei der Erwähnung dieser speziellen Lüge weg. Schließlich sagte sie: »Seine blaue Brille und der Backenbart haben seine Züge so sehr verändert, dass ich ihn nicht gleich erkannt habe.«

»Nun, das war vielleicht keine Absicht, er hat empfindliche Augen. Ich habe ihn noch nie ohne seine Brille gesehen.«

»Und wirst du auch abreisen?« Sie konnte nicht sagen, was ihr auf dem Herzen lag. Der eine Nachmittag allein mit Gus hatte sie verändert, mehr, als sie es selbst begreifen konnte. Ihn abreisen zu sehen … ohne ihn würde sie nicht zurechtkommen.

»Aber wir können uns schreiben«, sagte er. »Du kannst mir von jedem neuen Insekt und jedem neuen Käfer erzählen, den ihr findet, und ihren speziellen Verhaltensweisen.«

»Gus, ich habe Angst. Ich habe Angst … ich wollte hier kein Kind bekommen, ich wollte arbeiten.«

»Maria ist die beste Hilfe, die du bekommen kannst. Vertrau ihr.«

»Das ist es nicht. Ich habe Angst vor dem Schmerz.«

»Sie wird dir helfen.«

Gwen wollte sagen, dass sie Angst vor dem Tod hatte. Dass sie Angst hatte, das Kind könnte sterben oder als Monster auf die Welt kommen, dass sie selbst sterben könnte, dass sie in der kleinen Holzhütte am Dschungelrand verbluten könnte. Dass ihr Blut durch die Holzdielen sickern und die Insekten sich daran nähren könnten. Doch sie schwieg. Sie ließ zu, dass Gus sie hielt, ihr übers Haar strich und sie aus Vincents leerem Zimmer in sein eigenes führte.

Gwen lag auf der Seite, Gus um ihren unförmigen schwangeren Körper gewunden, und wollte, dass er sie bat, Brasilien mit ihm zu verlassen. Sie wartete bei jedem seiner Atemzüge und horchte auf die Veränderung, die aus den Tiefen seiner Brust aufsteigen würde. Doch sein Atem war gleichmäßig und leicht, und sie wusste, dass er ein zu guter Mensch war, um sie dem Mann vollständig wegzunehmen, den er für ihren Ehemann hielt, egal, was er persönlich von Edward dachte. Gwen musste sich auf die flüchtige Natur ihrer gemeinsamen Zeit beschränken und die Tatsache, dass sie ihm niemals die Wahrheit würde erzählen können. Und während sie neben Gus lag und sein Samen an der Innenseite ihrer Schenkel herabbrann und auf ihrer Haut abkühlte, konnte sie sich nicht einmal zu der Frage überwinden, ob er je nach Brasilien zurückkommen oder ob sie sich je wiedersehen würden.

KAPITEL XXXIX

Pará, Brasilien, Juni 1861

Edward trug ein Paar schlaffer Papageien über der Schulter, als er die Stufen des Hauses hinaufging. Er war seit sieben Uhr unterwegs gewesen. Gwen sah die stumpf-grauen Zungen in den offenen Schnäbeln und wandte sich ab. Edward bemerkte ihren Ekel nicht; er war zu aufgeregt. Die Vögel waren ein Paar; ein schönes Paar, das zusammen herumgeflogen war, und er hatte sie abgeschossen, ohne das Gewehr nachladen zu müssen.

Es hatte sich herausgestellt, dass das Häuten von Tieren in der Nähe des Hauses das Ameisenproblem verstärkte. Nichts war sicher vor der Sammelleidenschaft der Ameisen. Maria hatte eine bittere, klebrige Masse auf den Beinen von Tisch und Stühlen sowie auf den Seilen, die die Essenssäcke hielten, verteilt. Die Vögel, die Edward anschleppte, waren bereits ausgenommen. Er war so mit sich zufrieden, dass er eine kleine Melodie pfiff, als er die Kadaver abstaubte und in Papier einschlug. Er dachte an das Frühstück, das auf ihn wartete, und an den starken Kaffee. Dass er die Vögel so sauber hatte töten und sie allein hatte bergen können, wog die furchtbare Erfahrung auf, die er beim Versuch, einen Affen zu fangen, gemacht hatte. Übelkeit ergriff ihn. Warum hatte er das getan? Affen jeglicher Rasse waren leicht in der Stadt zu bekommen. Doch dann waren da die Papageien. Alle Schuldgefühle wegen des ruinierten und vergeudeten Affens fielen von ihm ab, als er sie sah.

Die Tage seiner Jugend, die er mit dem Häuten und Ausstopfen von Krähen verbracht hatte, zahlten sich aus. Er beendete die Arbeit an den Papageien und packte sie weg. Gwen würde sie nicht malen, nur in lebendigem Zustand. Kreischend, kotend, herumflatternd und ständig bestrebt, alles mit ihren Schnäbeln zu zerstören. Gwen wirkte still heute Morgen. Vielleicht sollte er nicht über Papageien sprechen. Sie sprach nicht einmal mit Maria, was ihn freute. Das ganze Portugiesisch im Haus machte ihm immer bewusst, wie sehr er an den Rand der Welt gerückt war, die Gwen um sich aufgebaut hatte. Er schlürfte geräuschvoll seinen Kaffee und blickte hinaus in den Garten. Es war so phantastisch, dass hier Obst gedieh, für das er auch noch Verwendung hatte. Jeden Tag nahm er die Schalen mit in denselben Teil des Dschungels, eine sonnige Lichtung, auf der er das erste Mal die großen blauen Morpho-Schmetterlinge gesehen hatte. Er wollte eine Art Festmahl arrangieren, um sie anzulocken. Bisher hatte er unglaublich viele verschiedene Lepidoptera-Arten an dieser Stelle gesammelt. Er trank seinen Kaffee aus und rief Gwen einen Abschiedsgruß zu. Ihre Antwort war ein undeutliches Murmeln. Er nahm seine Ausrüstung und sprang aus dem Haus.

Um zwei Uhr nachmittags waren seine Zinnsammelkästen voll. Er legte seine Insektennetze sorgfältig zusammen mit dem Rest der Ausrüstung auf einen Haufen auf die Veranda. Er war eine Stunde früher als gewöhnlich zurückgekommen und wollte Gwen aufgeregt zeigen, was seine Kisten enthielten. Endlich hatte er ein ausgezeichnetes Exemplar eines männlichen Morpho rhetenor ergattert, das seinem Netz während der zweiwöchigen Exkursion immer wieder entkommen war, und hatte ein nur geringfügig weniger strahlendes Paar von Morpho menelaus fangen können, als es von den Bananenschalen kostete.

Einer nach dem anderen verstummten die Vögel, gefolgt vom Zirpen der Zikaden. Sie hörten auf und begannen erneut, hörten auf und begannen erneut, wie ein blockiertes Aufziehspielzeug. Die Bäuche der sich am Himmel drängenden Wolken waren geschwollen vom Regen. Als Edward zu Gwen ging, fühlte er das erste Knistern des Windes, das den Niederschlag ankündete.

Es lag eine besondere Klebrigkeit über dem Haus, und die durchdringenden Gerüche nach einer Geburt hingen in der Luft. Er fühlte sich benommen und wusste, dass diese Szene einfachster Häuslichkeit Welten von seinem alten Leben entfernt war. Er trat näher, um den kleinen Kiefer zu sehen, die halb herausgestreckte Zunge, zuckend im Schlaf, an ihrer Brust ruhend. Er versuchte sich einen Moment lang vorzustellen, dass dies hier sein dauerhaftes Zuhause wäre. Der Wind wurde stärker und ließ die schlaffen Blätter an den Bäumen sprechen. Er wollte hinausgehen, als der Donner krachte. Das Kind öffnete die Augen, und er dachte, es erkannte ihn. Es hatte Gwens Mund und Nase; Edwards Stirn und Brauen in Klein runzelten sich ihm entgegen. Eine kleine Faust hatte sich aus den Stoffbinden gelöst, und er wollte sie berühren, zögerte im letzten Moment, als ihm sein Streifzug durch den Dschungel einfiel. Er wischte sich die Hände an der Hose ab. Er wusste, dass Gwen diese Zeit des Tages am meisten liebte. Sie ging oft hinaus auf die Veranda und stand still da und beobachtete die herabströmenden Wassermassen.

Gwen wachte auf; das Kind begann wieder zu trinken. Sie sah ihn nicht. Er hielt es nicht aus, er musste die Stille durchbrechen. »Ist es ein Mädchen oder ein Junge?«

Gwen riss sich von ihrem Kind los, doch sie nahm ihn kaum wahr. »Ein Mädchen.«

Edward atmete aus. Hatte er die ganze Zeit den Atem angehalten?

Sie lächelte dem Kind zu, dessen Kiefer energisch beim Saugen arbeiteten. Dieses seltsame Gefühl, dieser seltsame Vorgang, für den die Natur gesorgt hatte. Sie würde sich niemals daran gewöhnen.

Er beugte sich über sie, und sie akzeptierte seinen Kuss auf ihre Stirn. Als er den Mund wegnahm, hielt sie den Kopf weiter nach oben, als ob sie mehr erwartete als ein Küsschen auf die Stirn. Ihre Augen waren geschlossen. Er überprüfte rasch seine Mundwinkel, ob sich darin nicht getrockneter Speichel angesammelt hatte, und küsste sie dann auf den Mund. Doch er hatte zu lange gewartet. Sie nahm den Kopf wieder herunter. Verdammt. Er küsste sie stattdessen auf die Wange. Es erinnerte sie beide an einen fast vergessenen Ort, die Stümperei, die am Anfang für Leidenschaft durchging.

Er würde einige dieser launischen Vögel aus den schmutzigen Ecken des Dschungels in einem Käfig mitbringen. Sie würde sie malen, und dann würde er sie wieder freilassen.

Er musste sich waschen und umziehen. In seinem Hemd und seinen Ohren hatte sich der Dschungel festgesetzt. Er suchte sich immer nach Zecken ab; er konnte es nicht ertragen, wie sie sich mit ihrem Kopf genau unter der Haut festbissen. Er hatte herausgefunden, dass eine erhitzte Nadel auf den Unterleib Abhilfe schaffte. »Hast du schon an einen Namen gedacht? Vielleicht aus der Familie?« Wie seltsam, dachte er, bei einer so einfachen Frage zu erröten.

»Augusta.«

»Augusta«, wiederholte er, schmeckte den Namen auf der Zunge. »Das klingt recht ernst, doch mit einem schönen Klang. Ist der Name aus deiner Familie?«

Sie schüttelte den Kopf. »Ich mag ihn einfach. Ich dachte, mir würde etwas einfallen, wenn ich ihr Gesicht sehe, und so kam ich auf den Namen.«

»Weißt du«, sagte er zögernd, »wenn ich diesen Moment

hätte vorhersehen können, in dieser ersten Nacht, als ich mit dir in dem kleinen Sommerhaus sprach, hätte ich unsere Abfahrt schon am nächsten Tag organisiert.«

Gwen runzelte die Stirn, doch er konnte nicht sagen, ob sie ihn gehört hatte, bis sie antwortete: »Wir haben uns am Strand kennengelernt, Edward, bei Tag.« Ihre Augen waren immer noch auf das Gesicht ihres Kindes gerichtet, es schien, als spräche sie zu dem Baby, nicht zu Edward. »Wir haben uns nie im Sommerhaus unterhalten. Ich habe es dir nie erzählt, aber eines Morgens habe ich dich dort gesehen. Du hast … du hast geschlafen, und ich dachte, du sahst so erschöpft aus, dass ich dich nicht geweckt habe.« Sie lachte. »Zuerst dachte ich, du wärst eine Art Landstreicher; tatsächlich hatte ich ein wenig Angst vor dir.« Sie wandte ihm das Gesicht zu.

Er sagte: »Aber ich erinnere mich so deutlich; wir haben uns etwa vierzig Minuten unterhalten. Es war Mitternacht, und du hattest dich gegen die Kälte in einen dicken alten Mantel gehüllt und trugst Stiefel, die dir viel zu groß waren. Du hast mich für den Gärtner gehalten. Aber du warst ganz anders, als wir uns dann das nächste Mal am Strand unterhielten. Und ich erinnere mich ganz deutlich, dass ich froh darüber war, am Strand, dass ich dein Gesicht sehen konnte und du dich viel natürlicher, viel entspannter mir gegenüber verhieltst. Und ich erinnere mich, dass ich dachte, was für ein Idiot ich doch war, diesen Teil der Küste gemieden zu haben, weil ich gefürchtet hatte, dir zu nahe getreten zu sein.« Edward sah, wie eine Erkenntnis über Gwens Gesicht zuckte, als sie seine Worte erfasste.

»Du konntest nicht wissen, dass ich eine Schwester habe, deren bemerkenswerteste Eigenschaft es ist, jedes Lebewesen – ob Mensch oder Tier, ob lebendig oder tot – nachahmen zu können. Auch mich.«

»Gwen, ich …«

»Es spielt keine Rolle; jetzt nicht.«

Wieder sprach sie zu ihm, sah dabei jedoch das Baby an. Er trat zurück und wäre beinahe mit Maria zusammengestoßen, die er vollkommen vergessen hatte.

Er öffnete seine Sammelbüchsen und hielt inne, erinnerte sich an die Freude, diese Insekten in seinem Besitz zu haben. Er zögerte, drehte sich halb um, überlegte, ob er sie ihr nicht trotzdem zeigen sollte. Als er sie eines nach dem anderen durchsah und nach Fehlern in der schillernden Patina suchte, diesem schockierenden, knisternden Blau, ließ er das Wissen, was er mit Gwens Schwester an diesem feuchten Morgen und, wie er sich eingestand, auch bei den anderen Malen getan hatte, in sein Gewissen einsinken. Er hatte es nicht wahrhaben wollen, weshalb es in seiner Erinnerung als etwas so Formbares wie Spachtelmasse existiert hatte. Eine Erinnerung formte sich neu; ein körperlicher Akt wurde zu einer Unterhaltung, eine Person zu einer anderen.

Er blickte hinab auf seine Hände und sah den zerstörten Morpho-Schmetterling, die Flügel stumpf zwischen seinen Fingern ausgebreitet. Und er wusste, dass Gwen unschuldig war – sie wusste nichts über Natalia. Er war sich sicher. Er fand den Schlüssel zur Schreibbox und öffnete sie. Der Brief von Gwens Hausangestellter lag bei seinen anderen Papieren. Er ging hinaus auf die Veranda auf der anderen Seite des Hauses, weg von Gwen, Maria und dem Baby. Er zündete den Brief mit einem Streichholz an, hielt ihn an einer Ecke und sah zu, wie Flammen die Worte auffraßen. Eine Imitatorin. Er wusste nicht, ob sich Euphemias Talent auch darauf erstreckte, Stimmen auf Papier nachzuahmen, doch da er sich dessen nicht sicher sein konnte, war es besser, den Brief zu verbrennen. Isobels Todestag hatte er sich notiert. Er fühlte sich leichter, jetzt, da er frei von ihr war. Er ließ das verkohlte Papier auf die Veranda fallen und trat die letzten Funken aus. Keine gegenseitigen Beschuldigungen mehr, keine Hysterie, nichts mehr; selbst in seiner Abwesenheit hatte sie noch ihr Möglichstes versucht, ihn durch das Mitleid von Fremden einzufangen. Doch es war ihr nicht gelungen. Isobel konnte ihm nichts mehr anhaben. Sie war für immer zum Schweigen gebracht.

KAPITEL XL

In den nächsten Wochen war Gwen nur damit beschäftigt, ihr Baby zu füttern. Es klammerte sich mit weit aufgerissenem Mund und ebenso stark wie ein Fisch an ihre Brust. Es saugte sie aus, und Gwen fühlte, wie sie schrumpfte. Die Klarheit der letzten zwei Monate vor der Geburt war verschwunden, Gwen war wie benebelt und betäubt, immer nur halb bei Bewusstsein. Entweder fütterte sie das Baby oder wurde aufgeweckt, um das Baby zu füttern, oder schlief ein, während sie das Baby fütterte.

Ihre Welt war auf ihre Brüste geschrumpft und ob das Baby daran saugte. Es war so langweilig und alles, was Gwen nie gewollt und worum sie nie gebeten hatte. Die erste Euphorie, die Geburt überlebt zu haben, dieses wunderbare winzige menschliche Wesen heil und lebendig ausgestoßen zu haben, war verschwunden. Die warmen Gefühle Edward gegenüber, die kurzzeitig aufgebrandet waren, hatten sich genauso schnell verflüchtigt, wie sie gekommen waren.

Eines Nachmittags sah sie mit apathischer Lustlosigkeit zu ihren Malsachen. Das Baby lag in ihrer Armbeuge; sein Kopf war feucht von ihrem Schweiß, der helle Flaum lag dunkel und glatt auf der Haut. Gwen blickte auf die pulsierende Fontanelle, die dicke Membran, die sich über das Gehirn erstreckte. Maria hatte ihr gesagt, diese Stelle dürfe nie eingedrückt werden. Sonst könnte das Baby sterben. Diese Information faszinierte Gwen ebenso wie sie sie beunruhigte. Sie strich mit den Fingern über die weiche Kopfhaut und hielt die Luft an.

Mit einer Hand holte sie die Sachen aus der Tasche, um sie auszulüften und nach Anzeichen für Schimmel oder Insektenschäden zu überprüfen. Sie wischte über die Oberfläche ihrer Bücher, die mit Kerosin behandelt worden waren, um wenigstens einen Teil der Insekten abzuhalten. Andere ließen sich von dem Gestank nicht stören und bohrten Löcher in die Seiten. Da lag auch der Roman, immer noch ungelesen. Sie hatte auch ihn behandelt und blätterte jetzt beiläufig die Seiten auf Insektenschäden durch. Sie schüttelte das Buch aus, schlug es auf die Werkbank. Das Baby bewegte sich und schlief sofort mit glasigen Augen wieder ein.

Gwen öffnete das Buch so weit wie möglich, um in den Zwischenraum zwischen Buchrücken und Einband schauen zu können, dann schlug sie damit wieder gegen die Werkbank. Ein einsamer brauner Käfer fiel heraus. Früher hätte sie ihn mit einem Sammelexhaustor gefangen und ihn in einem durchsichtigen Behältnis aufbewahrt, um ihn unter dem Mikroskop zu betrachten. Jetzt beobachtete sie ihn nur mit vor Müdigkeit schmerzenden Augen, wie er davontrippelte und sich in einer Ritze der Werkbank verkroch.

Das Buch hatte sie knarrend begrüßt, und die aufblätternden Seiten hatten die Luft geküsst. Als sie das Buch mit einer geringschätzigen Handbewegung zuklappte, gab es ein pfeifendes Geräusch von sich. Gwen machte sich nicht länger Gedanken, wer ihr einen Roman geschickt haben könnte. Sie kümmerte sich um das Buch, weil man das eben mit Büchern tat. Und auch wenn sie es nie lesen würde, wollte das vielleicht zu einem späteren Zeitpunkt jemand anderes. Es wäre eine Schande, ein nicht aufgeschnittenes Buch zu besitzen, das auseinanderfiel. Unaufgeschnittene Bücher hatten sie einmal über die Maßen in Entzücken versetzt. Als Kind hatte sie es mehr geliebt, Seiten aufzuschlitzen, als zu essen oder in frischer Bettwäsche zu schlafen. Mehr als ihren Malkasten. Mehr als ihre Schwester, manchmal.

Sie hatte ein Papiermesser aus einem dünnen Stück Knochen besessen, das sie geliebt hatte, bis sie gehört hatte, woraus es wirklich bestand. Dann hatte sie es in die Küche mitgenommen und die Herdklappe geöffnet. Der Geruch der brennenden Sklavenrippen hatte sich im Raum ausgebreitet, und sie war davongelaufen und hatte sich in der Speisekammer übergeben.

Gwen bezweifelte, dass es wirklich aus einer menschlichen Rippe gemacht gewesen war; wahrscheinlich war es aus Elfenbein oder etwas Profanerem wie Rinderknochen gewesen. Der Kopf des Babys rutschte zur Seite. Gwen betastete den Buchrücken des Romans und starrte lange auf die bunten Wirbel des marmorierten Papiers.

Edward hatte ihr in New York einen Brieföffner aus geschnitztem Horn gekauft, da sie ihren zu Hause gelassen hatte. Der Gedanke schmerzte – zwei unbehagliche Fremde, die sich die Sehenswürdigkeiten ansahen und Plunder kauften.

Ihre Kopfhaut juckte vor Schweiß wie unter Läusebefall, und sie dachte: Wo habe ich nur den Brieföffner hingelegt? Sie dachte nicht, ich werde das Messer ansetzen, das Papier festhalten und es aufschlitzen.

Der Brieföffner war hässlich, er hatte ein Muster aus Rosenblüten an den Seiten des Griffes und einen missglückten dornigen Stiel auf dem Rücken. Edward hatte ihr auch ein Paar Kämme gekauft, auch wenn ihr die schlichten viel besser gefielen. Edward hatte sie mit Geschenken überschütten wollen, nutzlosen Sachen oder auffälligen, schrecklichen amerikanischen Hüten. Sie hatte Handschuhe benötigt. Die ganze Zeit, hatte sie gedacht, war es so offensichtlich gewesen. Vielleicht waren Handschuhe zu alltäglich, zu normal gewesen. Zu intim. Etwas, das man für seine Ehefrau kaufte. Jetzt konnte sie sich nicht mehr vorstellen, Handschuhe tragen zu wollen.

Sie hielt den hässlichen Brieföffner in ihrer Handfläche. Er war umständlich zu bedienen, als ob derjenige, der ihn geschnitzt hatte, nie einen Brief mit etwas anderem als seinen Fingern geöffnet hätte. Oder überhaupt nicht.

Gwen legte das Baby in die Hängematte. Sie schnitt die erste und die letzte Seite auf. Ihre Regel war schon immer gewesen, dass, wenn die erste Seite eines Buches schlecht war, sie zur letzten springen durfte, um zu erfahren, wie es endete. Wenn die erste Seite gut war, würde die letzte Seite sie verspotten. Doch diesem Unsinn war sie entwachsen. Sie schlitzte die Seiten auf, eine nach der anderen. Alles an dem Buch schrie nach Geld: das Kalbsleder, die außergewöhnliche Marmorierung, die dicken Seiten cremigen holländischen Papiers, das sich wundervoll an das Messer anschmiegte, die grünen Seidenkapitalbänder, eine seltsame Farbwahl. Alles an dem Buch verlockte sie dazu, die erste Seite zu lesen.

KAPITEL XLI

Eternal Blazon oder
Die Bekenntnisse einer Unsichtbaren, Teil 1

Ich bin vom Äußeren her das genaue Gegenteil von Ihnen. Sie wissen das; Sie wissen, dass ich nicht schön anzusehen bin. Mein Körper ist nicht so seidenweich wie der Ihre, er ist nicht so bleich wie Kalbfleisch, so blass und geisterhaft wie Stutenmilch. Haben Sie sich schon einmal gefragt, warum Ihr Mann sich mit solcher Wucht, solchem verzehrenden Verlangen auf eine Frau stürzt, deren Körper dunkel vor Haaren ist? Deren Gesicht, bärtig und aufsässig, Ihnen von der Visitenkarte entgegenstarrt, die Sie unglücklicherweise zwischen den Sachen Ihres Ehemanns gefunden haben. Mein Bild ist überall in gewissen Kreisen. Ich bin auf den schmutzigsten Straßen der ungesündesten Viertel der Stadt verstreut. Mein Gesicht wird von respektablen Männern versteckt, während ihre guten, ehrlichen, treuen Ehefrauen wach sind, und es wird hervorgezogen, um es an den dunkelsten Orten, zu den tiefsten Nachtstunden geifernd zu betrachten.

Ich bin keine sechzehn mehr, und doch kursiert das Bild von damals immer noch. Da ich mein Gesicht in der Öffentlichkeit mit einem dicken Schleier verhülle, kann sich jeder mein Bild nach eigenen Vorstellungen gestalten. Ich war sechzehn. Meine Stimme war noch nicht von Bedauern belegt; ich wusste gar nichts. Als ich in diesem düsteren Land ankam, glaubte ich denen, die mir sagten, dass dem zahlenden Publikum egal sei, wie ich aussähe; dass sie meine Stimme hören wollten. Ich konnte in meiner ersten Nacht im Empire Theatre nicht verstehen, warum so viele Menschen, die Geld dafür bezahlt hatten, mich singen zu hören, so laut sein konnten. Ich hatte Stille erwartet. Und das bekam ich: bedrücktes Schweigen aus Scheu und Widerwillen. An diesem Abend schaffte ich es, trotz der Menge zu singen. Ich hätte nie gedacht, dass ich einmal so würde singen, dass ich meine Stimme einmal so würde stählen müssen. Die Essenz entglitt mir.

Wollen Sie zulassen, dass Ihnen die getrübte Essenz Ihres Lebens durch Ihr Unwissen entgleitet?

Als das Konzert vorbei war, an diesem furchtbaren Abend, nahm ein Mann mich mit in seinen Laden. Ein Mann, der über meine Haltung während des Auftritts gegrübelt hatte, sein Verstand ersann still die zarten, komplizierten Handgriffe, die seine Hände ausführen wollten, wenn ich ihm nur folgen würde. Der Preis überraschte ihn. Mein »Aufpasser« räumte ihm einen kleinen Abschlag ein, genug für eine Kutsche. Ich wurde über einen Seitenausgang aus dem Empire Theatre gebracht, der nur von den Rattenfängern und den Müllsammlern benutzt wurde. Mein Aufpasser, Mr. Helson Blackwater, erklärte mir nichts. Er mied meinen Blick. Er übergab mich wie ein gehäutetes Kaninchen auf dem Smithfield-Fleischmarkt und wischte sich die Hände an seinem Mantel ab.

Er sprach nicht mit mir, dieser Mann, der mich in seinen Laden mitnahm. Er saß mir gegenüber und musterte mich im Dunkel der Kutsche, während wir über die Straßen rumpelten. Die Sitze waren verschmutzt, ebenso der Boden. Ein leichter Geruch nach Erbrochenem lag in der Luft, und ich zog meinen Schal vors Gesicht aus Furcht, ich könnte die Kontrolle über meinen Magen verlieren, auch wenn er leer war, da ich vor Nervosität und Aufregung den ganzen Tag nichts gegessen hatte.

Er lehnte sich vor, als unsere Körper durchgeschüttelt wurden, und berührte meine freie Hand. Die Hitze seiner Finger brannte sich durch unsere Handschuhe; seine Hand schloss sich um meine, drückte meine Fingerknöchel gegeneinander. Er setzte sich neben mich, und ich versuchte, meine Hand frei zu bekommen.

»Tue ich Ihnen weh?«, flüsterte er. »Das will ich nicht.«

Seine Stimme war leise, sein Atem roch nach Kümmel, als er den Schal von meinem Gesicht zog. »Ich werde nie etwas tun, das Sie verletzt, meine Liebe.«

Doch er hielt immer noch fest meine Hand, als ob ich jederzeit aus der Kutsche fallen könnte, als ob er fürchtete, dass jemand Größeres als er hineinspringen und mich in die grässliche Nachtluft entführen könnte. Ich funkelte in seinem Verstand, Isobel. Meine Knöchel schmerzen bei der Erinnerung daran.

Der Name dieses Mannes war Mr. Abalone Wilson Tench. Er prangte in goldenen Lettern über der Tür seines Barbiersalons und glitzerte im flackernden Gaslicht, doch ich konnte es damals nicht lesen. Mit sechzehn konnte ich nur Spanisch lesen und schreiben. Ich wusste nicht, dass man mich in eine Einrichtung gebracht hatte, die auf die Entfernung von Gesichtshaar spezialisiert war. Nicht sofort. Er zündete eine Kerze an und mit dieser eine Lampe und weitere Kerzen.

Bis zu diesem Zeitpunkt hatte ich gedacht, der Mann sei riesig, und meine Angst hatte ihn erst recht zu einem Riesen gemacht. Seine Brust war breit, seine Schultern die eines Büffels. Nachdem er Mantel und Jackett ausgezogen hatte, konnte ich sehen, dass seine Taille schmal war, wie die eines Tänzers. Seine Hände waren elegant, Haut und Fingernägel gepflegt. Er achtete darauf, sich nicht zu verbrennen oder die Finger mit Ruß zu beflecken. Er schloss die Ofentür und öffnete den Lüftungsschlitz, damit das Feuer aufloderte.

»Sie fragen sich wahrscheinlich, meine Liebe, was um alles in der Welt Sie in einem Barbiersalon machen.« Seine Stimme erhob sich kaum über das Flackern der Kerzen und das Zischen der feuchten Kohlen in dem bauchigen Ofen. »Nun, ich werde es Ihnen zu gegebener Zeit mitteilen. Doch seien Sie unbesorgt.«

Er sah mich an, wie andere Männer seiner Art mich ansehen würden. Auch Ihr Ehemann, Isobel. Zärtlichkeit gemischt mit Verlangen.

»Ich war sehr verärgert über die Art und Weise, wie Sie heute Abend empfangen wurden, meine Liebe. Was für Tiere doch in dieser Stadt leben. Ratten, Hunde. Furchtbare Kreaturen.« Er sprach meinen Namen. »Natalia.« Nur einmal. Er sprach ihn mit so ausgesuchtem Einfühlungsvermögen, seine Zunge verweilte auf der mittleren Silbe.

»Aber ich vergesse meine Manieren, meine Liebe«, sagte er. »Ich hole Ihnen eine Erfrischung, Sie brauchen etwas zu trinken. Sie müssen auf sich aufpassen. Ich sehe, dass Ihre Lippen trocken sind. Wir dürfen nicht zulassen, dass Sie dehydrieren, wie man heutzutage sagt. Kennen Sie das Wort, meine Liebe?« Er wartete meine Antwort nicht ab. »Etwas zu hydrieren, meine Liebe, ist etwas zu befeuchten. Demzufolge, oder ipso facto, wie man in den vornehmeren Schichten sagt, bedeutet etwas zu dehydrieren etwas auszutrocknen.«

Auch wenn mir schlecht vor Hunger war, konnte ich den Gedanken an Essen nicht ertragen; doch ich brauchte etwas, um mich zu beschäftigen. Ich trank, was er mir gab; es brannte in Kehle und Nase. Meine Augen füllten sich mit

Tränen, doch er bemerkte mein Unwohlsein nicht. Ich unterdrückte einen Hustenreiz.

»Meine Liebe«, sagte er, »fühlen Sie sich wohl? Möchten Sie noch etwas?« Ich schüttelte den Kopf. »Miss Jaspur«, erwiderte er verblüfft, »wenn Sie nur den Kopf schütteln, dann weiß ich nicht, ob Sie zufrieden sind oder nicht.«

»Ich brauche nichts mehr. Es geht mir gut, danke, Sir.« Auch wenn mir viel zu warm war. Unter meiner Haube spürte ich, wie mir der Schweiß ausbrach, und ich sehnte mich danach, die Nadeln herauszunehmen und mein Haar mit den Händen zu zerzausen, den Kopf zwischen den Knien auszuschütteln, wie ich es bisher jeden Abend getan hatte.

Sein Gesicht war im flackernden Licht sehr ernst geworden. »Sie müssen wissen, Miss Jaspur, dass ich von Beruf Barbier bin. Ich schneide das Haar von Gentlemen, und ich rasiere ihre Gesichter. Dieser Beruf ist meine Leidenschaft. Ich hätte andere Wege einschlagen können, ein anderer Mann werden, doch dieses Metier hat mich zu sich gerufen wie ein Geistlicher vom allmächtigen Herrn gerufen wird. Ich will damit niemandem den Respekt absprechen, der heiliger ist als ich, und das sind viele. Meine Liebe, ich möchte Ihnen verdeutlichen, dass das hier nicht nur etwas ist, womit ich meinen Lebensunterhalt verdiene. Wenn ich meine Hände auf den Kopf eines Gentleman lege, meine Finger an seine Wange, noch warm von den Handtüchern, dann sehe ich manchmal große Dinge. Manchmal auch weniger schöne Dinge. Bitte verstehen Sie das nicht falsch, ich glaube nicht an Hokuspokus. Ich habe in den letzten zwanzig Jahren gründlich darüber nachgedacht. Ein Mann gibt sich selbst weg, wenn er sich den Händen eines Barbiers ausliefert. Man könnte sagen, er ist auf besondere Weise verletzlich. Er lässt seine Seele zu mir sprechen. Ich sehe es an einem Aufblitzen in seinen Augen oder an einem Zucken neben seiner Nase. Wie seine Hände auf seine Brust fallen, wenn er sich in einem Stuhl zurücklehnt. Der Rest ist Herauslocken. Ich weiß, wie man die Herren zum Reden bringt. Sie denken, ich bin einfach. Sie wähnen sich in Sicherheit. Und meistens sind sie das auch. Aber Ihr Mister Blackwater, er kam vor zwei Wochen zu mir. Und er gibt mir, meine Liebe, pures Gold. Ich lasse mir Zeit, ich arbeite langsam, sorgfältig. Er erzählt mir von einer jungen Lady. Ich widme mich noch einmal seinen Wangen. Ich verrühre die Seife zu einem luftigen Schaum, und dann halte ich seinen Kopf.« Mr. Tench zeigte mir mit seinem Körper und seinen Händen, wie er den Kopf meines Aufpassers hielt, und ich erschauderte bei dem Anblick, Isobel. Ich erschauderte, weil ich plötzlich Blackwater über mich sprechen hörte.

Mr. Tench wurde ernst. »Sie müssen sich befreit fühlen, Miss Jaspur, meine Liebe. Befreit. Ihr Mister Blackwater – und glauben Sie mir, er ist mit den schwärzesten, übelsten und trübsten Wassern gewaschen, die je durch diese Stadt flossen. Blackwater, er denkt an das eine, wenn ich ihm Geld für Sie gebe, und ich weiß, dass es mir um etwas anderes geht. Sie haben Ihre Freiheit, meine Liebe. Ich werde Sie verwandeln. Ich werde Sie in ein besseres Leben entlassen mit meiner Klinge und meinen Scheren.«

»Ich sehe Strukturen. Ich habe das menschliche Skelett sowohl bei Lebenden als auch bei Toten genau studiert, gebleicht im Kessel des Anatomen. Und ich sehe die Schönheit hinter Ihrer Maske. Wenn Sie es mir gestatten, werde ich Ihnen die verstecckte Schönheit enthüllen, die Sie wirklich sind, meine Liebe, mein entzückender, mein kostbarer, kostbarer Juwel.«

Ich hörte Mr. Tench herumgehen und weitere Kerzen anzünden und die heruntergebrannten ersetzen. Er brachte eine weitere Lampe. Nach und nach wurde der Raum in bernsteinfarbenes Licht getaucht. Ich konnte fühlen, wie sich die Schatten in die äußersten Ecken des Ladens zurückzogen, und ich öffnete die Augen.

Mr. Tench lächelte mir im Spiegel zu. Seine Ärmel waren sorgfältig bis zu den Ellbogen hochgeschlagen. Geschickt und sanft befreite er mein Gesicht von Stoff. Dann nahm er eine Rasierklinge, deren Griff aus dunkelbraunem Schildpatt bestand und mit Silber verziert war. Er packte das untere Ende des Abziehleders, als ob er das Tier bezähmen wollte, von dem die Haut stammte, und begann langsam, das offene Messer über das Leder zu ziehen. Dann legte er die geschärfte Klinge sorgfältig auf ein sauberes Baumwolltuch auf der Arbeitsbank und ging zu dem bauchigen Herd hinüber. Er bewegte sich leise und führte seine Tätigkeiten wie religiöse Handlungen aus. Ich fühlte, wie mein Stuhl nach hinten kippte, und sein Atem war wieder nah bei mir.

Er arbeitete schnell, schälte die Konturen meines Gesichts heraus, bildete die Struktur meines Kiefers durch den runden Griff des Pinsels nach. Mr. Tench bog sich um mich herum, die Hände gespreizt, er spannte meine Haut, als die Klinge darüberglitt, geleitet von einem Instinkt. Nach wenigen Minuten hatte er Kiefer und Hals beendet und machte sich daran, auf meiner Stirn einen Haaransatz zu schaffen. Er trennte meine Augenbrauen mit einer kleinen Kerbe über meinem Nasenrücken und rieb etwas süß Riechendes in meine Haut.

»Mandelöl«, erklärte er. »Mit einer Extrazutat, meinem kleinen Geheimnis, an dem ich für genau diesen Moment gearbeitet habe.« Er liebkoste mein nacktes Gesicht, meine nie gesehenen Wangen, mein bisher verborgenes Kinn. Er drückte seinen Bauch gegen meinen Kopf, so dass ich die

Hitze seines Blutes durch meine Haare spüren konnte. Ich hörte ihn wiederholt seufzen. Er bewegte sich um mich herum und betastete mein Gesicht, als ob es das Erste und das Letzte wäre, was er im Leben erblickte. Seine Hände auf meinem Gesicht sprachen von einem mir unvorstellbaren schmerzenden Verlangen. Ich dachte, er sei fertig, doch dem war nicht so. Er sprach mit brüchiger Stimme zu mir: »Ich muss Sie aufstehen lassen, meine Liebe.« Er hielt den Atem an, als ob er große Schmerzen leiden würde. Ein fremdes Mädchen starrte mich aus dem Spiegel an; ein Mädchen mit rosigen Wangen, die von dem süßen Mandelöl glänzten. Ihre Augen waren groß, und ich sah, wie sie sich mit Tränen füllten. Rasch wischte Mr. Tench sie mit einem Taschentuch ab.

»Nun, meine Liebe, was sagen Sie? Sie haben meine Arbeit gesehen. Sie haben gesehen, wie ich Sie in ein wundersames Wesen verwandeln kann. Lassen Sie mich mehr machen. Erlauben Sie mir fortzufahren. Und wenn Ihre Schicklichkeit das erfordert, werde ich meine Kunst an Ihrem Körper mit einer Augenbinde ausführen. Sie können sie mir sogar selbst anlegen.«

Ein Schauder furchtsamer Erwartung überlief mich, und doch wusste ich, dass ich diesen Mann nicht verlassen konnte, bevor ich ihm nicht erlaubt hatte, sein Angebot umzusetzen. Ich musste meinen nackten Körper in seiner ganzen unverhüllten Wahrheit darstellen, um das unermessliche Verlangen dieses Mannes zu stillen, seine Klinge über meinen Bauch und meine Brüste gleiten zu lassen, über meine Arme und meine Beine, bis zu den Haaren auf meinen Zehen, wie ich in dieser Nacht erfahren sollte. Er ließ sich nicht von seinem Ziel abbringen. Ich krümmte mich bei dem Gedanken, dass dieser Mann auf diese Weise an mich denken könnte; nicht nur für einen flüchtigen Moment, wie ein Funken vor Augen, sondern jeden Tag. Planen, das spezielle Öl anmischen. Nun, Isobel, was hätten Sie getan, wenn Sie an meiner unglücklichen Stelle gewesen wären?

Es gab nichts, was ich sagen konnte.

Als ich dort lag, Isobel, glitt ich in eine Art Trance, nahm nur noch das Gefühl dieser Hände wahr, die die Klinge über meine Haut gleiten ließen; das schnelle, sichere Reiben seines Daumens, wo er das Haar entfernt hatte, wie er sich spiralförmig meinen Arm entlangarbeitete, von der Schulter bis zur Taille. Er wischte meinen Arm langsam ab, als er mit seiner Arbeit zufrieden war, und ging dann zum rechten Arm über, nachdem er meine linke Körperhälfte abgedeckt hatte. Da sprach Mr. Tench zu mir. »Geht es Ihnen gut, meine Liebe? Ist Ihnen kalt? Ich muss Sie warm halten, verstehen Sie, sonst bekommen Sie eine Haut wie eine gerupfte Gans, und dann kann ich nicht weitermachen.«

Tatsächlich war mir unter dem Umhang und den Handtüchern glühend heiß. Es war eine dieser Nächte, in denen die Luft niemals abkühlt und es keine Erleichterung von der erstickenden Atmosphäre gibt. Ich spürte, wie mir Schweißtropfen die Seiten herunterrannen, und ich wusste, dass in den Achselhöhlen der Geruch nach abgestandenem Schweiß stand. Doch er war bereits damit beschäftigt, das Haar an diesen Stellen zu entfernen.

Sie sind blond, Isobel. Ich frage mich, ob Sie diese Geschichte, die ich mit Ihnen teile, überhaupt nachvollziehen können. Sie haben wahrscheinlich eine leichte Arsenlösung verwendet, um Ihre Achselhöhlen seidenweich zu enthaaren, bereit für das Abendkleid. Vielleicht haben Sie sie auch an Ihren langen, schlanken Beinen benutzt. Ich werde Ihnen nichts verheimlichen, Isobel.

Ihr Ehemann erzählte mir einmal, dass er das Gefühl

mochte, von einem Extrem ins andere zu verfallen. Daher nehme ich an, dass Ihr Körper so von Natur aus unbehaart ist, wie meiner von Natur aus bedeckt ist mit (wie Ihr Ehemann sagte) »einer dicken luxuriösen Mähne, einem prächtigen, üppigen, glänzenden Fell«. Er kam zu mir nach diesen quälenden Nächten bei Ihnen, in Ihrem riesigen, ungezieferfreien Schlafzimmer. Er verließ Ihr Haus, während die Dienstboten schliefen, vielleicht war noch ein Junge wach, der die Reitstiefel Ihres Ehemanns polierte. Er trug Schuhe und Kleidung in der Hand und zog sich in seinem Zimmer um.

Danach wusch er sich immer sorgfältig mit seiner eigenen Seife und seinem eigenen Handtuch, das er in seiner Arzttasche aufbewahrte, zusammen mit dem Morphium und den Riechsalzen und den Zangen und den Schröpfgläsern und den Behältern mit Egeln und dem Spekulum und der Pinzette und den anderen Instrumenten seiner Profession, die er für Steine und Fossilien zurücklassen würde. Doch bis dahin sollte noch Zeit vergehen.

Als Mr. Tench an die Stelle zwischen meinen Beinen kam, sagte er: »Hier sollte eine Frau viele Haare haben. Hier, schwöre ich, werde ich Sie nie mit meiner Klinge berühren.« Und er hielt sein Versprechen. Schockiere ich Sie mit meinen Worten, Isobel?

Er tränkte meinen Körper mit dem Mandelöl, dessen Geruch mittlerweile überwältigend war. Das und der Schlafmangel machten mich sehr müde. Vorher hatte ich nicht gewagt einzuschlafen, doch jetzt wollte ich mich nur noch zusammenrollen und in tiefen Schlaf fallen. Ich hatte das Gefühl, ich könnte einen Tag schlafen und immer noch nicht erholt sein. Doch der Mann musste zufriedengestellt werden. Seine Hände bewegten sich kreisförmig über meinen rasierten Körper, über die eingeölte Oberfläche, und er begann mein Fleisch zu kneten wie bei einem Krampf. Seine Hände schlugen auf mich ein; zuerst entspannte es meine Muskeln, doch dann wurde es immer unbehaglicher, je weiter seine Reise über meinen frisch entblößten Körper fortschritt. Als das Unbehagen sich zu etwas Unheimlicheren wandelte, begann Abalone Wilson Tench wieder zu stöhnen. Er quetschte und knetete meine Haut und mein Fleisch, als ob es ein Teig auf einem Bäckerstisch wäre. Er begann, sein Gewicht in meine Schultern zu drücken. Er beschäftigte sich so lange damit, dass er mehr Mandelöl auf meine Haut auftragen musste. Das Stöhnen wurde länger und länger, lauter und hingebungsvoller. Der Raum war mit seinem tierischen Grunzen angefüllt, und ich dachte, dass ich in Ohnmacht fallen würde, weil der Schmerz so quälend geworden war, dass ich kaum noch wusste, ob ich noch am Leben war. Er begann, mir Klapse zu verpassen; leichte zuerst und nur mit jeder neuen Schicht Öl. Seine Handflächen brannten auf meiner ungeschützten Haut, und dennoch blieb ich still.

Plötzlich hielt er inne. Mein Körper war wund. Meine Muskeln protestierten, als ich mich langsam von Mr. Tench abwandte. Mit dem Rücken zu ihm begann ich mich anzuziehen, zog meine Strümpfe und Unterröcke an, die auf der nackten Haut klebten. Während ich mich ankleidete, lauschte ich in den Raum. Ich konnte nicht sagen, ob er gegangen war, und wenn, hatte ich es nicht gehört. Ich versuchte nicht, mich umzusehen, hielt die Augen vom Spiegel abgewandt und widmete mich dem Rest meiner Kleidung. Der Stoff fühlte sich ungewohnt auf der Haut an. Als das Tageslicht durch die Fensterläden drang und das Leben auf den Straßen erwachte, erschien mir die vergangene Nacht unwirklich. Ich erlaubte mir noch einen Blick in den Spiegel, um meine Haube anzulegen, die schlaff und verschmutzt war. Ich schlug die Augen nieder, konzentrierte mich darauf, mein lockiges Haar so gut wie möglich unter der Haube zu verstecken. Dort lag eine Haarbürste mit silberner Rückseite, doch ich wollte nichts berühren, was mit Abalone Wilson Tench zu tun hatte. Als ich die Bänder unter dem Kinn verknotete, mit Händen, die dessen Form zwar kannten, aber dennoch überrascht waren, ließ ich die Augen durch den Raum schweifen. Als sich mein Körper an seinen neuen Zustand gewöhnte, trotz der Schmerzen und der Verletzungen, bemerkte ich, wie hungrig ich war. Ich sah zur Tür, die auf die Straße führte. Die Schatten der Menschen draußen huschten durch die Schlitze der Jalousie. Mit dem Rücken zum Zimmer musterte ich die Tür und konnte immer noch nicht entscheiden, ob man mich zurückgelassen hatte, vielleicht auch nur vorübergehend. Mein Herz klopfte schnell. Ich musste nur drei Schritte gehen, die Tür öffnen und auf die Straße hinaustreten. Ich zögerte unschlüssig, bevor ich den Schlüssel im Schloss drehte, die Tür aufschwang und ich den Fußweg betrat. Ich zog die Tür hinter mir zu, ließ Abalone Wilson Tench dahinter zurück, wandte mich nicht um, ob er mich beobachtete, wartete nicht, ob er nach mir rief oder mich in den Laden zurückzuziehen versuchen würde.

Das Sonnenlicht blendete mich. Der Gestank der Nacht hing immer noch in der Luft, doch für mich war es süße Wirklichkeit. Mir war es nicht wichtig, Parfümiertes zu riechen. Ich ging davon, versuchte in die richtige Richtung zu laufen, indem ich die Sonne rechts von mir hielt. Meine leichten Schuhe waren durchgelaufen, bis ich eine Kutsche fand.

Und so dachte ich von mir, als ich in meinem Zimmer saß und meine Haut schrubbte, auf der die Haare nachwuchsen und mich quälten, als einen Geist, der kein Geist war. Und doch unauffällig, Isobel. Sie werden das Gefühl kennen. Auch Sie spürten das Verlangen zu starren. Ich habe eine lange Nacht damit verbracht, über meine Zukunft nachzudenken, und beim ersten Licht eines kühlen Septembermorgens wusste ich, dass ich zum Leicester Square musste, nicht als Tourist, sondern um den Ort auf meine Überlebenschancen hin zu untersuchen. Isobel, ich komme zu der Frage, auf die ich schon eine Antwort habe, und sie ist auch nicht so ungewöhnlich, dass sie schockieren könnte. Ja, wenn ich Sie fragte, würden Sie schließlich zugeben, dass Sie daran glauben, dass sich die Geister der Verstorbenen in dieser Welt manifestieren können. Ich war nicht ganz ehrlich mit Ihnen.

Wie haben Sie sich gefühlt, als Sie sich dem Spiegelbild der neuen Geliebten Ihres Mannes gegenübersahen? Sie sind zum Carrick House gefahren auf der Suche nach Ihren toten Kindern, und Sie saßen dort im verdunkelten Salon und warteten darauf, dass Euphemia Carrick in Trance verfiel. Was hofften Sie zu sehen? Was haben Sie gedacht? Ich hätte Ihnen sagen können, dass Euphemia ihrer Schwester vollkommen unähnlich ist. Dass Sie Gwen nicht finden würden. Denn was sollte ein Spiegelbild sonst sein als das genaue Gegenteil dessen, wonach man sucht?

Wie kann ich all das wissen, wenn ich nie dort war? Wie kann ich wissen, dass Euphemia Carrick in vielen Zungen sprach – unverständliches Gebrabbel, das den frisch Trauernden vorgaukelte, die verworrenen Gedanken und Nachrichten derjenigen zu sein, die Kontakt von der anderen Seite aufnehmen wollten.

Und Sie fielen in Ohnmacht, Isobel. Der Zauber hat bei Ihnen gewirkt. Keine klingenden Glöckchen, kein Tischrütteln, kein magnetisch herumwirbelnder Zeiger auf einem Brett, keine umstürzende Glaskaraffe. Keine Geschenke von der anderen Seite fielen in Ihren Schoß. Nur Euphemia, Gwens Schwester, die wie die Babys brabbelte, die Sie in Ihren Armen hielten und deren Leben so kurz wie Kerzenflammen waren, ihre Kränklichkeit die Schuld Ihrer Einsamkeit.

Sie waren nie die Frau Ihres Ehemannes, Isobel, ebenso wenig wie ich. Die Unmöglichkeit von Perfektion verdirbt und lähmt seinen Geist. Sie hofften, dass Ihre Anwesenheit an diesem Tisch genug wäre, um das Rad des Verderbens anzuhalten. Doch konfrontiert mit diesen Schwestern, wurden Ihre Pläne zunichtegemacht. Füllen Sie Ihre Segel mit einem anderen Wind, Isobel, wenn Sie die letzte Reise antreten. Kein plötzliches Ende für Sie, Isobel. Ich kann mir nicht vorstellen, dass Sie der Feigheit Ihres *engsten* Freundes, Dr. Charles Jeffreye, folgen würden.

* * *

Vergeben Sie mir, Isobel, ich greife vorweg.

Soll ich direkt zu dem Teil springen, in dem ich Ihren Ehemann kennenlerne? Soll ich beschreiben, was er getan hat, oder wäre das zu abstoßend?

Eines Abends kam er ins Saville House, das von dichten Tabakschwaden durchzogen war. Gäste gingen. Es war meine erste Woche dort als Mysteriöse Lady, auch wenn anscheinend kaum etwas Mysteriöses an mir war – abgesehen von der Frage, ob ich selbst sang oder nicht, oder ob ich eine Lady war oder nicht.

In dieser Nacht verweigerte ich ein Treffen. Er gab mir seine Karte beziehungsweise ließ sie mir nach oben schicken mit den Worten, er sei ein Bewunderer. Ich wollte keine weiteren Bewunderer sehen. Ich fürchtete, dass es sich um einen weiteren Abalone Wilson Tench handelte, der unten am Haupteingang zur Lasterhöhle stand. Nein.

In dieser Nacht nahm ich den Rat eines kleines Mannes namens Fergus Harris an. Der Name sollte Ihnen bekannt sein, wenn Sie zu den Frauen gehören, die sich die Namen ihrer Angestellten merken. Bemerkt haben Sie ihn sicherlich; seine geringe Körpergröße ließ ihn herausstechen. Ich mochte ihn sofort. Er war direkt; der einzige Mensch in diesem stinkenden, verlausten Zimmer, der gekommen war, um mich singen zu hören. Meine Stimme fesselte ihn, und er war beharrlich. Ich glaubte nicht, dass er mir Probleme bereiten würde, wenn ich ihn einlud, mit mir zu essen – Menschen wie wir brauchen keine Zeremonie, wir können uns wie Gleichgestellte verhalten und nicht hinter japanischen Seidenfächern und Schirmen affektiert lächeln. Ich glaube nicht an einen sechsten Sinn; ich habe nie gedacht, dass ein menschliches Wesen den Verstand oder die Gedanken eines anderen lesen kann, doch etwas an diesem Abend war unheimlich. Mein Nacken kribbelte, als ich mit Mr. Fergus Harris sprach. Ausnahmsweise hatte ich einmal das Gefühl, jemanden nicht aus den Augen lassen zu dürfen – und es war belebend. Ich war nach meinem langen Auftritt erschöpft, doch neue Energie durchströmte mich.

Fergus Harris war mir gegenüber sehr ehrerbietig, auch wenn schon bald deutlich wurde, dass seine Persönlichkeit in einen so großen Körper wie den von Abalone Wilson Tench gepasst hätte. Und so wurde er zu meinen Augen und Ohren in Ihrem Haus. Als Sie endlich seine Talente erkannten, schickten Sie ihn nach Carrick House. Sie konnten ihn mit einem größeren Gehalt und dem Versprechen auf bessere Luft überzeugen; ein leichteres Leben, doch eine anspruchsvollere Aufgabe. Er nahm die Herausforderung an, er nahm sie sich zu Herzen, da er etwas beweisen wollte und weil er die Ironie des Ganzen genoss. Er hat sich bewährt, Isobel, aber vergessen Sie nicht, dass seine Loyalität mit der Aussicht auf besseres Wetter umschwenken wird. Sein Ehrgeiz ist nicht der Bruder von Pflichtgefühl, und die Entlohnung für seine Bemühungen kann nicht in Guineen gemessen werden.

KAPITEL XLII

Beobachtungen.
Pará, Brasilien, 1861/1862

Unter der Oberfläche trieb sie dahin.
Ihre Augen folgten den Dingen um sie herum, bevor ihr Gehirn aufholen konnte. Irgendwie schaffte sie es, sich um das Baby zu kümmern, ohne allzu absonderlich zu wirken.

Ich bin nicht den ganzen Weg hergekommen, hörte sie sich immer wieder denken, nur um seine ungeküsste Geliebte zu sein, ein Kind zu bekommen, hinter Lügen im Dschungel versteckt zu sein, eingewickelt in Betrug. An Gus Pemberton zu denken war zu schmerzhaft, weshalb sie es vermied.

An der Oberfläche war sie still.

Sie beobachtete das Baby, das Augusta hieß – ja, sie erinnerte sich daran, auch wenn andere Einzelheiten schwer zu behalten waren. Sie beobachtete, wie Augusta sie mit leerem Blick anstarrte.

Am Anfang war das Baby wie eine Larve; bleich und nur mit den absoluten Grundbedürfnissen ausgestattet. Gwen lernte, die Körperfunktionen der Larve einzuschätzen, des Babys, Augusta. Es gab keine Berge von verschmutzten Windeln zu waschen oder wegzugeben, um gewaschen zu werden. Maria erklärte ihr alles; und da war ein kleiner Hund, der mit ihnen im Haus lebte und Missgeschicke vom Boden beseitigte.

Doch dieses Lebewesen interessierte Gwen nicht. Sie nannte den Hund nie bei seinem Namen oder streichelte ihn. Manchmal bemerkte Gwen, wie Edward ihre Sachen durchsah. Er stand dann eine Stunde oder länger da und las die Notizen, die sie neben ihren Zeichnungen in dem Skizzenbuch gemacht hatte. Manchmal ging er dann mit ihrem Buch in der Hand in sein Arbeitszimmer und übertrug etwas in seine eigenen Bücher. Sie wusste nicht, ob er abschrieb oder was er sonst tat. Sein Verhalten war seltsam, jedoch nicht besonders wichtig für sie.

Gwen war sich bewusst, dass sie nicht sprach. Wenn er aus dem Haus war, konnte Edward nicht hören, wie sie mit Maria flüsterte.

Die Larve lernte, sich herumzurollen. Das Baby lächelte. Das Baby wurde wendig. Augusta rollte sich herum, bis sie an ein Hindernis stieß, und sah sich um, weil sie sich noch nicht zurückrollen konnte.

Als Baby Augusta gelernt hatte zu krabbeln und zu sabbern und einfache Dinge zu essen, wie Bananen oder Reis, hatte Gwen das Buch sechs Mal gelesen.

Es muss eine versteckte Botschaft darin geben, dachte sie, und ich muss sie finden und verstehen. Doch alles, was es daran zu verstehen gab, war, dass sie ihn nicht verstehen konnte.

Es gibt gewisse Bücher, schrieb Gwen hektisch, *die für den milde interessierten Laien gut und richtig sind, an einem verregneten Nachmittag, um die Geheimnisse eines Mikroskops zu ergründen. Doch sie illustrieren nicht ordentlich oder erforschen vollständig oder zeigen die möglichen Untersuchungen, die sie könnten und die sie meiner Meinung nach auch sollten. Damit meine ich, dass die Geheimnisse des Mikroskops weitestgehend für die Bevölkerung der zivi-*

lisierten Welt geheim bleiben werden, bis auf diejenigen mit der entsprechenden Zeit, den Mitteln und dem Antrieb, eigene Forschungen zu betreiben. Das kann nicht richtig sein. Ich finde nicht, dass es angemessen ist ...

Mein Ziel ist es, eine Art Atlas der Insektenwelt anzufertigen.

Durch meine Arbeit weiß ich, wie frustrierend es ist, zum Beispiel die Illustration eines »Fliegenbeins« zu sehen, die zusammenhanglos zwischen Teilen anderer Insekten steht und einfach nur »schön« sein soll, ohne einwandfrei bestimmen zu können, von welcher Fliege das Bein stammt und welches Bein es ist, das so für sich allein stehend gezeichnet wurde.

Meiner Meinung nach, die ich in der Ungestörtheit dieses Tagebuchs äußern darf, sollte ein solcher Atlas, wie ich ihn anfertigen will, jedem Erwachsenen oder intelligenten und wissbegierigen Kind zugänglich sein. Außerdem sollte es mit so einem Atlas für das intelligente und wissbegierige Kind (oder den Erwachsenen) nicht länger nötig sein, die Natur so unnötig und rücksichtslos auszuplündern bei der Verfolgung grundlegender wissenschaftlicher Fragestellungen und der Suche nach Wissen.

Natürlich werde ich nie mit jemandem darüber sprechen. Vordergründig möchte ich etwas hervorbringen, das lehrreich ist und gleichzeitig ein Kunstwerk. Meine Arbeit soll sowohl Wissenschaftler als auch Kunstliebhaber ansprechen.

Ich denke, dieser Atlas wird meine restliche Zeit hier in Anspruch nehmen. Ich kann mich nicht länger damit zufriedengeben, entzückende Zeichnungen von Insekten in Schaukästen anzufertigen.

Wir können die Wahrheit einer Kreatur und ihren

Platz in der Natur nicht verstehen, indem wir nur ihren Leichnam untersuchen.

Und daher möchte ich sagen: Hören wir auf mit dem obsessiven Sammeln der Variationen einer Art bis zum letzten verfügbaren Exemplar, die nur von wenigen untersucht und dann zur ewigen Dunkelheit in einem Schrank verdammt werden. (Ist das Wissenschaft? Nein, Eitelkeit.) Wir sollten versuchen, die Natur auf eine Weise zu verstehen, die sie nicht ausbeutet oder verwüstet oder dezimiert. Ich denke, dass diese Haltung, die einen Menschen dazu verführt, so viel zu nehmen, wie er kann, ohne an die Folgen seines Handelns zu denken, nichts Gutes bewirkt, und letzten Endes vergeudet er sein ganzes Leben mit dem Streben nach falschem Wissen. Ich meine damit nicht, dass Darwins Theorie falsch ist; ich meine, dass es dumm ist, wenn andere das erforschen, was er bereits bewiesen hat. Wir müssen seine Arbeit nicht wiederholen; wir müssen andere Wege finden, wenn wir einen Fortschritt erlangen wollen. Das umfangreiche Sammeln im Namen der Eitelkeit kann ich nicht billigen.

Ich habe viel über die Ameisen hier nachgedacht. Sie sind überall, und es gibt viele verschiedene Arten. Wir müssen unser Essen und unsere Nahrung gegen die Aufmerksamkeit dieser unternehmungslustigen Insekten schützen und immer wachsam gegenüber ihrem Einfallsreichtum sein.

Ich habe kürzlich ein Experiment versucht, indem ich eine kleine Kolonie in ein großes Glas gelockt habe, das ich vorbereitet hatte. Nach einem frustrierenden Beginn entdeckte ich, dass die Ameisen nur dann irgendwo neu anfangen, wenn sie dort einer Königin dienen können, und dass diese Kolonie nicht nur eine Ansammlung von Individuen ist, sondern ein Kollek-

tiv. Ein Organismus aus anderen Organismen, mit ihrem schlagenden Herzen, der Königin, in der Mitte.

Ich habe jetzt ein System aus Schnüren, die in das Glas hinein- und hinausführen, die an weiteren, behandelten Schnüren an der Decke befestigt sind. Zur Vorsicht habe ich das Glas in eine große Schale Wasser gestellt. Das Großartigste, was ich herausgefunden habe, ist, dass diese Blattschneiderameisen, von denen wir beide angenommen hatten, dass sie Blätter fressen, das nicht tun. Die Ameisen schneiden die Blätter, formen sie zu Kugelhaufen, und der darauf wachsende Pilz ist ihre Nahrung.

Ich habe nirgendwo gelesen, dass andere Beobachter dieser Lebewesen zu derselben Schlussfolgerung gekommen wären. Natürlich würde ich nicht behaupten, dass ich als Erste die wahre Natur ihrer Futtergewohnheiten und ihres Lebenszweckes aufgedeckt habe, auch wenn ich immer noch erfreut über diese Vorstellung bin – dass die Ameisen offenbar über das Wissen der Grundzüge des Gartenbaus verfügen.

Ich verbringe immer noch viele Stunden damit, über Mr. Frome nachzudenken. Seine Bemerkungen und seine Aufgebrachtheit, seine Forderungen und seine letzte Tat scheinen ihn auf der einen Seite als verwirrtes Individuum zu kennzeichnen, das vielleicht zu viel Zeit mit seinen Theorien verbracht hat und zu wenig in menschlicher Gesellschaft und guter Stimmung. (Natürlich bin ich darin selbst eine Expertin.) Auf der anderen Seite frage ich mich, ob in seinem Wahn nicht auch eine gewisse Logik lag. Ich habe so oft darüber nachgedacht.

Gwen hörte auf zu schreiben, als sie sich an Edwards Reaktion auf ihr Ameisenexperiment erinnerte. Er war in ihr

Zimmer gestürmt, und sie hatte ihm schweigend zugehört. Je ruhiger sie wurde, desto wütender schien er zu werden.

»Hier ist nicht der richtige Platz, Gwen, für deine Schulexperimente mit diesem Ungeziefer. Was auch immer du denkst, in diesen Gläsern beobachtet zu haben, ist irrelevant und höchstwahrscheinlich falsch. Bleib bei dem, weswegen du hier bist, nämlich *meine* Fundstücke zu illustrieren. Und räum diese furchtbare Unordnung auf. Die verflixten Viecher gehen sonst noch an unser Essen.«

Für wen hielt sich dieser Mann eigentlich, ihr Anweisungen zu erteilen, ihr das Einzige wegnehmen zu wollen, was diese Situation für sie erträglich machte? Gwen räumte ihre Ameisen in den Gläsern nicht auf. Sie hörte nicht auf zu schreiben; sie arbeitete doppelt so angestrengt gegen seine Versuche an, ihre Beobachtungen zu behindern.

Ab diesem Zeitpunkt schloss sie ihre Notizen in ihre Kiste ein.

KAPITEL XLIII

THE TIMES, Donnerstag, 4. Oktober 1866

MORDPROZESS IM OLD BAILEY

Mr. Probart für die Anklage rief als Zeugen einen Mr. Harpe, der zu Protokoll gab: »Ich bin Buchhändler in dieser Stadt und gut mit Mrs. Pemberton bekannt, der Gefangenen in diesem Prozess. Sie kam oft in meinen Laden und fragte nach einem bestimmten Buch.«

F.: »Was für ein Buch, Mr. Harpe?«

A.: »Die Angeklagte hat immer nach Eternal Blazon gefragt, Sir, und wenn ich ihr gesagt habe, dass mir dieser Titel nie begegnet ist, hat sie lange die Bücher in meinem Laden betrachtet. Manchmal hat sie etwas gekauft, oft allerdings nichts.«

F.: »Ist es nicht seltsam für eine Dame, die Regale eines Ladens wie des Ihren durchzusehen, Mr. Harpe?«

A.: »Vielleicht zu Anfang. Ich habe nicht oft Kunden wie die Angeklagte, aber nach einer Weile habe ich sie erwartet, Sir. Man kann niemals allein vom Äußeren auf die Lesegewohnheiten eines Menschen schließen, Sir.«

F.: »Bitte sagen Sie dem Gericht, Mr. Harpe, was für Lesematerial genau sich in Ihren Regalen befindet.«

A.: »Alles, was ich verkaufe, ist absolut legal, Sir. Die Titel sind zumeist wissenschaftlicher Natur oder aus anderen Fachgebieten, keine Romane oder so etwas.«

F.: »Und doch, Mr. Harpe, trifft auf den Band, den die Angeklagte Ihrer Aussage nach so dringend erwerben wollte, lose die Beschreibung ›Roman‹ zu, nicht wahr?«

A.: »*Ich glaube schon, Sir.*«

F.: »*Und doch haben Sie solche* ›*Romane*‹ *nicht in Ihrem Laden?*«

A.: »*Nein, Sir.*«

F.: »*Aber wenn ich Ihnen eine große Summe Geld zahlen würde, vielleicht um einen bestimmten Titel zu erwerben, dann könnten Sie mir zu Diensten sein?*«

A.: »*Es steht außer Frage, dass nahezu alles käuflich erwerbbar ist in dieser Stadt, wenn man entschlossen genug danach sucht, Sir.*«

F.: »*Bitte sagen Sie mir, Mr. Harpe, wie der Titel des letzten Buches lautet, das Sie der Angeklagten verkauft haben.*«

A.: »*Das ist leicht, es handelte sich um* Das Buch der Ängste, *und ich habe es der Gefangenen am 4. August verkauft, dem Samstag vor dem Mord.*«

F.: »*Einen Roman, Mr. Harpe?*«

A.: »*Ein wissenschaftliches Buch, Sir. Von Dr. Charles Jeffreye. Es handelt von gewissen Krankheiten der Nerven und so weiter.*«

F.: »*Krankheiten der Nerven. Danke, Mr. Harpe.*«

Das unglückliche Schicksal von Dr. Jeffreye, der bei einem Sturz vom Pferd verkrüppelt wurde und bald darauf verstarb, wurde kurz diskutiert. Weitere Zeugen wurden befragt – alles Buchhändler –, die alle aussagten, dass Mrs. Pemberton regelmäßige Kundin war, die immer nach einem speziellen Buch fragte. Mrs. Pemberton hatte jedes der Geschäfte am Montag, den 6. August, besucht.

Mr. Shanks für die Verteidigung erklärte dem Gericht schließlich hinsichtlich der Aussagen der verschiedenen Buchhändler: »Mrs. Pemberton leugnet nicht, regelmäßige Kundin in vielen Buchhandlungen in der Stadt gewesen zu sein. Auch leugnet sie nicht, das zuvor erwähnte Buch gesucht zu haben. Ihre Motive hingegen, so viel Zeit und Energie für ihre Suche aufgebracht zu haben, waren voll-

kommen ehrbar. *Das erwähnte Buch war, wie Sie sicher wissen, von schlechtem Ruf. Was Ihnen allerdings vielleicht nicht zur Gänze bekannt ist, ist, dass in diesem Roman einige widerwärtige Anschuldigungen gegen Mr. Scales versteckt sind. Mrs. Pembertons Auftrag war einfach: Alle noch existierenden Ausgaben des Buches zu finden und sie zu zerstören. Warum? Weil sie Gemeinheiten, wie falsch sie auch sein mochten, gegenüber ihrem früheren Gefährten auslöschen wollte. Warum? Weil sie ihm seine Lügen ihr gegenüber vergeben hatte und ihm nichts Böses wollte. Diese Bemühungen, meine Herren, sind nicht die ausdauernden Handlungen einer Mörderin. Außerdem wurde das andere Buch,* Das Buch der Ängste, *aus demselben Grund erworben. Falsche und obszöne Behauptungen wurden darin vom Autor gegen Mr. Scales' Ruf aufgebracht. Niemand, der solche Mühen auf sich genommen hat, würde dann denjenigen Menschen umbringen, dessen Namen er reinwaschen wollte.«*

KAPITEL XLIV

Pará, Brasilien, Mai 1863

Gwen kauerte über einem Topf, den sie gerade vom Feuer genommen hatte, und war vollkommen von ihrer Arbeit in Anspruch genommen. Der Gestank, der aus dem Topf aufstieg, reizte Edwards Augen. Unbemerkt von ihrer Mutter stocherte Augusta mit einem Ast im Feuer – hinein und hinaus – und stieß ihn dann ungeschickt in den Boden und versuchte, ein Loch zu bohren, tief versunken in die ernsthafte Aufgabe, herauszufinden, was mit einem Ast alles möglich war. Gwen hockte breitbeinig da, als ob sie ihre Notdurft verrichtete. Sie rührte in dem übelriechenden Gebräu, das, wie Edward jetzt erkannte, eine Brühe aus Fischhaut und Knochen war.

»Suppe?«, spekulierte er, auch wenn er eigentlich keine Antwort erwartete; ihr Schweigen ihm gegenüber war undurchdringlich. Gwen schien ihn nicht gehört zu haben, weshalb er weiter Augusta beaufsichtigte, falls sie Schwierigkeiten mit ihrem Stock oder dem Feuer oder beidem bekommen sollte. Dann griff Gwen zur Seite und hielt ein schäbiges Buch hoch und schwenkte es mit einer leichten Handbewegung hin und her. Edward wusste nicht, was er davon halten sollte, doch zumindest hatte er ihr eine Art Reaktion entlockt, die mit viel gutem Willen als Kommunikation interpretiert werden konnte.

Gwens postnatale Melancholie war plötzlich und schwer gewesen. Es hatte nicht ihre Fähigkeiten als Mutter beeinflusst, was ihn überraschte, doch eines Tages war sie plötzlich krank geworden und hatte sich geweigert zu sprechen oder zu malen. Sie war viele Stunden durch die *casinha* gewandert, das Baby nach Art der Einheimischen auf den Rücken gebunden. Oder sie lag tagelang in ihrer Hängematte. Die Unpässlichkeit hatte ihren Appetit zum Glück nicht zu sehr gedämpft. Sie schien zu wissen, dass sie ihren Magen füllen musste, um das Kind zu ernähren. Sie sang ihm vor, flüsterte liebevolle Worte, doch sie sprach mit niemandem sonst; nicht einmal mit Maria, die Edward ungefragt mitteilte, dass europäische Frauen immer diese Probleme hatten und dass er sie im Auge behalten, ihr ansonsten aber aus dem Weg gehen solle. Edward war Marias Anwesenheit zuwider, doch er wusste, dass er von einer anderen Haushaltshilfe dieselben nicht erbetenen Ratschläge bekäme. Manchmal fragte er sich, ob es etwas anderes war. Er wollte sie nicht verrückt nennen. Es war keine der Arten von Verrücktheit, die er bisher gesehen hatte. Seine entomologischen Wanderungen wurden deshalb kürzer. Er achtete, aus einer angemessenen Entfernung, genau auf Anzeichen einer Veränderung ihres Befindens, entweder zum Guten oder zum weniger Guten. Er konnte sich nicht einmal überwinden, das Wort »schlecht« zu verwenden. An ihr schien nichts schlecht zu sein. Manchmal starrte sie mit solcher Konzentration auf etwas in weiter Ferne, dass Edward mehr als einmal das Fernrohr holte, um dem Objekt ihres Interesses auf die Spur zu kommen.

Während dieser Zeit las Gwen immer wieder ein bestimmtes Buch, das sie vor ihm geheim hielt. Er wusste, dass sie es in ihrer Maltasche aufbewahrte, die in der ersten Woche ihrer Ankunft gegen kunstinteressierte Taranteln geschützt worden war. Wenn Edward sich auch nur auf zwanzig Fuß dem Buch näherte, klappte sie es zu und klemmte es sich unter den Arm oder steckte es in die engen Falten des Tragetuchs über ihrer Brust.

Edward war sich sicher, dass das schäbige Ding, das sie gerade hin- und hergeschwenkt hatte, der Band war, den sie so sorgsam hütete. Es hatte einen seltsamen Titel: *Eternal Blazon*. Er schwor sich, es eines Tages in die Hände zu bekommen und zu erfahren, was darin so Fesselndes geschrieben sein könnte.

* * *

Augusta gab ein wenig Urin von sich, das an ihren pummeligen Beinchen auf den Boden herablief. Sie stampfte freudig auf die feuchte Erde und hockte sich wieder hin, um mit den Fingern darin herumzustochern. Edward warf Gwen einen Blick zu. Sie öffnete ihre Bluse und verstaute das Buch an ihrer Brust. Edward zog sich zurück, als sie aufstand und Augusta wegtrug, um sie zu säubern. Sie flüsterte dem Kind kaum hörbar zu, es sei ein Schlingel. Gwen ließ das Kind bei Maria und kehrte zu dem Topf zurück. Edward nahm sein Gewehr mit auf die Veranda und säuberte es, nahm sich für jeden Teil extra viel Zeit. Er war nun weit genug entfernt, damit Gwen ungehindert fortfahren konnte. Sie drehte ihm wieder den Rücken zu und verbrachte eine Stunde mit etwas, das Edward nicht sehen durfte. Schließlich stand sie auf und streckte sich und ging mit dem Buch in der Hand nach drinnen.

Edward ging zu dem Topf hinüber. Das Gebräu begann zu gerinnen. Es sah wie Kleister aus, warum auch immer.

KAPITEL XLV

Pará, Brasilien, Juli 1863

Die letzten von Edwards Präparaten waren sorgfältig verpackt und in Kisten verstaut worden, bereit für die Rückfahrt nach England. Manche sollten verkauft werden; der Rest würde sicher verwahrt werden bis zu ihrer eigenen Rückkehr. Edward hatte entschieden, dies sei der beste Weg. Sie würden die *casinha* jetzt verlassen und ein Boot ins Landesinnere nehmen, um Insekten zu suchen, die der Wissenschaft bisher noch unbekannt waren. Die Grindlocks hatten ihm erzählt, dass Coyne, der sich wieder in Brasilien befand, Interesse an der Expedition geäußert habe. Edward wusste, dass er einen Führer brauchte, und stimmte daher zu, ihn mitzunehmen. All dies wurde organisiert, ohne dass Gwen ein Wort dazu gesagt hätte. Abgesehen von ihrer Stummheit verhielt sie sich allerdings verblüffend normal. Edward hatte ihr Schweigen als Zustimmung zu seinen Plänen interpretiert.

Jetzt hatte sie ihr Schweigen gebrochen. Edwards Mund stand wie der eines Idioten offen, dachte sie. Was gab es da nicht zu verstehen? Sie wartete, während sie das letzte ihrer mottenzerfressenen Kleider in ihre Kiste legte. Jetzt waren nur noch ihre Malsachen und die Farben unverpackt.

»Was meinst du damit, welchen Plan? Ich weiß nicht, wovon du redest.«

»Ich hatte immer vor, abzureisen, Edward, wenn das Kind groß genug für die Reise ist.«

»Aber«, sagte er, »wenn sie groß genug für die Reise über den Atlantik ist, wie du es formulierst, dann ist sie auch groß genug, um an dieser Exkursion teilzunehmen. Deshalb sind wir hergekommen.«

»Es geht nicht um die Exkursion, Edward, es geht um mich. Ich will nicht länger hier mit dir bleiben. Ich habe genug, ich kann nicht weitermachen.« Vielleicht, dachte sie, ist das hier beschwerlicher als die Reise, die vor mir liegt, und sie tröstete sich damit.

»Wem hast du es gesagt? Den Grindlocks, hast du es ihnen erzählt?«

»Nein, warum um alles in der Welt sollte ich das tun? Ich mache meine eigenen Planungen. Ich kann meine Rückkehr so erklären, dass du in keinem schlechten Licht dastehst, wenn es das ist, was dich beunruhigt.«

Edward streckte die Arme aus, und Gwen trat zurück, unsicher, ob es eine nett gemeinte Geste war. Doch Edward packte ihr Haar.

»Du musst mit mir kommen. Ich kann das nicht allein. Diese zwei Wochen, erinnerst du dich, als wir neu hier waren. Es war die Hölle ohne dich. Du. Du bist ... notwendig.«

»Bin ich nicht. Du kannst ohne mich sammeln.«

»Wir hatten eine Vereinbarung. Ich habe dir vertraut, Herrgott noch mal!«

»Für was? Weiter zu lügen? Weiter so zu tun, als bestünde zwischen uns eine Art Anziehung? Die gibt es nicht. Nichts bindet uns aneinander.«

»Unsere Tochter, Augusta. Sie verbindet uns. Sie wäre vaterlos.«

»Das ist sie jetzt schon. Es würde keinen Unterschied machen.«

»Du kannst sie nicht mitnehmen, ich erlaube es nicht. Du hast kein Recht dazu.«

»Du musst es auch nicht erlauben. Wir sind nicht verheiratet.«

»Das Gesetz ist aber auf meiner Seite, als ihr Vater. Du zählst nichts. Nichts!«

»Du interessierst dich doch gar nicht für sie. Du kannst sie schließlich nicht sammeln.«

»Natürlich interessiere ich mich für sie, und ich werde ihre Entfernung nicht dulden.«

»Das werden wir sehen. Auf keinen Fall, Edward, kann ich Teil dieser Exkursion sein, wenn du auf Mr. Coynes Teilnahme bestehst.«

»Ich hatte den Eindruck, dass du recht angetan von ihm bist.«

»Ich werde unter keinen Umständen zusammen mit ihm ein Schiff betreten. Er ist eine Bedrohung.«

Edward drehte sich auf dem Absatz zu ihr um, und er ließ die Hände sinken, mit denen er sich das Haar gerauft hatte. »Seit wann siehst du Coyne als Bedrohung an?«

»Vom ersten Moment des Kennenlernens an.«

»Das ist nur ein Bluff. Du hattest etwas mit ihm, und jetzt willst du es verbergen.«

»Das ist absurd!«

»Und das ist genau die Antwort, die ich von jemand Schuldigem erwarte.«

»Hör dich doch an! Du wirst dich noch selbst in den Wahnsinn treiben, wenn du so weitermachst. Ich werde nach Hause reisen, Mr. Scales, und ich werde Augusta mitnehmen.«

Edward presste die Finger auf die Augen und atmete lange tief durch die Nase ein und wieder aus, was jedes Mal ein trockenes Pfeifen erzeugte. Dann sprach er hinter den

Händen hervor: »Wirst du uns wenigstens am Hafen verabschieden?«

Plötzlich tat er Gwen leid. Er klang und sah so jämmerlich aus. »Natürlich werde ich das.«

»Dein Gepäck soll wahrscheinlich zu den Grindlocks geschickt werden, nehme ich an. Ich werde das für dich arrangieren.«

Gwen nickte.

»Gwen«, sagte er. Sie entfernte sich von ihm, doch er packte sie am Arm. Sie wartete, was als Nächstes passieren würde, doch er sagte nur: »Ich liebe dich. Das weißt du, nicht wahr? Über alles.«

Schließlich nickte sie erneut, und er gab sie frei.

Vincent Coynes blaue Brille blitzte in der Sonne auf; seine Zähne wirkten gelb im grellen Licht. Er ging an Deck des Zweimasters auf und ab, schlug gegen die Reling und die Kisten mit Edwards Sachen, als wären sie angebundene Tiere, die ihn zuvor geärgert hatten. Gwen beobachtete ihn mit einem glücklichen Gefühl der Losgelöstheit. Es war fast vorbei. Sie musste bei dem Gedanken gelächelt haben, als Vincent Coyne aufsah und sie erblickte.

»Hey«, rief er und streckte die geballte Faust in die Luft, den Blick starr auf Gwen gerichtet. »Sie ist hier.«

Edward erschien unter einem Sonnensegel. Er wirkte gestresst. Augusta lehnte sich unsicher von Gwens Hüfte weg, wo sie bisher ruhig gesessen hatte. Sie streckte die Arme nach Edward aus.

»Bring sie an Bord, nur für eine Minute«, sagte er.

»Nein. Wir winken von hier. Das reicht.«

»Vertrauen Sie ihm nicht?«, schrie Vincent boshaft, spielerisch.

»Wir dürfen ihren Tag nicht verkomplizieren.«

»Es ist nicht kompliziert, Gwen«, sagte Edward. »Lass sie einfach kurz das Schiff erforschen. Bring sie für zehn Minuten an Bord.«

Das wird das Letzte sein, dachte sie, wozu er mich zwingt. In einer halben Stunde setzt das Schiff Segel, und ich werde endlich wieder frei atmen können. Sie gab nach und trug Augusta an Bord.

Edward nahm sie ihr ab und hob sie hoch über seinen Kopf.

War das das Signal gewesen, dachte Gwen später, für die Männer zum Ablegen? Um sie herum brach hektische Aktivität aus, die Segel füllten sich mit Wind, die Taue wurden an Bord geworfen, die Männer sprangen mit sorgloser Konzentration hin und her und riefen einander kurze Bestätigungen zu: Sie legten ab.

Ihr Herz schlug hasserfüllt, als sie sah, dass es sinnlos war, sich zu wehren oder zu verlangen, von Bord gehen zu dürfen. Er hatte das geplant, und sie erinnerte sich jetzt an seine Warnung, nachdem Frome verschwunden war: dass sie ihn nie wieder als Idioten dastehen lassen dürfe. Ich werde warten, dachte sie, es wird sich später eine Chance ergeben. Ich werde die Zeit nutzen und über jeden möglichen Fallstrick nachdenken. Doch der Hass glühte in ihr wie geschmolzenes Glas; seine Farben wirbelten herum und setzten sich in ihrer Brust fest, bestärkten ihren Entschluss, eines Tages vollkommen frei von diesem Mann zu sein. Sie ging zum Heck, damit sie ihn nicht sehen musste, und war sich die ganze Zeit der Anwesenheit von Vincent Coyne bewusst.

Edward schrieb in sein Tagebuch:

Was wir ähneln, weiß ich nicht, während das Schiff flott dahinfährt. Der Wind verpasst den Segeln scherzhafte Bisse, und das Kind springt herum, die kleinen

Augen leuchtend vor Erwartung. Und ich wage zu behaupten, dass sie mir ein wenig ähnelt. Alles zuvor war reine Vorbereitungsarbeit. Das Kind fasst alles an. Sie untersucht jede Oberfläche oder Schublade, jedes Buch mit Eifer. Ihre Anwesenheit bringt eine neue Dimension in diese Exkursion und wird sie zweifelsohne bereichern.

In Anbetracht der vermeintlichen Vorteile eines solchen Arrangements und ohne reelle Möglichkeit, es zu verhindern, habe ich nach langen Diskussionen zugestimmt, dank der unerschütterlichen Empfehlung von Mr. Grindlock, den zurückkehrten Mr. Coyne in unsere Gruppe aufzunehmen. Die bedauerliche Abwesenheit von Maria, die zu ihren früheren Pflichten im Haushalt der Grindlocks zurückkehren muss, wird vor allem von den weiblichen Mitgliedern der Gruppe bemerkt werden.

Edward tauchte mit dem Federhalter in der Hand unter dem Sonnensegel auf. Gwen beobachtete mit einer gewissen Genugtuung, wie er die Reling packte, sich übergab und wieder zurückschwankte. Als sie zurück zum offenen Wasser blickte, sah sie ihre Kiste, die bei einigen anderen stand.

Vincent Coyne stand am Bug und stieß die Arme im Rhythmus eines Liedes in die Luft, das er vor sich hin sang. Der Wind riss ihm die Worte aus dem Mund. Zeilen aus dem nun unlesbaren Buch jagten ihr wieder durch den Kopf. Nicht nur, dass man die grausigen Details seiner Vergangenheit vor ihr geheim gehalten hatte, nein, sie waren auch noch von anderen gelesen worden. Außerdem hatte er ihr seine Ehe verschwiegen – das hätte sie ihm vielleicht sogar noch alles verzeihen können, doch nicht die Tatsache, dass ihr Name und der ihrer Schwester und der ihres Anwesens in dem Buch erschienen, während Edwards Name nicht einmal auftauchte. In dieser ganzen verdammten Beichte war es Edwards Identität, die geschützt wurde. Gwen drehte ihr Gesicht in den Wind.

KAPITEL XLVI

Unterer Amazonas, August 1863

Zum ersten Mal seit der Abreise aus Pará packten sie die Kisten ordentlich aus. Davor hatten sie auf dem Schiff gelebt und gearbeitet, hatten an einem Ort für drei Tage, eine Woche oder zehn Tage angelegt und waren dann weitergefahren, so dass Gwen nie Vorbereitungen für ihre Flucht treffen konnte. Jetzt befand sie sich in einem kleinen Haus, das sie von jemandem gemietet hatten, den Vincent zu kennen schien. Während sie Sammelkästen aufbaute und versuchte, Augusta im Auge zu behalten, drehte Gwen sich zum wiederholten Mal um und bemerkte, dass sie sich wieder einmal leise davongemacht hatte. Sie folgte Augustas Spur von zurückgelassenen Dingen und sammelte diese beim Gehen auf. Da sah Gwen, wie Vincent ihre Feldtasche durchwühlte.

Von plötzlicher Wut übermannt und sprachlos stand sie einfach nur da, die Arme voller Sachen, und wartete, bis Vincent sie bemerkte. Draußen hörte sie Edward mit Augusta sprechen. Sie beobachtete Vincents Hände.

Er zog das verklebte Buch heraus, und Gwen bewegte sich instinktiv auf ihn zu, ließ die Sachen fallen und streckte ihren Arm nach dem Buch aus.

»Das gehört mir«, sagte sie. Die beherrschte Wut in ihrer Stimme hallte von den kahlen Wänden wider. »Wie auch alles andere in dieser Tasche.«

Endlich blickte Vincent träge auf; sein Gesichtsausdruck

wurde wie immer von den blauen Brillengläsern verborgen, die sie am Anfang so geliebt hatte. Doch die Haut über seiner Oberlippe glänzte fiebrig.

»Woher haben Sie das?« Seine Frage, fordernd, arrogant. Wie er ihren Besitz in seinen Händen hielt. Er begann, das Buch durchzublättern, kam jedoch nicht weit. Er schlug frustriert mit dem steifen Klotz verklebten Papiers gegen seine Fingerknöchel. »Warum behalten Sie ein Buch, das Sie nicht lesen können?« Seine Stimme schwankte zwischen Ungläubigkeit, Ärger und Lachen.

»Ich werfe niemals Bücher weg«, antwortete Gwen sanft, und seine Schultern sanken herab. Sie hörte Augusta und Edward im Nebenzimmer und machte einen Schritt nach vorn. Sie nahm ihm Buch und Tasche aus der Hand. »Auch wenn ich nicht vorhabe, sie je wieder zu lesen.«

Er massierte seinen Nasenrücken, wo die Brille rote Druckstellen hinterlassen hatte. »Sowieso ein dummer Titel für ein dummes Buch. Welcher blöde Idiot denkt sich überhaupt so einen Namen aus?«

»Shakespeare. Es ist der Geist in *Hamlet.*« Sie hielt inne. »So höb' ich eine Kunde an, von der das kleinste Wort die Seele dir zermalmte, dein junges Blut erstarrte, deine Augen wie Stern' aus ihren Kreisen schießen machte ...«

»Ist das so?« Seine Haltung änderte sich. Er straffte die Schultern und schnalzte mit der Zunge, als ob er mit einer Stute spräche, schob die blaue Brille hoch und verließ den Raum.

Gwen nahm die blonden Locken ihres Kindes in sich auf und seine Augen, die sich auf wundersame Weise vom dunklen Obsidianblau eines Neugeborenen zum brennenden Hellblau seines Vaters umgefärbt hatten.

Gwen strich das Blatt Papier, das vor ihr auf dem Tisch lag, glatt und gab ihrer Tochter ein schon beschriebenes

Blatt und einen Stift zum Spielen. Sie hatte nicht über den Brief gesprochen, den sie schreiben würde. Sie war immer noch fuchsteufelswild und wusste nicht, wohin mit ihrer Wut. Sie mied Edward, und beim Spielen mit Augusta zwang sie sich zu falscher Fröhlichkeit. Sie konnte nichts sagen, ohne dass es böse herauskam. Die Verwirrung des Kindes über die plötzliche Aufgebrachtheit der Mutter machte es noch viel schlimmer. Augusta hatte begonnen, in der Mitte des Blattes zu malen. Gwen bemerkte zufrieden, dass das Kind den Stift korrekt hielt. Ein enges Gekritzel mit erkennbaren Formen entstand. Augusta lag flach auf dem Bauch auf dem Boden, die Füße in die Luft gestreckt. Herumwirbelnde Füße.

Gwen räusperte sich, als ob sie ihre Schwester ansprechen wollte, und tauchte die Schreibfeder in die Tinte. Sie wusste, dass sie den Brief nicht würde absenden können. Alles darin ähnelte der Wahrheit – bis zu einem gewissen Punkt. Ein Mann hatte sein Leben an einen Alligator im Dunkeln verloren, doch er war nicht schwimmen gewesen. Der andere Mann hatte unverletzt entkommen können. Missionare, die im Dschungel verschwanden. Nun, das war die Wahrheit, überlegte Gwen. Sie hatten ein Dorf besucht, dessen Bewohner sich die Zähne spitz feilten, doch die Missionare wurden seit dreißig Jahren vermisst. Edwards Blutegel war bereits tot, und Edward war davon überzeugt, dass der geheimnisvolle Fisch nicht existierte.

Doch sie konnte nicht leugnen, dass Augusta ihr Kind war. Sie konnte es einfach nicht. Sie konnte keine weitere Lüge dem hinzufügen, was sie mit Edward vielleicht zurückließ. Lügen können so leicht die Oberhand gewinnen, dachte sie. Trügerisch gutartig am Anfang, saugen sie einem das Leben aus, wenn sie wachsen, wie ein Tumor aus guten Absichten.

Sie faltete den Brief und verstaute ihn unter ihren Dingen. Sie sah nach, was Augusta gezeichnet hatte, und fragte sich, ob sie laut vor sich hin gesprochen hatte während des Briefschreibens. Augusta hatte ein Durcheinander gemalt, das Fische darstellen könnte, und sie hatte Umrisse gezeichnet, die vage an Alligatoren erinnerten. Das Kind sprach erst wenige Worte, doch malen konnte es.

In den darauffolgenden Tagen gab es neue Varianten von Morpho-Schmetterlingen, die für beide so etwas wie eine Obsession geworden waren: für Edward, weil sie so unmöglich zu bekommen waren; für Gwen, weil es unmöglich war, die Herrlichkeit der Blautöne im Flug aufs Papier zu bannen. Ihre steifen Körper fesselten sie, doch sonst nichts anderes mehr. Die Sammelkisten füllten sich mit einer verblüffenden Auswahl an Coleoptera. Edwards Interesse für Käfer wuchs. Leichter zu fangen und zu beobachten als Schmetterlinge, sagte er, und nicht so leicht beim Transport zu beschädigen.

Gwen und Augusta gingen am Ufer entlang, hielten hier und da an, um die Schmetterlingsschwärme zu beobachten, die sich an dem dicken Teppich der blühenden Büsche nährten. Sie hatten sich von diesem anderen Egel, Vincent, davongestohlen. Er betrieb sein eigenes kleines Gesellschaftsspiel, indem er vorauszusehen versuchte, was Gwen in jeder Sekunde des Tages tun würde, um dann an ihrer Seite zu sein und ihr Tun zu kommentieren. Als Augusta von ihrer Hüfte rutschte und barfuß weiterschwankte, sah Gwen über die Schulter, ob der Mann ihr nachkam. Gwen hatte versucht, Augusta beizubringen, nichts anzufassen. Pflanzen konnten giftigen Saft und Dornen haben. Abgebrochene Zweige konnten Millionen von Ameisen entlassen. Lianen konnten Schlangen sein. Und doch waren diese Gefahren für die pummeligen Finger ihrer Tochter nur ein Teil von Gwens Sorge. Sie wollte nicht, dass ihr Kind in dem

Glauben aufwuchs, dass die Natur ihr Spielzeug war. Jetzt lächelte sie, als die rundlichen Finger sich um eine Blume schlossen. Augusta blickte um Zustimmung heischend auf. Das war auch ein Spiel. Alles war ein Spiel.

Als Edward später von seinem Streifzug zurückgekehrt war und Augusta schlief, begann Gwen an einem Stück Tabak zu kauen. Keiner von ihnen konnte sich erinnern, dass es irgendwo so viele Zecken gegeben hatte wie in der Gegend um das Dorf. Bis zur Hüfte nackt wartete Edward darauf, dass Gwen den Tabaksaft auf seinen Rücken spuckte, um die Zecken zu lösen; er war sich der Mühen bewusst, die sie aufbrachte.

* * *

Edward hatte in seinem Feldtagebuch diverse Male auf seine »Assistentin« hingewiesen. Er fühlte sich etwas unbehaglich, Gwens bemerkenswerten Beitrag zu seiner Arbeit zu übergehen, doch er konnte sich auch nicht dazu überwinden, sie zu erwähnen. Er hatte oft darüber nachgedacht und jedes Mal seine Meinung geändert. Sie war so fähig wie jeder Mann bei den Aufgaben, die sie sich stellte. Sie machte sich mit allem bekannt, und ihre Beobachtungen waren akribisch. Wenn sie ein Mann gewesen wäre, grübelte er, wäre er neidisch gewesen.

Edward saß an seinem Behelfsschreibtisch, der aus Kisten und grob zugehauenen Brettern bestand, und öffnete sein Tagebuch. Auf einer neuen Seite schrieb er:

Eine hitzige Diskussion am allerersten Tag, die bis in die frühen Morgenstunden andauerte, hat sich zu einem unglücklichen, aber erhellenden Vorfall gestei-

gert. Mein Hauptargument an diesem ersten Abend war, dass, wenn ein Parasit seinen Wirt tötet und dabei auch selbst stirbt, die Art nicht lange genug überleben würde, um sich als existenzfähiges Glied in der natürlichen Kette des Lebens zu etablieren.

In den darauffolgenden Tagen und Wochen kam die Diskussion um den Candiru oder Harnröhrenwels erneut auf und entzündete mehrere Male eine leidenschaftliche Diskussion. Bis heute glaube ich fest, dass die Geschichten, die von den Einwohnern über diesen Fisch erzählt werden, anzuzweifeln sind.

Mr. Coyne hat seinen Standpunkt glaubhaft vertreten, indem er seinen eigenen Körper als Beweis verwendete. Natürlich sehe ich jetzt die Unzulänglichkeiten meiner Argumentation, doch das rechtfertigt kaum diesen eklatanten Mangel an Selbsterhaltung.

Edward las noch einmal durch, was er gerade geschrieben hatte, strich alles durch, begann erneut, baute ein, woran er sich von Gwens Beobachtungen und Schlussfolgerungen erinnern konnte.

Der Candiru ist ein Aderlasser, der vom Harnstoff größerer Fische angezogen wird, der über die Kiemen abgegeben wird. Der Candiru scheint der Spur des Harnstoffs im Wasser zu folgen und sich an der Innenseite der Kiemen der größeren Fische festzusetzen. Das allein tötet den Fisch nicht. Wenn der Candiru genug Blut gesaugt hat, löst er sich, um sein Mahl zu verdauen, und funktioniert in etwa wie der Blutegel, der uns allen nur zu gut vertraut ist.

Der stärkere Reiz menschlichen Harnstoffes, der ins Wasser abgegeben wurde, war so attraktiv, dass der verwirrte Candiru Mr. Coynes Hosenbein hinauf-

schwamm auf der Suche nach der Quelle. Der Candiru
besitzt furchterregende Widerhaken, mit denen er sich
bei seinen Wirten festsetzt. Ich konnte den Candiru
mit einem Schnitt aus der Harnröhre des Patienten
entfernen und so den Schaden begrenzen.
Der Patient hat seit der Operation erfolgreich Wasser
gelassen, auch wenn er dabei das Bewusstsein verloren
hat. Der einheimische Rum hat sich als sehr nützlich
erwiesen: nicht nur zur Aufbewahrung der Insekten-
präparate, darunter das nicht mehr ganz gesunde Ex-
emplar des Candiru, sondern auch in medizinischer
Hinsicht war er von großer Bedeutung.
Ich gestehe, bis der Beweis vor mir unwiderlegbar ist,
rücke ich nicht von meiner Position ab und bleibe
skeptisch gegenüber zweifelhaften Erzählungen. Ich
spreche mich von Verantwortung frei, denn man muss
eine solch hartnäckige Entschlossenheit aufseiten des
Patienten in Frage stellen und sie gegen die offenkundig
zugrunde liegende Beeinträchtigung logischen Den-
kens abwägen.

Edward schloss das Tagebuch und legte den Federhalter
nieder. Seine Aufmerksamkeit wurde von den Haufen un-
sortierter Lepidoptera in Anspruch genommen. Er nahm
den Federhalter wieder auf.

Infektion, gefolgt von Fieber, ist, unter Umständen wie
den beschriebenen, normalerweise rasch gefolgt von
einem Abgleiten in die Bewusstlosigkeit, aus der der
Patient höchstwahrscheinlich nicht mehr erwacht. Tat-
sächlich befand sich unser Patient zwei Tage in einem
deliriumsartigen Zustand (bemerkenswert war aller-
dings, dass der Patient begann, in verschiedenen
Zungen zu sprechen). Ständiges und gewissenhaftes

Versorgen der Wunde kann zur bemerkenswerten Er-
holung des Patienten beigetragen haben; obwohl noch
geschwächt, kann sich der Patient aufsetzen und bei
klarem Verstand kommunizieren.

Während Vincents Fieber hatte Gwen versucht, mit Edward darüber zu sprechen, wie sie sich von Vincent trennen und ihre Reise fortsetzen könnten, ohne ständig seine Stimme hören zu müssen. Von Sonnenauf- bis Sonnenuntergang. Es war nahezu unmöglich, Ruhe zu finden, denken zu können. Auch wenn Gwen und Edward sich hinter ihren Behelfswandschirm zurückzogen, um die ganzen Parasiten zu entfernen – oder so zu tun –, hörte man Vincent. Er sang, wenn er nichts zu sagen hatte, und wenn er sein überschaubares Repertoire aufgebraucht hatte, erfand er eigene Lieder.

»Wir müssen ihn verlassen«, sagte sie. Ihre klare Stimme zitterte, doch Edward antwortete: »Er mag ja lästig sein, aber der Mann liegt im Sterben.«

»Das glaube ich nicht.«

»Es liegt nicht in meiner Hand.«

»Wirst du nicht wenigstens über eine verfrühte Abreise ohne Mr. Coyne nachdenken?«

»Wir haben hier noch viel zu tun.«

Es war Folter, mit ihm zu sprechen. Gwens Brust hob und senkte sich in kurzen, schnellen Atemzügen. Sie sah hinüber zu der Hängematte, in der Vincent lag, als ein weiterer Schwall unverständlicher Worte aus seinem Mund drang. Das schwärzeste Wasser, dachte sie.

Während des nächsten Monats erholte sich Vincent vollständig, ganz wie Gwen es vorausgesagt hatte. Anfang September war er wieder ganz der Alte, wenn nicht sogar noch mehr. Gwen hatte sich über den Respekt geärgert, den sie ihm dafür entgegenbrachte, wie er seinen eigenen Körper als Objekt für wissenschaftliche Studien eingesetzt hatte.

Sie wusste, dass sein Wahnsinn der Grund dafür war, und hielt es jetzt für einen Zufall, dass dieser Wahnsinn sich auf so logische Art manifestiert hatte.

Edward hörte ihre Schritte und sortierte weiter die Schmetterlinge. »Ich mag es, auf den Feldern zu sammeln«, sagte er, den Kopf immer noch über die Sammelkästen gebeugt. »Die Erregung, endlich wieder auf einer freien Fläche laufen zu können, ist berauschend.«

Gwen wartete einen Moment, ob er noch etwas sagen würde. Sie ging hinüber zu dem Tisch, um die Schmetterlinge zu betrachten. Wie seltsam, dachte sie, dass wir so normal über Insekten sprechen können. Der Unfall hatte keinen Platz am Arbeitstisch, doch sie wusste, dass sie ihn ansprechen musste. Sie sagte: »Wir hatten viel Glück, Edward.« Er nickte, und sie wusste, dass er glaubte, sie beziehe sich auf seine morgendliche Forschungsarbeit. »Doch bis heute habe ich unser Glück nicht wertgeschätzt. Ich habe mir nie Gedanken über meine eigene Sterblichkeit gemacht. Unsere Sterblichkeit.«

»Ist etwas passiert?«

Gwen sagte: »Was geschieht mit Augusta, wenn wir zurück nach England gehen?«

Edward stand auf und blickte ihr ins Gesicht. Sie sah, wie sich die Gedanken an Klassifikationen zurückzogen, während er sie musterte.

»Ich meine, Edward, wenn ich sterben sollte, will ich sie nicht in der Nähe von Isobel wissen.«

Er starrte sie skeptisch an, den Namen der Frau auf den Lippen. »Ich sehe nicht, wie das je eine Option sein sollte.« Er drehte sich halb zu den Exemplaren auf seinem Tisch und sah Gwen dann erneut an. »Isobel lag im Sterben, als wir aus England abreisten. Kurz nachdem wir in Pará angekommen waren, erreichte mich die Nachricht von ihrem

Ableben – weshalb du dir darüber keine Sorgen mehr machen musst.« Er musterte ihr Kinn, und Gwen wischte es unwillkürlich mit dem Handrücken ab. Er leckte sich den Daumen ab und presste ihn auf ihr Gesicht.

Gwen wartete, dass er noch etwas sagte. Endlich konnte ich ihren Namen aussprechen, dachte sie, und du wischst das einfach so beiseite, als ob ich die ganze Zeit von ihr gewusst hätte. »Edward«, sagte sie, packte sein Handgelenk und zog seine Hand von ihrem Gesicht weg. »Du hattest eine Frau, die Isobel hieß?«

Er verzog keine Miene. Sie beobachtete ihn genau, nur der Hauch eines Geistes zuckte durch seine Augen. Sie ließ sein Handgelenk los. »Du hast sie im Sterben liegend zurückgelassen und mich an ihre Stelle gesetzt?«

»Du hast versprochen, niemals ihren Namen zu sagen«, hauchte er.

»Jetzt weiß ich es sicher. Du hast dich selbst in die Irre geführt. Wenn ich gewusst hätte, dass du bereits verheiratet bist, hätte ich sofort aufgehört, mich mit dir zu treffen. Sofort.«

»Ich habe dir den Brief gegeben ...« Doch schon als er sagte, sah Gwen, dass er wusste, dass es nicht so gewesen war.

»Nein«, antwortete sie langsam, jede Gefühlsregung unterdrückend. »Selbst Miss Jaspur, besonders sie ...« Sie konnte nicht weitersprechen. »Was für einen Betrug hast du da nur geschaffen, Edward? Was hast du mit deinen Lügen nur angerichtet?«

Als sie das Zimmer verließ, traf sie auf Vincent, doch dieses Mal war es ihr egal, ob er alles gehört hatte. »Mr. Coyne. Wieder mal ohne Beschäftigung?«

»Nein, ich frage mich ...« Er sah an ihr vorbei in Edwards Zimmer und rasch wieder zu ihr zurück. Sie wusste, dass Edward sie beobachtete. »Ich frage mich, ob die Altwasserexkursion immer noch für morgen angesetzt ist oder …« Er sah wieder an ihr vorbei. »… ob sich die Pläne geändert haben?«

»Nichts hat sich geändert, Mr. Coyne«, antwortete sie. »Sie können davon ausgehen, dass alles nach Plan ablaufen wird.« Sie nahm Augusta hoch, setzte sie auf ihre Hüfte und verließ das Haus.

KAPITEL XLVII

Pará, Brasilien, November 1863

Mr. Edward Scales!« Tristan Grindlock packte ihn mit einem fröhlichen Grinsen an den Schultern. »Seit wann sind Sie zurück? Hettie wird überaus erfreut sein. Kommen Sie rein, kommen Sie rein. Kommen die anderen nach? Warten sie irgendwo? Ich schicke ihnen jemanden entgegen.«

Die kühle Umarmung von Grindlocks Haus, der Widerhall der Stimme des Mannes von den Wänden ... Edward erinnerte sich an seinen ersten Besuch in dem Haus mit Gwen und wusste, dass er und Tristan Grindlock in der nächsten Minute von freudiger Aufregung umgeben sein würden. Er musste es jetzt sagen. Er sah ihm geradewegs in die grauen Augen. Grindlock war kein Idiot. Edward musste gar nichts sagen, musste es nicht mit Worten verkünden. Tristan Grindlock zog Edward in eine Umarmung, wie er sie seit frühester Jugend nicht mehr erfahren hatte. Der Mann war stark und hielt ihn mehrere Minuten fest. Edward fühlte, wie Tristans Schluchzer durch seinen Körper bebten. Er war in die Trauer und das Beileid des Mannes eingehüllt und tief davon berührt.

Später am Abend, nach einem stockenden Anfang, erzählte er Tristan und Hettie Grindlock, wie er Köder für die Alligatoren ausgelegt und mit den Gewehren im Anschlag gewartet hatte. Er hatte die breiten, flachen Mäuler der riesigen Tiere gesehen und keine Angst vor ihrer

Länge und dem Leibesumfang gehabt oder den Zahnreihen, die er später aus ihren stinkenden Gaumen hackte. In den Stunden des Tötens und Schlachtens hatte er nicht an sein eigenes Leben gedacht, als er nach den Überresten suchte.

»Aber Sie wissen ja, wie diese Tiere ihre Beute verspeisen, sie reißen und zerfleischen. Ich konnte nichts unterscheiden. Der Abscheu war zu groß. Ich habe vierundzwanzig Stunden lang keine Pause eingelegt, doch dann war ich besiegt. Ich musste gehen. Ihre Besitztümer habe ich mitgebracht, ansonsten habe ich alles zurückgelassen.«

Er konnte nicht sagen, dass er und Gwen Worte gewechselt hatten, die nie wieder zurückgenommen werden konnten. Dass sie sich plötzlich entschieden hatte, mit Augusta im zweiten Kanu mit Coyne zu fahren, und Edward allein mit den angeheuerten Männern nach dem schwarzen Kaiman suchen zu lassen.

»Ich hätte darauf bestehen sollen, dass sie hinter uns bleiben. Ich habe Coyne gesagt, er solle nur nach Jungtieren suchen. Etwas für …« Er hatte sagen wollen, dass er die jungen für harmlos hielt und leicht mit einer Frau und einem Kleinkind als Begleitung zu fangen. »Coyne blieb zurück, um meine Arbeit fortzusetzen. Er ließ sich nicht davon abbringen. Er hielt sich für verantwortlich.«

»Natürlich tat er das«, sagte Hettie. Ihr Gesicht war immer noch aschfahl.

»Ich möchte so bald wie möglich abreisen.«

»Überlassen Sie alles nur mir«, antwortete Tristan. »Ich werde ein gutes Schiff für Sie finden.«

Edward schätzte Tristan Grindlocks unverhülltes Mitgefühl und die Sanftheit, mit der er Edwards Tiraden voller Schuldgefühle zugehört hatte. Doch er wusste jetzt, dass er Hettie und Tristan belastete. An ihrer Stelle wäre es ihm vielleicht genauso gegangen. Es war eine übergroße Verpflichtung, einen Mann zu trösten, der seine Frau und das einzige Kind verloren hatte, während dieser umgeben vom eigenen Nachwuchs war. Doch die vielen Kinder in seiner Nähe störten Edward nicht. Sie waren nicht Augusta.

Er versuchte, sich vorzustellen, wie er in einigen Monaten zu Hause saß und so tat, als ordne er seine Sammlungen. Doch er konnte sich nicht einmal vorstellen, was sein Zuhause sein würde.

»Bedauern.« Tristan Grindlock durchbrach seine Gedanken, und doch war Edward dankbar. Sie standen nebeneinander und verfolgten, wie Edwards wenige Habseligkeiten über das Wasser zum Schiff transportiert wurden. »Bedauern. Es hat keinen Sinn, keinen Nutzen. Wenn Sie sich ihm hingeben, wird es Sie aussaugen, bis Sie völlig leer sind. Aber, ich weiß, mein Rat ist vergebens, und ich würde im Handumdrehen mit Ihnen auf dieses Schiff gehen.«

»Ihre Freundlichkeit ist unermesslich, aber ich kann nicht zulassen, dass Sie sich wegen mir von Ihrer Familie trennen.«

Edward lächelte Tristan Grindlock kurz und schwach zu. Sie standen an beinahe demselben Fleck, an dem er Edward damals so überschwenglich begrüßt hatte. Edward nahm etwas Seltsames in den Augen des Mannes wahr.

Tristan tätschelte Edwards Schulter. »Keine Angst. Ich würde Sie nicht so belasten.« Seine Hand blieb auf Edwards Schulter, und die Männer schwiegen, bis Edward über das Wasser gefahren wurde. Der Druck von Tristans Hand fühlte sich bleischwer an.

Edward fuhr mit dem Rücken zu dem Dampfer. Er wusste, dass das Sonnenlicht, das vom Wasser in seine Augen strahlte, sein Lächeln verbittert erscheinen lassen würde.

Tristan Grindlock hielt eine Hand in die Höhe, halb Gruß, halb Abschied, bevor er sich umdrehte und davonging. Edward versprach sich, dass er dem Mann nach seiner Rückkehr nach England schreiben würde, sobald er sich dazu in der Lage fühlte.

TEIL III

KAPITEL XLVIII

THE TIMES, Freitag, 5. Oktober 1866

MORDPROZESS IM OLD BAILEY

*Außergewöhnliche Szenen waren heute am Central Crimi-
nal Court zu beobachten, als die Anklage Miss Natalia
Jaspur in den Zeugenstand rief. Miss Jaspur, früher allein
wegen ihrer Erscheinung stadtbekannt, ist heutzutage wegen ihrer Kunstfertigkeit als Sopranistin berühmt. Sie trat in
der letzten Saison in einer Reihe von Opern auf und wird es
dieses Jahr noch weitere Male tun.*

Mr. Probart: »*Kannten Sie Mr. Edward Osbert Scales, Miss
Jaspur?*«

A.: »*Ich kannte ihn. Ich bin ihm vor elf Jahren begegnet,
als mein Leben hart war. Das Leben war damals schwer für
mich. Ich habe mit allem mein Geld verdient. Mr. Scales versuchte, ein Arzt zu sein. Ich habe ihn Beobachtungen an
mir vornehmen lassen. Das führte zu vielen Treffen mit Mr.
Scales, die gefühlvoller wurden, und schließlich entstand
eine Verbindung zwischen mir und Mr. Scales. Doch er war
verheiratet, und seine Frau, eine sehr hübsche Dame, hasste
mich, und ich traf ihn nicht mehr.*«

F.: »*Wusste die Angeklagte von Ihrer früheren Verbindung
zu Mr. Scales?*«

A.: »*Das weiß ich nicht.*«

F.: »*Wussten Sie, Miss Jaspur, dass ein Roman über Sie geschrieben wurde, in dem Details Ihrer Affäre mit Mr. Scales
öffentlich gemacht wurden?*«

A.: »Ich achte nicht auf Gerüchte, aber um ganz korrekt zu sein, glaube ich nicht, dass Mr. Scales' Name darin je erwähnt wurde.«

F.: »Aber Sie geben zu, dass Sie eine Affäre mit Mr. Scales hatten, die andauerte bis ... wie lange dauerte sie, Miss Jaspur?«

A.: »Ich sah ihn zuletzt vor sieben Jahren.«

F.: »Zwei Jahre, sagen Sie?«

A.: »Simple Subtraktion lässt das vermuten.«

Mr. Probart dankte seiner Zeugin, bevor er betonte, dass die sogenannten falschen Anschuldigungen gegen Mr. Scales in den Büchern, die Mrs. Pemberton so eifrig aufzuspüren und zu beseitigen versucht habe, wahr seien und dass Mrs. Pemberton äußerst versiert darin sei, die Wahrheit eine Lüge zu nennen und die Wahrheit dann mit noch mehr Lügen überdecken zu wollen.

KAPITEL XLIX

London, Februar 1864

Auf dem Schiff nach England suhlte sich Edward in seiner Übelkeit. In seiner Koje stand ein Eimer, den er nur einmal am Tag leerte. Er nahm die Mahlzeiten in seiner Kabine ein und ging niemals an Deck.

In den ersten Tagen nach der Rückkehr machte ihm der enorme Temperaturwechsel, der bereits während der Fahrt eingesetzt hatte, stark zu schaffen. Die kalte Winterluft schien seinen Schädel zusammenzudrücken, als er auf dem gefrorenen Unrat und Schmutz auf den Straßen entlangschlitterte. Er war vollkommen verwahrlost in England angekommen, doch er hatte das erst realisiert, als er wieder unter seinen Landsleuten war. Fremde reagierten auf ihn. Er hatte angenommen, sein eigenes Elend sei der Grund dafür – dass andere davon nicht angesteckt werden wollten –, doch als er sein Spiegelbild in den Schaufenstern der Läden sah, verstand er, dass es an seinem Landstreicheraussehen lag. Sein Gesicht verschwand hinter einem wildwuchernden Bart und war umrahmt von ungekämmtem, schmutzigem Haar. Seine Schuhe fielen auseinander, weil der Strick, der sie zusammengehalten hatte, verfault und durchgerissen war. Seine nackten Zehen waren bei jedem Schritt sichtbar. Die Kleider hingen nur so an ihm herunter. Er verbrachte die Nächte in einem billigen Hotel, in dem abscheuliche Bettwanzen ihn vom Schlafen abhielten und sich in sein Bewusstsein ebenso wie in seine Haut bohrten; sie waren viel schlimmer als die Egel, Zecken, beißenden Fliegen oder Moskitos in Brasilien. Der Gedanke, dass diese Wanzen im selben Bett andere Fremde bissen, trieb ihn aus dem Hotel, und endlich kehrte Edward zurück in sein eigenes Haus. Während er sich die Wanzenbisse kratzend nach einer Kutsche suchte, hatte alles um Edward herum einen schimmernden schwarzen Rand. Als der Wind sein Gesicht peitschte sowie seine halb nackten Füße und die unbehandschuhten Hände, bemerkte er, wie sich eine Öffnung in seinem Brustkorb auftat, die bei jedem Schritt größer wurde und die kalte Luft hineinließ. Anfangs noch faustgroß, hätte sie nun, als er sich den Kutschen näherte, einen kleinen Hund beherbergen können. Es war ihm peinlich, und er hoffte, der Kutscher würde nichts dazu sagen. Der schwarze Rand um den Mann zischte, und als Edward sah, wie sich aus dem furchteinflößenden Hinterteil des Pferdes der dampfende Urin auf den Boden ergoss und gleichzeitig der Mist nach unten fiel, wollte er daruntertauchen, das Tier dazu bringen, dass es sich aufbäumte und mit seinen Hufen seinen Kopf traf und sein Rückgrat brach. Doch der Gedanke an die Folgen einer Fehleinschätzung brachte ihn davon ab. Edward stieg in die Kutsche. Sobald sie abgefahren waren, schlief er ein, sein einziger Gedanke galt in seiner Abgestumpftheit dem Wissen, dass er seinen Namen nie neben etwas Endgültiges würde setzen können außer neben Augustas und Gwens Tod.

Viele Stunden später, in seinem alten und unbequemen Bett, war das Loch in seinem Brustkorb verschwunden, nicht jedoch die schwarzen Linien. So bald wie möglich ging er zu einem Barbier.

Er wusste, dass ein Brief nicht reichen würde, doch er schrieb ihn dennoch mit dem Gedanken, dass er ihr dann nicht würde gegenübertreten müssen. Doch je länger er es hinauszögerte, desto schlimmer würde es werden, wenn er sich endlich überwinden konnte, ihr die Neuigkeiten mitzuteilen. Die Tasche mit den wenigen Dingen, die er an dem Tag, an dem er Gwen verlor, aus dem Wrack gerettet hatte, war noch ungeöffnet. Er nahm sie überall mit sich hin, er konnte sie nicht aus den Augen lassen, denn auch wenn er jetzt noch nicht den Mut hatte, hineinzusehen, hatte er doch erkannt, dass Gwens Bücher seine einzige Chance waren, wissenschaftlichen Ruhm zu erlangen. Edward packte eine alte Reisetasche, die in seinem Schrank verstaubt war. Er nahm eine Kutsche zur Bank und dann zum Bahnhof, wo er eine Fahrkarte für die dritte Klasse nach Falmouth kaufte. Diese Reise sollte nicht allzu angenehm sein.

KAPITEL L

Helford Pfarrhaus, Cornwall, Februar 1864

Man fühlt, dass die Luft um sie herum voll von einer Essenz ist, die, sobald sie auch nur einen kleinen Teil von einem berührt hat, für immer den Lauf des eigenen Lebens bestimmen wird.« Edward warf Reverend George Sparsholt einen Blick zu, der wiederum den Drang unterdrückte, auf seine Taschenuhr zu sehen. »Sie müssen sie sich vorstellen, wie Sie sich eine große goldene Motte unter eingehender Betrachtung vorstellen müssen. Je näher man herangeht, desto weniger von der anfänglichen Anziehung sieht man, und doch zieht sie einen an, lädt einen ein, jede Schuppe zu betrachten. Unter dem Mikroskop verschwindet das Feuer, und doch sucht man die Brillanz, von der man weiß, dass sie dort ist. Man muss einen Schritt zurücktreten, um ihre Illusion schätzen zu können, während man sich danach sehnt, sie von ganz nahem zu betrachten.«

Reverend Sparsholt musterte seine Fingernägel; steif und gelangweilt, wie er war, achtete er kaum auf das, was Edward sagte. Was er gehört hatte, hatte er nicht verstanden. Als er zu einer Antwort ansetzte, war er über seine eigene Stimme erschrocken, die fast schon ein Bellen war. »Motten! Was für wundervolle Geschöpfe. Ich werde nie müde, die Schwärmer im Sommer auf dem Eisenkraut vor meinem Arbeitszimmer zu beobachten.« Er nahm einen Schluck Sherry und zog ihn durch die Lücke zwischen seinen Vorderzähnen hindurch, bevor er ihn hinunterschluckte. Er wusste, dass es nicht gut für seine Zähne war, doch in der Gesellschaft dieses Mannes wusste er sich nicht anders zu behelfen. Es war pure Nervosität, und er stotterte leicht. »An einem Juliabend kann man fast in einen tranceähnlichen Zustand geraten; und doch wollte ich nie eine zum Stillstand bringen. Das mag für einen Wissenschaftler wie Sie widersprüchlich sein, aber ich habe immer das Gefühl, eine aufzuhalten (er wollte nicht sagen »töten«) würde sie irgendwie verringern, würde etwas von der Magie der Vorstellungskraft unseres Schöpfers entfernen. Ich will damit in keinster Weise Ihre Arbeit herabsetzen, ich möchte nur sagen …«

Edward unterbrach ihn. »Reverend Sparsholt, ich habe ein Durcheinander angerichtet, von dem ich nicht weiß, wie ich es entwirren soll.«

»Das ist wenig überraschend, aber Sie dürfen sich nicht entmutigen lassen. Sie müssen sich selbst entwirren, indem Sie zurücktreten und die Situationen von einem leidenschaftsloseren Standpunkt aus betrachten, auf den Sie, wenn ich Sie recht verstehe, anspielen. Und wirklich, ich sehe nicht, wie Sie sich selbst die Schuld geben können, wenn Sie doch tausend Meilen entfernt waren.«

»Aber das ist genau das, was ich versucht habe, zu erklären.« Edwards Stimme wurde höher. George begann zu schwitzen. Als er die Feuchtigkeit auf seiner Oberlippe spürte, verzog er Nase, Mund und Augenbrauen zu einem hoffentlich mitfühlenden Gesichtsausdruck. Er war verwirrt. Edward fuhr fort: »Alles ist miteinander verbunden, wegen mir.«

George stand auf und stellte sein Sherryglas auf dem schmutzigen und rußgeschwärzten Kaminsims ab. Er sah sich selbst in dem Spiegel über dem Kamin. Das wilde, ergrauende Haar hatte er am Morgen mit Pomade gezähmt, doch jetzt löste es sich und fiel ihm in die Augen. Er strich es zurück und wischte sich die Hand am Hosenboden ab.

»Mein lieber Mann, Miss Carrick leidet, da bin ich sicher, nur an einer erhöhten Empfindlichkeit, die selbst verursacht ist. Ich behaupte nicht, über medizinisches Wissen zu verfügen, aber für mich ist es recht offensichtlich, dass ihre Probleme nichts sind, was sich nicht mit ein paar Monaten Ruhe wiederherstellen ließe. Ungeachtet natürlich der Trauerzeit, die, verständlicherweise ...«

»Nein! Nein! Das ist es überhaupt nicht. Ich trage die Schuld für den größten Teil. Oh Gott, ich wünschte, ich hätte Susans Brief noch.«

George Sparsholt wünschte, dass dieser unruhige, blasphemische Mann sich nicht in seinem Arbeitszimmer befände. Am Morgen war es noch eine Erleichterung gewesen, dass da endlich noch jemand war, der sich für Miss Carrick interessierte. Er hatte seinen Unwillen, den Mann hereinzubitten, beiseitegeschoben; seine darwinistischen Ansichten und sein Ehebruch und das wilde Aussehen – auch wenn er glattrasiert war – sollten an diesem Morgen keine Hindernisse darstellen. Jetzt war es später Nachmittag. Die Sonne begann bereits unterzugehen, und Mr. Scales galoppierte immer noch durch seinen Sherry. Wegen dieses Mannes hatte er das Mittagessen verpasst, das jetzt kalt als Abendessen serviert werden würde. Der Mann war wirklich begriffsstutzig. George wünschte, dass Mr. Scales wie der Glanz auf einem Mottenflügel verschwand. Doch das würde er nicht. Seine Augen glitzerten beunruhigend, und die Aussicht, dass George einige, wenn nicht sogar die gesamte Verantwortung für Miss Euphemia Carrick auf Edward abwälzen konnte, wurde mit jeder Sekunde schlechter. George war verantwortlich, er hatte jetzt zwei Menschen unter seinem Dach, deren logisches Denken ihnen abhandengekommen oder ernsthaft eingeschränkt war. Mit einem Gefühl der Hoffnungslosigkeit und dem Bedürfnis, sich in seine Küche zurückzuziehen, wo er vielleicht etwas zu essen bekäme, hielt er sich an der Erwähnung von Susan fest.

»Ah ja, Susan. Ich weiß genau, wo sie ist. Sie ist bei Mrs. Brewin. Ich werde sie holen.« Diese Information schien Mr. Scales für einen Moment aus seiner Träumerei zu reißen. Er blickte zu George auf, und dieser dachte, wenn er Mr. Scales erklärt hätte, die Königin höchstpersönlich halte sich in seiner Küche auf, könnte er nicht entsetzter aussehen. »Nun, ich bin gleich wieder zurück. Vielleicht also etwas Tee. Wenn Sie mich nun entschuldigen würden.«

George öffnete die Tür. Er konnte den Raum gar nicht schnell genug verlassen. Er war sich nicht sicher, wen Mr. Scales mit einer Motte verglichen hatte. Er hatte angenommen, dass dafür nur eine Frau in Frage kam, doch er sollte wohl besser aufhören, irgendetwas anzunehmen. Mr. Scales' Bereitschaft sich selbst bloßzustellen, seine geheimsten, intimsten Gefühle für eine Frau auszuspeien, bereitete George Unbehagen. Es war zu viel. Je näher er der Küche und ihren Wohlgerüchen kam, desto ruhiger wurde er.

Mrs. Brewin und Susan steckten die Köpfe über einem großen Buch auf dem Tisch in der Mitte des Raumes zusammen. Jede Oberfläche war mit Zuckerkrümeln bedeckt und mit Obstbreiklecksen übersät. Glänzende Vorratsgläser reihten sich am wärmenden Ofen auf, und aus dem riesigen Einweckkessel auf der Herdplatte waren ploppende, blubbernde Geräusche zu hören. Er räusperte sich zweimal, um die Aufmerksamkeit der Frauen zu erregen. »Ah, da sind Sie, Susan. Ob ich Sie vielleicht einen Moment loseisen könnte. Mr. Scales möchte gern mit Ihnen sprechen.«

»Ist er immer noch hier?«

»Ja, er ist noch hier, in der Tat.«

Mrs. Brewin warf ihm einen Blick zu, doch darin stand nichts anderes als die Sorge um Marmelade, die sich nicht einkochen lassen wollte. George mochte seine Haushälterin sehr. Sie war jung, aber unscheinbar genug, um sie nicht zu begehren. Und er musste auch nicht fürchten, sie an jemand anderen zu verlieren. Sie hielt am Andenken ihres Mannes fest, der auf der Krim gefallen war. Anfangs hatte George gefürchtet, dass dies Miss Carrick anstacheln könnte, doch Mrs. Brewin hatte ihm offen gesagt, dass sie nicht auf das Murmeln und den ganzen Schwachsinn hereinfiel. Sie freue sich, sagte sie, in Susan eine Hilfe zu haben, sie sei eine nette Frau und angenehme Gesellschaft.

Während Susan sich die Hände wusch und eine saubere Schürze überstreifte, kochte George eine Kanne Tee und holte die Keksdose. Mrs. Brewin war es gewohnt, dass er in der Küche herumräumte, und ignorierte es, Susan allerdings fühlte sich gestört und wollte ihm die Arbeit abnehmen, doch er gestattete ihr nur, ein Milchkännchen zu holen. Sie musste ihm dann Richtung Arbeitszimmer folgen, während er das Tablett vor sich hertrug, auf dem Geschirr für drei stand. George spürte ihre Beunruhigung und Aufregung in seinem Rücken. Er schritt weit aus, wobei das Porzellan klirrte.

Edward Scales stocherte im Feuer und legte Kohle aus dem falschen Eimer nach. Zwei Eimer standen neben dem Kamin: einer mit den nassen Sachen, einer mit den trockenen. Das Feuer hustete dicken, grünlichen Rauch, und als George ins Zimmer trat, strömte der Qualm durch den Zug der Türöffnung in den Raum. Als Edward sich mit dem Schürhaken in der Hand umdrehte, wollte George seinen Gast zurechtweisen, unterdrückte aber den starken Impuls. Er bat Susan, einen weiteren Stuhl zu bringen.

»Ja, Sir.«

Susan wollte das Feuer retten, tat es jedoch nicht. Sie beobachtete aus dem Augenwinkel den Rauch, wie er sich unter der Decke entlangschlängelte.

KAPITEL LI

Mrs. Brewin war eine religiöse Frau, doch sie glaubte nicht an göttliche Vergeltung. Sie hegte eine gewisse Sympathie für Mr. Scales, auch wenn er die Sünde des Ehebruchs begangen hatte. Sie glaubte nicht an einen Allmächtigen, der, nachdem er Mr. Scales mit einem Kind gesegnet hatte, ihm dieses und dessen Mutter auf so eine schreckliche Weise wieder nehmen würde. Unfälle geschahen, und sie waren vor allem großes Pech. Mr. Scales schien ein glückloser Mann zu sein, wenn nicht vielleicht sogar auch ein ziemlich dummer Mann. Es war nicht klar, ob Mr. Scales ein Bigamist war; er hatte mehr als einmal von seiner Frau gesprochen, wobei er die verstorbene Schwester von Miss Carrick oben meinte und nicht die verstorbene Mrs. Scales, die in London gelebt hatte und nun auf dem Friedhof des Reverend ruhte.

Mrs. Brewin und Susan hatten sich den ganzen Morgen abgewechselt, an der Arbeitszimmertür zu lauschen. Wenn sie es nicht selbst gehört hätte, hätte sie es nicht geglaubt. Sie hatte einmal Bilder von einem Krokodil gesehen, und sie stellte sich vor, ein Alligator sei in etwa dasselbe. Die Krokodilbilder befanden sich in einem großen Geschichtsbuch von Reverend Sparsholt; es lag offen auf der Couch, ausgerechnet. Das Bild, das sie danach von George Sparsholt mit einem schweren Buch im Schoß hatte, passte nicht zu der Art, wie er am Lesepult in seinem Arbeitszimmer stand und seine Predigten einübte. Das Bild von Mr. Scales, wie er all diese Tiere tötete und ihnen die Bäuche aufschlitzte auf der

Suche nach seinen Angehörigen stieß sie gleichzeitig ab und begeisterte sie.

Zu lauschen war gegen ihre Grundsätze. Sie hatte immer auf andere herabgesehen, die diese Sünde begingen, und doch war sie es gewesen, nicht Susan, die an diesem Morgen damit angefangen hatte. Daher gab es keine warme Mahlzeit für den Vikar und Miss Carrick, nur flüssige Pflaumenmarmelade aus ihrem Vorrat von Flaschenobst, die jetzt eingekocht sein müsste.

Seit einigen Jahren war sie George Sparsholts Haushälterin. Sie mochte die Stelle, die nicht sonderlich anstrengend war. Er bemerkte keinen Staub, und sie hatte Zeit, Romane zu lesen. Das hatte sie nie getan, als ihr Mann noch am Leben war. Und auch wenn die Predigten langweilig waren und sie ihnen jeden Sonntag zuhören musste (ebenso wie auch unter der Woche in unzusammenhängenden Stücken), konnte sie zumindest in der Bank sitzen, die normalerweise für die Familie des Vikars reserviert war (und die er nicht hatte), und musste so nicht die ganze Zeit auf die Hinterköpfe der Leute vor ihr schauen.

Jetzt fühlte sie sich irgendwie angesteckt von dem plötzlichen Ausbruch an Betriebsamkeit im Pfarrhaus. Susans Enthusiasmus für Melodrama ging mit ihr durch. Es schien im Übermaß vorhanden zu sein, und Mrs. Brewin saugte es nur allzu gern auf, wie ein Schwamm, der eine Pfütze an der Hintertür beseitigte. Armer Mr. Scales. Die erste Stunde seines Gesprächs mit Reverend Sparsholt hatte er weinend verbracht. Mrs. Brewin hatte noch nie einen Mann so weinen gehört. Aus George Sparsholts stickigem Arbeitszimmer waren herzzerreißendes Schluchzen und Schluckauf gedrungen. Sie fand es sehr bedauerlich, dass Mr. Scales sich gezwungen sah, mit seiner Geliebten in so ein weit entferntes Land reisen zu müssen. Sie hatte von Paaren gehört, die nach Italien gingen; das wäre sehr viel besser gewesen.

Venedigs Kanäle waren bestimmt sicherer, ohne Alligatoren, dafür mit gutaussehenden Gondolieri.

Eine Stunde war bereits vergangen, seit Susan ins Arbeitszimmer gerufen worden war.

Susan hatte ihr allerlei Geschichten über Mrs. Isobel Scales und ihre Besuche im Carrick House erzählt. Sie hatte wissend genickt, als Susan die großen Mengen an Tonikum erwähnte, die Miss Euphemia Carrick vorher konsumiert hatte. Elizabeth Brewin hatte selbst kurze Zeit zu viel davon getrunken – als ihr Ehemann noch am Leben war.

Jetzt stand sie wieder an der Tür des Arbeitszimmers, sich des Schaums bewusst, der sich auf dem Fruchtmus in der Küche bildete, eilte jedoch nicht zurück. Sie hörte, wie Susan nervös hinter der Tür lachte, und Reverend Sparsholts dröhnende Kirchenstimme. Als diese sich durch das Schlüsselloch ergoss, zog sich Elizabeth Brewin zurück in die Küche.

Inmitten der Unordnung der Marmeladenherstellung auf dem Küchentisch hatte sie begonnen, einen Antwortbrief an ihren Bruder zu entwerfen. Sein Schreiben war etwas verstörend gewesen, um es vorsichtig zu formulieren, und Mrs. Brewin hatte das Gefühl, dass das Leben im Pfarrhaus unerwähnenswert eintönig war, verglichen mit Kamelen und den geheimnisvollen Schwarzen Brüdern der australischen Wüste. Die mahnenden Worte ihres Bruders erfüllten sie mit sorgenvollem Ärger, und sie stellte sich ihre kleinen Briefe der letzten Monate vor; wie diese kleinen Pakete die lange und mühevolle Reise überstanden hatten, um schließlich in die Hände ihres lieben Bruders zu gelangen und ihn zu enttäuschen. Er hatte gesagt, dass ihre Briefe ihn einsamer denn je machten. Sie stupste die Oberfläche der Marmelade neben ihrem Ellbogen mit dem Finger an. Diese warf sich auf und formte sich dann zurück ohne Anzeichen für eine Haut. Nicht die kleinste Falte. Elizabeth saugte an ihrem Finger und begann zu schreiben.

Liebster Bruder,
wie furchtbar, dich allein in diesem Zelt in all den lan-
gen und fremden Nächten zu wissen. Was du mir von
den Sternen geschrieben hast, bekümmert mich, und
ich ertrage es nicht, an dich unter diesem absonder-
lichen Himmel zu denken, als ob du in einer vollkom-
men anderen Welt wärst. Wenn die Sterne auf dem
Kopf stehen, schießt dir das Blut da nicht immer in den
Kopf? Seit meinem letzten Brief beherbergen wir zwei
weitere Seelen hier im Pfarrhaus. Miss E. Carrick aus
dem großen Haus am Fluss und ihr Mädchen, Susan
Wright, die eine sehr nette Gesellschaft für mich ist;
ich erzähle ihr oft von dir, und ich weiß, dass du sie
auch mögen würdest ...

Elizabeth Brewin las noch einmal, was sie gerade geschrieben hatte, und dachte, dass es nichts ausmachte, dass es wie Kuppelei klang. Ihr Bruder würde wahrscheinlich darüber lachen; denn jemand wie er war nicht an einer Heirat interessiert, noch würde er je daran denken. Es stimmte, dass er sich für etwas Besseres hielt. Was hatte er noch geschrieben? »Hier kann ein Mann jeder und alles sein, solange er sich um seine Angelegenheiten kümmert.« Sie dachte daran, wie ihr Bruder als Kind gewesen war. Sie erinnerte sich an seine Angewohnheit, sich vor dem Sprechen zu räuspern. Er war damals schon ein spezieller Mensch gewesen, und es schmerzte sie, dass er sich so weit von ihr entfernt hatte. Sie blickte sich um, als sie die Glocke hörte, die schon eine Weile läutete. Diese ganze Marmelade. Wenn sie doch endlich fest werden würde, dann könnte sie einen Topf davon an ihren Bruder schicken. Sie würde ihn gut in eine Schachtel mit Stroh einpacken. Susan würde das sicher auch für eine gute Idee halten.

Sie sah auf, als sich die Küchentür öffnete und Susan zurückkehrte. Aus der Eingangshalle hörte man undeutlich die Stimme des Reverends.

»Ich soll hochgehen und Miss Carrick holen«, sagte Susan.

Edward wartete im Arbeitszimmer; der Reverend wippte auf den Fußsohlen auf und ab, die Hände hinter dem Rücken verschränkt, bis Susan mit Miss Carrick zurückkam und sich dann zurückzog.

»Miss Carrick«, sagte Reverend Sparsholt, »bitte setzen Sie sich. Dieser Gentleman, den Sie meines Wissens nach bereits kennen, kommt mit, ähm, schlechten Nachrichten.«

»Edward Scales.« Er verbeugte sich vor Euphemia, die beharrlich stehen blieb. Sie neigte den Kopf zu Edward.

»Susan hat mir erzählt, dass Sie gekommen sind, um mir vom Tod meiner Schwester zu berichten, Mr. Scales.«

»Ich wünschte, es wäre nicht so, aber ich muss Sie um Verzeihung bitten, Miss Carrick.«

Sie blickten einander in die Augen. Dann sagte sie: »Ich bedaure Ihren Verlust, Mr. Scales. Sie hatten auch ein Kind, wenn ich richtig informiert bin?«

Edward ließ den Kopf hängen. »Meine Tochter Augusta.«

»Das muss sehr hart für Sie sein. Sie war sicher entzückend.«

Er konnte sich nicht vorstellen, wie das geschehen konnte. Er fühlte sich substanzlos in der Gegenwart dieser Frau, die er so intim gekannt hatte. Er erkannte jetzt, wie anders als Gwen sie klang. Er hatte Angst gehabt, ihre Stimme zu hören, doch Euphemia klang und sah ganz anders aus. Ihre

Bewegungen und ihre Aussprache waren etwas beeinträchtigt durch die kürzliche Einnahme des Tonikums, doch sie war nicht, was er gefürchtet hatte. Und vielleicht änderte genau das alles.

ZWEI JAHRE SPÄTER

KAPITEL LII

Carrick House, Juni 1866

Ein heißer Tag Mitte Juni. Mauersegler zogen ihre Kreise und berührten beinahe den breitkrempigen Hut des Mannes, als dieser über den dunklen Kies der Auffahrt ging. Alle Fenster von Carrick House waren geöffnet, und eine warme Brise wehte durch die Blätter auf dem Schreibtisch in der Bibliothek. Susan beobachtete, wie der Mann die Auffahrt heraufkam. Das Rascheln des Papiers lenkte sie für einen Moment ab, und sie tätschelte den Briefbeschwerer, der die ganzen Briefe und Rechnungen an Ort und Stelle halten sollte.

Das Kreischen der Mauersegler durchschnitt die Luft so sicher wie ihre krummen Flügel. Susan blickte sich prüfend um und verließ das Zimmer, um ihre Herrin zu suchen. Keine schwere Aufgabe, sie musste nur den Geräuschen der spielenden Kinder folgen, die durch die offenen Türen zusammen mit der Stimme ihrer Mutter drangen. Susan ging in das Spielzimmer. Mr. Scales hatte darauf bestanden, dass es im Erdgeschoss mit direktem Zugang zum Garten eingerichtet werden sollte. Susan hatte das seltsam gefunden. Die neuen französischen Fenster ermöglichten es den Zwillingen, nach Belieben hinaus- und wieder hineinzulaufen. Es gab kein Kindermädchen. Euphemia verbrachte all ihre Zeit mit den Kindern. Sie saß auf dem Boden, umgeben von Papierschnipseln und Bindfaden. Die Zwillinge liefen ungeschickt mit Drachen in der Hand durchs Zimmer. Susan beäugte die Unordnung mit Widerwillen.

»Ma'am, ein Gentleman kommt die Auffahrt herauf. Soll ich ihn in die Bibliothek bringen?« Euphemia stand auf, schaute jedoch lächelnd zu ihren Kindern, nicht zu Susan. »Ja, bring ihn hinein. Ich bin mir nicht sicher, wann Mr. Scales zurück sein wird, aber es kann nicht länger als eine halbe Stunde dauern. Gib ihm etwas zu trinken.« Sie klatschte in die Hände. »Wir lassen sie jetzt draußen fliegen.«

Als Susan in die Eingangshalle kam, ertönte die Glocke, und sie beeilte sich, die Tür zu öffnen.

Der Mann stand aufrecht da, den Hut an die zerknitterte, leinenbekleidete Brust gepresst. Er war so groß. Höflich verbeugte er sich. »Ist das hier das Haus von Mr. Edward Scales?« Er überreichte Susan seine Karte, doch sie steckte sie unbesehen in ihre Tasche.

»Bitte kommen Sie herein, Sir. Mr. Scales wird bald von seinem Nachmittagsspaziergang zurück sein.« Sie nahm seinen Hut, den Gehstock dagegen behielt er. Er folgte Susan ins Arbeitszimmer und nahm den angebotenen Brandy an. Er hatte etwas an sich, weshalb Susan lieber im Raum blieb. »Es ist ja so heiß, Sir. Ich hoffe, Sie hatten es nicht weit.« Sie stellte das Glas neben Edwards Lehnstuhl ab, in der Hoffnung, der Mann würde sich darin niederlassen. Der warme Wind vertrieb den Geruch mehr oder weniger aus dem Zimmer. Susan fühlte, wie sie sich entspannte. Der Geruch aus dem Keller hatte das Haus besetzt und begrüßte alle am Fußabstreifer und auf dem Treppenteppich. Er war der Bruder der Mottenkugeln und die Schwester der schlimmsten Sünde.

»Sie sind hier draußen am Fluss nicht leicht zu finden, nicht wahr?«

Als ob er gekommen wäre, um sie zu sehen, nicht Mr. Scales. »Kommt darauf an, ob Sie aus der Gegend sind, Sir.«

»Ah. Nein, ich bin nicht aus der Gegend.« Er setzte sich auf den Stuhl und bedeutete Susan, sich in dem anderen niederzulassen. Sie blieb, wo sie war. Der Mann schwenkte den Brandy in seinem Glas und blickte Susan in die Augen. »Sie sagen, er befände sich auf einem Spaziergang. Macht er das jeden Nachmittag?«

»Und auch jeden Morgen, Sir. Seit er zurückgekommen ist, kann er … nicht von der Gewohnheit lassen.«

»Ich kann mir vorstellen, dass das schwer wäre. Geht es ihm gut?«

»Sehr gut, Sir, danke.« Susan verlagerte ihr Gewicht, von links nach rechts und wieder zurück. Sie entschuldigte sich, knickste und verließ den Raum.

Gus Pemberton sah sich anschließend um und blieb beim Bücherregal an der hinteren Wand stehen. Er ließ seine Augen über die Buchrücken wandern, ohne sie wirklich wahrzunehmen, und drehte sich dann zum Raum um. Er wirkte tot. Wieder sah er zu den Regalen und ging weiter. Bei einer schmalen Tür, die in die Bücherwand eingelassen war, hielt er an. Die Papiere auf dem Tisch hinter ihm raschelten, als er den Griff betätigte und die Tür mit einem kaum wahrnehmbaren Klicken aufschwang. Der Geruch nach Mottenkugeln und anderen Substanzen, den er schon beim Betreten des Hauses bemerkt hatte, war jetzt ein erstickender Gestank. Er holte ein Taschentuch hervor.

Hier waren die Sachen, die zu sehen er erwartet hatte. Eine Vitrine, hüfthoch, halb aus Holz, halb verglast, die den Raum der Länge nach teilte.

Schränke und Vitrinen säumten die Wände. Gus öffnete eine Schublade und blickte hinab auf Reihen von aufgespießten Schmetterlingen: leuchtend, metallisch, überirdisch blau, schockierend lebendig wirkend. Er konnte sich nicht erinnern, sie im Flug gesehen zu haben. Gwen hatte einmal erzählt, dass Vincent ihr eine Puppe geschenkt hatte. Er hatte sich nie besonders für Schmetterlinge interessiert. Schön anzuschauen waren sie, das ja. Und ja, sie waren wie Juwelen; doch genauso wichtig oder unwichtig für ihn wie eine Riesenschnake oder eine Wespe. In einer anderen Schublade fand er ausgestopfte Vögel. Hyacintharas. Winzige Kolibris. Leuchtend grüne Dinger. Noch mehr Papageien. Die Augen durch Baumwolle ersetzt, die leeren Körper wie gefiederte Rauten ausgestopft. Der feuchte Traum eines Hutmachers, dachte er. Er schloss die Schubladen.

Gus spazierte durch das Kabinett, strich mit den Fingerspitzen über die Oberfläche der Vitrine in der Mitte. Er hielt inne. Dort lagen Gwens Besitztümer. Ein Paar schmutziger Handschuhe, die er nie an ihren Händen gesehen hatte. Haarkämme, die er einige Male an ihr gesehen hatte, die ihr jedoch nicht gestanden hatten. Sie hatte sie tief im Haar versenkt getragen, wahrscheinlich weil sie sich dessen bewusst gewesen war. Er erinnerte sich, wie schwer ihr Haar herabgefallen war, als er sie herausgezogen hatte. Ein wirklich hässlicher Brieföffner. Ihr Malkasten, offen; in den Aushöhlungen der Palette waren noch die getrockneten Farbreste ihrer letzten Studie in Südamerika. Daneben ihre Pinsel in sorgfältigen Reihen wie die Insekten. Gus fühlte Übelkeit und Mitleid in sich aufsteigen. Wie es wohl gewesen sein mag, Edward Scales zu sein? War das hier die Verkörperung seiner Schuld, seiner Trauer? Sollte es den Wahnsinn fernhalten? Geister?

Mehr Dinge, schlimmere Dinge. Papierfetzen, von Augusta bekritzelt, frühreif natürlich, bei so einer talentierten Mutter. Ein winziger Kittel lag aus, leicht mit Schlamm und Lehm am Saum, Nacken und an der Vorderseite beschmutzt; Überreste einer tropfenden Frucht. Es war fast nicht zu ertragen, die Sorgfalt, mit der diese Zeugnisse des Verlustes präsentiert wurden. Ohne Beschriftungen natürlich. Diese

Dinge waren nicht für Besucher bestimmt. Gus spürte ein Kribbeln im Nacken.

Am anderen Ende des Raumes stand ein einzelner Lehnstuhl; ein altes Ding, mit einem ausgeblichenen und fleckigen Seidenpolster bezogen. Zarter Bau. Er stellte sich daneben. Früher einmal war es ein gutes Stück, das sah man. Der Stuhl wurde von zwei identischen Schränken eingerahmt; mit ihrer Tiefe schienen sie nicht zu dem Rest des Raumes zu passen. Gus stellte sich vor, dass darin Gwens Kleidung aufbewahrt wurde, die schon auseinanderfiel und noch immer nach Regenwald roch. Er drehte den Schlüssel und öffnete eine der Türen. Sie schwang plötzlich auf, und Gus musste einen Schritt zurücktreten. Im selben Augenblick sah er den Schrankinhalt.

Er fluchte laut. Ein harsches Wort passend zu dem Anblick. Dann sagte er leiser: »Jesus.« Er räusperte sich und lugte durch die Öffnung. Das Glas war riesig. Einige Momente lang musterte er dessen Inhalt kritisch, bevor er sich abwenden musste, um sich zu fassen. Dann drehte er sich wieder zu dem Körper in dem Glas. Er war zu Boden gesunken, die Füße schauderhaft unter sich verdreht, die Wange gegen das Glas gepresst. Die Gesichtszüge waren leicht geschwollen.

Gus schloss den Schrank und drehte den Schlüssel. Er verließ den Raum und zog dessen Tür zu. Er wischte sich die feuchten Hände an seinem zerknüllten Taschentuch und der Hose ab und schenkte sich noch einen Drink ein. Die Schreie der Mauersegler durchschnitten die heiße Luft. Mit dem ersten Schluck Brandy beruhigte sich sein Puls.

Gus Pemberton schloss die Augen. Es ist in Ordnung, sagte er sich. Alles wird in Ordnung kommen. Doch er wusste, dass das nicht stimmte. Alles konnte nur komplizierter werden. Er musste immer noch mit Edward Scales sprechen. Am Morgen war er noch darauf vorbereitet gewesen. Jetzt war er sich da nicht mehr so sicher.

»Wieder mal in Eile, Susan?«

»Ein Gentleman ist hier für Sie, Sir.« Sie gab ihm die Karte in dem Bewusstsein, dass der Mann jedes Wort hören konnte.

»Er wartet noch nicht lange. Ich habe ihm einen Brandy gebracht.«

Edward sagte leise: »Guter Gott, kann er es wirklich sein, nach all dieser Zeit?«

»Madam sagte, ich solle dem Herrn einen Drink bringen.«

»Das war in Ordnung, Susan. Du hast das Richtige getan.«

Susan folgte Mr. Scales und staubte dabei Treppen und Geländer mit dem Staubwedel ab. Sie stieg einige Stufen empor, wo sie wusste, dass sie Mr. Scales immer noch würde hören können.

»Was um alles in der Welt machen Sie hier?!« Susan hörte Mr. Scales den Keil unter der Arbeitszimmertür wegtreten und sie dann zuschlagen.

Wie seltsam, dass ein Mensch sagen konnte, was er dachte, dessen Bedeutung jedoch durch die Art, wie er es sagte, überdecken konnte.

Gus stand auf. »Mache wieder einmal Gebrauch von Ihrer Gastfreundschaft, Scales, wie Sie sehen können.«

»Mein Gott.« Edward schüttelte ihm die Hand und klopfte ihm zögernd auf die Schulter. »Was bringt Sie nach Cornwall?«

»Sie, um ehrlich zu sein. Man hat mich zu Ihnen geschickt, ich habe Neuigkeiten.«

KAPITEL LIII

Carrick House, Juni 1866

Edward starrte Gus Pemberton an. Die Geräusche seiner zwei kleinen Jungen, die in der Eingangshalle und im Spielzimmer herumtollten, waren gedämpft; das Lachen seiner Frau lauter.

Hilflos angesichts der Neuigkeiten von Augustus Pemberton saß er schweigend da. Gus, der die Verwirrung erwartet zu haben schien, saß ebenfalls schweigend da, nahm von Zeit zu Zeit einen Schluck von seinem Drink und warf gelegentlich einen Blick aus dem Fenster.

»Wo ist sie? Ist sie mit Ihnen gekommen?« Edward stand auf und ging hinüber zum Fenster.

Gus drehte sich zu ihm, halb aufgerichtet. »Gwen und das Kind sind in Richmond. Sie wollte nicht hierherkommen. Sie und ihre Schwester sind ... nun, es gibt Differenzen ...«

»Weiß sie es? Weiß sie es? Herrgott.«

»Setzen Sie sich, Mann.«

Edwards Schultern sackten nach unten, er stand unbeweglich da. Gus stand auf, führte ihn zurück zu seinem Stuhl und schenkte ihnen beiden noch etwas Brandy ein.

Edward sagte: »Als ich zurück nach England kam, war alles in Aufruhr. So viel Verlust, so viel Tod – ein Gefühl in uns beiden, ein Verlangen – Effie und mir, etwas zu retten.« Er beeilte sich, sich zu rechtfertigen. »Natürlich, mein eigenes Gewissen, doch auch um etwas Gutes um des Guten willen zu tun. Zuerst verband uns unsere Trauer, doch es ist so viel mehr als das; besonders, seit die Zwillinge auf der Welt sind. Meine Frau – meine erste Frau – war sehr krank. Eine Komplikation im Bauch. Eine unerwartete Entwicklung.«

Gus Pemberton sagte: »Ja, ich weiß. Doch Ihre Tat war von solch ritterlicher Tugend, wie sie nur wenige aufbrächten.«

Edward sah Gus fragend an und erwiderte: »Es ging nicht einfach nur darum, Trost in geteilter Trauer zu finden. Euphemia stand am Rande des Wahnsinns, als ich sie im Pfarrhaus fand. Das war das mindeste, was ich tun konnte.«

Edward begann erst leicht zu zittern, dann immer stärker; er schlang die Arme um sich und versuchte es zu unterdrücken.

»Trinken Sie etwas«, sagte Gus. »Das ist der Schock. Ich hätte erst schreiben sollen, wenn ich denn sicher gewesen wäre, dass Sie den Brief bekommen.«

Gus wartete, bis das Zittern nachgelassen hatte und erlaubte Edward nicht zu sprechen, bis dieser nicht die Hälfte des Glases mit Brandy ausgetrunken hatte.

»Ich war allein damit. Wie sie ist – sein kann. Ich würde nie erwarten, dass jemand ihre komplizierte Natur versteht. Ich habe mich in jeder Hinsicht verantwortlich gefühlt. Wird sie mich überhaupt sehen wollen? Was sagt Gwen? Hat sie Ihnen eine Nachricht mitgegeben?«

»Ich kann ein Treffen arrangieren, wenn Sie das möchten.«

»Sagen Sie Effie nichts. Das würde sie nicht verkraften. Ich muss an die Jungen denken. Sie dürfen nicht …« Er wollte »ruiniert werden« sagen, doch er ließ den Satz im Nichts verlaufen.

»Ich werde diskret sein.«

KAPITEL LIV

THE TIMES, Freitag, 5. Oktober 1866

MORDPROZESS IM OLD BAILEY

Mr. Shanks für die Verteidigung rief den Arzt der Angeklagten, Dr. Rathstone, in den Zeugenstand.

F.: »Sie wurden am Morgen des 7. August in das Haus der Pembertons gerufen, ist das korrekt?«

A.: »In der Tat, das ist es. Ich wurde zu Mrs. Pemberton gerufen. Ich schob dafür einen anderen Ruf auf, denn dieser hier war dringend, doch wie sehr, wurde mir erst bewusst, als ich die Patientin, Mrs. Pemberton, untersuchte. Es war eine etwas heikle Angelegenheit. Die Patientin litt starke Schmerzen und konnte sich ohne Hilfe nicht vom Bett erheben. Es war sofort klar, dass Mrs. Pemberton Verletzungen an Torso, den Extremitäten, dem Kopf und auch im Gesicht erlitten hatte. Zuerst kümmerte ich mich um Abschürfungen und Prellungen. Da ich eine gebrochene Rippe vermutete und die Patientin genauer untersuchte, befragte ich sie auch zur Herkunft der Verletzungen. Zuerst wollte sie nicht darauf antworten, doch nach etwas über einer Stunde gestand Mrs. Pemberton, dass man sie am Abend zuvor brutal geschlagen hatte. Natürlich wollte ich nicht weiter in sie dringen, doch Mrs. Pemberton machte sich große Sorgen um den Ruf ihres Mannes. Sie bat mich, ihr das Heilige Buch vom Nachttisch zu reichen und schwor darauf, dass ihr Mann ihr nichts zuleide getan hatte. Das war ihre größte Sorge. Dann fragte sie mich, ob ich mit ihrem Mann gesprochen hätte.

Als ich ihr sagte, dass er meines Wissens nach außer Haus sei, wurde sie sehr aufgeregt, sagte, sie dachte, Mr. Pemberton sei deswegen zu dem Mann gegangen, und dass der Gedanke, die zwei Männer könnten deswegen kämpfen, schlimmer sei als die Verletzungen selbst. Mrs. Pemberton wiederholte immer wieder, dass sie nicht wollte, dass ihr Mann zusammengeschlagen oder schlimmer nach Hause kam.«

F.: »Mrs. Pemberton glaubte also, dass die Person, die ihr Schaden zugefügt hatte, in der Nacht des 6. August noch am Leben war?«

A.: »Ohne Zweifel, Sir. Sie fürchtete um das Leben ihres Mannes.«

F.: »Und sie wirkte ernsthaft besorgt?«

A.: »Sir, in meiner langen Laufbahn habe ich viele Frauen gesehen, die etwas vortäuschten, doch ich kenne Mrs. Pemberton seit einigen Jahren, und ich zweifle nicht daran, dass die Angst um ihren Ehemann an diesem Morgen echt war.«

F.: »Bitte, Dr. Rathstone, können Sie uns ihren exakten Wortlaut wiedergeben?«

A.: »Sie sagte: ›Er wird meinen Mann töten, ich weiß, dass er es tun wird.‹ Sie sagte es viele Male, bis ich sie überzeugen konnte, ein Beruhigungsmittel zu nehmen.«

F.: »Nannte Mrs. Pemberton Ihnen den Namen des Mannes, der sie verletzt hatte und von dem sie fürchtete, er könnte ihrem Ehemann Schaden zufügen?«

A.: »Das tat sie nicht. Sie litt starke Schmerzen und wiederholte immer nur, was ich Ihnen berichtet habe.«

KAPITEL LV

Carrick House, Juni 1866

Euphemia lachte, wobei all ihre Zähne zu sehen waren.
Gus Pemberton lächelte ebenfalls, konnte ihr jedoch
nicht in die Augen blicken. Forelle. Er widmete sich dem
Essen auf seinem Teller. Vorzüglich zubereitet von Susan,
nachdem er und Edward den Fisch ausgenommen hatten, während Susan am Ausguss still wartete, um sich
dann den Innereien und dem gesäuberten Fisch zu widmen. Die Aufgabe, die Forelle aus dem Tümpel (nicht
groß genug, um ihn als See zu bezeichnen) zu holen, war
äußerst unbefriedigend gewesen. Als Edward das Fang-
netz ins Wasser absenkte, hörte Gus das leise Plätschern
fünfzig Meter hinter der Gartenmauer. Ein hässliches
und abruptes Ende der herabführenden Pfade. In seinem
Kopf übersprang er Mörtel und Steine und sah sich dem
Ausblick gegenüber, den Gwen ihm einmal beschrieben
hatte. Die Mauer musste neu sein; von ihr hatte Gwen nie
gesprochen. Die Eingeweide ergossen sich sauber aus dem
Fischkörper und verbreiteten einen schlammigen Geruch in
der Luft.

Gus Pemberton fand Gwens Schwester reizlos. Er versuchte etwas zu finden, was er an Euphemia mögen könnte,
damit er sich ihr gegenüber nicht allzu sehr verstellen musste. Er dachte, dass wenn er mit so einer Person verheiratet
wäre, er doppelt so viel Zeit wie Edward Scales außer Haus
verbringen würde.

Anfangs hatte ihn ihre Erscheinung getroffen. Wie ähnlich sie Gwen doch war, trotz der offensichtlichen Unterschiede zwischen den Schwestern. Er konnte verstehen, warum Edward sich an diese Frau gebunden und sich nicht befreit hatte – und es dann bereute.

Gus fühlte die Anspannung in seinem Rücken, als Euphemia sagte: »Du hast nie erwähnt, Ted, wie ihr euch kennengelernt habt.«

Edwards Antwort war ein wenig zu beflissen. »Wir haben einen gemeinsamen Bekannten. Einen Midlander, der jetzt in London lebt …«

»Wie bitte? Mr. Coyne ist aus Cornwall – und er ist ganz sicher nicht …«

Edwards Besteck fiel auf den Teller, und er legte die Hände flach auf den Tisch. Gus' Gabel verharrte auf halbem Weg zwischen Teller und Mund; rosafarbenes Fischfleisch fiel mit einem leisen Platschen zurück auf den Teller. Er blickte von Scales zu dessen Frau und zurück.

Euphemia sagte: »Was ich sagen wollte …«

»Euphemia, warum nimmst du die Jungen nicht mit in die Küche, wo Susan ihnen sicher nur zu gern ihren Milchpudding geben wird«, erwiderte Edward ruhig.

»Aber ganz offensichtlich …«

»Jetzt, Euphemia.«

Beide Männer schwiegen, nachdem Euphemia mit den Kindern gegangen war.

Gus sagte schließlich: »Gehe ich recht in der Annahme, dass die Bemerkung Ihrer Frau für Sie eine ebenso große Überraschung war wie für mich?«

»Wenn sie diese Bemerkung gemacht hätte, bevor ich die Neuigkeiten erhielt, hätte ich sofort wissen wollen, was sie damit meinte. Beim jetzigen Stand der Dinge kann ich warten. Und ich bin noch mehr davon überzeugt, dass wir Ihre Neuigkeiten vor ihr geheim halten sollen, zumindest vorübergehend. Sie war nicht sehr ruhig in den letzten Tagen. Die fröhliche Fassade ist eierschalendünn.«

Am nächsten Morgen hielt Gus Gwens Bücher in Händen. Er saß am offenen Fenster in seinem Zimmer, blätterte die Bücher durch und erwartete, dass ihre Wasserfarbenzeichnungen und Skizzen etwa genauso sortiert sein würden wie die Insekten. Nach Klassen sortiert, sorgfältig beschriftet, einen weißen Papiertrennstreifen zwischen jedem straff organisierten Objekt. Nein. Ihre Seiten waren für das ungeübte Auge ein großes, undurchsichtliches Durcheinander. Ein Sumpf, um Platz rangelnd. Ihre Notizen mäanderten um die Zeichnungen herum: Linien, Pfeile, Daten – überlappend und nicht chronologisch. Dies waren ihre persönlichen Gedanken und Impressionen, die sie Jahr für Jahr hinzugefügt hatte. Gus vermutete, dass sie alles irgendwann einmal sortieren und Kopien von den besten Einträgen anfertigen wollte. Diese Bücher waren nur für ihren persönlichen Gebrauch bestimmt, das war offensichtlich. Bei dem Gedanken daran besah er sich die Einträge genauer. Er ging hinunter in die Bibliothek, um ein Vergrößerungsglas zu suchen, ohne das er ihre winzige Handschrift nicht lesen konnte. Das Haus wirkte verlassen. Edward war auf seinem Morgenspaziergang. Kein Zeichen von Euphemia und den Kindern, vielleicht waren sie auch nach draußen gegangen. Gus schaute durch das Treppenabsatzfenster in den Himmel. Wenn Euphemia wie ihr Mann nach draußen gegangen war, würde sie bald sehr nass werden. Das bleiche Grau des Morgens hatte sich zu etwas Bedrohlicherem gewandelt, auch wenn die Luft still war. An der Schwelle zu etwas, dachte Gus, wartete auf das Startzeichen und das Rauschen des Windes in den Baumwipfeln. Er erwartete immer mehr, als das britische Wetter hervorbringen konnte; hoffentlich erwies sich das Wetter in Cornwall als anders.

Er ging hinunter zur Bibliothek und blieb dort einen Moment an der Türschwelle stehen. Am Tag zuvor hatte er dort nicht alles wahrgenommen. Es war so heiß und er so müde, so froh gewesen, an einem kühlen Ort zu sein, und er hatte nur daran gedacht, wie er Edward von Gwen und Augusta berichten sollte.

Edward hatte keine Zeit verloren, ihm Gwens Skizzenbücher zu geben.

Der Raum schien zu sagen, dass sein Besitzer sich besonders viel Mühe gegeben hatte, ihn außerordentlich langweilig zu gestalten.

Gus fand ein Vergrößerungsglas auf dem Schreibtisch und verstaute es in seiner Jacketttasche. Als er sich zum Gehen umwandte, stand Susan in der Tür mit hinter dem Rücken verschränkten Händen, als ob sie sich gerade lautlos mit dem Gast eingeschlossen hätte.

»Guten Morgen, Susan. Ich entwende ein Vergrößerungsglas und werde Ihnen nicht im Weg sein.«

»In Ordnung, Sir, ich mache dieses Zimmer heute sowieso nicht.«

Später nahm er die Skizzenbücher wieder zur Hand und öffnete eine beliebige Seite. Ein Porträt von einem Mädchen mit schwarzer und roter Gesichtsbemalung, umrahmt von purpurroten Passionsblumen und Studien von Heliconius-Schmetterlingen und deren Larven, wie Gwen diese nannte; keine Raupen. Beim Anblick des Mädchens verkrampfte sich sein Magen. Sie lächelte, den Blick von Gwen abgewandt, ganz anders als die meisten Porträts von indigener Bevölkerung aus fernen Ländern. Gwen hatte das Mädchen in einem besonderen Moment eingefangen. Es war vielleicht genauso erfunden wie andere Porträts; niemand konnte so schnell malen. Gus spürte, dass das Mädchen an diesem Tag Besseres zu tun gehabt hatte, etwas Spannenderes hatte seine Aufmerksamkeit erregt, und der Beobachter durfte ihm nicht in die Augen sehen. Auf derselben Seite hatte Gwen die Blätter des Baumes gemalt, aus denen die rote Farbe gewonnen wurde. Außerdem war da eine unfertige Studie eines winzigen gelben und schwarzen Laubfrosches. Gwens kleine Schrift wand sich um alles herum, und Gus starrte durch das Vergrößerungsglas auf ihre Worte: »... jede Variante scheint ihre eigene Insektenart zu unterstützen. Es ist eigentümlich, diese Beziehungen zu spezialisieren. Auf jedem Pflanzenstiel sind winzige Knötchen, bei jeder Variante verschieden, etwa einen Zentimeter unter dem Blatt und manchmal um den Rand des Blattes selbst positioniert. Die Knötchen variieren von nahezu unsichtbar bis zur Größe einer Gauchheilknospe. Diese Knötchen sind beinahe exakte Vertreter der Eier der speziellen Heliconius-Schmetterlinge, die die Pflanze als Futterquelle nutzen. Mir ist unklar, ob diese Knötchen anziehend oder abschreckend wirken sollen. Versucht die Pflanze, die Schmetterlinge abzuwehren, indem sie verkündet, dass sie bereits ein Ei beherbergt und dafür die Nahrung benötigen wird? Oder soll es die Schmetterlinge daran erinnern, hier ihre Eier zu legen? Es ist auf jeden Fall bemerkenswert, wie hier eine Pflanze ihren Parasiten imitiert. Ich muss darüber spekulieren, dass zumindest in einigen Fällen die Natur unabhängig von ihrem Schöpfer agiert, wie C. C. vorschlägt ...«

Gus lächelte bei Gwens jüngerem Ich und ihren vorsichtigen Worten. Heutzutage war sie sehr viel direkter und überzeugter. Durch das offene Fenster strömte kühlere Luft, und die ersten Regentropfen trafen auf das Glas. Er blickte nach draußen und dachte an sie, wie sie spekulierte, ihre Vorstellungskraft entzündet wurde von so winzigen Dingen wie einem fast unsichtbaren Höcker am Stiel einer Passionsblume. Gus vertiefte sich für den Rest des Morgens in ihre Arbeit.

Schließlich hörte er Euphemia und die Kinder, die sich bei der Erforschung des Misthaufens wohl schmutzig gemacht hatten und jetzt gesäubert werden mussten, bevor Susan sie für ihr Mittagessen mit in die Küche nahm. Gus hörte das Klirren einer Emailleschale, die auf den Fliesenboden gestellt wurde, sowie ein Tuch, das ins Wasser getaucht und ausgewrungen wurde, untermalt von gekränkten Ausrufen.

Zwei Tage nach Gus Pembertons Abreise war Euphemia aufgedreht und übermäßig gesprächig. In ihren Augen lag ein besorgniserregender Glanz.

Dunkle Wolken zogen am Horizont auf und trübten den Tagesbeginn. Als sich der Himmel schiefergrau färbte, wurde das Meer blass und leuchtete. Der Wind zerrte an Edwards Kleidung, und er beschloss umzukehren, bevor er vom Weg geweht wurde. Das Haus, dessen Fenster vor wenigen Tagen noch weit offen gestanden hatten, war verrammelt und schien sich genauso zu ducken wie er, als er zur Hintertür lief. Er streifte die Stiefel ab und schob sie unter einen Stuhl, wobei er damit rechnete, dass Susan auftauchte und ihn zurechtwies. Was sie nicht tat. Edward suchte nach etwas zu essen und fand nichts, das in der verlassenen Küche nicht gerade aufging oder vor sich hin köchelte, weshalb er – immer noch in seiner Wanderkleidung – in die Bibliothek ging. Dort bewahrte er Kekse auf. Nicht besonders verlockend, und er überdachte gerade die möglichen Konsequenzen, wenn er nach Susan läutete, als er seine Frau sah.

Sie bemerkte ihn nicht; Euphemia stand mit dem Rücken zur Tür. Sie suchte nach einer Lektüre. Edward wartete, dass sie seine Anwesenheit spürte. Sie blätterte in einem Buch; an ihrer Haltung und ihrem entspannten Summen erkannte er, dass sie ihn nicht von allein bemerken würde.

Einen Moment lang rührte er sich nicht, genoss einfach nur, sie mit so etwas Einfachem beschäftigt zu sehen. Die Melodie, die sie summte, hatte sie erst kürzlich auf dem Klavier geübt. Die Fehler, die sie immer wieder an den Tasten gemacht hatte, hatten sich in ihre Erinnerung eingeschlichen. Der Wind heulte um das Haus und brachte die Fenster zum Klappern. Edward ergriff die Chance und betrat geräuschvoll die Bibliothek.

Euphemia drehte sich um und quietschte wie ein versehentlich getretener Welpe, die Augen weit aufgerissen. Beinahe unmittelbar darauf sagte sie: »Ted, du hast mich erschreckt. Meine Güte, ein Sturm.«

Edward wartete geduldig, während sie das Buch nervös zurück in den Schrank stellte und die Türen schloss. Dann stellte sie sich abwehrend – schützend? Edward war sich nicht sicher – mit dem Rücken davor, die Arme seitlich ausgebreitet.

»Was bin ich doch für ein dummes Gänschen. Bist du nass? Ich glaube, ich höre einen der Jungen nach mir rufen.« Sie durchquerte rasch den Raum und wollte ohne ein weiteres Wort an Edward vorbeigehen. Er trat ihr jedoch in den Weg, und sie stieß gegen ihn und prallte ein wenig zurück. Jetzt, dachte er, wo es nicht mehr wichtig ist. »Ich muss etwas mit dir besprechen.«

»Nun, dazu ist beim Abendessen Zeit, Ted.«

»Es ist eine private Angelegenheit. Eine sehr wichtige Angelegenheit, die …«

»Ich muss weitermachen, Ted. Wir können uns später unterhalten.« Sie drängte sich an ihm vorbei, und er ließ sie gehen. Sie küsste ihn flüchtig auf die Wange, ihre Oberlippe war feucht. Saurer Schweißgeruch blieb im Raum zurück.

Edward fluchte leise und schloss die Tür hinter ihr. Seit der Geburt der Zwillinge – nein, seit dem Beginn ihrer

Schwangerschaft – hatte sie keine Medizin mehr benötigt. Das Glänzen in ihren Augen aus den ersten Tagen, an denen er sich um sie gekümmert hatte, war verschwunden. Ihr Verhalten hatte sich geändert. Sie war entspannter; es war ihr egal gewesen, dass er darauf bestand, keine spiritistischen Sitzungen mehr durchzuführen. Dieser Teil von ihr schien ausgemerzt zu sein.

Edward wusste nicht, wann die Angespanntheit zurückgekehrt war; es war nicht leicht festzumachen. Vielleicht war er zu hart mit ihr. Doch da war ihre Bemerkung über Vincent Coyne. Sie hatte seine Fragen dazu nicht beantwortet. Er wollte nicht über die möglichen Implikationen nachdenken. Es gab zu viele Dinge, auf die er nicht näher eingehen wollte.

Er suchte nach seinen Keksen. Als er sie gefunden hatte, steckte er sich einen in den Mund und ging hinüber zu dem Bücherschrank, mit dem Euphemia vorher beschäftigt gewesen war. Grundsätzlich machte es ihm nichts aus. Die Bücher waren wie eine Tapete für ihn. Er würde nie eines davon lesen. Hatte nie daran gedacht. Euphemia hatte ihre Angespanntheit im Raum zurückgelassen, sie lauerte genau dort am Bücherschrank. Sei kein Idiot, sagte sich Edward, als er den Blick über die Regalreihen schweifen ließ. Es war sicher nur Müßigkeit gewesen, und er wollte schon die Türen schließen, als es ihm auffiel. Ein Buch, das aus der ordentlichen Reihe herausstach. Edward legte den Mittelfinger auf den oberen Schnitt und packte den Buchrücken mit der anderen Hand. Das Buch steckte fest, und als es endlich herausrutschte, fielen einzelne Seiten in alle Richtungen zu Boden.

Edward ließ sich instinktiv auf die Knie fallen, um sie aufzuheben. Da sah er die Handschrift, die die Blätter bedeckte. Er las sie hungrig, fieberhaft, breitete sie um sich herum auf dem Teppich aus, sortierte sie in Spalten in chro-

nologischer Reihenfolge und fand so heraus, was Euphemia
getrieben hatte.

Liebe Euphemia,

*ich schreibe dir diesen Brief in Eile, noch geschwächt
von einem längeren Fieberanfall. Lieber wäre ich anstatt dieses Briefs zurückgereist, doch meine junge Begleitung, die Erschöpfung und Fieber noch viel stärker
getroffen haben, hat mich daran gehindert. Ich werde
hier in Pará warten, als Gast guter Freunde, bis meine Begleitung sich erholt hat. Mach dir keine Sorgen,
liebe Schwester, es geht mir gut. Doch es gab einige
Verwirrung, gelinde gesagt, als ich von meiner Reise-
gruppe getrennt wurde. Bei meiner Rückkehr habe ich
erfahren, dass man glaubte, die gesamte kleine Gruppe
sei verschollen.*

*Mr. Scales ist mit diesem Wissensstand nach England
zurückgekehrt. Ich weiß, dass er unser Haus besuchen
wollte, um die falschen Neuigkeiten persönlich zu
überbringen.*

*Bitte erlöse ihn sobald wie möglich von dem Irrtum,
entweder per Brief oder von Angesicht zu Angesicht.
Ich hoffe, ich kann in einem Monat nach Hause reisen ...*

*... Ich habe eine Unterkunft gefunden – vorüberge-
hend, bis ich meine finanziellen Angelegenheiten geklärt habe und bis ich den letzten Abschnitt der Reise
nach Hause angehen kann. Die Reise war sehr anstrengend, und wieder darf ich die Freundlichkeit von
Freunden in Anspruch nehmen. Du musst mir einen
Scheck als Vorschuss schicken, während du mir den
gesamten Betrag meines Erbes überschreibst. Bitte
schicke ihn mir so bald wie möglich ...*

... Seit der Ankunft deines Briefes habe ich mehrere Tage an meiner Antwort gefeilt. Doch mittlerweile bin ich der Meinung, dass es keine Antwort gibt, die alles adäquat umfassen würde, was niedergeschrieben werden müsste. Du hättest den Ausschnitt nicht beifügen müssen. Ich lese die Zeitung jeden Tag von vorn bis hinten. Zumindest weiß ich, dass er am Leben ist, sicher nach England zurückgekehrt, und dass es dir gutgeht. Dein Gespür für den richtigen Zeitpunkt ist wie immer unfehlbar ...

... Schickst du mir zumindest meine Arbeit? Ich will dein Glück nicht ruinieren, wie du in deinem Brief behauptet hast; ich möchte nur, dass er weiß, dass ich nicht ums Leben gekommen bin, wie er und jeder andere es gedacht hat. Zwing mich nicht zu der lächerlichen Würdelosigkeit, dich um etwas bitten zu müssen, was normalerweise frei herausgegeben werden sollte, ohne Hintergedanken oder Vorrede. Ich werde noch einmal Kontakt mit der Bank aufnehmen.

Du MUSST deinen Mann von meinem Verbleib unterrichten. Nur das wünsche ich mir, sonst nichts. Ich kann mir nicht vorstellen, was für einen Vorteil es haben soll, wenn er mich noch länger für tot hält ... Da ich anscheinend gerade praktisch mittellos bin, könntest du mir bitte wenigstens meine Arbeit schicken? Es sind einige Notizbücher und Skizzenbücher, die wichtige Einträge über meine Arbeit mit den Ameisen aus der Zeit in Pará enthalten. Du fändest es langweilig, doch es ist sehr wichtig, dass mir diese Bücher zurückgeschickt werden.

Euphemia, du bist und wirst immer meine Schwester
sein, aber du versetzt mich in eine unmögliche Posi-
tion ... Nimm bitte zur Kenntnis, dass ich dieses Affen-
theater nicht länger dulden werde. Mach, was du
willst, ich werde es genauso halten.

Zweiunddreißig Briefe waren es insgesamt, von verschiedener Länge, Inhalt und Ton. In keinem erwähnte Gwen
Augusta bis auf den Hinweis auf ihre »junge Begleitung«,
über den Euphemia sicher nicht leichtfertig hinweggegan-
gen war. Edward vergrub den Kopf zwischen den Knien
und wiegte sich hin und her, bis er beinahe ohnmächtig
wurde. Er wollte etwas zerschlagen. Wenn nur. Wenn nur.
Wenn er nur eine Woche länger geblieben wäre. Er schlug
seinen Kopf gegen den Teppich, bis er nur noch helle Blitze
sah, die vor seinen Augen hin und her zuckten. Er hatte
keine Worte, um die Frau zu verfluchen, sie waren aus seinem Kopf verschwunden. Alles war leer, nur Trauer, Bedauern und Selbstmitleid hatten noch Platz. Und Feuer. Ein
Brennen stieg in seinem Herzen auf und presste das Leben
aus ihm, als er sich seine Zukunft vorstellte. Er schob die
Blätter zurück in das Buch, als ein Blatt, dicker als die anderen, herausrutschte. Seine eigene Handschrift starrte ihm
entgegen: 13. November 1859.

Er musste es nicht lesen. Bruchstücke wanderten durch
seine Erinnerung, bevor er sie aufhalten konnte: »... *bitte*
verbrenne es ... ein Zeugnis meiner Fehler ... Du bist der
außergewöhnlichste Mensch, den ich je getroffen habe ...«

Er knüllte den Brief zusammen und warf ihn in den
leeren Kamin, suchte nach Streichhölzern und ließ sich
schmerzhaft an der Feuerstelle auf die Knie fallen. Anzünden, anzünden, anzünden. Der Gestank der widerspensti-
gen Zündhölzer stieg in die Luft auf.

Als Pemberton ihm berichtet hatte, dass Gwen am Leben

war, dass Augusta am Leben war, hatte er sich seltsam leicht gefühlt, als ob er nicht hierhergehörte. Die Wirklichkeit, wie Edwards Vater vielleicht gesagt hätte, hatte ihn noch nicht in den Hintern gebissen. Jetzt wollte er los. Den Zug nach London nehmen und sie finden. Doch er blieb auf dem Teppich liegen, legte die Hände auf die Briefe, verteilte sie. In einigen bat sie um nichts: Sie erzählte Euphemia von einem Spaziergang in einem Park, den Edward zu erkennen glaubte. Sie erzählte Euphemia von einem Besuch in den Kew Gardens und den Gewächshäusern dort. In einem anderen berichtete sie detailliert von einem Besuch im Zoo, mit pointierten und amüsanten Schilderungen anderer Besucher. Edward wusste, dass eine kleine Hand in ihrer geruht, dass sie diese Ausflüge nicht allein unternommen hatte. Manche Briefe waren alle am selben Tag aufgegeben worden, dann wieder war eine Lücke von mehreren Monaten zwischen den Schreiben.

Edward fühlte sich zutiefst beschämt bei jeder Erwähnung ihrer verschwundenen Arbeit in ihren Briefen. Es war seine Schuld. Er hatte ihre Sachen in die Schränke gesperrt, ein Museum aus ihr gemacht. Er hatte Pemberton die Skizzen und Zeichnungen ansehen lassen, und dann hatte er sie zurückgenommen, wieder weggesperrt, als ob sie immer noch unter Glas gehörten. Was für eine Schande, dass er wieder nach ihnen gefragt werden musste, damit sie zu ihrem rechtmäßigen Besitzer zurückkehren konnten. Er hätte sich vor Scham in die Schuhe pissen müssen, wenn er ihre Unterlagen nicht sofort eingepackt und mit einem Begleitschreiben versehen hätte. Und ihr verlorenes Geld. Himmel, ihr Geld. Euphemia hatte große Summen nach dem Tod ihres Vaters für die Renovierung des Hauses ausgegeben, und er hatte nie darüber nachgedacht. Sie hatte Gas und ein neues Badezimmer mit heißem Wasser installieren lassen. Sie beschäftigte eine Armee von Gärtnern und hatte alles herausreißen lassen, was überwuchert war. Und seine Erweiterung der Bibliothek – ihr Hochzeitsgeschenk, wie sie gesagt hatte. Und er hatte es angenommen. Zu sehr darauf bedacht, zu glauben, dass es nichts anderes als eine romantische Geste war.

Und inmitten all dieser Extravaganz hatte sie Edward eisern verweigert, ein Denkmal für Gwen zu errichten. Immer hatte sie behauptet, sie wisse, dass Gwen noch irgendwo am Leben sein müsse. Ihr Genie; seine Schlichtheit.

Er hatte Gwens Schwester geheiratet, damit er vielleicht wieder Gwens Stimme hören würde. Die Reproduktion von Gwen, heraufbeschworen von ihrer Schwester. Und das war das Einzige, was ihn vor dem Sturz in einen Abgrund bewahrt hatte – in eine schwarze Grube in seinem Verstand oder in einen realen Abgrund; an der Küste hätte er sich einen aussuchen können. Er musste nur zu ihr ins Bett steigen.

Sie durfte ihn nicht Ted nennen. Wenn sie es tat, schrumpfte er, und die Nacht war verloren.

Er ging ohne Licht in ihr Zimmer und schlüpfte unter die Decken, zog den heißen Körper zu sich, stolperte in sie hinein. Stellte die mit Gwen auf feuchtem Boden erlebte Zeit nach, unter Bäumen und immer an unbequemen Orten. Er zog sie auf den Boden oder ließ sie stehen, linkisch gegen ein Möbelstück gelehnt. Oder er schaffte es, sich für eine Weile einzureden, dass es Gwens Arm war, der heiß auf den kühlen Laken lag. Es war ihr Schenkel, der unter dem Druck seiner Finger nachgab. Es war sie, nah an seinem Gesicht, ihr Meersalz, das auf seinen Fingern verkrustete. Es war sie, wie er sie immer haben wollte. Wie sie war, bevor sie etwas über ihn gewusst hatte. Er hielt sie und vergrub sich in ihr, solange er es ertrug.

Nie wieder würde er diese Dinge tun müssen. Er würde

ihr triumphierendes Gesicht nicht mehr am Morgen sehen oder darüber rätseln müssen.

Pembertons Versprechen – dass er ein Treffen arrangieren konnte, wenn Edward das wünschte. Edward hatte dazu nichts gesagt. Wenn? Wie konnte es nur ein »wenn« geben?

Er erhob sich unsicher und öffnete die Fensterläden in dem kleinen Mausoleum. Er schob die Fenster einen Spalt auf, um Luft hereinzulassen, das Geräusch des Regens und den Gesang einer Drossel. Er öffnete die Schränke, in denen all ihre Sachen lagen, und holte sie hervor. Der Malkasten und ihre Pinsel. Wieder lebendige Dinge, weil er wusste, dass ihre Augen sie wieder ansehen würden und ihre Finger die trockenen Staubwürfel zum Leben erwecken könnten. Nichts war, wie es schien. Er lachte über diese Absurdität, dass sie vom Tod auferstanden sein sollte. Dass ihr Mund sprechen konnte. Ja, das war es. Ihr Mund konnte sprechen, ihre Hand schreiben. Er legte seine Handfläche auf die schmutzigen Handschuhe, die sie auf dem Schiff getragen und die er nie ersetzt hatte. Wie konnte er die Stücke wieder zusammensetzen? Er versuchte, seine Wut unter Kontrolle zu behalten. Versuchte den Drang zu unterdrücken, etwas zu zerstören und der Frau irreparablen physischen Schaden zuzufügen, die er seine Ehefrau nennen musste, die schon immer nur seine Schwägerin hätte sein sollen. Er hasste sie mit jeder Faser seines Körpers. Er wollte sie töten.

KAPITEL LVI

London, Samstag, 4. August 1866

In jedem Ende steckt auch ein Beginn.

An diesem Ort sah er so anders aus. Die Jahre, die sie nicht mit ihm verbracht hatte, hatten ihn in ihrer Erinnerung verändert; natürlich hatte sie auch noch nicht den Mut aufgebracht, ihre Zeichnungen von Edward anzusehen, um sich an einzelne Tage oder Minuten zu erinnern, die sie ihn angestarrt hatte. In ihrer Vorstellung war er die ganze Zeit gesichtslos geblieben. Ein besonderer Geist; selbst die lebhafte Korona aus hellem Feuer war verblasst.

Er erblickte sie zuerst und überraschte sie, als er so nahe war, dass sie einen Schritt von dem Mann zurücktrat, der ihr den Blick versperrte.

Sie hätte sich nie vorstellen können, dass er so ... alt aussah. Alt und gezähmt. Sie wollte sich das Auge reiben, und er packte ihre Hand, dachte, sie wolle ihn umarmen, hier in der Öffentlichkeit, wo niemand auf einen Mann und eine Frau achten würde, die sich auf einem Bahnsteig umarmten. Sein fester Griff erschreckte sie und erinnerte sie gleichzeitig daran, warum sie ihn am Anfang so gemocht hatte, bevor sie alles wusste.

Aber was wusste sie jetzt, was damals einen Unterschied für sie gemacht hätte? Alles, nichts; sie durfte nichts davon vergessen.

Schwefelgelber Gestank, Ruß, drängelnde Körper, Ellbogen, Rauch, Pfiffe, Rufe. Ich hätte dem hier nicht zustimmen sollen, dachte sie. Doch es gab keine andere Möglichkeit. Edward hielt Gwen an seine Brust gedrückt, und sie spürte seinen Herzschlag durch ihre Sommerkleidung. Sie riss sich zusammen in den steifen Schuhen, die sie immer noch so unpraktisch und unbequem fand.

»Edward«, sagte sie und machte sich genügend frei von ihm, um Luft zu holen, »vielleicht sollten wir eine Kutsche anhalten.«

Er wollte sie nicht loslassen. Sie hatte nicht mit diesem Fieber gerechnet. Sie hatte sich überhaupt nichts ausgemalt außer der simplen Tatsache, dass sie sein Gesicht wiedersehen würde. Er packte ihre Hand, als ob Vincent Coyne sie gleich wieder entführen könnte, auch wenn das vollkommen unmöglich und recht albern war.

Irgendwie schafften sie es in eine Droschke, und ihr Kleid wurde auch nicht in der Tür eingeklemmt. Sofort begann Edward zu schluchzen. Das ist fürchterlich, dachte sie. Was kann ich tun, damit er aufhört? Aber sie tätschelte ihn dennoch und blickte die ganze Zeit über seine Schulter hinweg aus dem Fenster.

Als sie die Gärten erreichten, war Edward in besserer Verfassung und wirkte nur noch, als hätte er leichten Heuschnupfen.

Sie gingen ziellos herum. Gwen wusste, dass Augusta den Tag damit verbrachte, freudig ein Ameisennest im Garten zusammen mit ihrem geplagten Kindermädchen auszuheben. Der Gedanke an das Interesse ihrer Tochter an Ameisen erinnerte sie an den Moment, als sie entdeckt hatte, was Edward mit ihrer Arbeit gemacht hatte. Die Arbeit mit den Ameisen, die er damals in Brasilien so leidenschaftlich herabgesetzt und die er jetzt unter seinem Namen in einem Aufsatz veröffentlicht und der Royal Society vorgestellt hatte. Man hatte ihr die Anerkennung für ihre Arbeit versagt, die Chance zu beweisen, dass eine Frau auch Wissenschaftlerin und Naturkundlerin sein konnte.

Sie sah ihn an und fragte sich, ob sie immer noch wütend war. Sie wusste nicht, ob die Zeit für Anschuldigungen und gegenseitige Vorwürfe schon vorbei war. Sie hatte gedacht, sie würde es endlich wissen, wenn sie ihm ins Gesicht sah. Als sie ihn jetzt anblickte, war dort nichts von der Hinterhältigkeit zu sehen, die sie mit ihm verband; seine Züge waren eine neue Leinwand, und er war ihr so fremd, dass das Gewicht ihrer Wut leichter wurde.

Sie kamen zum Wasserlilienhaus.

»Sollen wir hineingehen?«

»Wird dir die Hitze nichts ausmachen?«

Sie lachte. »Komm schon.«

Beide wurden jedoch sehr still, als sie hineingingen, vielleicht weil sich beide an Edwards Begeisterung an diesem ersten Tag in Pará erinnerten.

Genau wie in den tropischen Gewächshäusern in Kew Gardens, nicht wahr?

Und ihre Antwort: *Das weiß ich nicht, ich war nie dort.*

So war es natürlich nicht. Sie zögerten an der Türschwelle und ignorierten schließlich die erstickende feuchte Luft und gingen hinein. Doch keiner von ihnen rechnete mit der Auswirkung, die sie auf beide haben würde.

Wieder im Freien gingen sie zu einer Nische und setzten sich.

»Diese Lilien, sie waren überall.«

»An dem Tag. Ja, ich weiß.« Sie nahm beinahe seine Hand und lehnte sich zurück, die Handschuhe im Schoß. Dort saßen sie schweigend, bis es Zeit für Gwen war zu gehen. Bevor sie sich verabschiedete, sagte sie leise: »Da wäre immer noch die kleine Sache mit der Geburtsurkunde. Du hast sie doch mitgebracht.«

»Die … nein, es tut mir leid. Das habe ich vergessen.«

Zwei Tage später, am Montag, nahm Gwen den Omnibus zu der Adresse, die Edward ihr gegeben hatte. Sie hatte sie sich in den Gärten eingeprägt und das Stück Papier zerrissen, sobald sie außer Sichtweite war.

Das Haus hatte den verschlossenen, moderigen Geruch eines Ortes, der lange sich selbst überlassen gewesen war. Gwen fragte sich, ob sich der Geruch in ihren Kleidern festsetzen würde.

Edward öffnete ihr selbst die Tür und führte sie in die Eingeweide des Hauses. Im Salon stand ein Bett, das trotz der Hitze mit Decken übersät war. Darunter standen Gläser und Teller. In einer Ecke des Raumes lagen noch die Tücher, mit denen die Möbel abgedeckt gewesen waren.

»Edward«, sagte sie zögernd, von diesem Anblick erschüttert. »Hast du niemanden, der sich um alles kümmert? Um dich?«

Gwen zwang sich, Edward in seinem jämmerlichen Zustand anzusehen. Er hatte sich seit ihrem letzten Treffen weder gewaschen noch die Kleidung gewechselt. Sein Gesicht war von rauhen Stoppeln bedeckt. Aus seinem Mund strömte fauliger Atem, der in der moderigen Luft stand. Seine Lippen waren mit getrocknetem Rotwein verschmiert. Schlaf hatte sich in seinen Augenwinkeln und zwischen den Wimpern festgesetzt.

Dieser Mann steckt irgendwo fest, dachte sie. Er ist weder am Ende von etwas noch am Anfang.

»Sag mir, was du hier tun willst, Edward.«

Er blickte sie mit einem Ausdruck an, der Gwen zu fragen schien, warum sie so eine dumme Frage stellte. Er trat näher an sie heran. Sie musste den Kopf zur Seite drehen und den Atem anhalten. Gwen ließ zu, dass Edward die Arme um sie legte, sein Gesicht an ihrem Hals barg und an dem zarten Kragen ihres Kleides schnüffelte.

Dann entzog sie sich seiner Umarmung und trat einen

Schritt zurück. »Edward, du musst hier etwas ändern.« Sie versuchte unterstützend zu klingen, auch wenn es ihr widerstrebte.

»Veränderungen. Ja, alles muss sich jetzt ändern«, sagte er langsam.

»Im weiteren Sinne wird es das unausweichlich. Aber, Edward, ich spreche über praktische Dinge. Zum einen musst du dich um deine Körperhygiene kümmern, deine Kleidung wechseln. Nimm ein heißes Bad – obwohl, wenn du noch keine Angestellten hast, muss das vielleicht warten. Geh zum Barbier. Mach mehrere Räume bewohnbar. Du musst in gutem Zustand sein, Edward. Wenn du so bist, kann ich nicht mit dir reden.«

»Wenn ich wie bin?«

»Edward.« Sie hielt es nicht aus; sie hätte nicht gedacht, dass es so unerfreulich werden würde. »Du stinkst. Deine Kleidung. Dein Atem ist widerwärtig. Wann hast du zum letzten Mal ein Glas Wasser getrunken?«

Edward starrte sie an. »Ich … du sagst, ich stinke?«

»Es tut mir leid, das hätte ich nicht sagen sollen.«

»Nein. Du hast recht, wahrscheinlich tue ich das. Bitte entschuldige.« Er fuhr sich mit der Hand durchs Haar. »Was du nur von mir denken musst.«

»Ich denke, du hast einen Schock erlitten. Ich stehe hier, mit dir, wo du doch jahrelang glaubtest, dass ich und Augusta tot seien. Ich denke, als du mich am Bahnhof gesehen hast und in den Gärten, war das für dich noch nicht real. Es gab so viel, was wir sagen wollten und nicht konnten. Wir fragen uns wohl beide, wo wir anfangen sollen; was ungesagt bleiben sollte und was nicht.«

»Du scheinst exakt die richtigen Worte zu finden, und ich …«

»Ich konnte jahrelang darüber nachdenken, über dieses Treffen, Edward. Du hattest nur wenige Wochen.«

»Du hättest mir schreiben können.« Seine Stimme war schwer vor Emotionen und plötzlichem Durst. »Ich habe deine Briefe an sie gefunden.«

»Ich habe dir geschrieben, Edward.« Gwen sprach sehr vorsichtig. »Ich habe ein Jahr lang jede Woche geschrieben, bis ich mir sicher war, dass die Briefe abgefangen wurden.«

»Du hättest«, Edward griff in die Luft, als ob sie ihm Trost bieten könnte, »du hättest ihn früher schicken können.«

Gwen sah zu, wie Edward im Zimmer auf und ab ging. Wie kannst du es wagen, dachte sie. Wir kannst du es wagen, mir Vorwürfe zu machen, als ob alles an mir läge. Du hättest mehr tun müssen, dachte sie, als Vincent dir erzählte, ich sei tot. Du hättest bemerken müssen, wie verrückt er war, wie irrsinnig, wie falsch. Du hättest mehr tun müssen, um die Wahrheit herauszufinden, was an jenem Tag geschah. Du hättest uns finden müssen, wollte sie schreien, du hättest sofort erkennen müssen, was geschehen war. Aber du warst so nutzlos wie immer, und jetzt schiebst du mir die ganze Last deiner Verletztheit und Trauer zu.

Gwen sagte ruhig: »Du dürftest sie doch mittlerweile kennen, Edward. Und du hast diese zwei Jungen. Ich denke, du weißt im Grunde, dass ich nie aus einem Impuls heraus hätte handeln können.«

Edward drehte sich um und ließ sich auf einen ledernen Lesesessel sinken, ließ die Schwerkraft über seinen endgültigen Landeplatz entscheiden. »Sie. Gwen, ich bin verloren. Die Jungen, ja; ich glaube, sie bedeuten ihr alles. Und doch scheint sie an manchen Tagen kaum zu wissen, dass sie existieren.«

»Mr. Pemberton erzählte mir, dass sie wie fröhliche, gesunde Kinder wirkten. Edward, ich hätte nie selbstsüchtig handeln können.«

»Warum nicht? Sie hat es doch auch getan.«

»So war sie schon immer, Edward. Meine Schwester hat nie etwas getan, was ihr nicht nutzte. Wir anderen müssen das bewältigen, was sie uns in den Weg legt. Lass uns später darüber sprechen. Warum zeigst du mir nicht das Haus? Ich helfe dir, eine Liste zu machen. Ich kann dir helfen, Dienstboten zu finden.«

Doch die ganze Zeit dachte sie, ich muss hier weg, ich habe einen Fehler gemacht. Ich muss hier weg.

Er wischte ihre Worte mit zuckenden Handbewegungen beiseite, als er sich ihr näherte. »Pemberton, Pemberton. Warum er? Was hat er dir noch gesagt? Ins Gesicht? In einem Brief? Was für ein lauschiges Gespräch hattet ihr, unter vier Augen?«

»Das ist unwichtig.«

»Sieh mich an. Nein, ich glaube nicht, dass es unwichtig war. Mir erscheint es mittlerweile sehr seltsam, dass ein Mann, den du *nur einmal* getroffen hast, derjenige sein sollte, der solche erschütternden Nachrichten überbringt.«

»Du bist am Boden zerstört, dass ich lebe?«

»Nein.«

»Es gab niemand anderen; niemand sonst kannte uns beide. Ehrlich, ich habe versucht, das Richtige zu tun.«

»Aber wo hast du ihn nur aufgetrieben? Du kennst ihn nicht!«

Gwen wandte den Blick ab. »Er ist Hettie Grindlocks Bruder. Ich dachte, du wusstest das.«

KAPITEL LVII

Richmond, Montag, 6. August 1866

Gwens Hand schwebte so lange über der Seite, dass die Tinte an der Federspitze eintrocknete. Sie füllte den Federhalter von Neuem und schloss die Augen, während sie schrieb: *Ich habe ihn umgebracht.*

Dann öffnete sie die Augen und sah auf ihre Worte hinab. Sie waren schräg und schief, schwarz und glänzend. Sie presste das Löschpapier darauf; jetzt hatten sie Gewicht. Sie fügte etwas hinzu, machte aus dem Punkt ein Komma: *Ich habe ihn umgebracht, den Mann namens Vincent Coyne.*

Der Brief lautete schließlich folgendermaßen:

Ich habe ihn umgebracht, den Mann namens Vincent Coyne. Einer von uns hätte es früher oder später tun müssen, und da du nicht da warst, blieb diese beschwerliche Aufgabe mir überlassen.

Ich kann nicht sagen, dass ich diese grässliche Tat leicht begangen habe. Es klingt nur so, wenn man es niederschreibt.

Er kam zurück an den Ort, an dem er uns zurückgelassen hatte. Er kam allein, und natürlich dachte ich nie daran, dass er uns retten wollte oder uns nach dieser ersten Nacht in Sicherheit bringen würde. Nach diesen zwei Tagen ohne Unterkunft und Nahrung erwartete er vielleicht eine etwas andere Begrüßung.

Konfrontiert mit solch einschüchternden Aussichten – alleingelassen, um an Hunger oder Durst zugrunde zu gehen, weigerte ich mich, dieses Schicksal zur Gewissheit werden zu lassen. Ich musste Augusta beschützen. Ich hatte den Flintstein und das Taschenmesser, von denen Mr. Coyne nichts wusste. Sonst nahm er uns alles, wie du weißt. Aber wir waren nicht schwach vor Hunger. Der Ort, an dem er uns zurückgelassen hatte, wurde von Flussschildkröten besucht. Während dieser zwei Tage aßen wir die in ihrer Schale gerösteten Schlüpflinge. Ein glücklicher Zufall, wo Gott sich doch von uns abgewandt hatte.

Augusta entglitt meinen Händen und rannte aus unserem Versteck. Er nahm sie zu grob auf. Er rief, dass ich herauskommen solle.

»Wo ist Edward?«

»Mein Gewissen ist gerettet. Sie sind immer noch am Leben.« Sein Gesicht wirkte einen Moment dumm vor Unverständnis. Doch er riss sich zusammen.

»Mr. Coyne. Vor zwei Tagen sagten Sie mir, dass Sie eine Stunde weg sein würden und Edward mit hierherbrächten. Wo ist er?«

»Sie glauben, er respektiert Sie. Nehmen Sie wirklich an, dass ein Mann wie Scales je eine Frau wie Sie respektieren könnte wie er es mit Frome getan hat? Und glauben Sie, weil Sie nicht seine rechtmäßig angetraute Ehefrau sind, dass Sie sich in eine höhere Position gebracht haben? Denken Sie nach.«

»Wie bitte? Lassen Sie meine Tochter runter und sagen Sie mir, wo Edward ist.«

»Los, denken Sie nach. Was hat Scales Ihnen je versprochen? Niemand ist genau das, was er zu sein scheint, nicht wahr, Miss Carrick? Sie sollten das besser als viele andere wissen.«

»Augusta ist unschuldig. Sie können mit mir sprechen, aber lassen Sie sie runter.«

»Denken Sie, Miss Carrick. Denken, Dinge herausfinden. Das ist Ihr Talent, nicht wahr?«

»Ja, das ist es, Mr. Coyne. Bitte lassen Sie Augusta runter, Sie machen ihr Angst.«

»Miss Carrick. In welche hat er sich wirklich verliebt? Glauben Sie, er hat sich tatsächlich in Sie verliebt? Oder in die Frau, die niemals seine Autorität in Frage stellen würde, die niemals seine eigene Intelligenz herausfordern könnte? In welche Frau, Miss Carrick, glauben Sie, hat sich Scales wirklich verliebt – in Sie? Oder in Euphemia?«

»Ihre Mutter war eine ihrer Klientinnen. Wenn Sie glauben, dass Sie mich mit Ihrer kleinen Enthüllung überraschen, Mr. Coyne, dann haben Sie sich getäuscht. Bitte geben Sie mir Augusta.«

»Nein. Euphemia hat Sie genug gehasst, um mich anzuheuern. Aber ich glaube nicht, dass sie einen Groll gegen jemand Unschuldigen hegen würde. Scales' Bastard kommt mit mir.« Augusta, mein Kind, mein einziges Licht. Dieses Wort für meine wunderschöne Tochter zu hören. Er drehte sich um und wollte Augusta ins Kanu tragen.

Diese Dinge geschahen, ohne nachzudenken.

Nur eine Sekunde lang war er nicht auf der Hut.

Ich folgte ihm zuerst lautlos über den Sand, doch dann rannte ich. Ich schlang meinen losen Zopf wie eine Schlinge um seinen Hals. Er ließ Augusta fallen, er versuchte mich abzuschütteln. In seiner Verwirrung und Gegenwehr riss er mich mit zu Boden.

Er kopfüber im Sand, ich auf ihm. Meine ganze Kraft floss in den Entschluss, ihn nicht aus meinem Würgegriff entkommen zu lassen.

Augusta stand am Ufer und schrie nach ihrem Vater. Immer wieder. Bunte Papageien stoben aus den Bäumen auf und riefen über unseren Köpfen.

Nach einer Weile wurde er still; ich weiß nicht, ob er mich in die Irre führen wollte. Ich schlang beide Enden der Schlinge um mein linkes Handgelenk und holte mein Taschenmesser hervor. Und dann ein neues Aufbäumen, vielleicht wollte er mich abwerfen, vielleicht waren es Todeszuckungen. Mein Knie in seinem Rücken. Meine ganze Kraft.

Eine Mutter zu sein, Augusta zu beschützen. Daran dachte ich, als ich die Messerspitze unter seinem Kiefer in seinen Hals gleiten ließ, die Klinge drehte, sie weiter hineinbohrte. Und ich dachte an die Stille drückend heißer Nachmittage, als ich die Klinge durch seinen Hals zog, unsauber, unerfahren, bis zur anderen Seite seines Kiefers. Ich dachte daran, dass ich mich nie mehr würde fragen müssen, was er als Nächstes tun würde. Was er als Nächstes in seinem wirren Hirn ausbrüten oder was meine Schwester für ihn aushecken würde. Ich bedeutete Augusta, still zu sein. Ich wartete.

Als ich ihn herumrollte, sah ich, dass seine Blase sich entleert hatte. Ich schäme mich zu sagen, dass ich eine Handvoll Sand zusammenkratzte und in seine offenen Augen rieseln ließ; um seinen Tod zu bestätigen, es nur zu wissen, nicht um die Leiche zu schänden. Ich wusch mir Haare, Gesicht, Hände im Fluss.

Ihre Hände zitterten, ihr Körper verkrampfte sich, sie schwitzte kalten Schweiß. Ihr Sichtfeld war verschwommen, das Bild seiner Brille, wie sie in den Fluss rutschte, ihren Fingern entglitt. Der Silberrahmen und die blauen Gläser, wie sie das Sonnenlicht einfingen, bevor sie vom schwarzen, tanningefärbten Wasser verschlungen wurden.

Sie wollte wegrennen; ihre Beine zuckten, trugen sie jedoch kaum. Es war unmöglich zu denken, dass es tatsächlich geschehen sein könnte. Wenn ein Brief wie dieser alle Details enthält, dachte sie, verliert er seinen Zweck.

Wir tranken von seinem Wasser, wir aßen von seinem Essen. Ich bedeckte ihn mit Sand. Wir stiegen in sein Boot. Ich ruderte.
In dieser Nacht kamen wir an den Ort, wo wir blieben. Wir waren Geister. Doch bekleidete Geister, genährt und umsorgt.
Den Rest weißt du bereits. Und jetzt …

Gwen las noch einmal alles durch. Sie war müde. Hinter ihr auf dem Bett bewegte sich Augusta im Schlaf, die Laken um die Beine gewickelt, die Arme weit ausgestreckt. Gwen wollte, dass er wusste, wie tief das alles ging. Dass sie sich seiner allein hatte entledigen müssen, dass niemand da gewesen war, um es ihr abzunehmen. Gwen legte den Brief auf den Tisch, faltete ihn. Entfaltete ihn. Las ihn erneut. Sie zerschnitt ihn in schlaffe Fetzen und verfütterte sie an die Flamme ihrer Kerze, ließ brüchige, graue Flocken ihres Geständnisses auf den Rand des Kerzenhalters rieseln. Die obere Hälfte des Fensters stand offen hinter den dicken, schweren Vorhängen. Gwen horchte auf die Stille und sah hinüber zu Augusta. Sie hatte zugestimmt, mit ihr am nächsten Tag in den Zoo zu gehen, als Entschädigung für ihre lange Abwesenheit heute. Nur sie beide. Sie kroch vorsichtig auf das breite Bett, als ob es ein Bottich mit Treibsand wäre, wollte ihre Tochter nicht stören, streckte sich aus und wartete darauf, dass das Morphium wirkte.

Der Nachmittag in Edwards Haus trieb durch ihren Verstand, während sie versuchte, ihn zu verdrängen, um vielleicht Schlaf zu finden.

Immer wieder hatte Edward versucht, sie in eine Umarmung zu ziehen, und jedes Mal, wenn sie sich ihm entzogen hatte, war er immer bestimmter geworden. Schließlich war sie mehrere Schritte zurückgegangen und hatte gesagt: »Weil ich dich nicht liebe, verstehst du? Und weil ich nicht anfangen kann, dich zu lieben. Ich weiß zu viel. Ja, früher war ich einmal leichtgläubig, Edward. Doch schon von dem Moment an, in dem wir uns kennenlernten, hast du mir Dinge verschwiegen. Dieses Mädchen bin ich nicht mehr. Ich führe jetzt ein anderes Leben. Der Mensch, den du kanntest, existiert nicht mehr. Es tut mir leid. Ich werde jetzt gehen.«

Edward begleitete sie umständlich zur Tür, doch dann fing er von neuem an, noch beharrlicher als zuvor. »Ein anderes Leben? Was für ein anderes Leben?« Er packte ihre Hände, riss ihr die guten Handschuhe ab, wobei er schmerzhaft an ihren Fingern zog, sie in seinen Mund zwang und trocken an ihnen saugte. Sie spürte seine Zähne.

»Du hast kein anderes Leben«, sagte er. »Du bist dieselbe, genau dieselbe und mehr; du trägst immer noch den billigen Ring, den ich dir gegeben habe. Du kannst es nicht ertragen, ihn abzunehmen, wenn du die Handschuhe anziehst. Er sieht besser aus, als ich ihn in Erinnerung habe. Du bist in ihn hineingewachsen. Früher ist er dir immer zwischen die Knöchel gerutscht, doch jetzt …«

Gwen versuchte, ihre Finger aus seinem Mund zu ziehen, sich loszumachen.

Er presste seine gesprungenen Lippen auf ihren Mund und saugte den Atem aus ihren Lungen. »Sag die Worte«, forderte er. »Sag mir, was du früher immer gesagt hast.«

Eingeschnürt in ihr Korsett hatte Gwen nicht die Kraft, ihn abzuwehren. Sie drehte angewidert den Kopf zur Seite und rang nach Atem. »Ich kann mich an keine Worte erinnern, Edward. Lass mich gehen.« Sie streckte die Hand nach dem Türgriff aus, doch er packte ihr Handgelenk und hielt es eisern umklammert.

»Erzähl mir vom Wetter. Mach, dass es so wird wie früher.«

»Wie bitte?« Sie drehte ihren Arm, um ihn aus seinem manischen und schmerzhaften Griff zu befreien.

»Der Regen, den wir in dieser Woche hatten. Sag ›dieser Regen, dieser Regen‹, sag es.«

»Edward, du musst mich loslassen, du musst damit aufhören. Ich bin verheiratet. Gus Pemberton ist mein Ehemann.«

»Hure.« Edward drängte sie gegen die Wand und spuckte ihr ins Gesicht. Wut stieg in ihr auf, als er seine Hand unter ihr Kleid wühlte und die Seide zerriss. Er schob sie durch den Gang zurück in sein Zimmer. Sie blieb mit den Absätzen in dem aufgeworfenen Teppich hängen und stieß mit dem Kopf gegen das Bett, als er eine Hand unter die teure Seide schob, seine Fingernägel sie kratzten, sein groteskes Keuchen, er drückte sie auf das Bett, ihre Beine gespreizt unter dem vollen Gewicht seiner Hüften. Sie packte seinen Hals und drückte zu. Er schlug ihr ins Gesicht. Ein roher, brennender Schlag, der ihre Lippe aufriss. Gwen fühlte, wie sie anschwoll, wie der Hackklotzgeschmack sich in ihrem Mund ausbreitete.

»Erzähl mir von dem schlechten Wetter, Mrs. *Pemberton*, du sture Schlampe.«

»Das werde ich nicht.«

Ein lautes Krachen ertönte. Gwen merkte, dass ihr Gehör sie im Stich ließ, und als sich die Schwärze um sie zu schließen begann, wusste sie, dass das Krachen von ihrem eigenen Kopf stammen musste.

Sie wachte mit dem Gesicht nach unten auf. Ihr Kopf hämmerte, hing über dem Bettrand nach unten. Er war noch nicht fertig. Sie gab keinen Laut von sich, starrte auf einen Teller mit halb verzehrtem Essen, ein Glas halb voll mit Claret, der zu Essig geworden war. Eine Ewigkeit lang, so schien es, konnte sie nicht begreifen, wie es so schnell hatte geschehen können, ohne Vorwarnung.

Sie bewegte sich nicht, als er die Hände in ihre Schenkel grub und sich von ihr zurückzog. Er knetete ihr Fleisch, als er mit den Händen den Umrissen ihres Körpers bis hinunter zu den Pobacken folgte.

»Weißt du eigentlich«, murmelte er, »dass ich dich nicht mehr gevögelt habe seit dem schrecklichen Tag, als ich die Handarbeit deiner Schwester auftrennen musste?« Es schien ihn nicht zu kümmern, dass sie keine Antwort gab oder auch bewusstlos sein könnte. Vielleicht wollte er es so. Gwen fühlte sein nasses, kaltes Gewicht zwischen ihren Hinterbacken. Er drängte sich wieder an sie.

»Nein«, keuchte sie und versuchte, ihre Kleidung zu richten.

»Ich habe mich immer gefragt«, sagte er. Und Gwen dachte, dass er durch zusammengebissene Zähne sprach. Sie versuchte, sich von ihm wegzuschieben. Er packte sie und drückte sie mit seinem Gewicht nach unten. Gwen schrie auf, wütend über ihre Ohnmacht, als er sie wieder anspuckte; ein großer Klumpen Schleim landete auf ihrem Hintern.

Sie drehte sich herum und schleuderte den Arm mit gespitztem Ellbogen nach oben, traf eine weiche Stelle.

»Stopp.« Sie brachte das Wort heraus, als sie Edward vor Schmerz stöhnen und fluchen hörte, bevor er sie wieder schlug und sie mit dem Rücken nach unten auf das Bett drückte. »Nicht, Ted«, sagte sie. »Ted. So nennt sie dich jetzt, nicht wahr? Du hast ein anderes ...« Seine Faust in ihrer Seite machte sie atemlos. Glühender Schmerz durchschoss sie, als er in sie hineinstieß, härter und immer härter und dabei schrie: »Erzähl mir vom Regen, Schlampe!«, bis seine Schreie unverständlich wurden, die Worte in seiner Kehle steckenblieben, bis sie zu einem langen Schrei der Wut wurden.

Er schob sie zur Seite, als er sich erhob und zum anderen Ende des Raums ging. Sie hörte das kalte, klare Klirren von Kristall auf Kristall, als er einschenkte.

»Ted«, murmelte sie, unhörbar für ihn. Sie dachte zum ersten Mal an ihre Schwester als seine Ehefrau, wie sie ihn in ihr Bett ließ. Sie fragte sich, welches Zimmer Effie wohl jetzt bewohnte. Ihr altes oder das, das sie schon immer hatte haben wollen? Sie dachte an Effie, wie sie tat, was man ihr befahl, und die Worte aussprach. Wie Effie sich weigerte und wie sie dalag und sich fragte, ob er ihr vielleicht eine Rippe gebrochen hatte. Sich auf die Knochen konzentrierte. Nur die Knochen.

Das Zimmer lag fast vollständig im Dunkeln. Ihre Augen waren zu Boden gerichtet, und sie sah, wie sich Edwards Hosen und Schuhe bewegten, bis zum Teppichrand, wo sie wieder umdrehten. Die verschiedenen Arten von Schmerz verblüfften sie. Ihr rechter Arm lag unter ihrem Brustkorb, eine tote Gliedmaße. Ich kann nicht gehen, dachte sie. Ich sollte mich nicht einmal bewegen, bis ich meinen Arm zurück habe.

»Drink?«, fragte er. »Du musst mir erzählen, wie du überlebt hast. Du wurdest aus dem Kanu geschleudert. Im Fluss hat es vor Alligatoren gewimmelt.« Edward schien nicht mit ihr zu sprechen, und als sie antwortete, war sie sich nicht sicher, ob er sie hörte.

»Vincent Coyne war ein parasitärer Irrer«, sagte sie und betrachtete das Teppichmuster, während sie mit ihrer guten Hand nach ihrem Haar tastete. Er war ein Irrer, dachte sie. Aber du, Edward, bist einfach nur ein verabscheuungswürdiger Parasit. Langsam ließ sie ihr Haar herab, die Haarnadeln in der Faust, als sie den Strang aufwand.

Als sie einzuschlafen begann, war der Schmerz immer noch lebendig in ihrem Kopf, wenn auch in ihrem Körper etwas von der Medizin gedämpft. Sie wunderte sich in ihrer Benommenheit über den Schmerz, der sich in ihre Erinnerung eingebettet hatte, und versuchte sich von dem Ding zu distanzieren, das sie vom Schlafen abhielt.

Sie hatte lange gewartet, bis Edward schließlich betrunken genug war, um geschwächt zu sein. Und bis das Leben in ihren Arm zurückkehrte, damit sie ihr Haar flechten konnte.

Ihr Verstand war glasklar gewesen.

Gus Pemberton lächelte, als er seine Frau zusammen mit ihrer Tochter schlafend in dem großen Bett sah. Er war hereingekommen und hatte die Vorhänge zurückgezogen. Das Fenster war die Nacht über einen Spalt offen gestanden, und es war nur ein wenig stickig im Zimmer. Er beugte sich über sie, um sie auf die Stirn zu küssen, und hielt inne. Eine große Prellung war über ihrer Nase zu sehen, die Schwellung zog sich über ihr halbes Gesicht. Ihre Lippen waren deformiert und dunkel von Schlägen.

Gwen öffnete die Augen. Als sie ihn über sich gebeugt dastehen sah, bewegte sie sich unwillkürlich und zuckte zusammen.

»Du bist verletzt«, sagte er. »Was um Himmels willen ist passiert?«

»Ich bin gestolpert«, antwortete sie mit trockenem Mund.

Gus reichte ihr ein Glas Wasser. »Erzähl es mir«, sagte er ruhig und half ihr beim Trinken.

»Ich habe den Halt verloren. Im Omnibus. Die Menschen waren sehr freundlich. Ich habe mein Kleid zerrissen. Da erschien es nicht so schlimm. Aber ...«

»Jetzt wirst du alles spüren. Oh, armer Liebling. Mein armes Täubchen.« Er legte ihr eine weiche Hand an die Wange, und sie schloss die Augen. »Ich wünschte, du hättest das gestern schon erzählt.«

»Es erschien mir so albern. Ich wollte dich nicht wecken.«

»Hier, setz dich auf.« Er versuchte, sie in den Kissenstapel hochzuziehen, während sie sich bemühte, das Ausmaß ihrer Verletzungen vor ihm zu verbergen. Sie konnte jedoch den Schmerzensschrei bei seiner Berührung nicht unterdrücken.

»Bitte beweg mich nicht.«

»Kein Zoo heute. Jedenfalls nicht für dich. Ich werde nach Rathstone schicken lassen.«

»Mach Dr. Rathstone bitte keine Mühe, ich möchte ihn nicht sehen. Ich muss nur schlafen.«

»Aber nur um sicherzugehen, dass nichts ...« Er unterbrach sich, als sie den Kopf schüttelte.

»Ich sehe aus, als hätte man mich übel zusammengeschlagen, ich weiß, aber dafür müssen wir kein Geld verschwenden.«

»Verdammt, das ist doch nicht wichtig!«

»Nur einen Tropfen Medizin.«

»Das wird nicht reichen, das weißt du. Sei vernünftig, lass mich den Arzt rufen.«

»Bringst du mir bitte die Schere vom Tisch, bist du so nett? Mir ist so heiß, und mein Kopf schmerzt.«

Gus legte ihr eine Hand auf die Stirn. »Warum brauchst du denn jetzt die Schere?«

Als sie es ihm erklärte, weigerte er sich.

»Aber es ist verfilzt, und ich kann mich nicht darum kümmern, niemand kann es. Es ist besser, es bis zu den

Schultern abzuschneiden. Mein Kopf schmerzt von dem Gewicht, es ist zu schwer.«

»Wenn der Arzt hier war, wirst du deine Meinung geändert haben.«

»Das glaube ich nicht.«

Gus warf einen Blick auf das ausgestreckt daliegende Kind, das langsam aufzuwachen begann. Er nahm Augusta auf den Arm, als sie die Augen aufschlug. Aus der Kinderhand fiel eine blassgraue, perlmuttartige Kugel auf das Bett. Es war ein sehr schönes Exemplar eines Balas-Diamanten, das schönste, das er je gesehen hatte. Er hatte keine Ahnung, woher Gwen ihn hatte. Sie hatte nie zu erkennen gegeben, ob sie wusste, worum es sich dabei handelte, und hatte ihn Augusta vor langer Zeit zum Spielen gegeben. Gus trug das Mädchen scherzend aus dem Zimmer, wobei er ein elefantenartiges Trompeten von sich gab. Es hatte ihm immer auf der Zunge gelegen, ihr zu sagen, dass sie ihre Tochter mit einem kleinen Vermögen spielen ließ.

Als er seine Frau jetzt betrachtete, wie sie sich quälte, genauso wie auf der Heimreise auf dem Dampfer, wusste er, dass er besser nicht zu tief in sie drang, wenn sie über etwas nicht sprechen wollte. Er wusste, dass sie den Tag wieder mit Scales verbracht haben musste; sonst nahm Gwen selten den Omnibus. Aber hier war sie, wieder daheim. Und er wusste, was auch immer sie tat, wo auch immer sie hinging, sie tat immer das Richtige. Aber er brachte es nicht über sich, ihr Haar abzuschneiden.

Er übergab Augusta an das Kindermädchen und ließ nach Rathstone schicken. Während er auf den Arzt wartete, ging Gus zurück in seine Räume, um die Karte von Neuseeland zu betrachten, die er kürzlich erworben hatte. Als er die Karte aus der Papierkapsel zog, erinnerte er sich daran, wie das Hausmädchen in Carrick House sich mit ihm im Arbeitszimmer eingeschlossen hatte.

»Sie sind ein Kriminalbeamter, Sir, nicht wahr?«, hatte sie gesagt. »Von Scotland Yard.«

»Wie bitte?«

»Sind Sie das nicht, Sir? Ich dachte, Sie wären es.« Ihre Schultern sackten hilflos nach unten.

»Oh, ich verstehe.« Er wollte freundlich zu ihr sein und gleichzeitig lauthals lachen. Das Hausmädchen hatte ihre Rede dennoch vorgebracht. »Ich tue, was ich kann, Sir. Aber meine Herrin, sie hat ihn geheiratet, und ich kann nicht die ganze Zeit auf sie aufpassen, wenn Sie verstehen, was ich meine.«

Er hatte gesagt, er verstehe es und dass sie sehr loyal sei.

»Ich fand es immer sehr seltsam, was direkt vor Miss Gwens Abreise passiert ist. Er hat es immer aussehen lassen, als sei sie leidend. Aber ich kenne die Mädchen länger als sonst jemand. Sie ist nicht verrückt. Sie will damit nur verstecken, was passiert ist, verstehen Sie. Weil sie es jetzt nicht sagen kann.«

Scales' Worte von damals waren ihm wieder eingefallen, dass Gwen wissen würde, was zu tun war. Und daran zweifelte er auch nicht. Doch er wusste auch, dass sie ihre Schlussfolgerungen für sich behalten würde, ebenso wie er. Die Tiraden einer Angestellten waren kaum eine vernünftige Grundlage für so eine schwerwiegende Anschuldigung. Scales war trotz all seiner Fehler immer noch ein Wissenschaftler, und Wissenschaftler sammelten nun mal makabre Objekte.

Er legte den Zeigefinger auf die Karte und fuhr die Linien der Berge nach, die Umrisse der Küste. Die Worte des Dienstmädchens gingen ihm im Kopf herum: »Ich kann mich nicht die ganze Zeit um sie kümmern, wenn Sie verstehen, was ich meine.«

»Verdammt, ich bin ein Esel. Ein Idiot erster Güte«, sagte er laut. Dann läutete er nach dem Dienstmädchen.

»Bitte sag der Köchin, sie soll heißen Porridge für Mrs. Pemberton machen. Bring ihn dann so schnell wie möglich nach oben – sag Mrs. Pemberton ...« Er tippte mit dem Finger auf die Karte und überlegte.

»Bitte überbring meiner Frau meine Entschuldigung. Ich muss für zwei Stunden das Haus verlassen, länger wird es jedoch sicher nicht dauern.«

Die Sonne beleuchtete das Zimmer. Gwen nippte langsam an ihrem Wasser. Die Vögel konnten immer noch singen, dachte sie. Sie erinnerte sich an die scharfe Klarheit, mit der sie an diesem nächsten Tag alles gesehen hatte, in einem Leben, das so weit entfernt zu sein schien. Sie hielt das leere Glas, wartete, dass Gus mit dem Frühstückstablett zurückkam, wie er es immer tat.

Effie, dachte sie, doch sonst nichts weiter.

Die Sonne wurde im Spiegel reflektiert, und wunderbares Licht ergoss sich in den Raum.

KAPITEL LVIII

London, 5. Oktober 1866

Gus Pemberton fühlte sich leer, als er verfolgte, wie die Geschworenen aufstanden und nacheinander den Gerichtssaal verließen, um über ihr Urteil zu beraten. Er wusste, dass, wenn seine erste Wahl die Verteidigung übernommen hätte, der Richter den Fall abgewiesen oder zumindest die Geschworenen zu Gwens Gunsten beeinflusst hätte. Bei der jetzigen Lage konnte keiner den Ausgang vorhersagen. Die ganze Woche über hatte er bei jedem Zeugen der Anklage die Fingernägel in die Handflächen gebohrt. Bei jedem neuen Namen hatte sich Gus gefragt, ob dieser Mensch den entscheidenden Beweis liefern würde. Falls dies geschähe, und Gus war sich sicher, dass so jemand mittlerweile gefunden worden sein müsse, wusste er, dass er es nicht ertragen würde. Bettlesham und Bettlesham hatten sich dem Prozess ferngehalten. Henry Bettlesham Senior hatte zu Gus am Abend vor dem ersten Prozesstag mit einem Hauch Bedauern in der Stimme gesagt, dass er sich besser so unauffällig wie irgend möglich verhielte.

Gus fragte sich jetzt, ob sein Ansatz völlig falsch gewesen war. Vielleicht hätte es einen anderen Weg gegeben, Henry B. zu überzeugen, dass er oder sein Sohn Gwen vertreten sollte. Ein leises Summen lag über dem Gerichtssaal, Scharren und Herumrutschen, während sich die Zuschauer fragten, wie lange sie noch warten müssten und ob noch genügend Zeit wäre, ihre Blasen zu entleeren. Gus starrte an die

Decke, da er niemandem in die Augen blicken wollte. Er fürchtete, die Fassung zu verlieren. Er durchlebte im Geist noch einmal dieses erste Gespräch mit Henry B., nachdem er Henrys verblüffenden Brief erhalten hatte. Kein Zeuge mit der geheimen Information war aufgerufen worden, doch Gus fürchtete immer noch, dass selbst zu diesem späten Zeitpunkt noch die betreffende unbekannte Person in den Zeugenstand geholt werden könnte.

Gus war in Henry B.s Arbeitsräumen auf und ab gegangen, zu nervös, um sich auf dem angebotenen Stuhl niederzulassen. Er hatte hektisch an den Zigarren gesogen, die er sich nach Gwens Festnahme wieder angewöhnt hatte, und auf Henrys Antwort gewartet.

Henry hatte gesagt: »Es tut mir leid, Augustus. Es ist mir sehr unangenehm, aber ich hoffe, Sie werden es verstehen.«

»Ach, kommen Sie schon, Harry. Da muss es doch eine Lösung geben. Wenn Sie es nicht tun, dann habe ich nur noch Ihren Sohn, um meine Frau zu vertreten.«

»Es ist keine Frage des Nichttuns, sondern des Nichtkönnens. Es kommt schlicht und ergreifend nicht in Frage. Henry Bettlesham Junior ist ein guter Anwalt, das gebe ich zu, aber Shanks ist genauso gut. Ich habe die Einzelheiten des Testaments noch nicht veröffentlicht und werde es auch natürlich nicht, bis das Ganze abgeschlossen ist. Außer mir war niemand bei dem Begräbnis; so eine triste Angelegenheit. Und so viele Komplikationen. Doch die Implikationen für Sie und Ihre Frau könnten – ja, würden sogar – schwerwiegend sein.«

»Sie wollen verbreiten, dass Scales kein Testament hinterließ?«

»Das kann ich nicht machen, das wissen Sie, zumindest nicht explizit. Man könnte es allerdings so aussehen lassen, falls es Probleme geben sollte. Ich hoffe allerdings, dass es dazu nicht kommt. Das sollten Sie auch.«

»Ich weiß nichts über diesen Shanks.«

»Er ist erstklassig. Es gibt keinen besseren Mann.«

»Und er weiß nichts von dem Testament?«

»Guter Gott, nein. Ich kann Ihnen versichern, dass außer mir, Henry und jetzt Ihnen niemand davon weiß. Dieses Büro haben keine Abschriften verlassen, weder damals noch jetzt.«

»Ich kann mir kaum vorstellen, warum er zu Ihnen kam.«

»Lassen Sie sich davon nicht irritieren. Aber Scales dachte, er würde für jemanden Vorsorge treffen, der praktisch mittellos war. Und er ging natürlich davon aus, dass Ihre Frau *nicht* verheiratet war. Solange Ihre Frau nichts von Scales' geändertem Testament vor seinem Tod wusste und solange diese Information verschlossen bleibt – wir müssen weiter beten und hoffen.«

»Aber seine Witwe hat Sie gestern aufgesucht. Sicher …«

»Ich habe ihr nichts gesagt. Natürlich war sie äußerst bekümmert und war etwas unverständig. Sie ist sehr …«

»Durchsetzungsstark. Sie erinnern sich, dass ich sie kennengelernt habe.«

»Richtig. Doch seien Sie versichert, dass sie von mir außer meinem aufrichtigen Beileid nichts bekommen hat. Sie wird das Schlimmste erst erfahren, wenn alles vorbei ist, und sie wird natürlich wohl versuchen, das Testament anzufechten.«

»Das bezweifle ich nicht, auch wenn das vielleicht nicht nötig sein wird.«

»Lassen Sie sich nicht vom Monster der Verzweiflung überwältigen. Das Wichtigste ist im Moment Ihre Frau und die Prüfung, die ihr bevorsteht, und ich glaube wirklich, dass Shanks der beste Mann ist, um …«

»Meine Frau vor Galgen und ewiger Ehrlosigkeit zu bewahren.«

»Shanks ist sehr kompetent.«

»Ich will keine Kompetenz; ich will Außergewöhnlichkeit. Es darf nicht in letzter Sekunde ein Bastard im Gericht auftauchen, der erklärt, dass Gwen jeden Penny von Scales erbt.«

»Mein lieber Mann, fassen Sie sich. So weit wird es nicht kommen.«

Gus glaubte nicht an das verlockende Schicksal, aber er wünschte, dass Shanks von andersartiger Außergewöhnlichkeit gewesen wäre. Vielleicht war er undankbar, doch er fand, dass man ihm seine Gefühle dem Mann gegenüber nicht vorwerfen konnte. Als es Shanks nicht gelungen war, Morrisson wegen seiner unzureichenden Beweise bloßzustellen, musste sich Gus zurückhalten, um nicht aufzuspringen und es selbst zu übernehmen. Der Triumph, nachdem er Gwens Tante überzeugen konnte, ihre Aussage in letzter Minute zu ändern, hatte nur kurz angehalten. Die Tage waren unbarmherzig gewesen, und jetzt schien das Ticken jeder verdammten Taschenuhr im Gerichtssaal in seinem Gehirn verstärkt zu werden, während die Minuten bis in alle Ewigkeit vergingen. Als er den Blick von der Decke abwandte, geschahen zwei Dinge. Zuerst sah er in die Augen von Euphemia Scales, deren Anwesenheit ihm bis zu diesem Moment nicht bewusst gewesen war. Dann kamen die Geschworenen zurück.

KAPITEL LIX

Carrick House, 5. Oktober 1866

Susan hatte gewusst, dass sie ihrer Herrin von dem Mord im Hyde Park hätte erzählen müssen. Sie hatte den Reverend um Rat gefragt, doch Mrs. Brewin hatte ihr schließlich gesagt, dass es nicht in Susans Verantwortung lag, dass ihre Herrin jeden Zentimeter der Tageszeitung las und dass diese sicher fertiggelesen war, wenn sie auf dem Stapel in der Spülküche lag. Mrs. Brewin hatte auch betont, dass die Witwe es auf andere Weise früher oder später erfahren würde. Susan hatte also Frieden mit ihrem geplagten Gewissen geschlossen und das Toilettenpapier wie gewohnt zugeschnitten und aufgefädelt.

Susan hatte den Prozess aufmerksam verfolgt, während ihre Herrin in London geblieben war. Das Haus und die Kinder zu versorgen war anstrengend, und Susan hatte Mrs. Brewin um Hilfe bitten müssen, die sehr schnell Töpfe und Pfannen im Pfarrhaus zurückgelassen hatte. Im Gegenzug hatte der Reverend erkannt, dass, wenn er nicht nur von altem Bratenfett, Marmelade und eingelegter Roter Bete leben und auf Brot verzichten wollte, er besser jeden Tag die drei Meilen zum Carrick House hinauflaufen und dort seine Mahlzeiten einnehmen sollte. Doch das war ein zufriedenstellendes Arrangement, und er merkte, dass die körperliche Ertüchtigung ihm half, die Gedanken zu ordnen und seine Predigten zu entwerfen. Mehr als das Umherlaufen in seinem Arbeitszimmer.

Er mochte die beiden Jungen, die amüsante und meist unverständliche Dinge von sich gaben und die die lange Abwesenheit ihrer Mutter nicht zu stören schien. Er bemerkte auch, dass die Umgebung im Carrick House ihm viel heller und freundlicher erschien. Die Vorbereitungen für die Predigten, die sich in Ton und Klang von denen unterschieden, die er jahrelang im Pfarrhaus geschrieben hatte, bereiteten ihm Freude. Die Möbel glänzten und verbreiteten Gottes Licht nahezu feengleich im Raum. Die Fenster schienen unverglast zu sein, bis er mit dem Kopf dagegenstieß, als er versuchte, über die Auffahrt hinauszublicken. Nach der ersten Woche erkannte der Reverend, dass das Haus einfach sehr sauber war. Mrs. Brewin stellte über eine Bekannte in der Stadt eine des Lesens und Schreibens zwar nicht mächtige Köchin ein, die sich jedoch unter anderem ausgezeichnet auf das Einkochen verstand.

Der Reverend hatte den Prozess verfolgt, wie jeder andere auch, den er kannte. Er hatte versucht, Mrs. Pembertons Identität für sich zu behalten, doch mit Fortschreiten des Prozesses wurde dies unmöglich. Mr. Scales hatte schließlich keinen ganzen Harem von Aquarellkünstlerinnen mit nach Brasilien genommen.

Heute warteten alle auf die Zeitung und vermieden es, einander in die Augen zu sehen. Der Reverend blickte wieder auf die Auffahrt hinaus und unterdrückte hinter vorgehaltener Faust ein Rülpsen.

Euphemia wachte mit trockenem Mund auf; Körper pressten sich an sie, während das Tuch eines wenig erholsamen Schlafs sich zurückzog. Der leere Waggon, für den sie sich zu Beginn der Reise entschieden hatte, hatte sich bald gefüllt. Der Zug stoppte unsanft an einer Station, und die Kerbe in Euphemias Stirn, die sie sich beim Schlafen am Fenster zugezogen hatte, machte sich bemerkbar. Der übliche Gestank einer solchen Umgebung – abgestandener Tabakrauch, gekochte Eier, alter Schweiß, Kampfer, Lavendel, Naphthalin, verfaulte Zähne, Fürze, nasse Wolle – ließ sie sich aufrechter hinsetzen und sich in dem Waggon umsehen, wer wohl ihren Schlaf beobachtet haben könnte. Die Peinlichkeit des Traumes, aus dem sie erwacht war, stand ihr noch frisch vor Augen, und möglicherweise hatte sie im Schlaf etwas gerufen. Euphemia blickte zum Fenster, wo eine Wespe träge gegen das Glas brummte. Das Kreischen der Pfeife des Schaffners übertönte das winzige Geräusch.

Vor Abfahrt des Zuges hatte Euphemia sich eine Zeitung an einem der Kioske gekauft. Es gab viele Dinge, die eine Frau von Stand nach Meinung diverser Leute nicht tun, nicht genießen sollte. Eine Zeitung zu kaufen gehörte dazu, doch Euphemia kümmerte sich nicht länger darum, was andere von ihr dachten. Sie war dort hingefahren, um ihre Schwester geschmäht zu sehen, die ganzen heißen und stickigen Tage und Stunden des Prozesses hindurch. Euphemia hatte ihre Neugier nicht unterdrücken können.

Sie hatte die Zeitung noch nicht geöffnet. Sie wusste, was in dem Bericht stand, weshalb sie die Zeitung zusammengefaltet in ihrer Tasche ließ, als sie nach ihrer Flasche griff. Die Reise würde noch einige Stunden dauern. Euphemia nahm einen winzigen Schluck, um den sauren Geschmack von ihrer Zunge zu vertreiben. Dann nahm sie das Süßigkeitendöschen heraus, das sie zusammen mit der Zeitung erworben hatte; sie steckte sich eins der gezuckerten Veilchen in den Mund und starrte wieder durch das Fenster auf die vorbeihuschende Landschaft, leerte ihren Geist, wenigstens für kurze Zeit.

KAPITEL LX

THE TIMES, Freitag, 5. Oktober 1866

MORDPROZESS IM OLD BAILEY
Die Angeklagte hat sich während jedes Prozesstages sehr aufrecht gehalten, und auch heute wich sie nicht davon ab. Ihre Kleidung war tadellos und schlicht. Ein dicker Schleier bedeckte ihr halbes Gesicht, und die Angeklagte verwob die ganze Zeit die Finger miteinander und zupfte die Handschuhe zurecht. Sie lauschte allen Sprechern aufmerksam; ebenso nahm sie die Reaktionen anderer Anwesender genauestens wahr. Sie zeigte während des letzten Prozessteils keine Emotionen. Nichts an ihrem Verhalten hätte auf Schuld oder anderes hindeuten können. Abgesehen vom ständigen Zurechtziehen der Handschuhe ließ sie nicht erkennen, dass sie sich im Mittelpunkt des Geschehens befand oder ihr Leben auf dem Spiel stand. Mr. Probart für die Anklage befragte Zeugen, wobei die Verteidigung mehrmals Einspruch erhob; manchen wurde stattgegeben, manchen nicht. Am Ende des Kreuzverhörs der Verteidigung war allen Versammelten im Gerichtssaal klar, dass Mr. Probarts Zeugen die Position der Verteidigung stärkten. Nach der Zusammenfassung durch Richter Justice Linden war ein konsterniertes und erregtes Murmeln von der Galerie zu hören. Die Geschworenen zogen sich zurück und berieten für mehr als fünfundvierzig Minuten, bevor sie mit dem Urteil zurückkehrten: Die Angeklagte wurde für nicht schuldig befunden, der Tod von Mr. Edward Scales war ein Unfall.

Bei der Verkündung des Ergebnisses brandete Jubel auf der Galerie auf, gefolgt von einem Tumult aus Pfiffen, Bravo- und »Gott segne Sie, Mrs. Pemberton«-Rufen. Mrs. Pemberton wurde von ihrem Ehemann und anderen aus dem Saal begleitet.

KAPITEL LXI

Carrick House, 1. November 1866

Das Buch der Ängste, von C.R. Jeffreye

»Der Versuch der Verbindung zweier Emotionen, um daraus einen dritte entstehen zu lassen, ist an und für sich nicht schwer. Alles beruht auf der Fähigkeit, die elementarsten Empfindungen anzunehmen.«

Bain, 1855

(i) Und so kommen wir zu dem faszinierendsten Fall, der mir während meiner Forschungsstudien des Gehirns und seiner Besonderheiten begegnete. Wir nennen das Forschungsobjekt im Folgenden [zensiert] oder X.

Vor einigen Jahren begegnete mir X das erste Mal. Die Ehefrau hatte mich in meiner Eigenschaft als Arzt aufgesucht, wegen Unstimmigkeiten bezüglich der Erfüllung der ehelichen Pflichten. Unter normalen Umständen wäre dies kein Anlass zur Sorge. Mein Rat an die unglückliche Frau von X war, dass die Zeit die Rätsel lösen und alles sich wie erwartet entwickeln würde. Die Dysfunktion, Unzufriedenheit und Enttäuschung über die nicht vorhandene Möglichkeit der Nachwuchszeugung bestand jedoch während der nächsten Monate weiter, und die Frau suchte noch einmal meinen Rat. Bei dieser Gelegenheit wurde ich in einige Details eingeweiht, die da wären: X konnte die Ehe nicht vollziehen aufgrund einer Abneigung gegen das Haarwachstum an den [ausgestrichen] seiner Frau.

Ich habe vorsichtig vorgeschlagen, dass das Objekt der Irritation einfach entfernt werden könnte. Das, erklärte sie mir nach vielen Tränen und heftigem Erröten, wurde schon erfolglos versucht. Das erneute Erscheinen der Behaarung vor dem nächsten Versuch von X war alles in allem noch verheerender als der ursprüngliche Zustand.

Mein Vorschlag lautete daraufhin, etwas Zeit zwischen unserem Treffen und dem nächsten Versuch verstreichen zu lassen, um die Natur das nachwachsen zu lassen, was vorher entfernt worden war. Außerdem schlug ich vor, mit X selbst zu sprechen, dem die Lady nach sanfter Überzeugungsarbeit schließlich zustimmte.

(ii) Bei einem ernsthaften Gespräch mit X lösten sich seine Hemmungen medizinisch, und er schilderte seine Version dieser traurigen Angelegenheit.

X begann damit, mir sein Unwissen über die Anatomie der Frau zu gestehen. Der Anblick seiner nackten Ehefrau in der Hochzeitsnacht war ein Schock gewesen. Er hatte ein vollkommen glattes Wesen erwartet, wie es in jedem geschmackvollen Kunstwerk porträtiert ist. Nach einem freundschaftlichen Tadel bat ich ihn, mir seine Reaktion auf diese »Entdeckung« zu schildern. Völliges Abgestoßensein, antwortete er. Vom Hals abwärts konnte er seine Frau nicht begehren, für ihn war sie eine groteske Missgeburt der Natur.

Ich riet ihm, das nicht unübliche Vorgehen aus der Ferne zu versuchen. Die Ausführung von Verlangen konnte auch heimlich ausgeübt werden. Wenn er eine marmorgleiche Oberfläche wünschte und sonst nichts, könnte der Weg aus einer anderen Richtung sein Verlangen etwas zufriedenstellender befriedigen, d.h., er müsse überhaupt nicht [ausgestrichen]. Er müsse sich seiner Frau auf diese Weise jede Nacht für einen Monat nähern und dabei jedoch Abstand halten und sich sagen, vor ihm befände sich ein Kunstwerk.

X verließ mich sehr viel fröhlicher gestimmt, und ich rechnete nicht damit, wieder etwas über den Fall zu hören.

(iii) Zwei Monate später sprach ich wieder vertraulich mit X. Die vorgeschlagene Lösung war bis zu dem Punkt erfolgreich gewesen, als dass er nach einigen Wochen in Anwesenheit seiner Frau zumindest standhaft sein konnte und nicht einschlief. Doch bei der geringsten leidenschaftlichen Berührung war alles umsonst und nicht wiederherstellbar. X war äußerst niedergeschlagen und erlaubte diesem höchst intimen Teil seines Lebens, alles zu überschatten. Kurz gesagt, er war ein frustriertes Häufchen Elend. Ich wusste mir keinen Rat mehr, wenn es denn überhaupt noch einen gab.

Dann hatte ich eine Inspiration. Hinter dem Rücken verborgen holte ich ein kleines Stück Fell in den Raum. Ich bat X, die Augen zu schließen und die Hand auszustrecken. Ich legte ihm das Fell in die Hand. Er schien verwirrt, doch nicht irritiert. Ich vermutete also, dass es nicht um Felle per se ging. Nein, stimmte er mir zu; dieser Zobel sei wie Seide. Das [ausgestrichen] seiner Frau erinnerte an seinen Bart; drahtig und männlich und undamenhaft. Ich versicherte ihm, dass [ausgestrichen], was er so begehrte, möglich sei, er müsse nur seine Abneigung gegen die Tatsache ablegen, dass nicht nur seine Ehefrau, sondern alle Frauen so aussähen. Dass er sich um jeden Preis mit seiner Frau vertraut machen müsse, aus Gründen der Gesundheit. Als Nächstes schlug ich vor, dass [Abschnitt ausgelöscht]. Danach könne er wahrscheinlich so befriedigt sein, dass er den nächsten Gipfel erklimmen und den Ausblick genießen könne.

(iv) X gestand einige Zeit später unglücklich, dass das Wetter in keinster Weise geeignet für das Bergsteigen sei. Ich schlug daraufhin vor, dass er sich mit dem wahren Begriff »Missgeburt der Natur« auseinandersetzen solle. Er begleitete mich zu den verschiedenen Exponaten im Saville House, wo eine besonders behaarte Dame auftreten sollte.

X war schon bald besessen von dieser Frau und wollte sie nicht in Ruhe lassen. Seine Aufmerksamkeit der Frau gegenüber erschien mir ungesund, weshalb ich X dringend empfahl, seine Energie auf seine Frau in ihrer [ausgestrichen] zu richten.

Nach einigem Überlegen änderte ich meine Meinung; dieses Phänomen war Hysterie befeuert von Einbildungskraft, die daher, folgte man Babinskis Prinzip, mit Überzeugung geheilt werden konnte. Ich sagte voraus, dass wenn X einer von Kopf bis Fuß behaarten Frau begegnete, die Abstoßung so groß sein müsse, dass die Heilung sofort eintreten und eine glückliche Ehe daraus hervorgehen dürfte. Die Annahme, meine Einschätzung dieser Situation sei korrekt, ist verzeihlich. Sie war es nicht.

X verlor nach dem Treffen mit der behaarten Frau alle Aversionen, als er sich dieser Unsichtbaren gegenübersah. X ging jedoch nicht sofort zurück nach Hause und machte die verlorene Zeit wieder gut. X war [ausgestrichen] fasziniert von der Unsichtbaren und ging eine Affäre mit ihr ein und verlor im Zuge dessen jegliches Interesse, Verlangen und das bisschen Leidenschaft, das er bisher seiner Frau gegenüber aufgebracht hatte. Es vergingen einige Monate, bis ich dies erfuhr, und zu diesem Zeitpunkt war die Besessenheit unwiderruflich in sein fiebriges Hirn eingebrannt.

Euphemia legte das Buch und den Wachsstift auf den Tisch, um sich den Schlaf aus den Augen zu reiben. Der Ausschnitt aus der Zeitung von letzter Woche lag neben ihrem Ellbogen und flatterte jetzt lautlos zu Boden. Sie musterte ihn einige Sekunden und holte ihn dann mit ihrer bloßen Ferse heran, unter ihre Röcke.

Ein Klopfen an der Schlafzimmertür ließ sie aufschrecken. Dann erinnerte sie sich, dass heute der Tag war. »Herein«, rief sie, und die Tür schwang weit auf. »Susan«, sagte sie, als sie aufblickte.

»Ma'am, sie sind hier.«

»In Ordnung. Ist alles bereit?«

»Ma'am.«

»Und das Zimmer ist vollkommen leer?«

»Ja, Ma'am. Wie Sie es gesagt haben. Und Mr. Pemberton möchte, dass ich Ihnen das hier gebe. Es scheint ein Brief zu sein, Ma'am, aber ich bin mir nicht sicher.«

Susan überreichte ihr eine kleine Mappe, die sie hinter dem Rücken gehalten hatte.

»In Ordnung, Susan. Du kannst dich um den Rest kümmern.«

»Wollen Sie sie gar nicht sehen?«

»Nein, das ist nicht nötig. Lass mich nur wissen, wenn sie abgefahren sind.«

»Ja, Ma'am.« Die Tür schloss sich hinter ihr. Es war vollkommen still im Haus.

Euphemia löste die Bänder an den Seiten und öffnete die steifen Klappen. Darin befand sich ein vertrautes Dokument, leicht fleckig, leicht eselsohrig, zusammen mit zwei Briefen, die sie aufriss. Der erste war von Edwards Anwalt, Mr. Bettlesham. Sie überflog ihn nur, sie kannte den Inhalt bereits. Der andere war von ihrer Schwester. *Carrick House gehört dir* … weiter las sie nicht. Euphemia warf beide Briefe ins Feuer; sie wandte sich von den plötzlich auflodernden

Flammen ab, als das Papier sich in der Hitze zu rollen und wieder aufzubiegen begann. Euphemia schloss die Klappen der Mappe über den empfindlichen Urkunden bezüglich Carrick House und verknotete die Bänder.

KAPITEL LXII

Kommen Sie bitte mit, Mrs. Pemberton.«
Angespannt folgte Gwen dem Mädchen. Unter ihrem Abendumhang umklammerte sie ihre Handtasche, die zusammen mit dem Programm der abendlichen Vorstellung ihre Brille und ihren Fächer enthielt. Außerdem ein bestimmtes, sehr mitgenommenes und weitgereistes Buch. Gwen ging an verschwitzten Menschen in Kostümen vorbei, die fettige Schminke verschmiert nach den Anstrengungen des Auftritts. Sie lachten unter dem gelben Licht und scherzten, traten beiseite, um sie durchzulassen, bemerkten sie jedoch kaum. Das Mädchen hielt am Ende eines langen Ganges an und neigte den Kopf vor einer Tür.

»Miss Jaspur wird Sie jetzt empfangen, Madam.« Sie lehnte sich vor und klopfte leicht an die Tür, bevor sie diese öffnete und Gwen hineingehen ließ. Gwen murmelte einen Dank an das Mädchen, das rasch knickste, den Kopf immer noch gesenkt. Die Tür schloss sich leise hinter ihr.

Sie saß verschleiert im Profil zum Eingang.

»Miss Jaspur, guten Abend. Glückwunsch zu einem wundervollen Auftritt.«

»Danke. Bitte, setzen Sie sich zu mir.«

Gwen sah sich in dem Zimmer um, das bequem möbliert war, fast schon ein wenig aufwendig mit viel Spitze und

Rüschen. Sie setzte sich; plötzlich breitete sich nervöse Hitze in ihr aus.

»Ich will Ihre Zeit nicht lange beanspruchen; danke, dass Sie diesem Gespräch zugestimmt haben.«

Die kleine Frau lachte und lehnte sich zurück. »Wissen Sie, genau dasselbe hat er zu mir gesagt.« Plötzlich lehnte sie sich vor, um durch den dunklen Schleier zu blinzeln. Dann schlug sie ihn zurück. »Und er hat mich die ganze Nacht wachgehalten. Auch wenn er natürlich nicht mehr kam, nachdem er Sie gefunden hatte.« Miss Jaspur blickte Gwen direkt in die Augen. »Sie müssen ihn einmal sehr geliebt haben. Vielleicht so sehr, wie ich es einmal tat, um die Kraft dafür zu finden.« Sie wandte das Gesicht ab. »Zu welchem Auftritt haben Sie mir eigentlich gratuliert?« Sie blickte Gwen erneut kurz in die Augen, bevor sich ihr Blick auf Gwens Schulter konzentrierte.

»Dem des heutigen Abends.«

»Nun, dann gebühren Ihnen auch Glückwünsche, Mrs. Pemberton. Ich muss sagen, dass ich Ihren Stil mag. Sie entkommen der Schlinge, werden frei gelassen, und was machen Sie? Gehen in die Oper! Aber was wollen Sie hier? Sind wir nicht beide frei, von ihm und voneinander?«

Gwens Puls hämmerte in ihrer Kehle, als sie ruhig nach vorn blickte. Sie packte ihre Handtasche. »Ich habe etwas mitgebracht …« Ihre Stimme brach. »Ich habe etwas mitgebracht, bei dem ich mich gefragt habe …« Sie nestelte am Verschluss der Tasche und holte das in ein Tuch eingeschlagene Buch hervor. »Ich habe mich gefragt, ob Sie mir hierzu etwas sagen können.« Sie hielt das Buch vor sich, mit zitternder Hand. Miss Jaspur nahm es ihr ab. Gwen beobachtete, wie sie es umdrehte.

»Es ist in schlechtem Zustand, Mrs. Pemberton.«

»Das ist meine Schuld.«

»Dieses kleine Buch hat eine Geschichte zu erzählen, Mrs. Pemberton, das kann man sehen.«

Gwens Augen brannten und füllten sich mit Tränen. »Es ist niemand übrig, den ich danach fragen könnte. Haben nicht Sie das Buch geschrieben, Miss Jaspur, und es veröffentlicht?«

»Das hier?« Sie fuhr mit den Fingern über den Buchrücken, wie Gwen es früher einmal getan hatte. »*Eternal Blazon*«, las sie langsam vor. »Sie werden in keinem Buchladen ein weiteres Exemplar finden, Mrs. Pemberton. Die wenigen, die es gab, sind nicht zugänglich, glaube ich.« Miss Jaspur lehnte sich zurück und hielt das steife Buch im Schoß. »Mrs. Pemberton, ich würde gerne wissen, wo Sie es gefunden haben.«

»Man hat es mir geschickt, an…«

»Anonym.« Sie stand auf und drehte sich zu Gwen um. »Mrs. Pemberton, ich kann Ihnen nicht sagen, warum sie sich die Mühe gemacht haben sollte, wenn sie es Ihnen auch einfach hätte erzählen können. Vielleicht hatte sie Angst.«

»Wer hatte Angst?«

»Isobel Scales. Isobel, seine erste Frau. Ich hatte damals nicht das Geld für Bücher. Ich hatte nicht die Kraft für gefährliche Spiele. Ich habe davon erst zu spät erfahren, Mrs. Pemberton, nachdem Sie weg waren. Meine Versuche, Sie zu kontaktieren, waren erfolglos, aber als ich Ihre Schwester traf, wusste ich, dass ich ihn nicht hatte stoppen können.« Miss Jaspur setzte sich wieder und gab Gwen das Buch zurück.

»Haben Sie es gelesen?«, fragte Gwen flüsternd.

»Nein.« Miss Jaspur machte eine Handbewegung, als wollte sie das Buch wegstoßen. »Ich hatte natürlich davon gehört, aber ich wollte es nicht lesen. Der Drucker musste dafür ins Gefängnis. Und für andere Bücher, nicht nur für das kleine Ding.«

Lange Zeit sagte keine der Frauen etwas. Gwen fühlte die Klarheit von Miss Jaspurs Blick; sie wusste, dass diese versuchte, sich den Hergang von Edwards Tod vorzustellen. Das Buch rutschte ihr aus den Händen, und Gwen kniete sich auf den Boden, um es wieder aufzuheben.

*Ein Koch, der um sein Leben kocht, eine gefürchtete
Piratin und eine Mannschaft, der nichts heilig ist*

ELI BROWN

Die kulinarischen Anwendungsmöglichkeiten einer Kanonenkugel

Roman

Owen Wedgwood lebt ein ruhiges Leben als Koch des reichen Lord Ramsey. Das ändert sich schlagartig, als eines
Abends die berühmt-berüchtigte Piratin Mad Hannah
Mabbot mit ihren Männern Ramseys Anwesen stürmt und
den Lord vor seinen Augen erschießt.
Als Owen schon glaubt, verschont geblieben zu sein, entdecken ihn die Piraten und nehmen ihn mit auf ihr Schiff,
die Flying Rose. Dort erhält er eine Aufgabe mit echtem
Nervenkitzel: Er soll der Kapitänin einmal in der Woche ein
exklusives Gourmet-Menü zubereiten. Tut er es nicht, wird
er selbst zu Haifischfutter …

CECILIA EKBÄCK

Schwarzer Winter

Roman

Lappland 1717: In der Nähe des abgelegenen Dorfes Blackåsen finden die beiden Mädchen Frederika und Dorotea ihren Nachbarn Eriksson tot im Wald. Aber war es wirklich ein Bär, der den Mann angegriffen hat, wie einige der Dörfler behaupten?
Während der unendliche skandinavische Winter mit seinen kurzen Tagen und stürmischen Nächten über das Dorf hereinbricht, reiben sich die Einwohner an dieser Frage auf. Denn Eriksson wusste viel über die dunklen Geheimnisse der Dorfbewohner, und mit Kälte und Hunger schleicht sich auch das Misstrauen in die Herzen der Menschen.

DROEMER

»Sie sagen, ich soll sterben.
Sie sagen, ich hätte Männern den Atem gestohlen und
jetzt müssten sie mir den meinen stehlen.«

HANNAH KENT

Das Seelenhaus

Roman

Island 1828. Agnes ist eine selbstbewusste und verschlossene Frau. Sie wird als hart arbeitende Magd respektiert, was sie denkt und fühlt, behält sie für sich. Als sie des Mordes an zwei Männern angeklagt wird, ist sie allein. Die Zeit bis zur Hinrichtung soll sie auf dem Hof eines Beamten verbringen. Die Familie ist außer sich, eine Mörderin beherbergen zu müssen – bis Agnes Stück um Stück die Geschichte ihres Lebens preisgibt.

DROEMER